A Lista

Cecelia Ahern

Cem nomes.

Uma promessa.

Todo mundo tem uma história...

Tradução: Amanda Moura

Esta é uma obra de ficção. Nomes, personagens, lugares e acontecimentos descritos são produto da imaginação do autor. Qualquer semelhança com nomes, datas e acontecimentos reais é mera coincidência.

1ª Impressão – 2015
Impressão e Acabamento Cromosete 060415

Produção editorial:
Equipe Novo Conceito

Dados Internacionais de Catalogação na Publicação (CIP)
(Câmara Brasileira do Livro, SP, Brasil)

Ahern, Cecelia
A lista / Cecelia Ahern ; tradução Amanda Moura. -- Ribeirão Preto, SP : Novo Conceito Editora, 2015.

Título original: One hundred names.
ISBN 978-85-8163-683-2

1. Ficção irlandesa I. Título.

14-12254 CDD-ir823.9

Índice para catálogo sistemático:
1. Ficção : Literatura irlandesa ir823.9

Novo Conceito
Rua Dr. Hugo Fortes, 1885
Parque Industrial Lagoinha
14095-260 – Ribeirão Preto – SP
www.grupoeditorialnovoconceito.com.br

Fundação Abrinq
Save the Children

Parte da renda deste livro será doada para a **Fundação Abrinq – Save the Children**, que promove a defesa dos direitos e o exercício da cidadania de crianças e adolescentes.
Saiba mais: **www.fundabrinq.org.br**

Dedico este livro ao meu tio Robert (Hoppy) Ellis.
Nós o amamos, sentimos sua falta e agradecemos
por todas as lembranças que nos deixou.

Capítulo Um

ELA RECEBERA O APELIDO DE TÚMULO. Qualquer segredo ou informação confidencial, fosse pessoal ou não, que chegasse até ela nunca, jamais seria revelado. Sabia-se que poderia confiar nela, que ela nunca julgaria; caso o fizesse, seria em silêncio, de modo que jamais seria possível perceber. Ao nascer, recebera um nome cujo significado, consistência e fortaleza eram perfeitos para ela, assim como lhe deram o apelido apropriado. Era uma mulher resistente, firme, estoica, mas estranhamente confortante; eis aqui o motivo pelo qual visitá-la neste lugar era algo agonizante. E era agonizante mesmo, não apenas mentalmente desafiador; Kitty sentia uma dor no peito, no coração, para ser mais precisa, que começava com o pensamento de ter de ir até lá, que aumentava diante do fato de realmente estar ali e piorava ainda mais por saber que aquilo não era um sonho, nem um alarme falso. Era a vida na sua forma mais cruel. Uma vida que fora desafiada e que seria vencida, posteriormente, pela morte.

Kitty seguiu em direção ao hospital particular, caminhando pelas escadas quando poderia utilizar o elevador, escolhendo propositadamente os caminhos errados, permitindo, num gesto de cortesia, que as pessoas caminhassem na sua frente sempre que houvesse a oportunidade, sobretudo quando se tratava de pacientes que se deslocavam na velocidade de uma lesma ou que arrastavam suas bolsas intravenosas dependuradas em suportes móveis. Ela estava ciente dos olhares, que nada mais eram que o resultado da crise atual na qual ela se encontrava e das vezes em que caminhara em círculos pela enfermaria. Prestava atenção a cada pequena conversa que qualquer pessoa desejasse ter com ela, e a toda e qualquer coisa que pudesse fazer para adiar sua chegada ao quarto de Constance. Até o ponto em que suas manobras dilatórias precisaram ser interrompidas, quando ela chegou a um beco sem saída: um semicírculo com quatro portas. Três portas abertas, os ocupantes dos quartos e seus respectivos visitantes, todos visíveis de onde Kitty estava, embora ela não precisasse olhar para dentro. Mesmo sem sequer ver os números, ela sabia qual era o quarto onde estava sua amiga e mentora. Sentiu-se grata pela porta fechada que restava nesse último momento de hesitação que permitira a si mesma.

Bateu com cuidado, sem se comprometer totalmente com o gesto, querendo esforçar-se pela visita, mas desejando, na verdade, não ser ouvida, para que assim pudesse ir embora, alegando sempre que tinha tentado, e sentir-se em paz, sem culpa. Uma pequena parte dela que ainda se agarrava à racionalidade sabia que aquilo não condizia com a realidade, que não era certo. Seu coração batia forte, os sapatos rangiam no chão enquanto ela dava um passo de cada vez. Sentiu-se fraca ao notar o cheiro. Odiava o cheiro de hospital. Uma onda de náusea a invadiu. Respirou fundo e suplicou por compostura, para que os supostos benefícios da vida adulta finalmente dessem as caras e que ela pudesse superar aquele momento.

Enquanto Kitty estava no processo de olhar para os próprios pés e respirar profundamente, a porta se abriu, e, sem esperar, ela deu de cara com uma enfermeira e com Constance, muito abatida. Ela piscou uma, duas, e na terceira vez sabia que deveria começar a fingir, já que não faria nenhum bem a Constance perceber a verdadeira reação da visitante ao vê-la. Então, Kitty tentou pensar em algo para dizer, mas as palavras lhe faltaram. Não havia nada de engraçado, nem de trivial, nenhum assunto no qual ela conseguisse pensar para lançar à amiga que conhecia fazia dez anos.

— Nunca vi essa daí em toda a minha vida — disse Constance, com o sotaque francês perceptível apesar de morar na Irlanda há mais de trinta anos. Surpreendentemente, sua voz continuava firme e consistente, segura e inabalável, como sempre fora. — Chame a segurança e tire-a daqui imediatamente.

A enfermeira sorriu, abriu ainda mais a porta e voltou a ficar ao lado de Constance.

— Posso voltar depois — sugeriu Kitty.

Ela se virou, mas se viu diante de mais instrumentos hospitalares, então se virou de novo, procurando por alguma coisa normal, corriqueira e habitual na qual pudesse se concentrar e enganar a mente, fazendo-a pensar que não estava ali, num hospital, com aquele cheiro, e com a amiga doente em estado terminal.

— Estou quase terminando aqui. Só vou medir a sua temperatura — afirmou a enfermeira, colocando um termômetro na orelha de Constance.

— Venha. Sente-se. — Constance apontou para a cadeira que havia ao lado de sua cama.

Kitty não conseguia olhá-la nos olhos. Sabia que era uma grosseria de sua parte, mas os olhos continuavam se desviando como se fossem atraídos por uma força magnética que os levava a coisas que não remetiam à doença e que não a faziam se lembrar de pessoas doentes. Então, ocupou-se com os presentes que trazia nos braços.

— Trouxe flores para você. — Em seguida, olhou ao redor à procura de algum lugar para colocá-las.

Constance odiava flores. Sempre as deixava morrendo no vaso toda vez que alguém tentava suborná-la, pedir-lhe desculpas ou simplesmente alegrar o seu escritório. Mesmo sabendo disso, a ideia de comprá-las fora parte da procrastinação de Kitty, ainda mais porque havia uma fila bem interessante à frente dela.

— Ah, querida. O pessoal da segurança deveria ter avisado que flores não são permitidas na enfermaria — advertiu a enfermeira.

— Ah. Bem, não tem problema. Vou me livrar delas. — Kitty tentou disfarçar a sensação de alívio quando se levantou para escapar dali.

— Deixe que eu as levo — interveio a enfermeira. — Vou deixá-las na recepção, assim, quando for embora, você pode levá-las para casa. Não há motivo para um buquê tão lindo como este ir parar no lixo.

— Pelo menos eu trouxe cupcakes.

Kitty tirou uma caixa da sacola.

A enfermeira e Constance se olharam novamente.

— Está brincando... Também não permitem cupcakes?

— O chef prefere que os pacientes se alimentem apenas com a comida que sai da cozinha dele.

Kitty entregou o contrabando para a enfermeira.

— Pode levá-los para casa também. — A enfermeira sorriu, observando o termômetro. — Está tudo bem — disse ela a Constance, ainda sorrindo. As duas trocaram olhares antes de a enfermeira sair, como se aquelas três palavras significassem algo completamente diferente, e deviam significar mesmo, porque Constante não estava bem. Ela fora corroída pelo câncer. Seu cabelo começara a crescer de novo, mas os fios brotavam em partes aleatórias da cabeça, os ossos salientes do peito estavam visíveis e descobertos pela camisola disforme do hospital, e havia tubos e fios ligados em ambos os braços, que estavam finos e cheios de machucados de injeções e inserção de tubos.

— Ainda bem que não contei sobre a cocaína que está na minha bolsa — lançou Kitty logo que a porta se fechou atrás da enfermeira e as duas a ouviram gargalhar no corredor. — Sei que você odeia flores, mas eu estava em pânico. Ia trazer pra você esmalte dourado, incenso e um espelho, porque achei que seria legal.

— E por que não trouxe?

Os olhos de Constance continuavam azuis e cintilantes, e, se Kitty conseguisse se concentrar neles, tão cheios de vida, quase conseguiria se esquecer do rosto macerado. Quase, mas não completamente.

— Porque aí percebi que não teria a menor graça.

— Eu ia dar muita risada.

— Vou trazer da próxima vez.

— Aí não vai ser engraçado. Já ouvi a piada. Minha querida... — Ela estendeu o braço em direção a Kitty e as duas apertaram as mãos com força sobre a cama. Kitty não conseguia olhar para as mãos de Constance, pois estavam muito machucadas e magras. — É tão bom ver você.

— Me desculpe pelo atraso.

— Você demorou um pouco.

— O trânsito... — Kitty começou a explicar, mas logo desistiu da brincadeira. Ela estava atrasada fazia mais de um mês.

Houve um silêncio e Kitty percebeu que aquilo significava uma pausa para que ela explicasse por que não tinha vindo antes.

— Detesto hospital.

— Eu sei. Nosocomefobia — disse Constance.

— O que é isso?

— Medo de hospital.

— Não sabia que tinha uma palavra pra isso.

— Sempre tem uma palavra para tudo. Faz duas semanas que não consigo evacuar. Eles chamam isso de anismus.

— Eu deveria escrever uma história sobre isso — sugeriu Kitty, devaneando.

— Não, não deveria. Minha inércia retal fica entre mim, você, o Bob e a mulher bacana que eu deixo olhar para a minha bunda.

— Eu me referia à minha fobia de hospitais. Isso daria uma boa história.

— Me diga por quê.

— Imagine que eu encontre alguém que está muito doente e não consegue ser tratado por causa disso.

— Então vão cuidar dele em casa. Grande coisa.

— E que tal uma mulher em trabalho de parto? Ela anda para cima e para baixo pela rua, mas simplesmente não consegue atravessar as portas do hospital.

— Então ela vai ter o bebê na ambulância, ou em casa, ou na rua. — Constance deu de ombros. — Uma vez escrevi a história de uma mulher que deu à luz enquanto se escondia em Kosovo. Ela estava completamente sozinha e grávida do primeiro filho. Os dois só foram encontrados duas semanas depois, saudáveis e felizes, juntos. As mulheres na África dão à luz enquanto estão trabalhando nos campos e voltam para o trabalho pouquíssimo tempo depois. As mulheres tribais dançam para entrar em trabalho de parto. O mundo ocidental trata o parto de maneira errada — acrescentou Constance, balançando a mão despretensiosamente no ar, apesar de não ter nenhum filho. — Já escrevi um artigo sobre isso.

— Um médico que não consegue ir para o trabalho — continuou Kitty para incentivar a ideia.

— Que ridículo. Ele deveria perder a licença.

Kitty deu risada.

— Obrigada pela sinceridade de sempre. — Então, seu sorriso desvaneceu-se e ela se concentrou na mão de Constance que estava envolvida pela sua. — E que tal uma história sobre uma mulher cuja melhor amiga está doente e ela não consegue visitá-la?

— Mas você está aqui agora e eu me sinto feliz em te ver.

Kitty engoliu em seco.

— Você não comentou nada sobre aquilo.

— Sobre o quê?

— Você sabe o quê.

— Não sabia se você queria conversar sobre isso.

— Não queria mesmo.

— Tudo bem, então.

As duas permaneceram em silêncio.

— Estão acabando comigo nos jornais, no rádio e em todo lugar — afirmou Kitty, trazendo o assunto à tona mesmo assim.

— Não vi nenhum jornal.

Kitty passou batido pela pilha de jornais que estava sobre o peitoril da janela.

— Para onde quer que eu vá, todo mundo fica olhando para mim, apontando, sussurrando, como se eu fosse uma vadia.

— Esse é o preço que se paga pela luz da ribalta. Agora você é uma estrela da TV.

— Não sou nenhuma estrela de TV, sou uma idiota que fez papel de boba na TV. Há uma diferença bem clara nisso.

Constance deu de ombros uma vez mais, como se aquilo não fizesse a menor diferença.

— Para começar, você nunca quis que eu participasse do programa. Por que não diz simplesmente "bem que eu te avisei" e acaba logo com isso?

— Não são exatamente essas palavras que eu usaria. De nada adiantariam.

Kitty soltou a mão de Constance e perguntou baixinho:

— O emprego ainda é meu?

— Você não conversou com o Pete? — Constance pareceu furiosa com seu editor-chefe.

— Conversei. Mas quero ouvir de você. É mais importante para mim ouvir de você.

— A decisão da *Etcetera* de te contratar como repórter não mudou — declarou Constance, com firmeza.

— Obrigada — sussurrou Kitty.

— Te dou todo o apoio para fazer o *Thirty Minutes* porque sei que é uma boa repórter e tem potencial para se transformar numa profissional excelente. Todos nós cometemos erros, alguns mais, outros menos, mas ninguém é perfeito. É nessas ocasiões que nos transformamos em repórteres melhores e, o mais importante, em pessoas melhores. Quando você veio para a entrevista comigo, dez anos atrás, lembra da história que tentou me contar?

Kitty sorriu e contraiu os músculos do corpo involuntariamente.

— Não — mentiu.

— Claro que lembra. Bem, já que você não vai dizer, eu digo. Perguntei: se você tivesse de escrever uma história para mim neste exato momento, sem nenhum tema específico, o que escreveria?

— Não precisamos relembrar tudo isso de novo. Eu estava lá, lembra? — Kitty enrubesceu.

Constance continuou como se Kitty não tivesse dito nada:

— E você respondeu que tinha ouvido falar de uma lagarta que não tinha conseguido se transformar em borboleta...

— Sim, sim, eu sei.

— E que você gostaria de entender qual era a sensação de ter sido despojada de algo tão lindo. Que gostaria de saber qual era a sensação da lagarta ao ver as outras lagartas se transformando, sabendo o tempo todo que ela jamais teria aquela oportunidade. Nossa entrevista aconteceu no dia das eleições para presidente dos Estados Unidos e, no mesmo dia, um navio-cruzeiro afundou com mais de quatro mil e quinhentas pessoas a bordo. Das vinte pessoas que entrevistei naquele mesmo dia, você foi a única que não mencionou nada sobre política, nem sobre o navio, nem sobre o desejo de passar um dia com o Nelson Mandela, nada disso. O que mais preocupava você era a pobre lagartinha.

Kitty sorriu.

— Sim, bem, eu tinha acabado de sair da faculdade. Acho que ainda havia muita maconha no meu corpo.

— Não — sussurrou Constance, esticando o braço para segurar a mão de Kitty novamente. — Você foi a única em meio àquelas entrevistas a me mostrar verdadeiramente que não tinha medo de voar e que, na verdade, seu medo mesmo era o de não voar.

Kitty engoliu em seco, quase chorando. Ela ainda não tinha voado e, pelo que sentia, estava, agora, muito mais longe do que nunca.

— Alguns dizem que não devemos agir com base em nossos medos, mas, se não houver medo, onde estará o desafio? Muitas vezes, foi com medo que realizei o melhor do meu trabalho, porque o abracei e desafiei a mim mesma. Vi aquela jovem com medo de não poder voar e pensei: "A-há! Ela é a pessoa certa para nós". E a *Etcetera* é isso. Claro, cobrimos política, mas também fazemos a cobertura das pessoas por trás da política. Queremos vê-las pelo seu lado emocional, não simplesmente apurar suas atitudes políticas, mas sim as razões pelas quais elas agem assim. O que aconteceu que fez com que acreditassem nisso? O que aconteceu que as fez se sentirem dessa maneira? Sim, às vezes falamos de dietas, mas não é só o papo de "coma tal alimento orgânico e prefira tal alimento integral", mas *por que* comê-los e *quem* vai comê-los. Falamos sobre as pessoas, os sentimentos, as emoções. Pode ser que a nossa tiragem seja menor, mas nos preocupamos mais com o significado, embora essa seja meramente a nossa opinião, claro. A *Etcetera* vai continuar publicando as suas histórias, Kitty, desde que esteja escrevendo o que é verdadeiro para você e não o que alguém acha que você deveria escrever para fazer uma boa história. Ninguém pode fingir que sabe o que as pessoas querem ler, ouvir ou ver. As pessoas raramente sabem o que querem; só ficam sabendo depois do fato. É por isso que criar algo original é tão importante. Encontrar o novo, não ficar reproduzindo o velho e alimentando o mercado. — Constance ergueu as sobrancelhas.

— Era a minha história. Não posso culpar mais ninguém.

— Quando se conta uma história, há mais pessoas envolvidas do que o autor, e você sabe disso. Se você tivesse vindo até mim com essa história, bem, eu não a cobriria, mas, supondo que eu tivesse aceitado cobri-la, teria voltado atrás antes que fosse tarde demais. Havia alguns indícios, e alguém acima de você teria percebido. Mas, se você quer assumir toda a culpa sozinha, muito bem, pergunte a si mesma por que queria tanto contar aquela história.

Kitty não tinha muita certeza se poderia responder à questão imediatamente, mas Constance reuniu suas forças e continuou:

— Uma vez, entrevistei um homem que parecia cada vez mais surpreso com as minhas perguntas. Quando perguntei por que estava tão surpreso, ele me disse que as minhas perguntas revelavam muito mais sobre a entrevistadora do que qualquer uma de suas respostas poderia revelar sobre si mesmo. Durante a entrevista, ele aprendeu muito mais sobre mim do que eu sobre ele. Achei aquilo interessante, e ele estava certo, pelo menos naquela ocasião. Acho que quando se cobre uma matéria muitas vezes ela acaba revelando mais sobre a pessoa que a escreve do que sobre a própria matéria em si. As aulas de jornalismo nos ensinam que devemos nos afastar da história para relatar o fato de maneira imparcial, mas com frequência precisamos entrar na matéria para compreendê-la, para fazer as conexões, ajudar o público a se identificar, pois, do contrário, não haverá um coração ali; um robô poderia contar a história, ninguém se importaria. E isso não significa imprimir a sua *opinião* na notícia, Kitty, o que me aborrece também. Não gosto quando os repórteres simplesmente usam as matérias para nos contar como se sentem. Quem se importa com o que o outro está pensando? Uma nação? Um gênero? Um sexo? Isso é o que me interessa mais. Refiro-me a inserir entendimento em todos os aspectos da história, mostrar ao público que há sentimento por trás das palavras.

Kitty não queria pensar sobre o que a cobertura daquela matéria mostrava sobre ela — ela preferiria nunca mais pensar nem conversar sobre isso de novo —, mas era impossível, porque sua agência de notícias estava sendo processada e faltava apenas um dia para que ela fosse ao tribunal por difamação. Sua cabeça latejava, estava cansada de ficar pensando no assunto, cansada de analisar o que diabos havia acontecido, mas, de repente, sentiu a necessidade de se arrepender, de pedir desculpas por tudo de errado que fizera, apenas para poder voltar a se sentir uma pessoa digna.

— Tenho uma confissão.

— Amo confissões.

— Sabe, quando você me deu aquela vaga, fiquei tão entusiasmada que a primeira história que senti vontade de escrever para você foi a da lagarta.

— Sério?

— É óbvio que eu não poderia entrevistar uma lagarta, mas queria que a ideia fosse a base de uma matéria sobre pessoas que não conseguiam voar quando na verdade queriam muito fazer isso, o que significava ser refreada, sofrer a poda das asas. — Kitty olhou para a amiga desvanecendo na cama, com os olhos grandes fitando-a, e teve de segurar a vontade de chorar. Tinha certeza de que Constance sabia muito bem o que ela queria dizer. — Comecei a procurar pela história... Desculpe... — Ela levou a mão à boca e tentou se recompor, mas não conseguiu, e as lágrimas caíram. — No final, eu estava errada. Acabou que a lagarta da qual te falei na verdade consegue voar. Ela se transforma numa mariposa. A mariposa-falcão. — Kitty sentiu-se ridícula por estar chorando àquela altura, mas não conseguiu segurar. Não era o dilema da lagarta que a fazia sentir-se triste, mas o fato de que sua reportagem, agora, se transformara num escândalo, algo que desta vez a colocara em sérios problemas. — A emissora me suspendeu.

— Fizeram um favor a você. Espere a poeira baixar e poderá voltar a contar as suas histórias.

— Não sei mais que história vou contar. Tenho medo de que me entendam mal de novo.

— Não vão te interpretar mal, Kitty. Você sabe, contar uma história, ou, como eu gosto de dizer, procurar pela verdade não significa necessariamente sair para uma missão armada até os dentes com o objetivo de revelar uma mentira. Nem quer dizer que você deve ser particularmente original. A questão é apreender a parte mais importante do que é real.

Kitty assentiu e fungou.

— Desculpe. Esta visita não era para falar de mim. Sinto muito mesmo. — Ela inclinou o corpo na cadeira e apoiou a cabeça na cama, envergonhada pelo fato de Constance vê-la daquela forma, envergonhada por estar se comportando daquela maneira quando sua amiga estava tão doente e com coisas muito mais importantes para se preocupar.

— Psiu! Silêncio agora — pediu Constance bem baixinho, passando as mãos carinhosamente pelos cabelos de Kitty. — Esse é um final ainda melhor do que eu estava esperando. Nossa pobre lagarta conseguiu voar, por fim.

Quando Kitty levantou a cabeça, Constance, de repente, pareceu exausta.

— Você está bem? Devo chamar a enfermeira?

— Não, não. Isso acontece do nada — respondeu ela, com as pálpebras pesadas e trêmulas. — Vou tirar um cochilo e logo fico bem de novo. Não quero que você vá embora. Temos muito que conversar ainda. Sobre o Glen, por exemplo.

Ela esboçou um sorriso enfraquecido.

Kitty retribuiu com um sorriso forçado.

— Sim, durma. Vou ficar bem aqui — sussurrou.

Constance sempre conseguia ler as expressões de Kitty, desmascarar suas mentiras em poucos segundos.

— Não gosto muito dele mesmo.

Em poucos segundos, Constance fechou os olhos.

KITTY SENTOU-SE NO PEITORIL DA JANELA do quarto e ficou olhando para baixo, vendo as pessoas passarem, tentando descobrir um caminho de volta para casa pelo qual pouquíssimas pessoas pudessem vê-la. Um murmúrio em francês a tirou do seu transe e ela se virou para Constance, surpresa. A não ser quando praguejava, em todos aqueles dez anos em que a conhecia Kitty nunca a ouvira falando francês.

— O que você disse?

Constance pareceu confusa por um momento. Ela pigarreou e se recompôs.

— Você parece distante.

— Estava pensando.

— Então é melhor eu avisar as autoridades imediatamente.

— Tenho uma pergunta que sempre quis fazer a você. — Kitty se deslocou até a cadeira ao lado da cama de Constance.

— Ah, sim? Por que o Bob e eu não tivemos filhos? — Constance sentou-se na cama, esticou o braço para pegar água e, com um canudo, sugou os últimos respingos que restavam.

— Não, não é isso. Você matou cada planta que já teve, não consigo imaginar como seria se tivesse sido mãe. Não, o que quero perguntar é: há alguma história que você gostaria que fosse escrita, mas que por algum motivo nunca escreveu?

Constance se animou diante da pergunta.

— Ah, essa é uma boa pergunta. Uma história em si, talvez. — Ela ergueu as sobrancelhas para Kitty. — Uma matéria para a qual você vai entrevistar escritores aposentados e perguntar a eles sobre as histórias que não foram contadas, hã? O que acha? Acho que vou falar com o Pete sobre isso. Ou talvez a gente deva entrar em contato com escritores aposentados para pedir a eles que escrevam a história que nunca escreveram, com exclusividade para a nossa revista. Pessoas como Oisín O'Ceallaigh e Olivia Wallace. Dar-lhes a oportunidade de contá-las. Poderia ser uma edição especial.

Kitty sorriu.

— Você não para nunca?

Alguém bateu de leve na porta. O marido de Constance, Bob, entrou. Parecia cansado, mas, logo que repousou os olhos sobre a esposa, sua expressão se suavizou.

— Olá, querida. Ah, oi, Kitty. Que bom ter você aqui com a gente.

— O trânsito… — retrucou Kitty desajeitadamente.

— Sei bem como é. — Bob sorriu enquanto se aproximava e beijou a cabeça de Constance. — Muitas vezes eu também fico preso no trânsito, mas antes tarde do que nunca, não é? — Ele olhou para a esposa, que estava com a expressão contorcida e concentrada. — Está tentando evacuar, querida?

Kitty deu risada.

— A Kitty me perguntou se há alguma história que eu sempre quis escrever e que nunca escrevi.

— Ah. Não devemos fazê-la pensar, disseram os médicos — brincou ele. — Mas essa é uma boa pergunta. Me deixe adivinhar. Aquele episódio do derramamento de óleo quando você conseguiu uma entrevista exclusiva com o pinguim que testemunhou tudo?

— Não tive nenhuma entrevista exclusiva com um pinguim. — Constance sorriu, depois fez uma careta por sentir dor.

Kitty ficou tensa, mas Bob, acostumado com aquilo, continuou:

— Ah, foi uma baleia, então. Uma baleia que viu tudo. Contou pra todo mundo que se aproximou dela sobre o que tinha visto.

— Foi o capitão do navio — lançou ela para Bob, mas num tom amigável.

— Por que não o entrevistou? — indagou Kitty, detida pelo amor que um sentia pelo outro.

— Meu voo atrasou — acrescentou ela, ajeitando as cobertas.

— Ela não conseguia encontrar o passaporte. — Bob a desmascarou. — Você sabe bem como é o nosso apartamento. Os Manuscritos do Mar Morto poderiam estar lá, até onde sabemos. Desde então, nossos passaportes ficam guardados na torradeira, para que a gente nunca mais se esqueça de onde estão. Enfim, ela perdeu o voo e, em vez de conceder a entrevista exclusiva para a Constance, o capitão conversou com outra pessoa cujo nome não devemos citar. — Ele se virou para Kitty e sussurrou: — Dan Cummings.

— Ah, você conseguiu, agora conseguiu me matar — disse Constance com dramaticidade, fingindo morrer.

Kitty cobriu o rosto com as mãos, sentindo que seria descabido rir ali.

— Ah, finalmente nos livramos dela — brincou Bob. — E então, qual é a resposta, minha querida? Estou intrigado.

— Quer mesmo saber qual é a história? — perguntou Kitty a Bob. Ele balançou a cabeça e os dois observaram Constance enquanto ela pensava, o que realmente era um sinal surpreendente.

— Ah! — exclamou ela de repente, com os olhos brilhando. — Já sei. É uma ideia recente, de certa forma. Para falar a verdade, algo que pensei no último ano, antes de... Bem, é meio que uma tentativa, mas é o que tem mantido a minha mente ocupada desde que estou aqui.

Kitty aproximou-se mais para poder ouvi-la.

Constance se deleitou por deixar Bob e Kitty curiosos.

— Talvez seja uma das minhas melhores histórias.

Kitty grunhiu, impaciente.

— Vou contar o que é. O arquivo está em casa. No meu escritório. A Teresa vai te deixar entrar se não estiver ocupada demais vendo o programa do Jeremy Kyle. Está arquivado na letra "N", com o título de "Nomes". Pegue a pasta, traga-a para mim e eu conto do que se trata.

— Não! — Kitty sorriu. — Você sabe como sou impaciente. Por favor, não me faça esperar.

— Se eu te contar agora, pode ser que você não queira mais voltar.

— Prometo que volto.

Constance sorriu.

— Tudo bem, então você pega o arquivo e eu te conto a história.

— Combinado.

As duas apertaram as mãos.

Capítulo Dois

Escolhendo as ruas mais silenciosas e alternativas, e sentindo-se como um rato fugindo pela sarjeta, Kitty voltou de bicicleta para casa, exausta. A princípio, sentiu-se muito bem por ter passado um tempo com a amiga, mas logo voltou a desanimar diante da realidade que a aguardava.

Thirty Minutes, o programa de TV no qual Kitty começara a trabalhar no ano anterior, o programa que lhe oferecera sua grande chance e que tinha, ironicamente, acabado com sua reputação, havia alcançado meio milhão de telespectadores, mas não o suficiente para que Kitty se tornasse a próxima Katie Couric. Agora, graças à sua desastrosa matéria, estava suspensa da emissora e respondendo por acusação de difamação. A matéria fora ao ar havia quatro meses, em janeiro, mas fora o processo judicial iminente, marcado para o dia seguinte, que ganhara todas as manchetes dos jornais. Seu rosto, seu erro e seu nome eram agora conhecidos por mais de meio milhão de pessoas.

Kitty sabia que rapidamente seria esquecida pelo público, mas também estava ciente de que sua reputação profissional sofreria o efeito a longo prazo; na verdade, já havia sido destruída. Ela sabia também que era uma mulher de sorte porque a *Etcetera*, a revista cuja fundadora e editora era Constance, a manteria empregada, embora o único motivo de ela permanecer no emprego era Constance ser a sua maior defensora. Não teria muitos direitos agora, e, embora Bob fosse o vice-diretor e um ótimo amigo, Kitty não sabia ao certo por quanto tempo poderia manter o emprego sem Constance por perto para se impor. Ela temia pelo dia em que a mentora não estivesse em sua vida, independentemente da vida profissional. Constance sempre estivera presente desde o início, orientando-a, aconselhando-a, e sempre lhe dera a liberdade necessária para se expressar e tomar as próprias decisões, o que significava que Kitty era a responsável pelo próprio sucesso, como também que o seu nome estaria estampado em todo e qualquer um de seus erros, fato agora mais do que evidente.

O celular vibrou em seu bolso de novo e ela o ignorou, como vinha fazendo a semana inteira. Os jornalistas andavam ligando para ela desde que a notícia do processo judicial viera à tona, e pessoas que ela considerava amigas estavam praticamente assediando-a para conseguir alguma informação. Todos tinham escolhido táticas diferentes. Alguns foram mais diretos e lhe pediram comentários sobre o caso, outros apelaram para um voto de compaixão: "Sabe como é, Kitty, o estresse que estamos passando por aqui. O meu chefe sabe que somos amigos e espera que eu consiga alguma coisa". Outros, ainda, aleatória e espontaneamente, a convidaram para jantar, beber alguma coisa, para ir à comemoração do aniversário de casamento dos seus pais ou mesmo do aniversário de 85 anos de seus avós, sem nem tocar no assunto. Kitty não os conhecia pessoalmente, nem nunca havia conversado com eles, mas estava aprendendo muito e, aos poucos, riscando-os da lista das pessoas para quem enviava cartões de Natal. Havia apenas uma pessoa que ainda não tinha ligado: seu amigo Steve. Os dois estudaram juntos na faculdade de jornalismo e continuavam amigos desde então. O único desejo de Steve era fazer cobertura de esportes, mas o mais perto que chegara disso fora escrever sobre a vida pessoal dos jogadores de futebol em tabloides. Fora ele quem sugerira a Kitty tentar o emprego na *Etcetera*. Steve pegara um exemplar da revista na sala de espera de um consultório médico enquanto esperava Kitty, que, por sua vez, estava lá para pedir uma pílula do dia seguinte, depois da primeira e única vez que os dois tiveram um namorico, que acabara por revelar que estavam destinados a ser, para sempre, apenas amigos.

Pensar em Steve e no celular tocando constantemente despertou seu sexto sentido, então Kitty parou a bicicleta e pegou o telefone do bolso. Era ele. Ela se questionou se deveria atender. De fato, *duvidou* dele. As consequências da matéria do *Thirty Minutes* causaram problemas com pessoas em quem ela podia confiar, bem como com aquelas em quem não podia confiar. Kitty atendeu o telefone.

— Nada de comentários — disparou ela.

— Desculpe?

— Eu disse: nada de comentários. Pode falar pro seu chefe que você não falou comigo, que nós brigamos e, para falar a verdade, acho que estamos a ponto de fazer isso mesmo, porque não consigo acreditar que você teve a coragem de me ligar e se aproveitar da nossa amizade desse jeito.

— Você anda usando crack?

— O quê?! Não! Espera aí. Isso faz parte da história? Porque, se agora andam dizendo por aí que sou viciada em drogas, então eles podem...

— Kitty, cala a boca. Vou dizer ao meu chefe que você, Kitty Logan, de quem ele nunca ouviu falar, não tem nenhum comentário a fazer sobre a nova linha de produtos da Victoria Beckham, sim, porque esse é o único assunto sobre o qual me permitiram falar hoje. Nem vou falar sobre o jogo entre Carlow e Monaghan, o que é um assunto muito pertinente, porque o Carlow não vai para uma final irlandesa desde 1936 e o Monaghan não chega a uma final desde 1930, mas ninguém se importa com isso. Não. Tudo o que nos interessa é se a nova linha da V.B. vai ser um sucesso ou um fracasso, se vai bombar ou miar, ou quaisquer outras duas palavras que possam rimar, mas que tenham significados completamente diferentes, alguma coisa que eu deveria estar inventando no momento, mas não consigo.

Steve terminou o discurso inflamado. Kitty não conseguiu se segurar e começou a rir, a primeira risada pra valer que ela soltava durante toda a semana.

— Bem, que bom que pelo menos um de nós acha graça nisso.

— Achei que você já tinha permissão pra escrever matérias esportivas.

— Ela é casada com o David Beckham, então, isso aparentemente se enquadra numa matéria esportiva. Além de pedir a sua ajuda com essa matéria ridícula que tenho de escrever, te liguei pra ter a certeza de que você não estava definhando dentro do seu apartamento.

— Bem, você estava certo. Eu estava apodrecendo naquele apartamento, mas tive de sair pra visitar a Constance. Estou voltando pra casa agora pra continuar de onde parei.

— Ótimo, te vejo daqui a pouco. Estou aqui do lado de fora. Ah, e, Kitty — acrescentou ele em tom sério —, sugiro que traga um pouco de água sanitária e uma boa esponja para esfregar.

Kitty sentiu o estômago revirar.

"JORNALISTA VADIA" FOI O QUE KITTY ENCONTROU pichado na porta do seu apartamento quando por fim conseguiu chegar ao topo da escada segurando a bicicleta nos braços. A quitinete ficava em Fairview, Dublin, e graças à proximidade ela poderia ir de bicicleta, às vezes até caminhando pela cidade. O fato de a quitinete ficar acima de uma lavanderia a tornava financeiramente acessível.

— Talvez você deva se mudar — sugeriu Steve, enquanto os dois se ajoelharam e começaram a esfregar a porta.

— Sem chance. Não consigo bancar nenhum outro lugar. A menos que você conheça algum apartamento por aí que fique no andar de cima de uma lavanderia.

— É um pré-requisito?

— Quando abro as janelas, a qualquer hora do dia ou da noite, tomo um banho de produtos químicos para lavagem a seco, que se chama tetracloroetano, também conhecido como tetracloroetileno, percloroetileno, também conhecido como PCE, ou, mais comumente, PERC. Já ouviu falar?

Steve balançou a cabeça e jogou mais água sanitária na porta.

— É usado para lavagem a seco e para desengordurar peças metálicas. De acordo com a Organização Mundial de Saúde, é considerado potencialmente cancerígeno. Os testes mostraram que a exposição a essa substância por um período de oito horas ou até menos, em setecentos miligramas por metro cúbico de ar, causa os seguintes sintomas no sistema nervoso central: tontura, sonolência, dor de cabeça, vertigem e falta de equilíbrio. A tinta vermelha está difícil de tirar, não é?

— Você esfrega a verde e eu a vermelha.

Os dois trocaram de lugar.

— A exposição a trezentos e cinquenta miligramas, por um período de quatro horas, afeta o sistema visual. — Kitty mergulhou a esponja no balde cheio de água e continuou esfregando a porta. — A exposição a longo prazo dos funcionários da lavanderia indica mudanças químicas no sangue e na urina. O PERC pode se deslocar pelo chão, pelo teto e atravessar as paredes, e há um estudo feito com quatorze adultos moradores de apartamentos próximos a lavanderias a seco cujos resultados mostram diferenças no teste de comportamento deles, comparado à média das pessoas que não estão expostas a essa química.

— Então é esse o seu problema. A julgar por essa diarreia verbal, vejo que fez uma matéria sobre o PERC.

— Não é bem assim. Pesquisei a respeito, então conversei com o proprietário do apartamento, que mora lá embaixo, e comentei sobre a minha pesquisa. Disse a ele que contaria para todos os vizinhos e para os funcionários dele sobre os efeitos do PERC, daí ele diminuiu o valor do meu aluguel para cem euros.

Steve olhou para ela, chocado.

— Eles poderiam simplesmente ter arrumado outro inquilino.

— Eu disse pra ele que contaria para a próxima pessoa que ocupasse a quitinete e para qualquer outra pessoa que aparecesse. Ele entrou em pânico.

Steve balançou a cabeça.

— Você é...

— Esperta? — Kitty sorriu.

— Uma jornalista vadia — respondeu ele. — Talvez a gente deva parar de limpar isso agora. Eles estão certos. — Steve continuou a olhá-la como se de repente não a reconhecesse mais.

— Ei! São eles que estão usando PERC!

— Então mude pra outro lugar.

— Seria muito caro pra mim.

— Kitty, você não pode simplesmente ameaçar as pessoas desse jeito. Não pode usar o seu trabalho para conseguir o que quer. Isso se chama *bullying*, sabe?

— Aaaaaah!

Ela revirou os olhos, mas, frustrada, jogou a esponja dentro do balde e abriu a porta da quitinete. Deixou a porta aberta, sentou-se à mesa da cozinha e esperou que Steve a acompanhasse. Deu uma mordida em um dos cupcakes que trouxera de volta para casa. Steve entrou e fechou a porta, mas não se sentou.

— Tem alguma coisa aí no seu peito que você queira botar pra fora, Steve?

— Passei para ter a certeza de que você estava bem em relação à audiência de amanhã, mas, quanto mais você fala, mais sinto pena de você.

O cupcake caiu como uma pedra na boca de Kitty. Ela o engoliu rapidamente. E, então, por fim, a coisa veio.

— Você acusou um respeitado professor de educação física, casado, com uma família jovem, de ter abusado sexualmente de duas alunas e de ter engravidado uma delas. E o acusou na TV. Na frente do país inteiro. E a errada foi você.

Kitty olhou para Steve, sentindo os olhos pinicarem. Sentiu-se magoada pela maneira como ele falou com ela e, embora soubesse que estava errada, que tinha cometido um erro, ainda assim sentia que não merecia ser tratada daquela forma.

— Sei de tudo isso, sei o que eu fiz — desabafou ela, com mais confiança do que de fato sentia.

— E você está arrependida

— Claro que estou amargamente arrependida — respondeu ela de imediato. — Minha carreira está destruída. Ninguém jamais vai me contratar. Sabe-se lá o prejuízo que causei à emissora, se ele ganhar a causa, o que provavelmente vai acontecer, e só Deus sabe quanto vão gastar com serviços jurídicos e com a reputação *deles*. É o meu fim. — Sentindo-se sem forças, Kitty observou o amigo normalmente calmo se esforçando para manter a compostura.

— Percebe? É isso que me incomoda, Kitty.

— O quê?

— O seu tom. Você é tão... petulante em relação a tudo isso...

— Petulante? Estou *em pânico* aqui, Steve!

— Está em pânico por você. Pela "Katherine Logan, a jornalista" — disse ele, usando os dedos como aspas.

— Não é só isso. — Ela engoliu em seco. — Estou muito preocupada com o meu trabalho na *Etcetera* também. Há muita coisa em jogo, Steve.

Steve riu consigo mesmo, mas não soou como um riso de felicidade.

— É justamente isso que estou dizendo. Você acabou de fazer a mesma coisa de novo. Tudo o que tenho ouvido de você é como o *seu* nome, a *sua* reputação e a *sua* profissão estão arruinadas. Tudo sobre você. Quando ouço você contar que anda fazendo coisas estúpidas como ameaçar com uma tal história o proprietário da quitinete, me aborreço. Você me aborrece. — Steve parou de andar para trás e para a frente e fixou os olhos nela. — E tem me aborrecido já faz um ano.

— Um *ano*? Ah, tá legal, estou vendo que alguém aqui definitivamente continua insistindo em certas coisas — redarguiu ela, chocada. — Cometi um erro na minha matéria. Aquele negócio da quitinete? É tudo tão inofensivo! Espera aí. Lembro de você fingindo ter encontrado um fio de cabelo no seu sanduíche bem na última mordida só pra conseguir outro de graça. E conseguiu mesmo. Coitado do gerente, você o constrangeu de tal forma na frente dos outros clientes que ele não teve a menor escolha.

— Eu tinha dezoito anos — afirmou ele, calmamente. — Você tem trinta e dois.

— Trinta e três. Você não veio no meu último aniversário — acrescentou Kitty, com a voz infantilizada. — Eu sou assim, é meu jeito. Encontro motivo em tudo pras minhas matérias.

— Motivos pra usar as pessoas.

— Steve!

— Antes, suas matérias eram boas, Kitty. Positivas. Escritas simplesmente pelo bem de contar uma boa história. Sem expor as pessoas, nem culpá-las de nada.

— Me desculpe. Eu não sabia que a sua matéria sobre a Victoria Beckham mudaria o mundo — rebateu.

— O que estou dizendo é que eu costumava ler as suas matérias, ouvia falar delas. Agora, você é só...

— Eu sou só o quê? — Os olhos dela se encheram de lágrimas.

— Não importa.

— Não, por favor, me diga o que eu sou porque, na última semana, é tudo o que ouço em cada estação de rádio, assim como é tudo o que leio em sites e vejo grafitado *na porta da minha casa,* e eu realmente gostaria de saber o que o meu melhor amigo acha de mim, porque isso seria a cereja que falta no bolo — esbravejou.

Steve suspirou e desviou o olhar.

Houve uma longa pausa.

— Como é que eu devo consertar tudo isso, Steve? — acrescentou Kitty. — O que eu devo fazer para que você e o resto do mundo não me odeiem?

— Você conversou com o cara?

— O Colin Maguire? Sem chance. Estamos prestes a dar início a um processo judicial. Se eu me aproximar dele seja como for, vou me encrencar ainda mais. Fizemos um pedido de desculpas a ele no início do *Thirty Minutes* quando descobrimos que ele não era o pai. Decidimos priorizar o programa.

— Acha que isso o fará se sentir melhor?

Kitty deu de ombros.

— Kitty, se você fizesse comigo o que fez com ele, eu teria feito algo muito pior do que fizeram com você na porta da quitinete. Sentiria vontade de te matar — declarou Steve, com firmeza.

Ela arregalou os olhos.

— Steve, não me assuste desse jeito.

— É isso que você não está entendendo, Kitty. Não se trata da sua carreira. Ou da sua reputação. A questão não é *você*. É *ele*.

— Não sei o que fazer — declarou, inquieta. — Talvez, se eu puder explicar o que aconteceu... As duas mulheres pareciam tão confiáveis, Steve. Suas histórias se encaixavam, assim como as datas, os horários, tudo era tão... real... Acredite, acompanhei os detalhes. Não aceitei os fatos logo de cara. Levei *seis meses*. O produtor me apoiou, o editor, não fui a única que trabalhou nisso. E a questão não era só ele. Você chegou a ver a matéria? É sobre o número de pedófilos e agressores sexuais na Irlanda que trabalham em escolas e em outras áreas que mantêm contato direto com crianças vítimas de abuso sexual. É sobre profissionais que foram acusados de abusar de seus alunos.

— Tirando ele. Ele era completamente inocente.

— Tá legal! Tirando ele — concordou Kitty, frustrada. — Todo o resto da matéria foi perfeitamente preciso! Ninguém nunca disse nada sobre isso!

— Porque esse é o seu trabalho: atuar com precisão. Não deve ser parabenizada por isso.

— Qualquer outro jornalista naquele lugar teria feito a mesma coisa, mas a carta veio parar em mim.

— Foi parar nas suas mãos por algum motivo. Aquelas mulheres julgaram você e te usaram para julgá-lo também. Você estava cobrindo bobagens, e elas sabiam que pularia de cabeça nesse caso, que teria o seu momento de glória.

— A questão não foi o meu momento de glória.

— Não foi? Nunca vi você tão empolgada quanto no dia em que conseguiu o trabalho no programa de TV. E você estava fazendo uma matéria sobre chás, Kitty. Se a Constance tivesse te pedido para escrever uma matéria sobre chás, você aceitaria sem o menor problema. A televisão te empolga.

Kitty tentou fingir que aquilo não era verdade, mas não conseguiu. Steve estava certo. O *Thirty Minutes* carecia de uma reportagem investigativa de peso — algo muito bom, uma matéria com a qual todos quisessem trabalhar —, e o resto do programa seria preenchido com reportagens menores, locais, nada de muito inovador. Sua primeira reportagem investigara por que os consumidores compravam determinada marca de chá e não outras. As inúmeras viagens a fábricas de chá, visitas a supermercados para vasculhar os corredores e a participação em eventos matutinos das comunidades consumidoras de chá levaram-na a descobrir que as pessoas simplesmente tomam a mesma marca de chá que os seus pais tomam. Trata-se de um hábito transmitido de geração para geração. A reportagem tinha quatro minutos e cinquenta segundos de duração, e Kitty acreditara ter um monumento da vanguarda em suas mãos. Depois de quatro meses no trabalho, quando recebera a carta endereçada a ela enviada por duas mulheres que faziam acusações contra Colin Maguire, ela acreditara instantânea e veementemente nelas, e trabalhara ajudando-as a construir a causa contra ele. Kitty se perdera no drama, no entusiasmo, na atmosfera dos estúdios da TV, na oportunidade que teria de migrar das reportagens meigas e inofensivas para o grandioso momento, e, nessa busca pela verdade, contara uma mentira, uma mentira perigosa, e arruinara a vida de um homem.

Steve ficou olhando ao redor da quitinete.

— E agora? — perguntou, completamente perdida.

— Onde está o Glen?

— Trabalhando.

— Ele costuma levar a máquina de café dele para o trabalho?

Ela se virou para olhar para o balcão, confusa, mas seu telefone os interrompeu.

— Minha mãe. Merda.

— Tem falado com eles recentemente?

Kitty engoliu em seco e negou com a cabeça.

— Atende — disse ele, recusando-se a sair enquanto ela não o fizesse.

— *Alô*? — Kitty exagerou no tom de voz e então Steve se foi.

— Katherine, é você?

— Sim.

— Ah, Katherine... — Sua mãe se debulhou em lágrimas. — Katherine, você não faz ideia... — A mulher mal conseguia pronunciar as palavras.

— Mãe, o que foi? — Kitty sentou-se, em pânico. — Alguma coisa com o pai? Está tudo bem?

— Ah, Katherine — soluçou a Sra. Logan. — Não aguento mais. Estamos muitos *envergonhados*. Como você pôde fazer uma coisa dessas? Como pôde fazer isso com o coitado daquele homem?

Kitty sentou-se e se preparou para o ataque. Foi aí que ela notou que a TV de plasma de Glen também havia desaparecido e, ao observar mais atentamente, constatou que as roupas dele não estavam mais no guarda-roupa.

Capítulo Três

Uma semana mais tarde, depois do que pareceu serem os sete dias mais longos de sua vida, Kitty acordou suada em meio a um pesadelo. Estava deitada com as cobertas formando um emaranhado ao redor dela e com o coração acelerado. Ficou com medo de olhar ao redor do quarto, mas, à medida que o pesadelo se desvaneceu de sua memória, ela ganhou coragem e se sentou. Não conseguia respirar. Abriu a janela do quarto e inspirou o ar com força, mas o vapor que saía dos orifícios das secadoras 24 horas foi inspirado e levado direto para os pulmões. Kitty tossiu, fechou a janela bruscamente e foi até a geladeira. Ficou ali parada, de pé e nua, com a porta aberta numa tentativa de se refrescar um pouco. Não estava pronta para o dia seguinte. Não se sentia preparada para aquele dia de nenhuma forma.

"Colin Maguire sofreu danos irreparáveis à sua reputação, sua vida foi inteiramente comprometida e ele foi afastado de sua casa e de seu bairro, resultado da décima exibição do mês de janeiro do programa de televisão *Thirty Minutes*. Katherine Logan confrontou o Sr. Maguire fora do seu local de trabalho e o acusou de abusar sexualmente de duas adolescentes e de ter engravidado uma delas. Apesar de ele ter negado diversas vezes e de ter se demonstrado disponível para realizar um teste de paternidade, o programa foi exibido. As ações negligentes de

Katherine Logan, Donal Smith e Paul Montgomery e o comportamento antiprofissional deles causaram um impacto devastador na vida do Sr. Maguire."

Kitty acompanhou a audiência ao lado do produtor do *Thirty Minutes*, Paul, e do seu editor, Donal, enquanto ouviam as condições extensas dos termos, o que resultou no valor de quatrocentos mil euros como pena de indenização, acentuada pela gravidade do delito e por perdas e danos. A leitura demorou exatamente dezessete minutos. A cada palavra, a cada acusação, Kitty se odiava um pouco mais. Próximo a ela, Colin Maguire, a família dele — esposa, pais, irmãos e irmãs — e todos do seu bairro que compareceram para apoiá-lo estavam olhando para ela, pelas costas, seus olhos cuspindo fogo. Kitty sentiu o ódio, a raiva deles, mas, sobretudo, a mágoa de Colin. Ele mal conseguiu erguer a cabeça, seu olhar estava cabisbaixo e o queixo, firmemente posicionado sobre o peito. Parecia que fazia um ano que ele não dormia.

A equipe do *Thirty Minutes* e seus representantes legais deixaram o tribunal se esquivando da multidão de fotógrafos e das câmeras, algumas da própria emissora, que focalizaram o rosto de Kitty como se ela fosse um dos criminosos que ela com frequência via, pelas notícias, sair exatamente desse mesmo edifício. Os homens caminhavam tão rápido que ela mal conseguia andar, mas não sentia vontade de correr. Sua sanidade mental dependeria da sobrevivência àquele momento. Não queria dar um passo errado, não agora, depois de ter cometido tantos erros que os levaram até ali. Manteve a cabeça baixa e então, depois de refletir que aquilo a faria se sentir culpada, a ergueu. *Queixo empinado, aceite a sua punição e siga em frente*, ela repetiu para si mesma, tentando manter as lágrimas bem longe. A luz dos flashes a deixou tonta, então ela se viu forçada a olhar para baixo novamente. De repente, o ato de caminhar pareceu artificial, como um movimento mecânico que exige grande esforço. Kitty concentrou-se em colocar um pé à frente do outro, tentando balançar o braço esquerdo ao movimentar o pé direito, e não o contrário. Tentou não sorrir, mas não queria aparentar nervosismo. Sabia que aquelas fotos circulariam eternamente, sabia que aquela filmagem seria transmitida sem parar e depois seria arquivada para que os repórteres pudessem rebuscá-la. Kitty sabia disso porque fazia isso todo dia. Não queria parecer fria, mas também não queria que as pessoas a julgassem culpada de imediato. Nem sempre as pessoas prestam atenção à narrativa, apenas olham para as imagens. Ela queria parecer inocente, mas arrependida. Era isso, arrependida. Tentou manter o orgulho e a dignidade quando por dentro não tinha sequer saído daquele tribunal. Durante todo o caminho, as pessoas gritavam para ela. Os apoiadores do Sr. Maguire tinham saído rapidamente do tribunal e aparecido na rua para conceder entrevistas à imprensa e para provocar a equipe do *Thirty Minutes*. Kitty pôde ouvi-los atrás dela disparando ofensas e insultos, e os jornalistas que estavam à procura de algum comentário aumentavam a voz em meio ao falatório. Os carros que passavam em frente ao Quay Inns diminuíam a velocidade para que seus motoristas pudessem observar a movimentação, para ver quem é que estava sendo cercado pela mídia, sendo literalmente prensado pela imprensa. Esmagada e espremida, esgotada e desmoralizada, vendo tudo ser arrancado dela, Kitty refletiu que isso era o que ela causara a Colin Maguire, enquanto os repórteres se chocavam contra ela. Ela continuou caminhando, um passo à frente do outro; era tudo o que conseguia fazer. *Queixo empinado, não sorria, não chore, não caia, caminhe*.

Depois que entrou no escritório dos seus advogados, que ficava nas proximidades, e se certificou de que havia conseguido escapar dos repórteres, Kitty jogou a bolsa no chão, apoiou a testa contra a parede gelada e respirou fundo algumas vezes.

— Jesus — suspirou ela, sentindo uma descarga de calor percorrer seu corpo.

— Você está bem? — perguntou Donal, com gentileza.

— Não — sussurrou ela. — Estou tão, mas tão arrependida de tudo isso...

Sentiu um tapinha leve nas costas e ficou grata pelo apoio dele. Era ela quem havia causado tudo isso, e Donal tinha todo o direito de atacá-la.

— Isso é ridículo — exclamou Paul para o advogado na sala ao lado, andando de um lado para o outro em frente à escrivaninha. — Quatrocentos mil euros *mais* os honorários dos advogados. Não é nada do que você disse que seria.

— Eu disse que *poderia*...

— Não se atreva a voltar atrás agora — berrou ele. — Isso é pavoroso! Como podem fazer isso com a gente? Já nos desculpamos. Publicamente. Na abertura do programa de 18 de fevereiro. Quatrocentas e cinquenta mil pessoas assistiram ao nosso pedido de desculpas, viram que reconhecemos a nossa culpa, outros milhões de pessoas assistiram pela internet, e sabe Deus quantas mais viram depois de hoje. Sabe, aposto que fomos pegos desde o começo. Aquelas duas mulheres, aposto que elas e o Colin Maguire estão juntos nisso, e elas vão receber uma parte desse dinheiro. Eu não ficaria surpreso com isso. Nada me surpreenderia agora. Senhor! Quatrocentos mil euros. Como é que eu vou explicar isso para o diretor-geral?

Kitty retirou a testa da parede gelada do corredor e ficou parada em frente à sala do advogado.

— Nós merecemos isso, Paul.

Houve um silêncio e ela ouviu a inspiração de Donal atrás dela. Paul girou o corpo e a olhou como se ela não fosse nada, o que significava até um pouco mais do que como ela se sentia naquele momento.

— Arruinamos a vida do Colin Maguire. Merecemos ouvir cada uma daquelas palavras que nos disseram lá. Não deveríamos ter cometido um erro tão grave, e agora temos de assumir a responsabilidade da nossa atitude.

— *Nossa* atitude? Não. *Sua* atitude. Você arruinou a vida dele. Eu só fui o idiota que assumiu que você tinha executado o seu trabalho da maneira certa e que tinha de fato feito suas pesquisas apropriadamente. Eu sabia que jamais deveríamos ter deixado essa matéria na sua mão. Preste atenção no que vou dizer: a emissora nunca mais vai te contratar de novo, entendeu, Kitty? Você não sabe nem qual é a primeira coisa que se deve fazer para cobrir uma maldita matéria — esbravejou ele.

Kitty assentiu e se afastou.

— Tchau, Donal — ela se despediu, com a voz calma.

Ele meneou a cabeça e ela deixou o edifício pela saída dos fundos.

Kitty estava com medo de voltar para a quitinete por dois motivos. Não tinha bem certeza se a decisão do tribunal incentivaria ainda mais os ataques à sua casa ou se eles acabariam agora que a justiça fora feita para Colin e ele fora financeiramente recompensado. O outro motivo era que ela estava com medo de ficar sozinha. Não sabia o que fazer; poderia passar mais um momento pensando nisso, debatendo-se mais uma vez sobre o assunto, mas também não sentia que era a melhor coisa a fazer. Merecia ser punida, precisava aguardar esse sentimento de vergonha absoluta. Ela pegou a bicicleta que estava presa em uma das ruelas do Four Courts e seguiu em direção à casa de Constance. Paul podia tê-la acusado de não saber qual é a primeira coisa que deve ser feita para a cobertura de uma reportagem, mas ela conhecia alguém que sabia muito bem, e talvez tivesse chegado a hora de começar a aprender de novo.

Constance e Bob moravam num porão convertido em apartamento de uma casa eduardiana de três andares em Ballsbridge, e o resto da casa abrigava o escritório da revista. Ao longo dos anos, o apartamento se tornara uma extensão do escritório, e os dois dividiam o espaço e moravam juntos fazia vinte e cinco anos. A cozinha, inutilizada porque o casal comia fora toda noite, ficava escondida por detrás de um amontoado de lembranças e de objetos que ambos traziam de suas viagens longas. Cada superfície era coberta por alguma mistura eclética de arte: esculturas de ébano ao lado de Budas felizes e mulheres nuas esculpidas em vidro veneziano, máscaras africanas e venezianas postas na cabeça de ursinhos de pelúcia velhos e, nas paredes, entalhes chineses e pinturas de paisagens dependuradas ao lado das favoritas e satíricas histórias em quadrinhos de Bob. O lugar inteiro se parecia com *eles*. Tinha personalidade, era divertido, vivo. Teresa, a governanta, trabalhava para Constance e Bob fazia vinte cinco e anos e tinha setenta e poucos. Aparentemente, ela não fazia nada muito além da limpeza mais leve e de assistir ao *The Jeremy Kyle Show*, mas Constance, que de qualquer modo não era muito o tipo que se preocupa com a casa arrumada, não tivera coragem de dispensá-la. Teresa estava mais do que familiarizada com Kitty, então a recebeu de imediato na casa deles sem questionar. Em seguida, voltou para a sua poltrona com uma xícara de chá para assistir a um homem e uma mulher gritando um com o outro diante de um detector de mentiras que não se posicionou a favor de ninguém. Kitty sentiu-se grata pelo fato de que Teresa nunca assistia às notícias e não tinha a menor consciência do drama da semana, poupando-lhe, assim, de um inquérito. Kitty foi até o escritório de Constance e Bob.

As duas escrivaninhas ficavam opostas uma à outra e havia, igualmente em cada uma, uma pilha do que parecia ser lixo, mas que provavelmente eram papéis importantes. Em cima da escrivaninha de Constance havia fotografias de mulheres nuas na França de 1930, fazendo poses provocantes. Ela as colocara aqui para o deleite de Bob e, em troca, ele pusera sobre a mesa dele fotos de arte africana de homens nus. O piso estava tão abarrotado de coisas quanto a superfície dos móveis e das paredes, com tapetes persas sobrepondo-se uns aos outros, de modo que era difícil não tropeçar nos bolos e mais bolos que se formavam no chão. Assim como todo o resto da casa continha obras de arte, havia dúzias de gatos espalhados no chão, em diferentes posições, por todo o lugar. Kitty sabia que Constance odiava gatos, os reais e os de porcelana, mas aquelas peças pertenceram à sua mãe e, quando ela falecera, Constance insistira em lhes oferecer um lar. O espaço estava tão abarrotado que Kitty se perguntou como diabos eles conseguiam se concentrar ali, mas o fato é que conseguiam e se saíam muito bem nisso. Constance se mudara de Paris para Dublin para contrariar o seu pai rico e para estudar literatura inglesa na Trinity College. Lá, ela editara o jornal da faculdade, e seu primeiro trabalho fora escrever para a seção "Sociedade" do *Irish Times*, onde ela conhecera Robert McDonald. Bob era dez anos mais velho que ela e correspondente de assuntos de negócios do *Time's*. Quando finalmente se cansou de ouvir o que deveria fazer (o que não levou muito tempo), Constance decidiu decepcionar ainda mais o pai ao deixar seu respeitável emprego no jornal famoso para abrir seu próprio periódico. Bob a acompanhou, e, depois de conhecerem diversas revistas, fundaram a *Etcetera*, vinte anos atrás, a experiência mais bem-sucedida dos dois. Não era a revista campeã de vendas da Irlanda, já que não publicava dicas sobre como combater a celulite ou como conquistar o corpo perfeito para o biquíni, mas era amplamente respeitada pela indústria. Escrever para a *Etcetera* era uma honra, um degrau importante na escada para o sucesso. Constance era o tipo de editora direta, sem papas na língua, sensata, com um olhar apurado para a história e o talento das outras pessoas; fora na *Etcetera* que muitos dos escritores bem-sucedidos do país haviam começado.

Kitty foi até o armário de arquivos e logo de cara ficou impressionada com o sistema genial que Constance desenvolvera. Não se parecia nem um pouco com o resto da casa: cada artigo que Constance havia escrito para a *Etcetera* ou para qualquer outra revista a qual ela administrara, artigos que ela havia escrito para outras publicações e todas as ideias que já tivera para o passado e para o futuro, estavam organizadamente arquivados em pastas, por ordem alfabética. Incapaz de conter a sua curiosidade inata, Kitty leu os artigos o máximo que pôde antes de chegar à letra "N". E lá estava, um envelope marrom simples, arquivado com o título "Nomes". Estava selado e, embora soubesse que não podia quebrar o acordo que havia feito com Constance, Kitty não conseguiu conter a impaciência e se sentou na cadeira da escrivaninha para abri-lo. Teresa apareceu na porta e Kitty deu um pulo, feito uma estudante travessa que é pega fumando. Ela jogou o envelope em cima da mesa e começou a rir consigo mesma.

— Você já foi visitá-la? — perguntou Teresa.

— Sim. Semana passada. Não pude visitá-la esta semana porque tive um compromisso — respondeu Kitty, sentindo-se culpada pelo fato de que o processo judicial mais uma vez a impedira de visitar Constance. Sabia que deveria ter feito um esforço, mas as visitas diárias ao Four Courts a deixaram esgotada, com pena de si mesma, introspectiva e, com toda a sinceridade, ligeiramente defensiva e arisca. Não achava que seria justo levar essa energia para o leito de Constance.

— Imagino que ela deva estar desesperada. Meu Frank morreu de câncer. Estava nos pulmões. Fumava quarenta cigarros por dia, mas, ainda assim, ninguém merece passar por tudo o que ele passou. Tinha a mesma idade da Constance. Cinquenta e quatro — lamentou. — Você acredita que passei mais anos sem ele do que com ele? — Ela balançou a cabeça. — Quer uma xícara de chá? Está com gosto de metal. Achei umas moedas na chaleira. Eles a usavam como cofrinho. O Bob me pediu para levá-las ao banco. Tinha 76 euros e 25 centavos aqui.

Kitty sorriu diante da excentricidade de Bob e Constance e recusou o chá com sabor de metal. Entusiasmada por finalmente ter em mãos o envelope que continha a ideia de Constance, e superando a vontade latente de abri-lo, Kitty ligou para Bob no mesmo instante para marcar uma visita. Nas três vezes em que tentou, a ligação foi parar na caixa postal dele, e, depois que se sentiu cansada de esperar e seguiu caminho rumo ao hospital, em sua bicicleta, sentiu o telefone vibrar. Atendeu usando o microfone do fone de ouvido.

— Oi, Bob. Estou a caminho do hospital. Espero que esteja tudo bem. Estou aqui com o envelope que tem a ideia que a Constance mencionou. Mal posso esperar para abri-lo.

— Não é uma boa hora — retrucou Bob, com a voz perceptivelmente tensa, apesar do barulho do trânsito ao redor de Kitty. — Ela, ah... ela teve uma recaída.

Kitty parou de pedalar de repente e um ciclista que vinha atrás quase bateu na traseira dela e a xingou. Ela levantou a bicicleta, tirou--a da ciclovia e a colocou sobre a calçada.

— O que aconteceu?

— Eu não queria te contar nada, a sua semana já foi bastante difícil e eu tinha esperanças de que ela melhoraria... mas... ela... O estado dela piorou desde quando você a visitou. Ela alterna entre períodos de consciência e inconsciência, há dois dias não me reconhece, está confusa, tendo alucinações, conversando em francês na maior parte do tempo. Hoje ela está... Ela está em coma, Kitty. — A voz de Bob vacilou.

— Quer que eu vá até aí pra ficar com você? — perguntou Kitty, sentindo-se em pânico por dentro e desejando mesmo, de todo o coração, estar lá, naquele lugar, com aquele cheiro de hospital, com Bob, ao lado de Constance.

— Não, não, você está ocupada. Vou ficar bem.

— Não estou, não, Bob. Não tenho nada pra... Não tenho nada, ok? Quero ficar aí. Por favor, posso?

Kitty desligou e pedalou como se a sua vida dependesse daquilo, o que, de certo modo, era verdade.

— Oi, Steve, sou eu. Estava aqui pensando em você e, bem, tenho algumas coisas a dizer a respeito do que conversamos da última vez em que nos vimos. Então aí vai. "Rad ou Bad". "Rad" é a abreviação de "radical", mas os jovens legais reduzem a palavra pra deixar o efeito ainda mais legal. Porém, é um linguajar meio de internautas, então pode ser que esteja fora de uso. Aí, tenho "Cool e Fool", ou, pra deixar a coisa ainda mais moderna, você poderia usar "Cool e Tool". E, finalmente, a minha favorita, e provavelmente a sua favorita também, já que tem a ver com o futebol: "Score e Whore". Espero que o seu chefe goste das opções e que não seja tarde demais. Tá, tudo bem, muito provavelmente você não gostou, ou talvez tenha gostado e está escutando isso pensando que estou bêbada ou...

Sei lá o que você deve estar pensando. Preciso ir agora. Ah, mais uma coisa. A Constance morreu. Esta noite. E, ah, meu Deus, sinto muito por ficar chorando aqui na sua secretária eletrônica, mas não sei muito bem o que fazer. Ok. Obrigada por me ouvir. Tchau.[1]

1 Neste parágrafo aparecem palavras em inglês cujos significados seguem: *rad*: radical, ousado; *bad*: mau, malvado; *cool*: legal, bacana; *fool*: tolo, bobo; *tool*: bobo, idiota; *score*: pontuação, resultado; *whore*: prostituta. (N.T.)

Capítulo Quatro

Embora Kitty não tivesse passado muito tempo com Constance nos últimos meses, ela sabia, por instinto, que a amiga estava lá. Quando uma pessoa querida morre, sentimos algo diferente. A ausência dessa pessoa dói a cada segundo do dia. Quando surgia alguma dúvida em relação a qualquer assunto, Kitty sempre ligava imediatamente para Constance, à procura de uma resposta. Agora tudo mudara. Com frequência ela se lembrava de alguma matéria surpreendente que gostaria de compartilhar com a amiga ou, o que era ainda mais frustrante, de alguma conversa mal terminada que gostaria de ter a oportunidade de terminar, ou de alguma pergunta que não fora respondida. Constance não estava lá, e por causa disso Kitty desejava a sua presença mais do que nunca, e se torturava pela sua ausência nas visitas ao hospital e por não ter ligado para ela com maior regularidade, não apenas quando Constance estava doente, mas durante sua vida. Houve ocasiões para as quais ela deveria tê-la convidado, noites em que as duas poderiam ter saído juntas... Tempo demais perdido, tempo que as duas não passaram juntas. Mas, no final das contas, ela sabia que, se pudessem resgatar a amizade, fariam tudo do mesmo jeito de novo. Constance não precisara mais da presença de Kitty em sua vida do que ela tinha lhe oferecido.

Sem trabalho para se ocupar, nem um namorado para ajudá-la a se distrair e lhe mostrar as alegrias e a beleza da própria vida, nem uma família que morasse na mesma cidade ou que tivesse a habilidade de compreender e de demonstrar compaixão, Kitty sentia-se mais sozinha do que nunca. O único lugar em que ela sentia que queria estar eram os escritórios da *Etcetera*. Estar lá era como estar com Constance, que fora o coração pulsante daquela revista da qual era a fundadora. A revista era constituída pelas ideias dela, pela sua inspiração, e, pelo simples fato de segurar nas mãos uma edição da revista, Kitty sentia como se Constance continuasse viva. Ela imaginou que aquela sensação era a mesma de ver o filho falecido de alguém; a aparência, as manias, todas as características de Constance estavam ali, naquela revista.

Logo que entrou no escritório, Kitty sentiu a dor da perda da qual vinha fugindo. Sentiu-se como se tivesse sido atingida por uma brisa gelada, recebido um tapa na cara que a deixou sem fôlego. Imediatamente, seus olhos se encheram de lágrimas.

— Ah... Eu sei — disse Rebecca, diretora de arte, ao perceber Kitty congelada na porta. — Você não foi a única que ficou desse jeito. — Rebecca se aproximou dela, abraçou-a com ternura, tirou-lhe o casaco e a ajudou a sair do lugar. — Entre, estão todos no escritório do Pete, numa reunião.

Escritório do Pete. Ao ouvir isso, Kitty sentiu-se imediatamente irritada, e, embora não tivesse nenhuma relação com Pete, ela o detestou por um momento, como se ele sozinho tivesse conspirado com Deus para eliminar sua amiga. Como editor adjunto, ele assumira o posto enquanto Constance estava doente, junto a Cheryl Dunne, uma mulher jovem e ambiciosa que não tinha muito mais idade que Kitty e estava exercendo a função de editora assistente, enquanto Bob havia passado os últimos meses em tempo integral com Constance. Com a presença de Pete e de Cheryl, o lugar parecia diferente. Pete e Cheryl encontraram um modo de trabalhar juntos, e, enquanto aparentemente todo mundo havia aprendido a entrar nesse mesmo ritmo, Kitty vinha se esforçando para conseguir.

Fazia nove meses que Constance deixara o controle da *Etcetera*, seis meses que tinha se afastado de vez do escritório, e, dentro desse período, estava claro que as matérias que Kitty escrevera não haviam sido exatamente as suas melhores. Não que estivessem abaixo da média, nada disso, ou, do contrário, Pete nem mesmo as teria publicado e Constance, que mantinha o olhar atento sobre tudo até o fim, teria arrastado Kitty para o hospital, gritado e esbravejado para lhe dar um chacoalhão. Ela era boa nisso. Além de querer que a sua revista estivesse no topo das prateleiras, ela nunca quisera que ninguém falhasse em encontrar o próprio potencial. Para ela, esse seria o maior erro de todos.

Sabendo disso, depois do funeral de Constance, Kitty se retirou para a sua quitinete, não para aliviar o próprio sofrimento, mas para colocar ainda mais dor sobre ele, debruçando-se sobre as suas próprias matérias, tentando descobrir onde havia errado, para onde precisava seguir no futuro, quais eram as suas forças e fraquezas. Logo que leu as matérias escritas nos últimos seis meses, sentiu que não havia brilho nelas. Por mais que detestasse admitir, e nunca faria isso em voz alta, seus textos estavam quase que mecânicos. Tinham um tom informativo, emotivo, havia estilo e um pouco de talento e estavam de acordo com os padrões da revista em todos os sentidos, abordando temas semelhantes por diferentes ângulos — numa revista publicada mensalmente, uma abordagem única de um assunto já explorado era a maior prioridade —, mas, ao reler suas matérias, Kitty sentiu um gosto ruim na boca. Depois da experiência desastrosa com o *Thirty Minutes*, ela tinha consciência de que nada do que havia escrito ou que pudesse possivelmente escrever de novo lhe agradaria como antes. Sabia que estava deliberadamente encontrando defeito em tudo o que se referia a si mesma, e encontrando pouquíssimas razões para comemorar. Criticou tudo o que havia dito e feito, mas, apesar da dúvida em relação a si mesma, sabia que estava certa em relação à piora da qualidade dos seus textos.

A metodologia de motivação utilizada por Constance durante as reuniões de *brainstorming* não servia para qualquer pessoa. Fora perfeita para Kitty, mas, assim como tinha consciência de que Pete e Cheryl apreciavam os métodos de Constance, ela também sabia que os dois mal podiam esperar para deixar o escritório e retornar às suas próprias fontes de inspiração: outras revistas, jornais, sites, e assistir aos canais de TV que transmitiam notícias vinte e quatro horas para saber o que havia de novo e atual ou qual era a notícia quente do momento. O método de Constance consistia sempre em procurar pelas respostas internamente. Ela pedia a cada pessoa da equipe que olhasse dentro de si mesma para escrever suas matérias: qual era a motivação de cada uma naquele momento em particular, o que as desafiava, quais eram as questões pertinentes àquele dia, não em relação ao mundo, mas que estavam dentro do coração e da mente de cada uma — o que não passava de tolice para pessoas como Pete e Cheryl. Constance sempre acreditara que essa forma de lidar com os assuntos tornaria as matérias muito melhores. Em vez de escrever sobre o mercado, ela queria que a equipe escrevesse sobre si mesma. Somente assim, acreditava ela, seria possível estabelecer uma conexão com o leitor. Constance não queria apenas que a sua equipe escrevesse em tom informativo e com estilo, mas encorajava cada um deles a revelar o artista que havia ali dentro. E todas as matérias eram decididas a partir do que ela pedia para determinada pessoa escrever sobre certos assuntos que sabia serem compatíveis com aquela pessoa, ou, para escrever sobre um tema que desafiaria alguém em particular, ou, ainda, definia os temas das matérias pelo simples fato de ouvir as ideias da equipe.

E era exatamente esse o problema — finalmente Kitty tinha acertado em cheio. Nesses seis meses de matérias que fizera para a *Etcetera*, somente agora se dava conta de que não havia escrito nem um só artigo que fora sua própria ideia. Cada matéria havia sido proposta por Pete ou por Cheryl ou ainda por alguém que já estivesse sobrecarregado demais e que, por isso, não conseguiria escrevê-la. Ela não percebera o que estava acontecendo porque não se importava. Não percebera e não se importara porque estava trabalhando no *Thirty Minutes*, e cada matéria que ela cobrira para o programa tinha sido algo que a mandaram cobrir. De certa maneira, seu método de contar histórias no *Thirty Minutes* acabara influenciando seu modo de escrever. As reportagens transmitidas no programa não tinham nada a ver com ela; eram histórias que não a tocavam e que ela não tinha tentado compreender de maneira mais aprofundada porque não havia tempo o suficiente. Ora as condições de filmagens estavam boas ou ruins, ora perderiam alguns minutos por causa de alguma outra matéria que naquele momento era mais importante, ou então tinham uma entrevista, depois não tinham mais e aí tinham de preencher o espaço da entrevista cancelada com alguma outra coisa, então Kitty se sentia como se fosse ligada e desligada o tempo todo, feito uma tomada. Era um estilo de trabalho menos criativo para ela; mecânica, passava mais tempo sobre os próprios pés do que utilizando a mente. Por seis meses, Kitty não havia tido nenhum pensamento original por sua própria conta, e, na semana em que viera a descobrir isso, sentira-se tão aterrorizada que nem mesmo conseguira pensar em outra coisa. Agora, a última conversa que tivera com Constance no hospital fazia mais sentido para ela. Quando Constance a acusara de ter escrito matérias porque alguém havia dito que tal assunto seria interessante e não porque ela de fato sentia isso, Kitty havia pensado que a amiga se referira às suas matérias do *Thirty Minutes,* mas talvez estivesse falando dos artigos da *Etcetera*. Na verdade, Kitty tinha certeza disso agora.

Ela caminhou em direção à sala de reuniões sentindo-se vulnerável depois da recente humilhação, sabendo que não tinha nenhuma ideia, assim como nenhum pensamento original na cabeça, completamente sozinha, sem o apoio de Constance e Bob. Embora já tivessem acontecido muitas sessões mensais de *brainstorming* desde o afastamento de Constance, não havia nada que pudesse ser decidido sem ela, e agora, com Pete no controle e Bob ausente ainda por cima, aquela seria a primeira reunião desse tipo. Kitty abriu a porta e todos que estavam na sala olharam para ela.

— Olá.

— Kitty — falou Pete, parecendo surpreso de uma maneira não muito agradável. — Não esperávamos ver você aqui esta semana. O Bob disse que tinha dado uma semana de folga pra você.

Aparentemente, ele preferiria mesmo não tê-la visto naquela semana, ou talvez fosse apenas paranoia dela.

— Ele me deu mesmo, mas simplesmente não consegui pensar em nenhum outro lugar em que eu gostaria de estar agora — explicou Kitty, de pé no fundo da sala, já que todas as cadeiras estavam ocupadas.

— Tudo bem, então. Bom, estamos conversando sobre a edição do mês que vem, que será uma homenagem à Constance.

Os olhos de Kitty se esbugalharam.

— Que ideia maravilhosa!

— Então... — Pete bateu palmas e Kitty deu um pulo. — Ideias. Sugiro que utilizemos de oito a doze páginas para falar da trajetória da Constance, das matérias que ela escreveu para a *Etcetera* e de outras publicações ao longo de sua carreira. Uma retrospectiva de suas maiores revelações, os escritores que ela ajudou a descobrir. Aquela entrevista com o Tom Sullivan, por exemplo, seria uma boa, contar como ela o ajudou a descobrir e desenvolver a sua voz. Dara, quero que você entreviste o Tom; conversei com ele no funeral e ele já concordou. Niamh, quero que você cubra os outros escritores, tanto os que estão vivos quanto os que já morreram: quem ela descobriu, como ela os descobriu, o que eles escreveram, o que continuaram escrevendo, e assim por diante.

Dara e Niamh assentiram e fizeram anotações.

Pete começou a distribuir funções aos demais ao redor da mesa e Kitty não pôde deixar de pensar que tudo aquilo parecia muito errado. Constance odiaria essa edição, não apenas pelo fato de ser inteiramente dedicada a ela, mas porque estava rediscutindo material velho. Ela olhou à sua volta para verificar a reação dos demais, mas todos estavam extremamente concentrados, ocupados rascunhando as ordens de Pete em seus blocos de anotações. E era bem assim que estavam se comportando: recebendo ordens de Pete, ele nem um pouco gentil, tampouco inspirador, sem fazer nada para incentivar aquelas pessoas sentadas ao redor da mesa a trazerem novas ideias. Nenhuma pergunta sobre histórias pessoais ou sobre lembranças da mulher que todos eles respeitavam profundamente, apenas informações que brotavam da sua própria cabeça sobre o que ele pensava que seria uma boa ideia. Kitty reconhecia que para Pete era difícil fazer isso, e, como não tinha nenhuma ideia original na cabeça para oferecer, se manteve calada.

— Bom, então está resolvido. Vamos falar sobre o resto da revista. Conal, que tal colocarmos aquela matéria sobre a atuação da China na África do Sul?

Os dois começaram a conversar sobre o resto da revista depois de já terem encerrado o assunto da homenagem a Constance, o que deixou Kitty furiosa.

— Oi, Pete?!

Ele olhou para ela.

— Não sei, Pete. Isso tudo parece meio... velho? — Algo não muito conveniente para dizer enquanto as pessoas estão discutindo seu trabalho. Alguns resmungaram e se remexeram nas cadeiras. — Me refiro a essa homenagem à Constance. Ela odiava republicar artigos velhos.

— Não vamos fazer apenas isso, Kitty. Se estivesse prestando atenção, teria ouvido direito. E temos de resgatar os fatos. É isso que se faz em uma homenagem.

Tentando não aborrecer ninguém, Kitty continuou:

— Sim, eu sei, mas a Constance dizia que isso era como reusar papel higiênico, estão lembrados? — Ela sorriu, mas os demais continuaram sérios. — Ela não ia gostar de ficar olhando para trás. Desejaria algo novo, alguma coisa à frente, algo comemorativo.

— Como o quê, por exemplo? — perguntou Pete, e Kitty congelou.

— Não sei.

Alguém emitiu um suspiro profundo.

— Kitty, essas doze páginas serão uma homenagem à Constance. Temos todo o resto da revista para criar matérias novas — rebateu

Pete, tentando soar paciente, mas na verdade parecendo um paternalista que havia chegado ao seu limite. — Se você não tem nenhuma ideia para sugerir, então vou seguir adiante.

Ela refletiu por um bom tempo, enquanto todos os olhos recaíam sobre ela. Em vez de trazer outras ideias, tudo o conseguiu pensar foi que não conseguia pensar em nada, o que se repetia fazia seis meses, então certamente não começaria a pensar agora. Por fim, as pessoas começaram a desviar o olhar, sentindo-se envergonhadas por ela, mas Pete manteve o foco em Kitty, como se quisesse provar algo. Ela queria que ele prosseguisse com a reunião... e por que diabos ele não prosseguia? Suas bochechas queimavam, e ela olhou para baixo para evitar que seu olhar se cruzasse com o de alguém, sentindo que não poderia afundar ainda mais.

— Não sei — respondeu ela por fim, calmamente.

Pete deu continuidade à reunião, mas Kitty não conseguiu se concentrar em uma palavra sequer que ele disse depois. Sentia como se tivesse decepcionado Constance — tinha certeza, na verdade —, e, embora ainda doesse, já se acostumara com esse tipo de sentimento. Continuou se perguntando o que exatamente Constance ia querer. Se ela estivesse naquela sala, que matéria gostaria de publicar? Foi então que Kitty pensou.

— Já sei — disparou ela, interrompendo o *feedback* de Sarah sobre o andamento da sua matéria que compararia o aumento nas vendas de esmaltes durante um período de recessão com as vendas de batons durante a Segunda Guerra Mundial.

— Kitty, a Sarah está falando.

Os demais pareceram incomodados.

Ela se encolheu na cadeira e esperou que Sarah terminasse. Quando acabou, Pete passou a palavra para Trevor, que lançou mais duas ideias, nenhuma das quais seria utilizada, provavelmente. Então, voltou-se para Kitty.

— Na última vez em que conversei com a Constance, ela teve uma ideia que queria dividir com você. Não sei se ela teve tempo de fazer isso. Foi uma semana atrás. — Quando Constance continuava viva e respirando.

— Não, fazia um mês que eu não falava com ela.

— Entendo. Bem, ela queria ter contado a você sobre uma ideia que teve que seria perguntar a escritores já aposentados o seguinte: se tivessem a chance de escrever uma história que sempre quiseram escrever, mas nunca escreveram, que história seria?

Pete olhou ao redor da mesa e pôde perceber que os demais pareceram interessados.

— Escritores como Oisín O'Ceallaigh e Olivia Wallace — acrescentou Kitty.

— Oisín tem 80 anos e mora nas ilhas Aran. Faz dez anos que ele não escreve uma palavra sequer e vinte que não escreve absolutamente nada em inglês.

— Essas foram as pessoas que ela mencionou.

— Tem certeza?

— Sim — respondeu Kitty, sentindo as bochechas queimando de novo por ser questionada tantas vezes.

— E essas entrevistas a respeito das histórias que escreveriam comporiam a própria matéria ou pediríamos a eles que escrevessem essas histórias?

— Primeiro, ela disse que eu deveria entrevistá-los...

— Ela disse que *você* deveria entrevistá-los — interrompeu ele.

— Sim... — Kitty fez uma pausa, sem saber ao certo qual era o problema. — Mas depois ela disse que você poderia pedir a esses escritores que escrevessem a história que sempre quiseram contar.

— E eles devem receber comissão por isso?

— Creio que sim.

— Escritores de porte como esses vão ter um custo alto.

— Bem, é uma homenagem à Constance, então talvez eles nem cobrem por isso. E, se é uma história que sempre quiseram escrever, talvez o fato de publicar já seja pagamento suficiente. Será revigorante para eles.

Peter pareceu duvidar do que ela dizia.

— Como foi que essa conversa aconteceu?

Todos desviaram o olhar de Pete para Kitty.

— Como assim? — indagou ela.

— Estou tentando encontrar uma relação entre a sua ideia e a homenagem à Constance.

— Foi uma das últimas ideias que ela teve.

— Foi? Ou foi ideia sua?

Todos pareceram desconfortáveis e se remexeram em suas cadeiras.

— Você está me acusando de me aproveitar dessa homenagem para publicar uma ideia minha? — Kitty queria soar maior que ele, superior, fazê-lo parecer pequeno, mas, em vez disso, sua voz saiu fraca e mansa, e ela soou como se estivesse fazendo exatamente aquilo de que estava sendo acusada.

— Por que não encerramos esta reunião por aqui e todos voltam para suas mesas? — acrescentou Cheryl em meio a um estranho silêncio.

Todos rapidamente saíram da sala, satisfeitos por se livrarem daquele clima estranho. Pete continuou de pé, à ponta da mesa, com as duas mãos espalmadas apoiando-se sobre a superfície. Cheryl também permaneceu ali, o que incomodou Kitty.

— Kitty, não estou tentando bancar o esperto aqui, mas quero que essa homenagem seja fiel à Constance. Sei que você a conhecia pessoalmente mais do que todos nós, mas você está falando de uma conversa entre vocês duas. Quero ter a certeza de que isso era algo que a Constance realmente queria fazer.

Kitty engoliu em seco e de repente duvidou de si mesma. O que antes fora uma lembrança da conversa tão clara quanto cristal agora parecia uma confusão.

— Não posso dizer que isso era algo que ela *realmente* queria fazer, Pete.

— Ah, fala sério, Kitty. — Ele esboçou um riso frustrado. — Decida-se, hã?

— Tudo o que fiz foi perguntar a ela que matéria ela gostaria de ter escrito e que nunca escreveu. Ela gostou da pergunta e disse que seria uma boa pauta para uma matéria, e que eu poderia perguntar a escritores já aposentados que história eles sempre quiseram escrever ou, melhor ainda, pedir a eles que escrevessem essa história. Ela disse que conversaria com você a respeito disso.

— Mas não conversou.

Silêncio.

— É uma boa ideia, Pete — interveio Cheryl, com a voz calma, e, por um momento, Kitty sentiu-se aliviada por ela ter permanecido na sala.

Pete tamborilou a caneta sobre a mesa enquanto pensava.

— Ela te contou qual era a ideia?

— Não.

Pete não acreditou nela. Kitty engoliu em seco.

— Ela me pediu para procurar um envelope no escritório dela, levá-lo para o hospital e aí ela me explicaria. Mas, quando cheguei com o material ao hospital, já era tarde demais.

Os olhos de Kitty se encheram de lágrimas e ela abaixou a cabeça. Esperou por alguma demonstração de humanidade, mas foi em vão.

— Você viu do que se tratava? — perguntou Pete.

— Não.

Uma vez mais, Pete não acreditou nela.

— Eu não abri o envelope — retrucou Kitty firmemente, sentindo sua raiva aumentar.

— E onde está o envelope agora?

— Com o Bob.

Peter ficou em silêncio.

— No que está pensando? — perguntou Cheryl.

— Estou pensando que seria uma boa opção e uma ótima homenagem se tivéssemos uma matéria da Constance que ela sempre quis escrever, combinada às outras histórias dos escritores. Se o Bob nos der a história, você poderia escrever a matéria — respondeu ele para Cheryl.

Kitty sentiu-se furiosa pelo fato de Pete entregar a matéria a Cheryl.

— Talvez o Bob prefira escrevê-la — sugeriu Kitty.

— Daremos preferência ao Bob.

— Está aqui comigo. — A voz de Bob emergiu da sala ao lado.

— Bob — Pete endireitou o corpo. — Não sabia que você estava aqui.

Ele entrou na sala, parecendo cansado.

— Eu não vinha, mas percebi que não havia nenhum outro lugar onde eu gostaria de estar. — Repetiu a fala de Kitty, o que lhe mostrou que ele estava lá desde o início da reunião e que tinha ouvido tudo. — Precisava pegar uma coisa no escritório da Constance... a agenda dela... Só Deus sabe onde ela a deixou, e não pude deixar de escutar a conversa a respeito da matéria. — Bob sorriu. — Pete, acho a ideia maravilhosa. Muito boa.

— Gostaria de escrever a matéria? — perguntou Pete.

— Não, não, sou próximo demais da Constance para isso.

— Do que se trata a história? — indagou Pete.

— Não tenho ideia. — Bob deu de ombros. — O envelope está lacrado, nunca foi aberto.

Kitty fora compensada pela injustiça. Ela se segurou para não dar um pulo na cadeira e esmurrar o ar.

— Tudo bem. — Pete olhou para Cheryl, satisfeito consigo mesmo, prestes a jogar confete e tomar o partido dela, mas Bob percebeu e o interrompeu:

— Gostaria que a Kitty escrevesse.

Pete e Cheryl ficaram surpresos.

— Acho que tem mais o perfil dela — explicou ele gentilmente, como sempre atencioso e se desculpando com Cheryl.

Cheryl tentou demonstrar que aceitava.

— Embora você não saiba do que se trata — retrucou Pete, defendendo a sua preferida.

— Sim. Mesmo assim — rebateu Bob, entregando o envelope a Kitty.

Todos olharam para ela, em suspense. Kitty abriu o envelope cuidadosamente. Havia uma única folha dentro. Ela tirou a folha e se deparou com uma lista de cem nomes.

Capítulo Cinco

1. Sarah McGowan
2. Ambrose Nolan
3. Eva Wu
4. Jedrek Vysotski
5. Bartle Faulkner
6. Bridget Murphy
7. Mary-Rose Godfrey
8. Bernadette Toomy
9. Raymond Cosgrave
10. Olive Byrne
11. Marion Brennan
12. Julio Quintero
13. Maureen Rabbit
14. Patrick Quinn
15. Gloria Flannery
16. Susan Flood
17. Kieran Kidd
18. Anthony Kershaw
19. Janice O'Meara
20. Angela O'Neil
21. Eugene Cullen
22. Evelyn Meagher
23. Barry Meegan
24. Aiden Traynor
25. Seamus Tully
26. Diana Zukov
27. Bin Yang
28. Gabriela Zat
29. Barbara Tomlin
30. Benjamin Toland
31. Anthony Spencer
32. Aidan Somerville
33. Patrick Leahy
34. Cyril Lee
35. Dudley Foster
36. Josephine Fowler
37. Colette Burrows
38. Ann Kimmage
39. Dermot Murphy
40. Sharon Vickers
41. George Wallace
42. Michael O'Fagain
43. Lisa Dwyer
44. Danny Flannery
45. Karen Flood
46. Máire O'Muireagáin

47. Barry O'Shea
48. Frank O'Rourke
49. Claire Shanley
50. Kevin Sharkey
51. Carmel Reilly
52. Russell Todd
53. Heather Spencer
54. Ingrid Smith
55. Ken Sheeran
56. Margaret McCarthy
57. Janet Martin
58. John O'Shea
59. Catherine Sheppard
60. Magdalena Ludwiczak
61. Declan Keogh
62. Siobhán Kennedy
63. Dudley Foster
64. Denis MacCauley
65. Nigel Meaney
66. Thomas Masterson
67. Archie Hamilton
68. Damien Rafferty
69. Ian Sheridan
70. Gordon Phelan
71. Marie Perrem
72. Emma Pierce
73. Eileen Foley
74. Liam Greene
75. Aoife Graham
76. Sinéad Hennessey
77. Andrew Perkins
78. Patricia Shelley
79. Peter O'Carroll
80. Seán Maguire
81. Michael Sheils
82. Alan Waldron
83. Carmel Wagner
84. Jonathan Treacy
85. Lee Reehill
86. Pauric Naughton
87. Bem Gleeson
88. Darlene Gochoco
89. Desmond Hand
90. Jim Duffy
91. Maurice Lucas
92. Denise McBride
93. Jos Merrigan
94. Frank Jones
95. Gwen Megarry
96. Vida Tonacao
97. Alan Shanahan
98. Orla Foley
99. Simon Fitzgerald
100. Katrina Mooney

Não havia nenhum resumo, sinopse ou qualquer outra coisa que explicasse quem eram essas pessoas ou de que se tratava a história. Kitty olhou dentro do envelope, procurando por algo a mais, porém não encontrou nada.

— O que diz aí? — questionou Pete, sem conseguir suportar o silêncio.

— É uma lista com uns nomes — respondeu ela.

Os nomes haviam sido digitados e estavam numerados de um a cem.

— E são nomes de pessoas conhecidas? — perguntou Pete, esticando tanto o corpo sobre a mesa que praticamente rastejava sobre ela.

Kitty balançou a cabeça, sentindo que fracassava novamente.

— Talvez vocês reconheçam.

Ela deslizou a folha sobre a mesa e os outros três pularam em cima do papel feito leões em cima de um pedaço de carne fresca. Posicionaram a folha no centro da mesa, de frente para Pete, e se amontoaram em volta dela. Kitty observou a expressão deles, esperando por algum sinal de reconhecimento daqueles nomes, mas, quando todos por fim levantaram a cabeça, parecendo tão confusos quanto ela, Kitty afundou o corpo na cadeira, sentindo-se aliviada e ao mesmo tempo confusa. Ela deveria saber o que significavam aqueles nomes? Havia alguma vez conversado com Constance a respeito daquelas pessoas? Havia alguma mensagem oculta naquilo?

— O que mais tem no envelope? — questionou Pete.

— Nada.

— Me deixe ver.

Pete duvidou dela de novo, e ela, por sua vez, duvidou de si mesma, apesar de ter olhado duas vezes dentro do envelope. Depois de verificar rapidamente que não havia mais nada no envelope, Pete o jogou de volta em cima da mesa e Kitty mergulhou para pegá-lo, como se ele tivesse arremessado um bebê.

— Ela deixou algum bilhete? — perguntou ele. — Dentro de um livro ou de algum arquivo? Talvez tenha alguma coisa no escritório.

— Se houver, está lá embaixo — afirmou Bob, olhando para os nomes de novo. — Constance, meu amor, o que você estava tramando?

Kitty não conseguiu se segurar e deu risada. Constance adoraria vê-los todos ali, reunidos, coçando a cabeça.

— Não tem graça, Kitty — retrucou Pete. — A matéria não vai fazer o menor sentido se não tivermos o texto da Constance.

— Eu discordo — disse ela, surpresa. — Foi a última coisa que ela sugeriu publicarmos na revista.

— Mesmo assim, ainda prefiro incluir o texto da Constance — insistiu Pete. — O que eu quero é que as outras histórias girem em torno do texto dela. Se não encontrarmos o que ela escreveu, não estou certo de que a publicação será uma boa ideia.

— Mas a história que ela tinha pra contar é só uma lista com cem nomes — rebateu Kitty, perdendo a confiança em si mesma. Não queria que a matéria sobre a homenagem se prendesse ao fato de tentar entender o que diabos aquela lista significava. Não haveria tempo hábil, e o tempo que tinham calhava de ser o pior momento da vida de Kitty. Ela não se sentia nem um pouco inspirada, e sua autoconfiança estava em baixa.

— Não há nada pra explicar o que a Constance queria com essa lista nem como ela se sentia em relação a isso.

— Ok, então a Cheryl vai fazer isso — redarguiu Pete rapidamente, surpreendendo a todos. — Ela vai descobrir. — Ele fechou sua pasta e endireitou o corpo.

— Com todo o respeito, acho que quem deve fazer isso é a Kitty — lançou Bob.

— Mas ela acabou de dizer que acha que não devemos fazer.

— Ela só precisa de um pouquinho de motivação, Pete — acrescentou Bob, agora com um tom mais firme. — É uma tarefa que assusta.

— Tudo bem — respondeu Pete de pronto. — Temos duas semanas antes de enviarmos o material para a impressão. Kitty, mantenha-me informado sobre como está se saindo. Gostaria de um *feedback* diário.

— Diário? — indagou ela, surpresa.

— Sim.

Ele pegou suas coisas e saiu para o escritório de Constance. O escritório *dele*.

Com a exigência de Pete sobre *feedbacks* diários, Kitty sabia que os problemas com a suspensão da emissora, o ato de vandalismo na sua quitinete, o fim do seu relacionamento e a perda do processo judicial eram apenas a ponta do iceberg e que agora a verdadeira repercussão do *Thirty Minutes* estava começando.

Relutante, Kitty sentou-se na cadeira da escrivaninha de Constance, com as mãos suspensas no ar como se estivesse com uma arma apontada para ela, com medo de tocar nas coisas, de estragar a ordem com que Constance organizara tudo, sabendo que jamais conseguiriam colocar as coisas de volta no lugar, do jeito que estavam antes, sem a legítima proprietária para organizá-las. Na semana passada, Kitty adorara a sensação de estar ali, mas agora sentia-se como uma intrusa. Bob tinha lhe dado total liberdade para mexer no escritório; não havia nada que ela não pudesse ler, nenhum território que não tivesse autorização para explorar. A Kitty de antes — a que podia contar com Constance e que não estava sofrendo uma ação judicial por jornalismo irresponsável — teria pulado de cabeça diante da oportunidade de se intrometer e teria lido tudo o que pudesse, tudo o que estivesse ao seu alcance, tivesse alguma relação com a matéria ou não. Mas agora as coisas eram diferentes.

Ela passara a tarde fazendo pesquisas no armário de arquivos, tentando encontrar qualquer outro documento ou papel que correspondesse à lista de cem nomes, mas o trabalho consumira tempo e não rendera nenhum resultado. Fora inútil porque Kitty não fazia a menor ideia sobre o que significavam aqueles nomes e nem qual seria a relação deles com qualquer outra coisa. Fez uma pesquisa no Google utilizando os nomes, mas os resultados não apresentaram nada de interessante; tudo a levou para direções falsas.

Ao final do segundo dia, depois de uma reunião constrangedora com Pete na qual ela não teve nenhum resultado para apresentar, Kitty voltou para casa e encontrou tiras de papel higiênico manchado com tinta vermelha dependuradas na porta, como se estivessem simulando a cena de um crime.

Apesar de ter ido para a cama sem um pingo de esperança e uma privada entupida depois de ter tentado jogar ali as tiras de papel higiênico todas de uma vez, ela, sabe-se lá como, conseguiu acordar se sentindo vibrante e cheia de perspectivas. Um novo dia significava um novo começo para a sua pesquisa. Ela conseguiria. Esse era o momento para se redimir, para deixar Constance orgulhosa. Na noite anterior, a última coisa em que pensou foi que as pessoas daquela lista poderiam simplesmente não ser ninguém — e onde mais se encontram pessoas que não são ninguém? Sem se preocupar em se vestir, pegou a lista telefônica e se sentou à mesa vestindo apenas calcinha.

Kitty havia feito várias cópias da lista de Constance, sem querer estragar a original, que ela devolvera ao armário de arquivos. A cópia que havia feito para si mesma estava agora toda rascunhada com pensamentos, dúvidas, desenhos e formas, então ela tirou uma nova cópia, pegou um bloco de anotações novo, a lista telefônica, uma caneca de café fresco — instantâneo, já que Glen levara a máquina de café dele e os grãos frescos —, respirou fundo e se preparou. Ouviu a chave girar na porta, que se abriu de repente, e deu de cara com Glen. Levou as mãos direto para o peito. Então, sentindo-se vulnerável, cruzou as pernas, abriu a lista telefônica e cobriu o corpo ainda mais.

— Desculpe — disse ele, ainda congelado na porta, com a chave na mão, fitando Kitty. — Achei que você estaria no trabalho.

— Precisa continuar olhando para mim?

— Desculpe. — Ele piscou, desviou o olhar, depois se virou de costas. — Quer que eu vá embora?

— É meio tarde pra perguntar isso, não? — resmungou ela, marchando em direção ao seu guarda-roupa.

— Ok, lá vamos nós — disse ele, a polidez abandonando a voz. A porta bateu e ele a seguiu até o quarto.

— Ainda não me vesti.

— Ah, quer saber, Kitty? Já vi tudo isso antes, e realmente não estou nem aí.

Enquanto vasculhava as gavetas, Glen não olhou para ela.

— O que está procurando?

— Não é da sua conta.

— Estou na minha casa, claro que é da minha conta.

— Este mês paguei a minha metade do aluguel, então, tecnicamente, é minha também.

— Se você me disser o que está procurando, talvez eu possa ajudar — afirmou ela, observando-o revirar as gavetas. — Porque eu realmente gostaria que você tirasse as mãos das minhas calcinhas.

Glen finalmente retirou um relógio da gaveta das peças íntimas e o colocou no pulso.

— Há quanto tempo isso estava aí?

— Desde sempre.

— Ah.

O que mais ela não sabia sobre ele? Era exatamente isso o que os dois estavam pensando: o que mais não sabiam um sobre o outro? Por um minuto, permaneceram em silêncio, então Glen olhou ao redor do quarto novamente, de um jeito mais gentil desta vez, arrumando os sapatos, CDs e todas as outras diversas coisas que ele deixara dentro de um saco de lixo preto. Kitty não suportou ver aquilo e voltou a se sentar à mesa da cozinha.

— Obrigada por me avisar que estava indo embora — disse quando Glen passou por ela a caminho da cozinha.

Ele pegou as luvas para forno. Sim, as *luvas de forno*.

— Muito cavalheiro de sua parte.

— Você sabia que eu ia embora.

— Como diabos eu ia saber?

— Quantas brigas tivemos, Kitty? Quantas vezes eu te falei exatamente como estava me sentindo? Quantas brigas mais você queria ter comigo?

— Nenhuma, claro.

— Exatamente!

— Mas não era bem esse desfecho que eu estava esperando.

Glen pareceu surpreso.

— Pensei que você não estivesse feliz. Você disse que não estava feliz.

— Eu não estava numa *fase* feliz. Não achei que isso... Enfim, não tem a menor importância agora, não é mesmo?

Kitty se surpreendeu ao notar um fio de esperança em seu coração, esperança de que ele dissesse: "Claro que tem importância, vamos consertar as coisas". Mas, em vez disso, Glen permaneceu em silêncio por um bom tempo.

— Por que não está no trabalho?

— Decidi trabalhar em casa.

— Você foi demitida da revista? — perguntou ele, sem acreditar no que ela estava dizendo.

— Não — rebateu, cansada de ver os outros tentando adivinhar suas falas. — Não fui demitida. Talvez você se surpreenda ao saber que algumas pessoas ainda acreditam em mim.

O que não era bem verdade, considerando a maneira como Pete a tratava.

Glen suspirou, depois caminhou até a porta, com o saco de lixo apoiado sobre o ombro. Kitty voltou a olhar para a lista telefônica. Seus olhos pulavam de um nome para outro, sem conseguir se concentrar enquanto ele estava ali.

— Sinto muito pela Constance.

A emoção a invadiu e ela não conseguiu falar.

— Eu estava no funeral, caso não saiba.

— A Sally me contou.

Kitty enxugou os olhos meio sem jeito, aborrecida por estar chorando ali.

— Você está bem?

Ela cobriu o rosto com as mãos. Era humilhante demais vê-lo ali de pé enquanto ela chorava, quando um tempo atrás ele a teria confortado. Kitty chorava por causa disso e por causa de Constance. E chorava também por todo o resto.

— Por favor, vá embora — pediu ela, chorando.

Em seguida, ouviu a porta se fechar suavemente.

COM OS OLHOS SECOS, ELA RECOMEÇOU. Foi para o primeiro nome da lista: Sarah McGowan. Virou as páginas da lista telefônica procurando pelo sobrenome McGowan. Havia centenas de pessoas com esse sobrenome. Oitenta Srs. e Sras. McGowan, vinte pessoas com o sobrenome MGowan cujo primeiro nome começava com a letra "S" e oito Sarahs McGowans; o que significava que ela teria de tentar ligar para todos eles se as vinte e oito pessoas cuja letra inicial do primeiro nome era "S" não dessem em nada.

Começou ligando para todas as Sarahs. A primeira ligação foi atendida imediatamente.

— Alô, por favor, poderia falar com Sarah McGowan?

— É ela.

— Me chamo Katherine Logan e estou ligando da revista *Etcetera*.

Kitty fez uma pausa para verificar se haveria alguma demonstração de reconhecimento.

— Não quero participar de nenhuma pesquisa, obrigada.

— Não, não, não é nenhuma pesquisa. Estou ligando por parte da nossa editora, Constance Dubois. Creio que é provável que ela tenha entrado em contato com você a respeito de uma matéria.

Mas não tinha. Nem com outras seis pessoas cujo primeiro nome começava com a letra "S"; as outras duas não atenderam, então Kitty deixou uma mensagem na caixa postal. Ela prosseguiu para a outra sequência de McGowans da lista telefônica, na esperança de que Sarah fosse a esposa de alguém com o sobrenome McGowan. Dez das ligações não foram atendidas, portanto ela fez uma anotação para ligar de volta para essas pessoas. Não havia nenhuma Sarah nas primeiras oito residências para as quais ligou; na nona ligação, havia uma Sarah na casa, mas um bebê com apenas três meses de vida não poderia fazer parte do tema de uma matéria de Constance, Kitty logo concluiu. Faltavam vinte McGowans, sem falar nos outros noventa e cinco nomes da lista — havia pelo menos cem pessoas para cada um desses nomes na lista telefônica. Possivelmente, ela teria mais umas dez mil ligações pela frente, a menos que começasse pelos nomes mais obscuros. Kitty não tinha dúvida de que conseguiria fazer isso, pois não via o menor problema em fazer pesquisas, mas havia duas coisas conspirando contra ela: tempo e dinheiro. Ela simplesmente não conseguiria bancar todas essas ligações.

Então, desistiu de executar o plano em casa e voltou para o trabalho no horário do almoço. Todos estavam muito ocupados, trabalhando a todo o vapor para cumprir o novo prazo de fechamento da edição que homenagearia Constance, bem como pesquisando e escrevendo matérias para edições futuras.

Rebecca, diretora de arte, saiu do escritório de Pete fazendo uma careta.

— Ele está de mau humor hoje. Boa sorte.

Uma mulher desconhecida estava sentada à escrivaninha onde Kitty costumava ficar, o que não era tão raro, já que o departamento de redação da revista contratava muitos redatores freelancers que entravam e saíam. Kitty ficou parada no meio do escritório, procurando por uma mesa livre, e, quando a procura lhe pareceu inútil, tentou encontrar um telefone livre. Pete abriu a porta de sua sala e a chamou.

— O que está fazendo? — perguntou.

— Procurando uma mesa livre. Tenho um monte de ligações para fazer. Acha que conseguiria deixar um telefone comigo para eu usar o dia inteiro? E quem é aquela mulher na minha mesa?

— Está perto de descobrir alguma coisa?

— Vou falar com as pessoas que estão naquela lista para ver se a Constance tinha contato com alguma delas. Quem é aquela mulher na minha mesa?

— E como vai fazer para entrar em contato com elas?

— Pela lista telefônica — explicou, tentando não demonstrar que sabia muito bem que aquela ideia era ridícula.

— É isso?

— Sim.

— E quantas pessoas tem na lista?

— Cem. Quem é a mulher que está na minha mesa?

— Cem? Deus do céu! Kitty, isso vai levar uma eternidade.

— Já entrei em contato com a maior parte das que se chamam Sarah.

— E aí? Conseguiu algo?

— Ainda não.

Ele a olhou com raiva.

— O sobrenome da mulher é McGowan; considerando o nosso país, pode ser que ainda haja um "Smith" no meio. Já fiz umas cem ligações. O que espera que eu faça, Pete? Não tem outro jeito. Comecei procurando os nomes no Google. Archie Hamilton, por exemplo, pode ser um palhaço que trabalha em festas de criança, ou um cara que trabalha na corretora Davy, ou então faz dez anos que ele morreu, ou ainda está preso há cinco anos por ter agredido uma pessoa. Qual deles você acha que devo escolher?

Ele suspirou.

— Olha, não dá para você fazer essas ligações daqui.

— Por que não? — Kitty olhou para a janela, depois para a sua mesa, de modo incisivo.

— É a Bernie Mulligan. Pedi a ela para escrever uma matéria no seu lugar na edição deste mês. A Cox Brothers ligou para a gente, e alguns dos nossos principais anunciantes também. Eles fizeram pressão, disseram que retirariam o anúncio deste mês.

— Por quê?

Silêncio.

— Ah. Por minha causa, claro.

— Faz meses que eles vêm pressionando a gente, mas depois do processo judicial não querem mais anunciar na revista... Acham que você deveria ter recebido pelo menos algum tipo de suspensão.

— Mas a emissora já me suspendeu. Não tem nada a ver com a *Etcetera*.

— Alguém está pondo lenha na fogueira e fazendo a cabeça deles.

— O pessoal do Colin Maguire — afirmou. — Eles estão fazendo de tudo para acabar comigo.

— Não sabemos se são eles — ponderou Pete, mas com pouquíssima convicção e energia. Ele passou a mão pelo cabelo, que, de tão brilhoso e perfeito, voltou exatamente para o lugar certo, o que fez Kitty se lembrar de um comercial da Head & Shoulders. Pela primeira vez, ela se deu conta de que Pete realmente era um cara muito bonito.

— Então, você está me suspendendo?

— Não... Estou te pedindo para não trabalhar aqui no escritório pelos próximos três meses enquanto tento convencê-los.

— Mas e a matéria da Constance? — Pete esfregou os olhos, parecendo cansado daquilo. — É por isso que você não quer que eu a escreva, não é? É por isso que pediu pra Cheryl.

— Estou de mãos atadas, Kitty. Eles são os nossos maiores anunciantes. Se perdermos o contrato com eles, vai ser como cometer suicídio. Não posso deixar que isso aconteça.

— E o Bob sabe disso?

— Não, e não é você quem vai contar. Ele já está com muita coisa, não precisa de mais essa. É para isso que a Cheryl e eu estamos aqui.

— Quero trabalhar nessa matéria — afirmou Kitty. De repente, ela se deu conta de que precisava muito fazer aquela matéria. Era tudo o que tinha.

— Se eles fizerem o que disseram, não poderemos publicar com o seu nome — advertiu ele, parecendo ainda mais cansado. — Não vejo como fazer isso.

Subitamente, Kitty gostou desse lado dele. Pete pareceu humano, não aquele cara teimoso de sempre.

— Estive pensando em parar de escrever como Katherine e começar a assinar as matérias como Kitty Logan de agora em diante. Ninguém me chama assim, só a minha mãe. — Kitty engoliu em seco. Katherine Logan era um nome de tanto peso que ela se sentia constrangida em pronunciá-lo em voz alta, envergonhada ao ligar para as pessoas da lista, paranoica sobre a reação delas e sobre o que deveriam estar pensando, embora não dissessem. Sentia vergonha do próprio nome. "Kitty" poderia ser seu novo começo.

Pete a olhou com certa pena.

— Ou podemos fazer algo melhor ainda — interveio Kitty, relutando contra o sentimento de pena dele e se animando quando uma nova ideia lhe ocorreu. — Vamos assinar com o nome da Constance. É a última matéria dela.

— Não podemos fazer isso, Kitty, porque a matéria será sua, não dela. — Ele pareceu surpreso, mas positivamente impressionado diante da sugestão dela de não assinar com o próprio nome uma matéria que seria tão trabalhosa. Ele amoleceu. — Bem, nós vamos dar um jeito de resolver isso. Continue escrevendo. Não pode trabalhar de casa?

— Não posso. Não tenho como bancar tantas ligações...

Ele suspirou e inclinou o corpo para a frente, as mãos espalmadas sobre a mesa exatamente como fizera na sala de reuniões. Peter tinha as costas musculosas e, para a sua própria surpresa, Kitty começou a se sentir atraída. Sentiu vontade de simplesmente esticar os braços e fazer massagem nele para aliviar a tensão dos seus ombros.

— Tudo bem — disse ele, gentilmente. — Faça as ligações da sua casa mesmo e colocamos na conta do escritório.

— Obrigada.

— Mas, Kitty, ouça. Você terá de arranjar outro jeito de fazer isso. Algo além de uma lista telefônica.

— Sim. Eu sei.

Enquanto caminhava em direção ao andar de baixo, ela percebeu que a casinha de passarinho, no jardim da frente, estava com um aviso "NÃO COLOQUE FOLHETOS AQUI", mesmo assim os folhetos transbordavam dela. Pensou em Glen, que tinha escondido o relógio na gaveta de calcinhas dela. Bob e Constance escondiam coisas em lugares bizarros; com certeza, a chave para a matéria de Constance estava guardada em algum lugar nada convencional naquele apartamento. Ela bateu à porta.

Teresa atendeu.

— Ele está tirando um cochilo, querida.

— Preciso usar a escrivaninha da Constance. Preciso que me ajude. Tenho de encontrar a lista telefônica.

Teresa deu risada.

— Bom, te desejo boa sorte. Sabia que encontrei o telefone no cesto de roupa suja um dia desses? O Bob disse que colocou lá porque estava tocando muito alto.

As duas olharam ao redor do apartamento.

— Dinheiro no bule, passaportes na torradeira, panfletos e correspondência indesejada na casinha do passarinho. Onde diabos a Constance guardaria uma lista telefônica? — indagou Kitty.

— Acho que no banheiro... É provável que ela a usasse para limpar a bunda — soltou Teresa, dando meia-volta em direção à cozinha. Em seguida, Kitty ouviu o barulho da lava-louças. Sentiu-se feliz por ver que Teresa agora não se limitava a tirar o pó dos móveis e passara a cuidar de Bob também.

Sozinha, trabalhando por sua conta e risco, Kitty começou a olhar ao redor, procurando por uma lista telefônica, verificando os lugares mais óbvios e depois se empenhando para pensar nas possibilidades mais bizarras. Ela se ajoelhou no chão do escritório de Bob e Constance, sobre um tapete de pele de carneiro, felpudo, que estava fora do lugar, próximo a um tapete persa, e examinou a mesa de café onde ficava o telefone. Sem saber ao certo por quê, sentiu que deveria olhar debaixo da mesa, e lá estava. Em vez de quatro pernas, a superfície de madeira estava apoiada sobre quatro pilhas de listas telefônicas, cada uma com a espessura de cinco livros juntos e correspondentes a dez anos anteriores. Kitty riu e Teresa apareceu na porta para ver o que ela tinha descoberto. Ao vê-la erguer a superfície de madeira para retirar as listas, a governanta revirou os olhos, mas não conseguiu esconder sua satisfação antes de partir em direção à cozinha. Kitty folheou a última das listas, mas não encontrou nada de novo. Então, verificou a lista do último ano, foi direto para McGowan e, assim que abriu na página certa, quase deu um pulo de alegria. O nome estava destacado com uma caneta rosa. Ela foi até o segundo nome da lista, Ambrose Nolan, e, para seu deleite, também o encontrou destacado em rosa. Tirando a lista de sua pasta, Kitty procurou nome por nome e grunhiu de alegria ao ver cada um deles destacado na lista. Finalmente a sorte havia dado as caras. Ela cerrou o punho e deu um soco no ar para comemorar e, sem querer, acabou acertando uma lâmpada, que cambaleou. Uma agenda pequena, vermelha e com capa de couro caiu no chão, a mesma pela qual Bob vinha procurando. Kitty sorriu, abraçou a lista telefônica e ergueu a cabeça aos céus.

— Obrigada — sussurrou.

Capítulo Seis

Agora, Kitty tinha todos os nomes, endereços e telefones das pessoas. Todas moravam na Irlanda, então sua tentativa de encontrar uma agulha no palheiro se limitava a um país. Ela estava tão próxima da matéria de Constance que praticamente poderia sentir o cheiro de tinta fresca da revista publicada. Com o prazo de apenas uma semana e meia pela frente e cem pessoas para encontrar, Kitty ficou surpresa pela falta de entusiasmo que se abateu sobre ela. Enquanto olhava para a lista telefônica, seus olhos foram atraídos por outro nome que nem sequer estava na relação de Constance.

Ela pegou o ônibus 123 até a rua O'Connell e depois o 140 até a Finglas. Uma hora depois, repassando as palavras mentalmente, ela chegou ao destino ainda sem saber o que dizer. Ficou parada de frente para o jardim da casa de Colin Maguire, enquanto crianças de bicicleta corriam ao redor dela, quase derrubando-a, como se ela não estivesse ali. E, de repente, desejou que não estivesse mesmo. Àquela hora, as ruas estavam cheias de mães com suas crianças chegando e saindo, mas, ao que pareceu, ninguém notou a presença da estranha. Ainda não. Kitty sabia que era questão de tempo para que logo uma das crianças avisasse a mãe de que havia uma mulher estranha espreitando pelo jardim, que tinha cem metros de extensão e uma passagem diagonal estendendo-se de uma saída para a outra, cercada por um muro baixo, que dava na altura dos joelhos. Kitty estava completamente desprotegida e exposta, e tudo o que havia entre ela e a casa de Colin eram seu próprio sentimento de terror e aquela distância.

Ao olhar ao redor, para a vizinhança, ela observou a expressão das pessoas e imaginou se tinham comparecido à audiência, se foram elas que tinham gritado contra ela, ido até a porta da quitinete e deixado aquele papel higiênico pichado enquanto ela dormia ou, então, enquanto estava fora, trabalhando. Será que essas pessoas estavam observando-a o tempo todo, exatamente como ela as observava agora? Com um chapéu na cabeça meio que escondendo o rosto, olhou para a casa de Colin Maguire, tentando decidir se deveria abordá-lo, e, caso decidisse que sim, como faria isso.

Desculpe. Desculpe por ter arruinado a sua vida. Desculpe porque você foi afastado do trabalho por minha culpa, desculpe porque foi desprezado na sua comunidade. Desculpe se, de algum modo, tenho culpa nessa história e você teve de pôr a sua casa à venda. Sinto muito se o seu casamento também teve de sofrer as consequências. Desculpe por ter colocado o seu trabalho em risco. Desculpe por constranger a sua família e destruir as suas relações pessoais. Sei que você não deve acreditar que compreendo a sua situação e que sou uma vadia sem coração que jamais poderia entender, mas eu entendo. Acredite em mim, eu entendo. Entendo porque estou passando por isso também. Era isso que ela queria dizer, mas sabia que seria um pedido de desculpas repleto de autopiedade, e ela precisava se privar do egoísmo. No entanto, não teve coragem de agir assim porque sentia que estava sofrendo muito. Foi sua culpa, claro que foi, mas os dois estavam sofrendo muito, e, fosse lá quem o amasse e estivesse tentando protegê-lo, estava causando muito sofrimento a ela, o que a impedia de continuar.

Kitty observou a casa, que tinha uma placa de "Vende-se" no jardim. Não havia o menor sinal de crianças, filhos, nenhuma bicicleta, nenhum brinquedo no peitoril da janela. O carro estava na garagem. Era o carro de Colin. Ela se lembrou de tê-lo perseguido depois da escola e de ter enfiado a câmera em seu rosto, deixando-o desnorteado e confuso. Naquele momento, Kitty pensara que ele era um criminoso. Havia tido plena certeza disso, mas pensar nisso agora a fez se sentir envergonhada. Ela se perguntou se o carro na garagem seria um sinal de que ele ainda não tinha voltado a trabalhar, e presumiu que o emprego continuava sendo dele agora que seu nome estava verdadeiramente limpo. Ou talvez a cicatriz deixada fosse grande demais para fazê-lo voltar.

Sinto muito.

Colin tinha 38 anos e começara a trabalhar no Colégio Finglas dando aula para adolescentes dos 12 aos 18 logo que terminara a faculdade, quando tinha 24. Era muito conhecido entre os alunos e, para o seu próprio infortúnio, frequentador assíduo dos bailes de debutante, um professor jovem e solidário que no quesito castigo fracassara, já que a única forma de punição que usava era exigir dos alunos que fizessem flexões enquanto cantavam a última música das paradas. Colin era o tipo de professor que os alunos sentiam que poderiam procurar quando precisassem e fora recompensado pela sua popularidade, tornando-se tutor da sala em muitas ocasiões, o que era pouco comum para um professor de Educação Física naquele colégio em particular.

Dez anos depois, ele sofrera as consequências de ter recusado as investidas de Tanya O'Brien, uma garota de 16 anos. Sabe-se lá por qual motivo, Tanya escolhera despejar a insatisfação com a sua vida pessoal em cima dele e convencera sua velha amiga de tempos de escola, Tracey O'Neill, a se tornar sua cúmplice. Tracey acreditou que Tanya havia sido molestada e que seu filho de 10 anos era de Colin. Além de querer apoiar a amiga, convencida de que duas pessoas com histórias idênticas fortaleceriam o seu caso, Tracey acreditou que receberia alguma recompensa em dinheiro pelo trauma sofrido por Tanya, já que as revistas estariam ávidas para contar a história e haveria até mesmo a possibilidade de aparecerem na televisão para falar do abuso que a amiga sofrera. Tanya mostrara a

Tracey exemplos de casos anteriores nos quais as vítimas haviam recebido dinheiro da mídia. Uma mulher mal-intencionada e outra aborrecida e influenciada pela situação se uniram e se transformaram numa só, demasiadamente ambiciosa. Kitty era uma jovem que estava começando a subir os degraus de sua carreira. As duas sabiam que ela estaria sedenta, procurando por algo. E Kitty estava mesmo. Ela devorou a mentira das duas mulheres, foi convencida em questão de segundos, e conversou com o editor e produtor do *Thirty Minutes* para autorizá-la a seguir adiante com a matéria, convencendo a si mesma de que, ao desmascarar esse pervertido, faria um grande bem para a sociedade.

A porta da frente da casa se abriu e Colin apareceu, ainda cabisbaixo, exatamente como ela o vira da última vez, na audiência, o queixo resvalando no peito. O coração de Kitty batia acelerado e descontrolado, e foi então que ela percebeu que não conseguiria. Assim, virou-se e se afastou rapidamente, o chapéu ainda cobrindo parte do rosto, sentindo-se mais uma vez uma intrusa na vida de Colin.

KITTY NÃO RECEBEU NENHUM RETORNO das mensagens que deixara na caixa postal. As pessoas para quem ela ligou não atenderam, ou não estavam em casa, então ela deixou recados, mas sem ter certeza de que seriam transmitidos. Além disso, cada vez mais as pessoas identificam suas ligações e se recusam a atendê-las quando não conhecem o número ou quando recebem ligações de um número privado. Kitty decidiu que a melhor abordagem para aquela matéria não seria ligar para as cem pessoas, mas sim tentar contato pessoal com cada uma delas.

No primeiro dia de suas visitas, ela foi ao endereço de Sarah McGowan, em Lucan, um conjunto de edifícios de tijolos vermelhos, com poucos andares, construído nos anos 1970, que, ao que parecia, pertencia a aposentados. A porta de entrada ao lado dela se abriu, levando à recepção dos prédios, e uma mulher com seus vinte e poucos anos, vestindo um uniforme de enfermeira, saiu.

— Você é Sarah McGowan?

A garota a olhou dos pés à cabeça. E decidiu responder:

— Ela se mudou há uns seis meses. — Kitty não escondeu a frustração. — Não conseguiu emprego, o que eu entendo, mas ela deveria ter me avisado com três meses de antecedência, e não avisou — acrescentou a mulher, dando de ombros.

— E para onde ela foi?

— Austrália.

— Austrália?!

— Victoria, acho. Ou pelo menos era para lá que ela iria primeiro. Tinha uns amigos trabalhando numa plantação de melancia. Conseguiram um emprego para ela na colheita. — A enfermeira revirou os olhos.

— Sei lá, isso parece divertido — confessou Kitty, pensando que colher melancias do outro lado do mundo poderia ser o remédio para a situação atual dela.

— Mesmo para uma contadora qualificada?

Kitty compreendeu o que a mulher quis dizer.

— Você tem o telefone dela?

A enfermeira negou com a cabeça.

— Não éramos propriamente amigas. Ela deixou um endereço de caixa postal e eu vendi as porcarias dela no eBay. Era o mínimo que ela poderia fazer por mim.

— Conhece os amigos ou a família dela?

A garota olhou para Kitty de um jeito que respondeu tudo.

— Obrigada pela ajuda. — Kitty recuou, sabendo que não havia mais nada que pudesse conseguir com aquela jovem.

— Ei! Você é aquela mulher?

Kitty parou.

— Depende de que mulher você está falando.

— Aquela da TV. Do *Thirty Minutes*.

Ela fez uma pausa.

— Sim, sou eu.

— Você deixou um recado no meu correio de voz. — O que não garantiu nenhum retorno. — Nunca assisti ao seu programa. Só te conheço por causa do tribunal...

O sorriso de Kitty se desvaneceu. A garota pareceu refletir.

— Sabe, ela é uma boa garota. A Sarah. Apesar do que falei sobre ela. Não faça nada de mal com ela.

— Não vou fazer. — Kitty engoliu em seco e caminhou em direção à saída do condomínio silencioso. Talvez, no futuro, ela devesse mesmo adotar oficialmente o nome Kitty.

NO ÔNIBUS, A CAMINHO DO SEU PRÓXIMO DESTINO, Kitty tentou ignorar as palavras de despedida da garota, fazendo anotações em suas folhas.

Possível pauta da matéria: pessoas que tiveram de mudar de país. Uma matéria sobre despedidas?

Kitty esperava que não fosse esse o caso. Ela já havia trabalhado com muitas matérias assim — a mídia já estava cheia desse assunto — e, a menos que a situação fosse única, ela sabia que Constance teria a mesma opinião.

Olhou para fora, pela janela do ônibus. Esperava seguir a lista na ordem exata em que Constance havia catalogado os nomes, mas, como não se sentia muito à vontade para bater de porta em porta e estava sem carro, decidiu começar pelos endereços de Dublin. A sexta da lista, mas segunda na ordem de Kitty, era Bridget Murphy.

O número 42 da rua Beaumont era um sobrado, sem nenhuma característica em particular que o distinguisse da fileira de casas idênticas e revestidas de seixos que ficavam do outro lado da rua, de frente para ela, nem da mixórdia que circundava a propriedade. Numa tentativa de colorir um pouco suas casas, alguns proprietários as pintaram, embora fosse evidente que não tivessem combinado nada. Havia tons de verde-limão berrante e de laranja-choque, verde-abacate misturado com verde-claro, rosa-choque ao lado de paredes sem cor nenhuma. No portão, as cestas de lixo tinham adesivos decorativos no formato de uma carinha feliz com o número da casa; a entrada da garagem estava repleta de brinquedos e bicicletas abandonadas, mas não havia nenhum carro estacionado lá dentro, nem do lado de fora. Eram cinco e meia da tarde, as pessoas estavam voltando do trabalho e começava a anoitecer. Na casa ao lado, uma mulher estava sentada numa cadeira, na porta da frente, aproveitando os últimos raios do pôr do sol. Ela usava uma saia com comprimento na altura dos joelhos, meias justas nas pernas com feridas e chinelos de algodão xadrez. Observou Kitty de perto e assentiu quando os seus olhares se cruzaram.

Kitty tocou a campainha da casa de Bridget Murphy e recuou nos degraus da porta.

— Eles estão jantando — disse a senhora. Mesmo diante do desinteresse de Kitty, ela continuou: — Frango ao curry. É o que eles sempre comem às quintas. Posso sentir o cheiro toda quinta aqui da minha casa. — Ela remexeu o nariz.

Kitty deu risada.

— A senhora não é muito fã de frango ao curry, é?

— Do que ela faz, não — respondeu a mulher, desviando o olhar da casa como se a simples visão do lugar a ofendesse. — Eles não vão te ouvir daqui. Fazem muito barulho.

Kitty pôde ouvir o barulho de onde estava. Era como se houvesse um exército de crianças barulhentas derrubando garfos e batendo copos. Ela não queria ser rude e tocar a campainha de novo, ainda mais porque perturbaria o jantar em família e teria aquela senhora como plateia.

— Eu tocaria de novo se fosse você — aconselhou a vizinha.

Feliz por receber a permissão, Kitty tocou a campainha de novo.

— Com quem você quer falar aí? Com ela ou com ele? Porque ele não está, não chega em casa antes da sete na maior parte dos dias. É bancário. — Ela remexeu o nariz de novo.

— Vim para falar com a Bridget.

A mulher fechou a carranca.

— Bridget Murphy?

Kitty verificou seu bloco de anotações de novo, embora tivesse decorado praticamente a lista inteira. Olhou a lista, verificou tudo umas vinte vezes e, mesmo assim, não estava certa.

— A Bridget não mora mais aí — contou a senhora, exatamente quando abriram a porta e a mãe do exército, com bochechas rosadas, ficou olhando para Kitty, que estava bem confusa.

— Ah, er... Olá! — saudou-a Kitty.

— Posso ajudá-la?

— Espero que sim. Estou procurando por Bridget Murphy, mas acabo de saber que ela não deve morar mais aqui.

— Não, não mora. Já te falei. Já avisei ela, Mary — interveio a vizinha.

— Sim, é verdade — confirmou a mulher, sem olhar para a vizinha.

— Está vendo?

— Sabe onde posso encontrá-la?

— Nem a conheço. Compramos esta casa no ano passado, mas talvez a Agnes possa te ajudar.

Kitty pediu desculpas por interromper o jantar, a porta se fechou e elas puderam ouvir o grito de Mary pedindo por silêncio ecoar pelo prédio.

Ela se virou para Agnes e imaginou que ela soubesse o que se passava com a maior parte dos moradores da rua. O sonho de qualquer jornalista. Pensou em pular o muro que estava entre elas, na altura de seus joelhos, mas refletiu que Agnes poderia considerar indelicado da parte dela, então desceu pela passagem, atravessou o jardim, entrou pelo portão da vizinha e voltou para a senda novamente.

Agnes a olhou com estranheza.

— Você poderia ter pulado o muro.

— Sabe onde a Bridget mora?

— Fomos vizinhas por quarenta anos. Ela é uma ótima pessoa. Os filhos dela saíram um bando de egoístas que não servem para nada. Se ouvisse um deles falando, você pensaria que eram da realeza. Longe de agirem da maneira como foram criados, eu diria. Ela caiu — contou a mulher, com nervosismo. — E quem é que não leva um tombo de vez em quando? Mas, ah, não, transferiram a pobrezinha da Birdie para uma casa de repouso para que pudessem vender a casa e gastar todo o dinheiro com outras férias, esquiando. — Agnes murmurou consigo mesma, os lábios se movendo para cima e para baixo, enraivecidos, e o dente postiço se mexendo de um lado para o outro.

— Sabe qual é a casa de repouso onde ela está?

— Na St. Margaret's, em Oldtown — respondeu ela, parecendo ainda mais nervosa ao pronunciar "Oldtown".

— A senhora a visitou?

— Eu? Não. O mais longe que consigo chegar é à loja no fim da estrada, e aí tenho que descobrir um jeito de conseguir voltar. — Ela sorriu, um som sibilante que resultou numa tosse.

— Acha que ela me receberia?

Agnes olhou para ela de novo.

— Conheço você de algum lugar.

— Sim — confirmou Kitty, sem sentir orgulho desta vez.

— Você fez aquele programa sobre o chá.

— Sim, fiz — afirmou Kitty, iluminando-se.

— Tomo o Barry's. E a minha mãe também tomava. E a mãe dela.

Agnes semicerrou os olhos ao tomar uma decisão.

— Diga a ela que foi a Agnes quem te mandou. E que eu queria receber notícias dela. E que vamos voltar a nos encontrar, eu e ela. — A mulher desviou o olhar de novo, parecendo pensativa. — Pode dizer que eu continuo aqui.

Enquanto Kitty estava de saída, a porta da vizinha de Agnes se abriu mais uma vez e quatro crianças saltaram para fora como se tivessem saído de um canhão. A mãe veio logo atrás, esbravejando ordens. Agnes gritou:

— E diga que eles cortaram a roseira dela. Acabaram com ela.

Mary lançou um olhar de repugnância absoluta para Agnes. Kitty sorriu e ergueu a mão, despedindo-se da senhora. No caminho do seu próximo destino, olhou para o nome das duas pessoas que havia visitado naquele dia. Sarah McGowan e Bridget Murphy.

Possível pauta da matéria: pessoas que tiveram de sair de casa contra a própria vontade?

Definitivamente, essa era uma pauta que teria tudo a ver com ela. Com ela e com Colin Maguire.

Capítulo Sete

Devido à escassez de ônibus disponíveis para Oldtown, Kitty não teve escolha senão pegar um táxi com um motorista que veio do outro lado do país, uma observação que ele fez questão de pontuar várias vezes. Os dois tiveram de parar três vezes para pedir informações enquanto entravam em vielas que pareciam cada vez mais estreitas. No centro da zona rural, finalmente chegaram à St. Margaret's, uma casa de campo dos anos 1970 que crescera para todos os lados para atender às novas necessidades como casa de repouso. A estufa que ficava na direção sul, à direita, fora transformada em uma sala de jantar que se estendia da esquerda até os fundos, repleta de sofás e poltronas. Os jardins estavam bem recheados e havia bancos por todos os lados, além de cestos coloridos pendurados nas laterais da casa. Se algum dia voltasse a se encontrar com Agnes, Kitty não teria dúvida: contaria a ela que sua Bridget estava em um bom lugar. Eram sete da noite, restavam apenas trinta minutos do horário de visitas, e, como não havia tirado a sorte grande ainda na caça às pessoas, Kitty desejava com todas as suas forças que Bridget concordasse em vê-la.

Na recepção, ela perguntou por Bridget Murphy e esperou enquanto uma enfermeira, com uma expressão rígida e o cabelo preso num coque muito bem-feito, verificava o livro de visitas. Kitty se contorceu vendo que a enfermeira a observava, tentando descobrir como avisá-la que sua visita não era esperada e a melhor maneira de contornar a situação. À sua direita ficava o *lounge*, cheio de visitantes, muitos deles jogando xadrez. Uma mulher de meia-idade com *dreadlocks* estava bem no meio, obrigando três homens, um deles com um andador e outro com aparelho auditivo em ambas as orelhas, a jogar Simon Says.

— Não, Wally! — berrou ela, e deu uma risada. — Eu não falei "Simon Says"! — O senhor com aparelho auditivo pareceu confuso.

— Você tem que sentar agora. Está fora do jogo. Fora! — gritou, ainda mais alto.

Ela abandonou os outros dois homens, que ficaram parados de pé com as mãos sobre a cabeça, e veio até o balcão da recepção.

— Molly — chamou, olhando para Kitty dos pés à cabeça, embora ainda também estivesse de olho no jogo. — Onde está a Birdie?

— Está tirando um cochilo — respondeu uma enfermeira com cabelo e esmalte azuis, em tom de aborrecimento e sem tirar os olhos do tabuleiro.

— Devo ir ao quarto dela? — perguntou a mulher com *dreadlocks*. — Eu trouxe as cartas com desenhos de anjos de que falei para ela.

Molly olhou para Kitty e ergueu uma sobrancelha como se quisesse dizer: "Não é à toa que ela foi tirar um cochilo".

A mulher com *dreadlocks* pareceu ofendida feito uma garotinha que acaba de perder seu companheiro de brincadeira.

Molly suspirou.

— Vou falar com ela e ver se quer vir para cá.

Enquanto esperava, a mulher com *dreadlocks* se virou e falou com um senhor próximo a ela, em voz alta:

— Seth, quer ouvir um poema que escrevi esta semana?

Seth pareceu um pouco incomodado enquanto ela se sentou, antes mesmo que ele respondesse, e começou a recitar o seu poema como uma criança de seis anos num recital.

Kitty observou Molly caminhar pelo corredor, fazer uma pausa ao lado do banheiro e se escorar na porta, onde ficou observando as próprias unhas. Sorriu consigo mesma. Depois de exatos dez segundos, Molly voltou e chamou a mulher com *dreadlocks*:

— Ela está dormindo.

— O Seth precisa de baterias novas — disse a enfermeira que estava atendendo Kitty para Molly enquanto ela voltava ao balcão.

Molly olhou para a mulher com *dreadlocks* que recitava poemas.

— Por que não deixamos ele sem bateria por uns minutinhos? — Kitty gostou do estilo de Molly.

— Me desculpe, como é mesmo o seu nome? — A enfermeira rechonchuda e de cara séria finalmente tirou os olhos do livro de visitas.

— Kath... — começou a responder, percebendo que não tinha coragem de dizer o seu nome profissional, como era de costume. — Kitty Logan.

— E você marcou uma visita à Bridget?

— Na verdade, não marquei, não. Só que, como estava aqui pela região, achei que poderia dar uma passadinha para vê-la... — respondeu Kitty, da maneira mais meiga que poderia, embora a possibilidade de alguém simplesmente vir parar nesse lugar, do nada, fosse algo muito remoto. Um míssil não poderia ser programado para atingir esse local.

— Só permitimos visitas com horário marcado — falou a enfermeira, com firmeza, fechando o livro de visitas sem esboçar o menor sorriso, e Kitty percebeu de imediato que não seria nada fácil ganhar essa.

— Mas eu estou aqui agora, e fiz toda essa viagem... Poderia avisá-la de que estou aqui e perguntar se ela poderia me receber? Pode dizer que a Agnes concordou com a minha visita — insistiu Kitty, com um sorriso.

— Lamento, mas é contra a nossa política de visitas. Você terá de voltar se a Brenda quiser...

— Bridget. Estou aqui para visitar a Bridget Murphy — corrigiu Kitty, começando a ficar nervosa. Até aquele momento, ela não havia conseguido contato com ninguém da lista e o tempo estava se esgotando, tal qual sua paciência. Além disso, não tinha a menor intenção de sair do lugar sem ver Bridget, ou pelo menos sem esbofetear a cara de alguém, fosse lá quem fosse, mas de preferência a da megera que estava bem na frente dela.

— Olhe aqui... — A enfermeira colocou as mãos sobre os quadris rotundos, parecendo prestes a dar uma boa surra em Kitty.

— Bernadette — interrompeu a enfermeira de cabelo azul —,

pode deixar que eu cuido disso. Por que não vai lá olhar o Seth? Ele prefere você.

Bernadette olhou para ela, aborrecida por ter sido interrompida quando ia despejar uma reprimenda, depois recuou, soltou uma última rosnada para Kitty e foi cuidar do aparelho auditivo de Seth.

— Venha comigo — pediu Molly, que, em seguida, se virou e seguiu em direção aos fundos.

Ótimo. Kitty entrou feito um cachorro com o rabo entre as pernas; nem sequer tiveram coragem de expulsá-la. Quando saíram para a maravilhosa paisagem de jardins, Molly finalmente falou.

— Não liga para ela. Na última vida ela foi um sargento do Exército e nesta, agora, virou um sargento frustrado. A Birdie odeia o horário de visitas. Aquela mocreia lá aborrece todo mundo, mas parece que pega a Birdie para Cristo. Eu a encheria de socos se pudesse. Parece que não tem nada melhor para fazer além de cuidar das plantas e de aborrecer os idosos, e, se ela incomoda as plantas tanto quanto cuida dos idosos, não é tão benquista assim por aqui. — Ela conduziu Kitty a um banco, passando por debaixo de um arco. — Não me leve a mal; é muito bom quando as pessoas aparecem aqui para nos visitar — assegurou, para que Kitty não se sentisse ofendida. — Às vezes os moradores se sentem muito sozinhos aqui, e, você sabe, o contato com pessoas mentalmente sadias é um belo começo.

Deu para ouvir o piano e depois a mulher com *dreadlocks* começando a tocar "This Little Light of Mine".

— A Bridget não recebe visitas à noite?

— A família dela só pode visitá-la nos fins de semana. Não é muito fácil chegar aqui onde estamos, tenho certeza de que você percebeu isso. Mas não se preocupe. A Birdie não fica nem um pouco chateada com isso. Na verdade, acho até que ela gosta. Fique à vontade, vou buscá-la.

Ela caminhou na direção de alguns quartos adjacentes. Kitty pegou o bloco de anotações e o gravador, preparando tudo e se perguntando de que se tratava a história.

Bridget apareceu. Era uma mulher graciosa e andava devagar, com a ajuda de uma bengala, mas se parecia mais com uma professora de balé do que com uma idosa. Seu cabelo grisalho estava meticulosamente preso para trás, nem um fio sequer fora do lugar, e seu sorriso era gentil. Nos lábios, um batom rosa, e o olhar trazia um tom de curiosidade enquanto observava Kitty e tentava descobrir se deveria saber quem ela era. Bridget vestia roupas elegantes, como se tivesse se arrumado de propósito, embora não estivesse esperando visita nenhuma naquele dia.

Kitty se levantou para cumprimentá-la.

— Já volto com o seu chá, Birdie. Kitty?

Kitty aceitou, concordando com a cabeça, e se virou para Bridget.

— Estou muito feliz por encontrar a senhora. Finalmente — desabafou, surpresa, ao perceber que dizia aquilo de todo o coração. Sentiu-se conectada a Constance, pronta para embarcar na jornada que a amiga havia planejado para si mesma, mas que não tivera tempo de cumprir.

Bridget pareceu aliviada.

— Pode me chamar de Birdie, por favor. Bem, nós não nos conhecemos — afirmou com todas as letras, em vez de perguntar. Havia uma marca sutil da cidade de Cork em seu sotaque.

— Não, não nos conhecemos.

— Tenho orgulho da minha boa memória, mas há momentos em que ela me decepciona — confessou ela, com um sorriso.

— Bem, não desta vez. Nós realmente nunca nos vimos. Mas temos uma conhecida em comum, ou pelo menos uma pessoa com quem nós duas tínhamos contato, e é por isso que estou aqui. Essa pessoa era Constance Dubois. — Kitty percebeu que estava na beira do banco, a ansiedade a mil. Ela esperou que os olhos de Birdie se iluminassem, o que não aconteceu. Mais uma vez uma nuvem pairou sobre o seu entusiasmo. Para refrescar a memória de Bridget, Kitty tirou da bolsa um exemplar da *Etcetera*. — Trabalho para esta revista. Constance Dubois era a editora. Ela tinha a ideia de escrever uma matéria... da qual você faria parte.

— Ah, querida. — Birdie tirou os olhos da revista. — Acho que você veio procurar a pessoa errada. Sinto muito que tenha vindo até aqui. Nunca ouvi falar da sua amiga...

— Constance.

— Sim, Constance. Lamento, mas não recebi nenhum contato dela. — Bridget olhou para a revista como se estivesse tentando se lembrar. — E essa revista... Também nunca a vi. Sinto muito.

— Nunca teve contato com Constance Dubois?

— Sinto muito, querida, mas não.

— Não recebeu uma carta, um e-mail ou qualquer outro tipo de mensagem por parte dela? — O desespero de Kitty exalava pelos poros, bem como a sua frustração; ela estava prestes a perguntar para Birdie se na família dela havia algum histórico da doença de Alzheimer.

— Não, querida, lamento. Eu me lembraria. Faz seis meses que estou aqui, então, a menos que ela tenha entrado em contato com a bruxa da recepção, que pode ter batido o pé e pedido para ela marcar um horário, com certeza não recebi nenhum contato dela. — Birdie observou a revista de novo. — Eu teria me lembrado de algo tão empolgante quanto uma editora de revista se ela tivesse me procurado.

Molly chegou com o chá e piscou para Birdie ao lhe entregar a sua xícara. O cheiro da bebida era muito diferente do que seria o cheiro de chá para Kitty.

— Ela é minha única companheira aqui. Os outros são chatos que só! — Birdie sorriu, bebericando o seu conhaque.

Kitty ficou decepcionada ao perceber que o seu era chá de verdade; precisava de algo mais forte.

— Na verdade, Constance teria entrado em contato com você há mais de seis meses, um ano ou mais, quando você ainda morava em Beaumont. — Diante da surpresa da mulher ao perceber que ela sabia onde era a sua casa, Kitty explicou: — Hoje, mais cedo, passei pela sua casa. A Agnes me contou que você estava aqui.

— Ah, é por isso que sabe quem é a Agnes — concluiu ela, sorrindo. — Agnes Dowling. A velha mais enxerida que já conheci. E a mulher mais leal também. Como ela está?

— Sente saudade de você. Não parece muito feliz com os vizinhos novos.

Birdie deu risada.

— A Agnes e eu formávamos uma bela dupla. Moramos lado a lado por quarenta anos. Durante esse tempo, ajudamos muito uma à outra.

— Ela quer visitar você, mas não tem muita mobilidade para se deslocar até aqui.

— Ah, sim — concordou Birdie, com gentileza.

Naquele momento, Kitty ficou se pensando que, quando se ia morar num asilo, era como se todos os que residissem ali tivessem de dizer adeus para a vida do lado de fora das paredes. Eles recebiam visitas, saíam para passear um dia ou outro, ou saíam até mesmo durante os fins de semana e os feriados, mas a vida que tiveram e as pessoas com quem se relacionaram não faziam mais parte deles. Ela pensou em Sarah McGowan, a contadora qualificada que agora estava trabalhando numa plantação de melancias do outro lado do mundo.

Pauta da matéria: dando adeus à velha vida e saudando a nova. Exílio?

Birdie olhou com nervosismo para as anotações de Kitty, mas Kitty estava acostumada com isso: as pessoas, muitas vezes, sentem medo de falar com os jornalistas, de falar alguma coisa de errado.

— Minha editora e amiga, a Constance, faleceu há algumas semanas — explicou Kitty. — Ela ia escrever uma matéria, que deixou comigo, mas nunca teve a oportunidade de me explicar do que se tratava. O seu nome estava na lista das pessoas sobre as quais ela queria escrever.

— O meu nome? — Birdie pareceu surpresa. — Mas por que ela teria interesse em mim?

— Só você pode me dizer — pontuou Kitty. — Há alguma coisa que tenha acontecido na sua vida pela qual você acha que ela teria um interesse em particular? Alguma coisa que você tenha contado em público e que ela possa ter visto ou ouvido de alguém? Ou, talvez, seus caminhos tenham se cruzado em algum momento. Ela tinha 44 anos, sotaque francês, era durona.

— Meu Deus! Não sei nem por onde começar. Não consigo pensar em nada de excepcional que eu tenha feito na minha vida... Nunca salvei a vida de ninguém, nem ganhei prêmio nenhum... — explicou ela, a voz diminuindo aos poucos. — Não vejo nenhuma razão para o interesse dela em mim.

— Você estaria disposta a me conceder uma entrevista? A permitir que eu escreva uma matéria sobre você? Permitiria que eu lhe fizesse algumas perguntas para talvez encontrar o que Constance considerava tão especial? — indagou Kitty.

Birdie enrubesceu.

— Minha nossa! Eu estava me preparando para uma partida de xadrez com o Walter, não pensei que, de repente, apareceria uma revista interessada em escrever uma matéria sobre mim. — Ela sorriu ligeiramente e pareceu uma garotinha. — Eu ficaria muito feliz em tentar ajudá-la com a sua matéria. Não sei, porém, se posso ajudar muito.

— Ótimo — desabafou Kitty, mas sem se sentir tão feliz quanto deveria. Finalmente ela havia encontrado alguém daquela lista, mas a pessoa não fazia a menor ideia de que se tratava a matéria. Tudo ficava cada vez mais intrigante.

Birdie percebeu a hesitação de Kitty.

— Há quantas pessoas na lista?

— No total, cem nomes.

— Meu Deus — sussurrou ela. — E nenhum deles sabe sobre o que é a história?

— Você é a primeira com quem consigo falar.

— Espero que tenha mais sorte com as demais.

Eu também espero, pensou Kitty, mas não disse em voz alta.

Com uma boa dose de motivação de Kitty, Birdie falou sobre sua vida, começando pela infância e percorrendo todo o caminho até chegar à sua vida atual. Kitty escreveu comentários gerais e anotou coisas sobre as quais gostaria de saber mais numa próxima visita. No começo, Birdie ficou tímida, como a maioria das pessoas fica quando fala sobre si mesma, deixando certas informações de lado e falando mais dos outros do que de si, mas, no final, pareceu mais animada e, a cada nova pergunta, as rodas da engrenagem de sua memória começaram a se mover numa velocidade maior.

Birdie tinha 84 anos e crescera numa cidade pequena no condado de Cork, no sudoeste da Irlanda. Seu pai era professor, tão rígido em casa quanto era na escola, e sua mãe morrera quando Birdie ainda era criança. Ela tinha três irmãs e um irmão e, quando fez 18 anos, mudou-se para Dublin para morar com uma família e cuidar dos filhos deles. Nesse mesmo ano, conheceu seu marido, Niall. Logo que se casaram, começaram a ter filhos. Birdie teve sete, seis homens e uma mulher, que agora tinham entre 46 e 65 anos. Aos 38, Birdie teve a última filha e única mulher, a caçula. Aparentemente, isso teve menos a ver com o plano familiar e mais com o fato de o marido ter de dormir no sofá. Os sete filhos foram criados em Cabra e depois a família se mudou para Beaumont, para a casa que Kitty visitara mais cedo naquele mesmo dia, onde Agnes pareceu mais uma segunda mãe que ajudou Birdie a cuidar dos seus filhos, assumindo o lugar do marido, que estava ocupado demais com o trabalho no Serviço Civil.

Embora o histórico de vida de Birdie fosse de fato interessante, para Kitty nada provou ser particularmente extraordinário. Ao final, Birdie pareceu constrangida e se desculpou por não ter contado nada de muito curioso, enquanto Kitty reafirmou muitas e muitas vezes que a vida dela era muito mais que interessante e que ela era uma mulher inspiradora, que muitas mulheres venerariam e com a qual se identificariam.

No caminho de volta para casa, Kitty verificou suas anotações e se sentiu culpada por perceber que a bela história da família de Birdie não era o suficiente.

NO BANCO DO JARDIM, agora em meio à noite iluminada pelas luzes da senda e por lâmpadas dependuradas no teto, Birdie permaneceu do lado de fora por um longo tempo depois que Kitty havia partido, pensando na falta de entusiasmo em relação à sua própria vida, sentindo que as suas respostas simples não tinham ajudado em nada a moça que perdera uma hora com ela, embora tenha feito o seu melhor para convencê-la de que a sua vida era, de fato, interessante. Birdie não tinha a menor dúvida de que nem todas as pessoas teriam a mesma opinião que ela. Às vezes, a vida mal parecia interessante para ela também, mas era a sua vida, a vida de que ela gostava, e nada nunca tinha sido mais pesado do que ela poderia suportar. Esta noite, Birdie não conseguiu deixar de relembrar e ficou lá, sentada naquele banco durante toda a partida do jogo de xadrez, e Walter fez um xeque-mate pouco depois que começaram a jogar.

Faria 85 anos na semana seguinte; é claro que ela tinha inúmeras histórias, e é claro que tinha segredos, todo mundo tem. A questão era tentar decidir qual deles Kitty poderia escutar e, depois de todo esse tempo, qual Birdie desejava contar.

A CAMINHO DE CASA, em mais uma viagem de táxi dispendiosa, Kitty rejeitou a ligação de Pete. Ela não queria contar para ele que não havia chegado a lugar nenhum em relação à matéria. Não suportaria o tom de condescendência em sua voz, o julgamento, a dúvida que escorria em cada uma de suas palavras. Colocou o telefone no modo silencioso e, como consequência, perdeu mais uma ligação. Quando verificou a mensagem na caixa postal, era de uma mulher que falava tão alto que o motorista de táxi olhou de um jeito estranho para Kitty, o que a fez diminuir o volume do celular.

— Olá, Kitty. Aqui é a Gaby O'Connor, agente de publicidade da Eva Wu. Recebemos sua ligação. Desculpe por não termos atendido, estávamos ocupadas. A Eva ficaria muito feliz em te conceder uma entrevista. Ficamos em Galway, mas amanhã estaremos em Dublin. Na verdade, a Eva tem uma entrevista amanhã no Arnotts, na rua Henry. Se quiser aparecer e nos encontrar por lá...

Eva Wu. O terceiro nome da lista. Ela fizera contato com a segunda pessoa, e essa tinha uma agente de publicidade e concederia uma entrevista para a televisão. Quem diabos era essa pessoa e como havia passado despercebida a Kitty?

Ao chegar em casa depois de um dia exaustivo e se sentindo um pouco mais otimista em relação à matéria, Kitty encontrou fezes de cachorro espalhadas por toda a porta da frente.

Capítulo Oito

— Sinto muito por fazer você vir até aqui tão tarde — Kitty desculpou-se com Steve enquanto ele saía do carro. Ela enxugara os olhos o máximo que pudera enquanto esperava e tinha esperança de que não ficasse tão evidente que havia chorado. — Não queria que você precisasse vir; é que eu não sabia para quem mais poderia ligar. Os donos da lavanderia disseram que me despejariam no mês que vem se eu não resolvesse isso, e eu não queria ligar para a polícia e não sabia para quem mais ligar. Me desculpe — repetiu.

— Kitty, pare de pedir desculpas, ok? — pediu ele, gentilmente, colocando o braço ao redor do ombro dela, dando o máximo de si para simular um abraço, o máximo de demonstração pública de carinho que o seu corpo sisudo permitiria, e, embora fosse mais o tipo de abraço que um jogador de futebol dá no outro, só o fato de tocá-la agradou Kitty. — O que fizeram desta vez?

Ela não precisou responder; o cheiro chegou até eles assim que pisaram nos degraus da escada.

— Ah, meu Deus! — Steve levantou a gola da blusa para cobrir o nariz e a boca.

Depois de vinte minutos de muita náusea e nojo, os dois começaram a limpar a porta, e pareceu que levariam a eternidade para se livrar de toda a meleca. Como pedido de desculpas (mais um) e uma forma de agradecimento, Kitty convidou Steve para jantar num bistrô próximo dali.

— Vou ter de lavar as mãos de novo — disse Steve, torcendo o nariz num gesto de desgosto. — Ainda consigo sentir o cheiro da merda em mim. Acho que não vou nem tocar na comida.

— Você já lavou as mãos seis vezes — comentou Kitty, rindo, observando-o enquanto ele se dirigia ao banheiro. — E aí, como estão as coisas? A nova linha de cosméticos da Victoria Beckham é boa ou é uma porcaria? — perguntou ela assim que Steve retornou.

— Há! Há! — exclamou ele, sem abrir nenhum sorriso. — Não sei dizer, viu, já que não sou mais escravo da moda dela.

Steve não era escravo de nenhum tipo de moda, a não ser do seu próprio estilo, o que não era ruim, mas suas roupas eram sempre as mesmas, e sempre foram, desde os tempos da faculdade, embora, agora, as peças fossem mais caras e ele tivesse o hábito de lavá-las com maior regularidade. Ele tinha 34 anos, um tufo de cabelo preto encaracolado e desgrenhado no topo da cabeça, um penteado que ele também conservava desde a época da faculdade e que, assim como ele, parecia incapaz de ser domado. Com frequência, seus cachos recaíam sobre os olhos azuis, de modo que ele sempre jogava a cabeça para trás para afastar a franja do rosto, já que muito tempo atrás desistira de ajeitá-la com os próprios dedos. Estava sempre com a barba por fazer, espetada; Kitty nunca o vira com o rosto liso, recém-barbeado, nem com uma barba muito grande. Steve usava sempre jaqueta de couro e calça jeans, e parecia-se mais com um resenhista de música alternativa do que com um jornalista esportivo, ou pelo menos um jornalista esportivo frustrado. Mesmo quando ia aos jogos, nunca usava camisa de malha, e o amor pelo esporte nunca foi demonstrado por camisas de times. Era o eterno estudante, aparentemente nunca tinha dinheiro, dividia casa ou apartamento com conhecidos e rompia com eles ou se mudava de acordo com o comportamento de cada um. Naquele momento, Steve estava morando num bairro residencial em uma bela casa geminada de três quartos, com um casal que precisava da ajuda de um terceiro para dar conta do pagamento da hipoteca e de seu patrimônio líquido negativo. Morando havia seis meses sob um código rígido de não violação da vida familiar do casal, Steve, agora, via seu estilo refletido neles, e era quase como se tivesse crescido um pouco.

— Para falar a verdade — anunciou, movendo o cabelo, o que, como Kitty sabia, era um sinal de que ele estava se preparando para dizer algo que considerava interessante —, não trabalho mais no jornal.

— O quê?

— Não trabalho mais no jornal — repetiu ele, exatamente no mesmo tom.

— Sim, eu escutei... Mas... demitiram você?

— Não — respondeu, sentindo-se ofendido. — Fui eu que pedi demissão.

— Por quê?

— Por quê? Pensei que seria óbvio. Por milhões de motivos, mas principalmente porque você estava certa em relação ao que disse algumas semanas atrás...

— Não, não, não — interrompeu Kitty, sem querer ouvir fosse lá o que ela havia dito. — Eu estava errada. Completamente errada. Jamais dê valor a qualquer coisa que eu diga.

Ele sorriu.

— Bem, a maioria das coisas que você me diz não tem valor mesmo.

— Ótimo.

— Mas você estava certa em relação a uma coisa. Dificilmente eu atingiria o sucesso escrevendo aquelas matérias que vinha fazendo, e o editor mudava tanto o que eu escrevia que eu mal poderia dizer que eram minhas. E a questão, Kitty, é que eu nunca quis alcançar o sucesso, a fama, com as minhas matérias. Só gosto de esportes. Gosto de assistir, de falar, de ler sobre esportes, e queria ser uma daquelas pessoas que escrevem sobre o assunto. Nunca quis nada além disso.

— E então para quem você está escrevendo agora?

— Para ninguém.

— Pensei que tivesse saído para poder escrever sobre esportes...

Não foi isso?

— Saí porque eu não *podia* escrever sobre esportes. Então, por que deveria ficar lá? Continuar escrevendo artigos ridículos (que nem eram verdadeiros) sobre pessoas que nunca conheci e pelas quais nunca nem me interessei não é o tipo de trabalho que eu quero. Esse trabalho serviria para o Kyle, que abandona os compromissos para acompanhar as manchetes da *E! News*. Serviria para a Charlotte, que dá tudo para entrar na sala VIP de todos os clubes do mundo para poder ficar parada, encostada na parede, escrevendo sobre pessoas por quem ela tem obsessões estranhas. Naquela manhã, depois da nossa "conversa", fui trabalhar e a primeira coisa que me pediram foi escrever 150 palavras sobre um certo jogador de futebol que estaria supostamente tendo um caso com uma modelo famosa.

— Uau! Quem? — indagou Kitty.

— Não vem ao caso — respondeu ele, prontamente. — Não quero escrever sobre isso. Não é a minha praia. Não me importo de não escrever matérias bombásticas nunca, e matérias que não acrescentam nada e que só entorpecem o cérebro humano também não estão nos meus planos.

— Sim, mas quem é o jogador?

— Kitty...

— Tá, tudo bem. Quem é a modelo famosa?

— Não Vem Ao Caso. — Kitty recuou, decepcionada. — Como eu poderia repreender você sobre as suas matérias se era esse mesmo trabalho que eu estava fazendo? Tenho respeito demais pela minha pessoa para escrever uma porcaria dessas. Esse tipo de jornalismo... estava me sufocando, me matando.

Kitty tentou não se contorcer diante das sucessivas alfinetadas que Steve lhe dava.

— Entendi. Foi um gesto sincero, um autossacrifício, com o objetivo de assumir uma posição diante da sujeira que o público está sendo forçado a ingerir, o que é muito honorável de sua parte, e eu respeito isso, mas deixa essa porcaria pra lá. Vai me contar ou não quem é o jogador de futebol e quem é a periguete?

— Vou jogar este coquetel de camarão em cima de você!

— Você não ousaria.

Steve pegou um camarão (que não era dos menores), colocou-o no garfo, que segurou feito uma catapulta, e soltou. O camarão voou e foi parar bem entre os seios de Kitty, o molho rosé manchando o cetim.

Ela arquejou.

— Seu... imbecil!

— Obrigado pelo elogio.

— Você manchou minha blusa.

— Manda pra lavanderia. Conheço uma que fica aberta a noite toda.

— Vou ficar fedendo a peixe agora.

— Vai combinar muito bem com o cheiro de merda.

E lá estavam os dois de volta ao intervalo da faculdade, falando bobagens e trocando farpas.

Kitty mergulhou seu guardanapo na água e ignorou Steve por cinco minutos enquanto esfregava o guardanapo na blusa, o que deixou a mancha ainda pior.

— E aí, o que vai fazer agora? É um ótimo momento para ser um aspirante a jornalista esportivo e desempregado.

— A-há. É aí que você se engana. Não estou desempregado. Estou trabalhando no sítio.

— Sem chance.

— Sim, pode acreditar.

— No sítio do seu pai?

— Sim.

— Mas você detesta isso.

— *Detestava*.

— E detesta o seu pai.

— *Detestava*. Repito, há uma diferença. Além disso, agora que está me pagando um salário, ele não é tão ruim assim. Ele estava precisando de ajuda lá desde que teve um problema de coluna, então agora eu sou o braço-direito dele. Procurando por um motocavador? Fale comigo. Precisa de fertilizante? Um armário para guardar as ferramentas? Uma estufa? É só me ligar. Em vez de ficar o dia inteiro trancafiado numa cabine de suor, fico o tempo todo ao ar livre.

— Você não suporta a luz do dia. Ela faz mal para a sua pele de vampiro.

— Kitty — advertiu ele, erguendo mais um camarão.

— Tá, tudo bem. É que eu fiquei chocada. Você fez grandes mudanças para um cara que, pelo que me lembro, trocava a cueca uma vez por semana, então, isso que você está me contando, de trabalhar assim, é uma responsabilidade muito grande. — Outro míssil de camarão foi atirado, mas desta vez Kitty se esquivou. — O que te fez querer trabalhar com o seu pai, assim, do nada? Da última vez que falou sobre ele, disse que estava de saco cheio, que tinha cortado qualquer relação com ele.

— Faz um tempo que voltamos a nos falar. Foi aos poucos. — Steve se distraiu com um pouco mais de pão, evitando olhar nos olhos de Kitty; ele nunca se sentia confortável em falar sobre a sua vida pessoal. — E aí, a Katja e o papai se conheceram e surpreendentemente se deram muito bem e...

Steve matraqueou sobre as mudanças em sua vida, mas Kitty não escutou nenhuma delas, já que continuava presa ao nome "Katja".

— Por que está me olhando desse jeito?

Kitty percebeu que Steve tinha parado de falar.

— Ah, bem... Acho que ouvi o nome "Katja" e fiquei confusa.

— Foi isso mesmo que falei.

— *Katja* — repetiu em voz alta, como se ele estivesse surdo.

— Sim — confirmou Steve, tirando sarro da cara dela.

— A garota com quem você saiu para jantar há alguns meses?

— Sim, e com quem continuo saindo — afirmou, as bochechas ficando coradas e delatando tudo.

O prato principal chegou — dois filés —, mas, de repente, Kitty não estava mais com fome.

— Katja — repetiu ela. — Você nunca comentou que estavam saindo.

— Bem, mas estamos.

— Como namorado e namorada?

Ele revirou os olhos.

— Você nunca me contou que tinha terminado com o Glen.

— Porque você descobriu antes de eu mesma descobrir.

— Descobri?

— A máquina de café.

Pela expressão que fez, Steve compreendeu tudo.

— Ele simplesmente foi embora?

— Mais ou menos isso.

— De qualquer jeito, ele era um idiota mesmo.

— Pensei que gostasse dele. — Steve, com a boca cheia demais para falar, negou com a cabeça. Kitty suspirou: — Será que *alguém* gostava dele?

Ele engoliu em seco.

— Você.

— Esperava que houvesse mais gente do que eu.

— O Cascão gostava dele.

Os dois deram risada. Cascão era o cachorro de quatorze anos de Steve que ele havia resgatado num abrigo fazia quatro anos. Ninguém sabia o nome do cachorro, mas, como ele parecia sempre sujo (mesmo depois do banho sua aparência não mudava muito), era o nome perfeito. Apesar da idade, Cascão sempre conseguia encontrar energia para pular e grudar nas pernas de Glen, o que sempre o irritava e, provavelmente, o havia feito se questionar sobre a própria sexualidade, junto a todas as outras coisas na vida que ele problematizava. Por exemplo, depois do caso de Colin Maguire, ele começara a se perguntar quem era o tipo de mulher com quem estava convivendo.

— E aí? Há quanto tempo vocês estão juntos? Dois meses?

— Cinco.

— Cinco? Nossa, Steve, daqui a pouco você vai se casar. É melhor eu providenciar o meu vestido e um chapéu já. Ocasião nobre.

— Não faça isso. O chapéu vai esconder as suas orelhas do Spock de *Jornada nas Estrelas*.

Kitty sorriu.

— Essa é a garota romena?

— Croata.

— Certo. Ela é pintora?

— Fotógrafa.

— Certo. — Kitty o observou.

— O que foi? — Steve sorriu, envergonhado como se fosse um garotinho de doze anos que tinha acabado de ser flagrado com a primeira namorada.

— Nada.

— Ah, fala.

— Sei lá, Steve. Você mudou. Não escreve mais sobre a Victoria Beckham e agora tem até namorada. Acho... — disse Kitty, enquanto cortava a carne.

— Acha o quê?

— Não sei. Não quero me precipitar, mas acho que há uma possibilidade de que, no final das contas, você não seja gay mesmo.

Uma batatinha foi arremessada na cabeça dela.

Kitty passou o resto do tempo da refeição comendo como se estivesse com uma batatinha engasgada na garganta. A comida não descia com facilidade e ela não sabia por quê. Encontrava certo conforto ao ver que Steve tinha um emprego terrível, que detestava, e que se recusava a amadurecer. O fato de ele perceber que sua vida precisava de mudanças concretas era perturbador. Kitty simplesmente não queria ser a única com problemas.

— Como vai a nova matéria? — perguntou ele, finalmente quebrando o silêncio desconcertante.

Com um suspiro e sentindo-se exaurida, ela respondeu:

— Ah, sei lá. Encontrei uma senhora muito legal ontem à noite que me contou sobre a sua vida muito legal e tudo realmente me pareceu muito legal, mas nada. — Ela cerrou as duas mãos e continuou:

— Nada de substancial, nem concreto. Vou ter de cavar o fundo do baú, mexer na história dela à procura de esqueletos ou algo do tipo. Algo que não é nada "legal". Esta é a minha chance, e provavelmente a última, de provar para muitas pessoas quem eu sou, e, seja lá o que Constance tenha visto, tenho a mais absoluta certeza de que não vi. É meio frustrante.

Steve ficou em silêncio. Kitty o observou, enquanto o corpo dele se contraía. Ele cerrou a mandíbula e ficou olhando para ela como se quisesse lhe infligir alguma dor.

— Já falou com o Colin Maguire?

— Vou ligar para ele agora mesmo se isso impedir você de dizer a coisa horrível que está na ponta da sua língua.

— Então, é sobre você de novo. Pedir desculpas para ele é se preocupar consigo mesma mais uma vez. — A súbita mudança de humor de Steve a surpreendeu.

— Eu estava brincando, Steve, mas continue, já vi que hoje você resolveu me pegar para Cristo. — Mas, antes que ele tivesse a chance de atacá-la de novo, Kitty disparou: — Para seu governo, estou verdadeiramente arrependida e lamento muito pelo que aconteceu com ele.

— O que *aconteceu* com ele? A questão não é que algo simplesmente tenha *acontecido* com ele, foi você quem causou isso, você tomou *a frente* da situação, não foi só um golpe azarento e inexplicável do destino.

— Eu sei! Tudo bem, me expressei mal. Não dá para competir com você. É claro que eu sei que a culpa é minha. Tenho plena consciência disso, você sabe. Vou me sentir mal para o resto da minha vida.

— *Depois* do que aconteceu — pontuou Steve. — Você sempre se sente mal pelas coisas depois que já fez. Nunca pensa em como as pessoas se sentem ou em como você se sentiria *antes* de tomar as suas decisões. É isso que me aborrece. Você não sabia nada sobre a situação do Colin Maguire. E aqui está você de novo, entrevistando uma senhorinha muito legal e a história bacana dela não é o suficiente. Você sempre quer mais.

Kitty ficou tão chocada com a mudança de humor repentina dele que seus olhos arderam e se encheram de lágrimas. Ela olhou ao redor e tentou se concentrar em qualquer outra coisa que impedisse as lágrimas de caírem. Não era do tipo que chorava fácil, mas ultimamente andava muito emotiva e nunca havia estado tão sem crédito com Steve. A opinião dele era de extrema importância para ela. Ela ouvira a mãe acusá-la de tudo desde janeiro, de absolutamente tudo, todas as acusações possíveis e imagináveis, mas *nada* poderia afetá-la mais do que um simples olhar de decepção de Steve.

Os dois terminaram a refeição em silêncio, ela pagou a conta e eles seguiram para a quitinete dela, ainda em silêncio.

— Vou olhar para termos certeza de que está tudo bem — anunciou ele com a voz baixa, subindo os degraus para verificar a área.

A porta que levava até a quitinete permanecia sempre aberta. Por mais que Kitty implorasse para os proprietários, eles não poderiam fechá-la, já que essa porta ficava antes da porta interna que levava à lavanderia, o que significava que a qualquer hora do dia qualquer pessoa poderia entrar e subir as escadas até o apartamento de Kitty.

— Está tudo bem. Mas com cheiro de merda — disse Steve, voltando.

— Obrigada por ter vindo. Agradeço muito mesmo. Ainda mais agora que você tem namorada — brincou Kitty, cutucando-o.

— Ela quer te conhecer — declarou ele, tentando suavizar as coisas.

— Ah, legal! Vai ser ótimo! — exclamou Kitty entusiasmada demais, e o exagero ficou evidente. — Bem, é melhor eu entrar antes que alguém atire uma bexiga cheia de vômito na minha cabeça. Fico contente em te ver feliz, Steve. — Ela tentou soar agradável e autêntica, mas tudo o que pôde ouvir foi sua própria voz dizendo: *A sua felicidade me deixa infeliz e com inveja, Steve. Sou um ser humano amargo e perturbado.*

Ela tapou o nariz e a boca com a jaqueta enquanto subia correndo as escadas até o apartamento e tentou convencer a si mesma de que o cheiro insuportável era o motivo do seu choro.

Capítulo Nove

— Estamos em Arnotts, direto do novo piso especializado em *personal shopping*, e se encontra aqui comigo a famosa *personal shopper* das estrelas e autora do blog internacionalmente renomado chamado "Dedicated", Eva Wu.

Kitty permaneceu ao lado da câmera junto a Gaby, agente de publicidade e relações-públicas de Eva, e ficou observando, junto a outra dúzia de clientes. A primeira coisa que o cinegrafista do *Thirty Minutes* lhe ensinara no seu primeiro dia de filmagem fora que a câmera sempre funcionava como "um ímã de babacas". Assim que vem a público, uma câmera é capaz de despertar uma infinidade de comportamentos ridículos por parte de pessoas até então consideradas normais. Muitas das aparições de Kitty diante de câmeras foram estragadas por algum idiota que ficou parado atrás dela mandando "tchauzinho" para a mãe.

Kitty estava na loja de departamento na rua Henry, em Dublin, para entrevistar Eva Wu. Sem conseguir dormir desde a segunda discussão com Steve, ela passara boa parte da noite lendo sobre Eva e seu blog. Gaby estava megaentusiasmada com a visita de Kitty, tanto que naquela manhã já havia ligado para ela três vezes. Como Gaby era uma relações-públicas estereotipada, tagarela, insistente e persuasiva que fazia as coisas acontecerem mesmo quando a natureza e o universo conspiravam contra, Kitty imaginou que Eva fosse exatamente o oposto. Ela não era tão espalhafatosa quanto Gaby, e Kitty teve de fazer todo o esforço para conseguir ouvir a sua voz. Eva parecia mais reservada, comedida, porém não tímida.

Ela estava sendo entrevistada por uma das apresentadoras do programa *The Scoop*, cuja vida pessoal vinha sendo exposta nas primeiras páginas dos tabloides recentemente. Tratava-se de um programa de fofocas e entretenimento que também abordava temas como beleza e moda.

— Então, Eva, conte para nós: como foi conhecer o Brad Pitt? — perguntou a apresentadora com a testa paralisada e lábio superior excessivamente volumoso, num microfone enorme que tinha o logo do *The Scoop* estampado na frente.

Eva sorriu educadamente.

— Desculpe, Laura, mas, er... Não conheci o Brad Pitt.

Laura olhou para as suas anotações.

— Corta! — disse ela, o sorriso largo desaparecendo do rosto, de súbito. Ela olhou para a mulher que estava filmando. — Vamos começar de novo. — E, na contagem de três segundos, botou o sorriso de novo no rosto. — Então, Eva, conte para nós: como foi conhecer o George Clooney?

Eva olhou em direção a Gaby com certo nervosismo e raiva.

— Na verdade, não conheci o George Clooney. O que aconteceu foi que a empresa que estava trabalhando com ele entrou em contato comigo e me perguntou se eu aceitaria comprar um presente para ele em nome dela.

— Aaah! George Clooney, meninas! — Laura puxou o microfone de volta, afastando-o da boca de Eva, e soltou um grito eufórico nele, olhando na direção exata da câmera portátil. A câmera, quase que em resposta ao seu grito de alegria, inclinou-se e se projetou no ângulo das duas. Tentando evitar uma colisão no ar, Eva reclinou-se para trás sobre o banco alto no qual estava sentada, parecendo um pouco incomodada. Gaby apoiou a cabeça sobre as mãos.

— E então, o que você comprou para ele? Conte com exclusividade para o *The Scoop*. — Laura olhou para a câmera, mais uma vez entusiasmada, e depois se voltou para Eva. — Pode abrir o jogo!

— Lamento te desapontar, mas recusei o trabalho, o que explica perfeitamente o *ethos* da minha empresa. — A partir disso, Eva se animou e ficou entusiasmada por falar sobre a sua "cria". — Criei o "Dedicated" para que eu pudesse dedicar o meu tempo a encontrar o presente perfeito para a pessoa perfeita. Para fazer isso, gosto de passar um tempo com a pessoa, assim consigo identificar e sentir o que ela realmente deseja ganhar. Não posso comprar um presente para uma pessoa que não conheço. Se não conheço o gosto dela, como posso ser sua *personal shopper*?

Gaby levou as mãos à cabeça e se encolheu, bem na direção em que Eva estava olhando.

Laura se manteve vidrada no discurso ensaiado de Eva, e Kitty seria capaz de apostar todas as suas economias (não que ela tivesse muito) que a maior parte do que Eva estava dizendo, senão tudo, acabaria cortada na edição. Tudo o que precisava para deixar os produtores do programa encantados era fazer um comentário depreciativo a respeito da sexualidade de George Clooney. Sincera como Eva soou (pelo menos de acordo com o seu ouvido crítico e desconfiado), Kitty não sabia se devia acreditar na imagem que ela transmitia ou se Eva verdadeiramente acreditava na própria imagem, mas o fato é que a sua ideia de *personal shopper* era diferente. Kitty deduziu que era exatamente isso que as empresas estavam tentando fazer. Pareceu-lhe um longo caminho a ser percorrido, considerando uma tarefa tão simples quanto comprar um presente.

O homem próximo a Eva a fulminou com os olhos depois do último comentário dela.

— Além de Eva, temos o *personal shopper* da Arnotts, Jack Wilson. E então, Jack, conte-nos um pouco sobre as coisas que vai oferecer aos seus clientes neste ano.

Ele olhou direto para a câmera:

— Bom... Temos uma capa protetora de iPad da Tom Ford, perfeita para o homem que adora acessórios de grife. Pensando nas férias de verão, que estão chegando, essa capa também protege o iPad da areia. Ela custa 1.500 euros, o que é um excelente preço para esse acessório de luxo.

Eva arregalou os olhos.

— Pare — murmurou Gaby, e o sujeito responsável pelo som a olhou atravessado.

— Temos também um guarda-chuva da Chanel. Perfeito para aquela mulher que você ama e que não gosta de se molhar.

— Ótimo para as mulheres que fazem escova — comentou Laura, olhando para a câmera, que reagiu entusiasticamente e se deslocou para o rosto dela, tão perto que quase a golpeou na cabeça.

— E ele vai custar apenas 1.000 euros.

Assim como Kitty, Eva ficou boquiaberta, mas Kitty não estava sob o foco da câmera e percebeu que Gaby ficou furiosa.

— E quais são as personalidades que você vai atender? — perguntou Laura.

— Ah, tenho todos os nomes aqui. — Jack começou a enumerar todas as celebridades que, como todos sabiam, viajam para a capital da Irlanda para os eventos de verão, e Kitty notou que ele usava a palavra "provavelmente" antes de cada um dos nomes.

— Nossa. Ouviram isso, pessoal? Madonna! Continuando, Eva, esses óculos escuros parecidos com os que a Victoria Beckham e a Katie Holmes usam, quem você acha que os compraria?

— Entre os meus clientes?

— Ah, fala logo — exigiu Gaby.

— Bem, a minha lista de clientes é estritamente confidencial. Eu não...

— Sim, mas para que *tipo* de pessoa você compraria esses óculos?

— Para quem eu compraria óculos escuros? — Eva olhou ao seu redor como se alguém estivesse lhe pregando uma peça.

— Sim, usado por Victoria Beckham e Katie Holmes — disse Laura, cerrando os dentes. Eva abriu a boca e a fechou em seguida, sem dizer uma palavra sequer.

— Bem, posso dizer que esses óculos seriam perfeitos para as mulheres que simplesmente amam a Victoria Beckham e a Katie Holmes e que não querem que o sol incomode a sua visão neste verão — intrometeu-se Jack.

— Bom, então é isso, pessoal, dicas preciosas de como comprar o presente perfeito para aquela pessoa especial da sua vida, para ajudá-la a se sentir como uma celebridade.

Corta.

Eva pulou do banquinho. Kitty ouviu Laura dizer para a mulher que estava segurando a câmera, enquanto guardavam suas coisas:

— Minha nossa! Qual é a próxima coisa que vamos fazer? *Vajazzling*?

— Como ajudá-los a se sentirem como uma celebridade? — comentou Eva com Gaby depois que saíram e quando já estavam na rua Henry. Ela não gritou, mas a raiva em sua voz estava evidente. — Óculos escuros? Para fazer com que as pessoas se sintam como celebridades? Deus do céu, Gaby!

— Tá, tudo bem, essa não foi a melhor entrevista que já agendei.

— Não foi a melhor? Gaby, foi a pior de todas. Entre as piores das piores. Como posso divulgar o meu trabalho se você continuar a promovê-lo desse jeito? A mensagem está se perdendo. Ninguém vai nos ouvir. Não estão nem aí para o "Dedicated", só estão preocupados com a minha clientela de *celebridades* e com o *George Clooney*? O que foi aquilo? — A voz de Eva continuava baixa, mas o aborrecimento era evidente. Ciente de que Eva continuava sem saber da presença dela, Kitty se manteve na retaguarda, deleitando-se diante da opinião sincera da mulher a respeito do programa.

— Impressiona as pessoas. Ajuda na divulgação. — Gaby deu de ombros.

— O fato de eu *não* ter comprado um presente para o George Clooney impressiona as pessoas?

— A maioria das pessoas só presta atenção nas perguntas.

Eva fechou os olhos e respirou fundo algumas vezes.

— Se for esse o tipo de entrevista que você está arrumando, prefiro não participar de nenhuma.

— Ajuda a construir o seu perfil.

— Acha que *aquilo* ajudou?

— *Aquilo* talvez não.

Eva grunhiu, mas Kitty pôde perceber que ela estava se acalmando.

— Todo o meu trabalho duro… Precisamos de um modo de divulgação que me permita falar sobre o dom de presentear, sobre o quanto esse ato é precioso, o quanto ele pode ser especial, principalmente nesses últimos tempos, que têm sido tão difíceis para as pessoas. A questão não é o quanto esse presente deve ser caro. Somos uma nação que parou de dar presentes caros. A questão é pensar sobre o que dar de presente para determinada pessoa, como esse presente pode animá-la quando ela está para baixo, como ela pode se sentir amada, importante e especial com um simples gesto.

— Eu sei, eu sei, não precisa me dizer isso, já sei de tudo — retrucou Gaby, enfiando um chiclete na boca. Mesmo quando não estava falando, parecia que ela precisava continuar movendo a boca para cima e para baixo, de alguma forma.

— Sabe? — questionou Eva, olhando para Gaby.

— Fico chocada e horrorizada com essa sua pergunta — resmungou Gaby, num tom dramático, e Kitty percebeu que ela só fez isso para o seu próprio benefício. — Há quanto tempo trabalhamos juntas, Eva?

— Há tempo demais? — perguntou Eva, sorrindo.

— Enfim. Seu próximo compromisso é aqui mesmo.

— Onde?

— Aqui. — Ela se virou e olhou para Kitty, que tentou dar alguns passos para se distanciar e evitar olhar no rosto de Eva, mas era tarde demais. Eva ficou com as bochechas coradas, constrangida ao ver que Kitty a tinha ouvido, ainda mais porque ela era jornalista.

— Me desculpe, eu não quis… — Ela olhou para Gaby, fulminando-a. — Eu não *sabia* que você tinha chegado.

Gaby levou a culpa de novo.

— Tudo bem, foi bom ouvir tudo isso. Não vou fingir que não ouvi.

— Estou sem graça. Sou uma grande fã da *Etcetera*. Tiete mesmo. Leio a revista todo mês. Fico muito contente por ter me procurado.

— Obrigada. — Kitty abriu um sorriso de orelha a orelha. — Creio que a minha editora tenha entrado em contato com você no ano passado... Constance Dubois.

— Sei quem era a Constance, mas não, ela não entrou em contato comigo. Deveria ter me procurado? — Eva voltou a olhar para Gaby. — Deveria?

Gaby deu de ombros.

— Não que eu saiba. Eu sempre passo tudo para você.

Kitty mal havia conhecido as duas e a maneira como elas se relacionavam, mas, ainda assim, sabia que a afirmação de Gaby não era verdadeira. Sentiu-se frustrada por descobrir que mais uma pessoa da lista não tinha recebido nenhum contato de Constance. A que se referia aquela lista?

— Bem, estaria disposta a me conceder uma entrevista para que eu possa escrever uma matéria sobre você?

— Sim, claro. Mas do que se trata a matéria? Qual é o assunto?

Kitty congelou. Aquela era uma excelente pergunta.

— A matéria é sobre você e, bom, sobre outras 99 pessoas. É sobre algo que liga vocês todas.

— Cem pessoas? — indagou Gaby, parecendo frustrada ao perceber que a matéria não seria exclusivamente sobre Eva. — Quem são as outras pessoas? Alguém que eu conheça?

— Não. Acho que você não conhece nenhuma delas, embora essa seja uma boa pergunta. — De repente, Kitty teve uma ideia e procurou a lista de nomes em sua bolsa. — Conhece algum desses nomes? — A pergunta foi para Eva, mas Gaby se aproximou para espiar a lista. Eva observou os nomes cuidadosamente, enquanto Gaby terminou de ler em três segundos.

— Não. Ninguém. Posso tirar uma cópia dessa lista? — perguntou Gaby.

— Por quê?

— Posso pesquisar e verificar quem são essas pessoas. Não posso concordar com essa entrevista sem saber com quem a minha cliente está se envolvendo. — Na verdade, era um pedido muito plausível e, por isso, Eva e Kitty foram pegas de surpresa. Gaby prosseguiu: — Tenho meus momentos de glória. — Ela sorriu para Eva como quem diz: "Eu bem que te falei".

— Não acho que seja necessário — comentou Eva, com gentileza. — Olhe, por que não vamos tomar um café só nós duas? — Gaby fez uma careta. — Aí podemos conversar mais sobre isso em algum lugar mais tranquilo do que a rua Henry bem no horário do almoço.

— Boa ideia — respondeu Kitty, aliviada.

— O único problema é que tenho um compromisso com um cliente daqui a meia hora na IFSC. Gostaria de me encontrar depois? Ou vamos andando e conversando?

— Ou... Eu poderia te acompanhar e observar o seu trabalho?

Eva lançou um olhar de dúvida para Gaby. Se havia algum momento em que Eva precisava que sua relações-públicas falasse por ela, esse momento seria agora, já que era visível que ela não se sentia confortável com a pergunta. Mas Gaby não se tocou e continuou mastigando o chiclete e olhando vagamente para Eva.

— O que foi?

— Seria uma ótima oportunidade para eu poder observar como o seu trabalho realmente funciona — acrescentou Kitty. — Sabe, ver que você não é uma *personal shopper* padrão.

Eva sorriu.

— Você é boa. Muito bem. Vamos.

O IFSC — Irish Financial Services Centre — ficava às margens do rio Liffey, paralelo à North Wall Quay e à Custom House Quay. O complexo empregava 14 mil pessoas e abrigava mais de 430 instituições financeiras, além de hotéis, restaurantes e lojas. O endereço para o qual se dirigiam era o escritório dos advogados Molloy Kelly em

Harbourmaster Place, uma banca enorme especializada em direito bancário e litígio comercial, e a pessoa com quem Eva havia marcado um encontro era George Webb, um dos sócios. Pela pesquisa que fez no Google, Kitty descobriu que ele era o responsável por Direito Bancário, Insolvência, Falência e Recuperação de Empresas, Direito Securitário, Difamação, Separação e Divórcio.

— É com essas pessoas que você costuma trabalhar? — perguntou Kitty. — Executivos ocupados demais e que não têm tempo de sair para comprar presentes para seus entes queridos?

Ela olhou para Kitty com curiosidade.

— O que te faz pensar isso?

— Pesquisei no Google sobre ele, conheço bem o tipo. Trabalho em primeiro lugar, família em segundo. Estão tão acostumados a ter sempre alguém para fazer as coisas para eles (lavar, passar, cozinhar, ir ao supermercado...) que comprar presentes para quem amam não é nenhuma prioridade.

— Bom, se for esse o caso, não vou trabalhar para ele.

— Por que não?

— Prefiro encontrar alguém que esteja verdadeiramente preocupado em encontrar o presente perfeito para um ente querido a alguém que me contrate porque não quer se incomodar. Escolho meus clientes, assim como eles também me escolhem — explicou ela, com os olhos arregalados e de modo sincero.

De imediato, Kitty se sentiu intrigada tanto pela filosofia de Eva quanto por sua sinceridade. Eva prosseguiu, com um sorriso:

— Invisto boa parte do meu tempo nos meus clientes, Kitty. Preciso ter a certeza de que eles realmente se importam com a pessoa que estão presenteando, do contrário, como é que eu posso me importar com ela? Tenho certeza de que isso acontece com você quando está escrevendo uma matéria. Se não se importar com ela, como é que o leitor pode se importar?

Kitty refletiu um pouco. Eva estava certa.

Depois de dez minutos de espera numa recepção de mármore

lustroso, o elevador zuniu e um homem jovem num terno garboso, uma gravata rosa e um lenço as chamou ainda de dentro do elevador. De cara, Kitty concluiu que aquele não era George Webb; o rapaz lembrava mais Julian Clary quando jovem — sobrancelhas perfeitamente delineadas, pele luminosa como se tivesse sido cuidadosamente esfoliada e nutrida desde a infância. Ela não notou nenhuma maquiagem, mas o brilho nas maçãs do rosto dele a deixou com inveja.

— Sou Nigel — apresentou-se o jovem garboso a Kitty, embora suas palavras tivessem sido curtas e ele não tenha estendido a mão para saudá-la. — Vou levar vocês ao escritório. Qual é o seu nome?

— Kath... Kitty Logan — murmurou de novo, ainda desacostumada a usar seu apelido como nome profissional.

— E o que está fazendo aqui hoje, Kath-Kitty? — questionou ele, zombando do erro que ela cometera.

— Estágio — mentiu, ela de um jeito meigo, sem nenhum outro objetivo além de aborrecê-lo.

— Já passou um pouco da idade para isso, suponho — retrucou ele, sem acreditar nela.

Eva apenas sorriu e balançou a cabeça para os dois.

Ele as conduziu até a sala de espera.

— Esperem aqui. Ele já vem.

Eva sentou-se e Kitty caminhou pela sala, examinando tudo. As duas, sem dúvida, eram completamente diferentes uma da outra. Eva era o tipo que fazia o que lhe mandavam, seguia ordens e era sempre educada. Kitty não conseguia ser assim nunca. Ela sempre sentia que havia algo a ser descoberto, algo além do que estava diante dos seus olhos, e sempre queria saber o que era. Desde criança, era extremamente curiosa e se esforçava para enxergar além do óbvio e para descobrir segredos que as pessoas escondiam porque *sentiam* que significavam algo, embora fosse provável que não tivessem a menor importância para nenhuma outra pessoa. Na faculdade, quando saía com os amigos à noite, muitas vezes ela se separava deles e acabava sentada ao lado da pessoa que considerava a mais interessante, desafiadora e complexa do ambiente, enquanto ouvia suas histórias fascinantes. Kitty procurava por mentes incomuns, adorava ouvir tanto as menos interessantes quanto as mais fantásticas. Não acreditava que tudo o que precisávamos enxergar fosse visível aos olhos, e sentia um desejo iminente de descobrir o que havia por detrás das camadas de cada pessoa. Era esse fascínio e, de fato, o amor pelas pessoas que ela trazia para as matérias da *Etcetera*, mas talvez não tivesse transferido muito bem esse amor em suas matérias para o *Thirty Minutes*. Enquanto trabalhava lá e fazia reportagens investigativas, seu amor se transformara em desconfiança, uma necessidade de descobrir o que as pessoas estavam escondendo dela. Sua habilidade rotineira para uma simples conversa e entendimento tinha se transformado num jogo no qual ela tentava fazer as pessoas falarem sem perceber, tentando obter citações de pessoas que não desejavam ser citadas. Estava escrevendo matérias de um jeito completamente diferente.

Diante desse súbito insight, ela fez uma pausa e ficou pensando que talvez Steve estivesse certo. Ele, um amigo de longa data com quem Kitty raramente tinha conversas profundas, a conhecia mais do que ela mesma. De repente, sentiu arrepios e olhou para cima para saber o que os havia causado.

Então, percebeu que Eva estava observando-a enquanto ela se movia pela sala examinando as pinturas nas paredes, quando na verdade Kitty estava examinando a si mesma. Foi então que, do nada, ela começou a se sentir desconfortável. Observar, esse era o seu trabalho, e o manto da invisibilidade com o qual ela contava enquanto observava os outros era o que a ajudava a chegar às suas conclusões. Mas Eva estava lhe tirando isso. Era inquietante, anormal para um observador ser observado, e isso fez com que a jornalista se sentisse mal. Por fim, ela desistiu de andar de um lado para o outro e desmoronou em uma das poltronas de couro.

A porta se abriu e George Webb veio até a sala de espera.

— Olá — cumprimentou-as com um sorriso grande e dentes perfeitos, enquanto olhava de Kitty para Eva. — Suponho que seja a senhorita Wu — falou, olhando para Eva. Era uma escolha óbvia. Eva era oriental, tinha o cabelo comprido e sedoso, e tão negro que quase emitia um reflexo azulado em contato com a luz. A pele dela era perfeita, quase sem nenhuma maquiagem, mas Eva não precisava: a pele não tinha manchas e era surpreendentemente bela.

— Bom, não sou eu — brincou Kitty.

— Esta é Kath-Kitty Logan — interveio Nigel, chegando à sala. — Ela é jornalista da *Etcetera*. — Ele ergueu uma sobrancelha como se quisesse mostrar que ela não poderia passar por cima dele. George Webb pareceu confuso. Neil tratou de explicar: — É uma revista. Nenhuma das que você lê.

— *Mas* você lê — retrucou Kitty para Nigel.

— Não. Pesquisei sobre você no Google.

Kitty sorriu:

— Estou escrevendo uma matéria a respeito da Srta. Wu — explicou. — Mas, por favor, não se preocupe. Vou escrever apenas sobre ela, não sobre seus clientes. Não mencionarei nomes. Só quero ter uma ideia de como ela trabalha.

Isso se a matéria fosse mesmo sobre como Eva trabalhava. Talvez fosse sobre algo completamente diferente. Até o momento, Kitty não fazia a menor ideia, mas tentou transmitir confiança.

George Webb pensou a respeito.

— Tudo bem. Sem problemas. Você é uma mulher famosa — acrescentou, sentando-se de frente para Eva e observando-a.

Ele era um homem surpreendente, extremamente bonito, bem-apessoado, um irlandês com estilo moderno, sobrancelhas perfeitamente separadas, nenhum pelo saltando para fora do nariz, e ela prestou atenção aos traços delicados do rosto dele sem o menor constrangimento. Ele vestia um terno elegante, nada muito elaborado, mas estiloso e sob medida. Eva ficou olhando para George com a expressão de quem olha para algo muito bonito, e a recíproca foi verdadeira. A atração mútua era óbvia. Era quase como se Kitty não estivesse na sala, invisível, do jeito que ela gostava — pelo menos enquanto estava trabalhando. Já dava para sentir que curtiria aquele trabalho.

— O Nigel me contou seus detalhes e disse que você é a melhor do mercado — afirmou George.

Nigel, que estava preparando café, olhou para os dois de soslaio, incomodado. Kitty sabia que era por causa dele que Eva estava ali, graças a algum momento raro em que ele deixara a grosseria de lado, embora, mesmo grosseiro, ele tivesse um jeito divertido.

— Bom, foi muito gentil da parte do Nigel — afirmou Eva, com gentileza, comovida de fato.

— Creio que você também trabalhou com uma vizinha minha, digo, uma vizinha aqui do trabalho. Elizabeth Toomey? — comentou George.

— Ah, sim. — Os olhos de Eva se alegraram. — Ela trabalha do outro lado da pista, na PricewaterhouseCoopers.

— Ficou sabendo que ela foi promovida em janeiro?

— Sim, soube. Fiquei muito feliz por ela.

— O chefe dela deve ter gostado muito do presente que você comprou para ele.

Eva murchou imediatamente. Kitty percebeu a mudança bem ali, na frente dela, como um inseto que se enfia dentro do casulo. George também percebeu.

— Acho que ela mereceu. Ao que me pareceu, ela trabalha duro. — Isso foi tudo o que Eva disse.

— Acho que o seu presente ajudou — acrescentou George, com um sorriso.

Kitty se surpreendeu com a postura dele. George era esperto o suficiente para deixar o assunto de lado, mas não se conteve, estava desesperado para descobrir qual tinha sido o presente, e seu desespero ficou evidente. Ciente da filosofia de Eva de manter a confidencialidade dos seus clientes, Kitty temeu que aquilo não seria algo nada bom para o encantador George.

Eva apenas sorriu.

— E então, o que era? — perguntou ele e, em seguida, olhou para Kitty. — Aposto que você quer saber.

Kitty ergueu as mãos no ar para se esquivar da situação.

— Sou uma mera observadora aqui.

Um presente que fez a pessoa ganhar uma promoção? Mas é claro que ela queria saber, assim como queria saber onde poderia comprá-lo. Havia um silêncio e uma tranquilidade na sala que poderia até ter sido sua imaginação, mas Kitty teve certeza de que ouviu um ligeiro fungar enquanto Nigel colocou a xícara de café bem à sua frente. Ele se intrometeu na conversa:

— O Sr. Webb chamou você aqui hoje para falar sobre a próxima reunião em família que ele terá. Será um encontro grande. Muita gente vai se reunir, todos estão muito entusiasmados — disse em tom seco, e Eva, Kitty e George não conseguiram se conter e deram risada. — E também a irmã dele vai se casar, seu avô vai fazer 80 anos, e eles decidiram colocar tudo num mesmo maravilhoso dia de comemoração. O Sr. Webb simplesmente precisa da sua ajuda.

— Obrigado, Nigel — agradeceu George, e com isso Nigel saiu da sala. George olhou para seu relógio de pulso e pareceu preocupado.

Kitty percebeu que o tempo havia acabado. Nigel havia feito o que devia fazer, George reservara um tempo para Eva, e esse tempo, agora, havia chegado ao fim. Ela engoliu o café rapidamente.

George olhou para ela.

— O que acha?

— Desculpe. O que acho sobre o quê?

— Sobre o trabalho.

— Onde sua família mora?

George pareceu confuso.

— Em Cork.

— E quando será o evento?

— Eis a questão. Não sou uma pessoa muito organizada. É na semana que vem. Na sexta. Mas o Nigel, ou eu mesmo posso te passar todos os detalhes de que precisa. — Ele inclinou o corpo para a frente, com a expressão concentrada. Kitty imaginou que, se Eva não fosse tão bonita, George teria saído da sala há muito tempo.

— Está bem perto. Normalmente, preciso de algumas semanas pelo menos.

— Semanas? — A surpresa de George refletiu exatamente o que Kitty sentiu.

— Quantos presentes está pensando em comprar?

— Ah, vejamos. O Nigel é quem tem os detalhes, mas, um para o aniversário do meu avô, outro para a minha irmã e para o futuro marido. — George se concentrou num pelo invisível que estava sobre a perna da calça, arrancou-o e atirou no chão antes de encontrar outro. — Ah, e tem mais um para outra pessoa.

Kitty se sentiu verdadeiramente frustrada com a última informação, não por si mesma — George mal a olhara desde que entrara na sala, e mantivera a atenção o tempo todo em Eva — e não apenas por simples questões de negócios. Ela teve de morder o interior das próprias bochechas para se segurar e não falar nada. Era óbvio de quem se tratava essa outra pessoa, mas ele fora tão encantador e, embora Eva fosse profissional e uma mulher de poucas palavras, era evidente que ela havia correspondido. Kitty pôde perceber que agora havia uma pequena ligação entre os dois, o que só o fez dizer o que tinha de ser revelado da maneira mais estranha possível.

— Para a sua namorada? — perguntou Eva, em tom profissional.

— Sim — respondeu, limpando a garganta. — Faz um ano que estamos juntos. — Praticamente resmungou esta última parte.

Para comemorar o primeiro e último ano juntos, pensou Kitty consigo mesma.

— Aniversário de namoro — concluiu Eva, fazendo uma anotação no seu caderno. — Permita-me explicar como trabalho, Sr. Webb.

— Me chame de George, por favor.

— George. — Eva sorriu. A ligação voltou a ficar evidente e Kitty ficou invisível de novo. — Gosto de passar um tempo com as pessoas para quem vou comprar o presente. Gosto de ver quem elas são de verdade, o que desejam ganhar de fato, e escolher itens que sejam projetados exclusivamente para elas. Não sei se o seu assistente explicou isso a você.

— Não, não explicou. — George pareceu desconfortável ao saber disso. — Eu não poderia simplesmente te passar um orçamento de, digamos, três mil dólares? E você tentaria encontrar algo para eles dentro desse valor? Você cobra por hora de trabalho? Não sei direito como isso funciona, mas, se for o caso, não há a menor necessidade de passar um tempo com eles; estou disposto a pagar um valor que valerá o seu esforço.

— Provavelmente não sou a pessoa de quem você precisa — pontuou Eva, o que surpreendeu Kitty. George estava disposto a pagar o valor que fosse, e ela recusou. Kitty sentiu vontade de arremessar o seu caderno na cabeça de Eva. — Acho que o que está procurando é um típico *personal shopper*. Você descreve a pessoa e ele encontra o presente. Um bom perfume para a sua mãe, talvez etiquetas de bagagem que combinem com as capas de passaporte para a sua irmã e o marido dela, esse tipo de coisa?

— Ótimo, isso mesmo! — disse ele, entusiasmando-se. Em seguida, olhou para o relógio de novo e voltou a fechar a cara; estava ainda mais atrasado agora.

— Desculpe, George, esse tipo de trabalho não é para mim. — Eva sorriu e se levantou.

Ele ficou sentado no sofá e olhou para ela, confuso. Então, percebeu o que estava acontecendo e se levantou também.

— Tudo bem. — Ele apertou a mão dela, um pouco incomodado e irritado. — Obrigado por ter vindo. Vou pedir para o Nigel te acompanhar até a saída. Estou atrasado para uma reunião.

George a olhou pela última vez, intrigado, acenou com a cabeça para Kitty, despediu-se e saiu da sala.

Nigel apareceu de novo logo em seguida, e, ele, Kitty e Eva pegaram o elevador e se mantiveram em silêncio.

— Por que recomendou a Eva para o George? — perguntou Kitty.

— Essa pergunta é para a sua matéria? — questionou Nigel, pronunciando "matéria" como se fosse algo sujo.

— Caso você queira, sim...

— Não quero.

— Tudo bem, não vou publicar isso.

Ele a olhou de um jeito sarcástico, depois olhou para Eva antes de responder à pergunta.

— Trabalho com ele há seis anos e durante esse tempo tenho que fazer todas as listas. Aniversários, Natais, batizados, entre outras coisas. Acho que chegou a hora de o avô dele parar de ganhar lenços e gravatas, embora as que ele ganhou até hoje sejam da melhor qualidade, claro — explicou, elogiando a si mesmo.

— A família dele é legal? — perguntou Eva, o que Kitty considerou uma pergunta inusitada.

— Legais? São de dar nojo — respondeu Nigel, o que fez as duas pensarem que aquilo significava que sim, que a família de George era legal. — E, como pessoa maravilhosa que sou... — Ele olhou para Kitty e piscou com os cílios longos, depois voltou a olhar para Eva e acrescentou, com a voz séria: — Sei que merecem presentes melhores.

Eva concordou com a cabeça. Nigel voltou a falar com a voz dissimulada:

— E eu estou cansado de ficar inspecionando os corredores das lojas à procura de hidratantes antirrugas. Tenho coisas mais importantes para fazer.

— Como café, por exemplo — interveio Kitty, enquanto os três saíam do elevador.

— O Eddie vai te mostrar onde fica a saída, Kath-Kitty. — Ele acenou para o segurança robusto que estava parado no canto.

As portas se fecharam e Kitty deu risada, e as duas se viram de volta ao lado externo do IFSC.

— Bom, foi interessante — disse Kitty, olhando para Eva, sentindo que com certeza havia testemunhado algo muito incomum naquela sala.

— Foi? — Eva pareceu não ter tanta certeza assim.

— O Sr. Webb gostou muito de você, disso não restam dúvidas — comentou Kitty, e as bochechas de Eva ficaram coradas.

— O Sr. Webb não deveria estar preocupado em gostar de ninguém — retrucou Eva, em tom seco. — Ele tem de comemorar o aniversário de um ano de namoro.

— Foi por isso que recusou o trabalho?

— Não! Se acha que estou neste trabalho para encontrar homens, está redondamente enganada. Do contrário, eu teria aceitado.

As duas sorriram.

— Então, por qual motivo recusou o trabalho? — indagou Kitty.

— Gostaria de tomar um café?

Kitty avaliou suas opções. Eva era uma pessoa agradável e seu trabalho daria uma conversa interessante, mas ela não tinha certeza de que havia algo que renderia uma matéria, a menos, claro, que a matéria de Constance se concentrasse na vida pessoal de Eva. Até o momento, seguindo seu faro de jornalista, não via nada substancial ou excepcionalmente interessante a respeito de Eva. Mais uma vez, Constance encontrara algum assunto que Kitty não havia conseguido identificar ainda. Ela pensou no lado positivo de seguir em frente com as outras 99 pessoas da lista — pessoas que de cara tinham histórias mais interessantes para compartilhar — em vez de passar mais algumas horas com Eva e falar sobre a vida dela. Eva era uma mulher adorável, mas Kitty estava sob pressão. Precisava seguir em frente.

— Não vou mais tomar o seu tempo — disse Kitty, de maneira educada, com um sorriso e sentindo-se culpada ao ver que a expressão de Eva murchou. — Mas, antes de ir, tenho só mais uma pergunta.

— Claro. Pode fazer. — Ela se animou de novo.

— Estive pensando. Você lembra qual foi o primeiro presente que ganhou, um que tenha marcado de verdade, que realmente tenha significado muito para você e que, talvez, tenha despertado algo por dentro? Esse... esse desejo que você tem de comprar o presente perfeito para as outras pessoas. Esse presente pode ter sido o motivo pelo qual você escolheu essa carreira.

Eva pareceu triste, depois seu rosto se iluminou e a máscara apareceu de novo.

— Sim — respondeu, alegre. — Foi Meu Pequeno Pônei que veio com a casinha. Ganhei da minha avó quando tinha sete anos. Simplesmente amei. Brincava com ele todos os segundos do meu dia.

— Sério? — perguntou Kitty, surpresa e também frustrada.

— Sim. — A máscara do sorriso não se moveu. — Por quê?

— Achei que houvesse alguma coisa... algo mais significativo, ou... — Kitty olhou para ela, mas Eva ficou totalmente inexpressiva.

— Não. Eu amava muito aquele pônei. De todo o coração — acrescentou Eva, com um sorriso discreto.

Eva observou enquanto Kitty pegava a bicicleta para ir embora e praguejou consigo mesma. Ela sabia reconhecer muito bem quando era dispensada feito uma batata quente, pois já havia passado por essa situação muitas outras vezes. Gaby jamais a perdoaria por essa. A única oportunidade real de falar sobre o seu negócio da maneira como queria, e ela simplesmente jogara a chance no lixo. Eva, porém, não poderia dar o que ela queria. Kitty desejava mais, queria entrar na cabeça de Eva, em seu coração. Eva sabia que fazia isso com as pessoas, mas não se sentia confortável em permitir que outra pessoa fizesse o mesmo com ela. Mal fazia isso consigo mesma.

O telefone tocou, Eva suspirou e atendeu:

— Oi, mãe.

— Eva, pode vir me buscar? — Ela escutou um gemido na voz da mãe, uma fungada, como se ela estivesse debilitada, e seu coração disparou.

— O que aconteceu? — perguntou, com a voz abafada e apavorada, mas já sabendo.

— Meu pulso. Pensei que tinha sido só uma torção, mas senti dor a noite inteira. Não consegui dormi, então achei que era melhor ir ao médico. Disseram que quebrei.

— Onde você está agora?

— No hospital.

— E o pai?

Silêncio. Depois, uma tímida resposta:

— Não sei. Não o vi hoje. A Bessie me trouxe pro hospital, mas ela precisa ir embora pra ajudar a Clare, que acabou de ter um bebê e precisa de ajuda com as crianças. Não posso pedir pra Bessie vir aqui de novo.

Eva se sentiu invadida pela raiva. Uma sensação iminente e irremediável porque ela não poderia fazer nada, já que estava no centro de Dublin. E, sem a menor dúvida, esse sentimento permaneceria com ela durante todo o caminho de volta para Galway, até ela chegar à estação, exausta e esgotada.

— Estou em Dublin. Não consigo chegar em casa antes de anoitecer.

— Tudo bem, eu posso esperar.

— Por que não pega um táxi?

— Não, não, obrigada. Vou te esperar aqui.

Eva sabia que a mãe diria aquilo. Ela não queria que ninguém a visse daquele jeito. Com certeza, permaneceria em casa até se recuperar totalmente.

— Vou levar horas pra chegar até aí, mãe.

— Tudo bem, vou te esperar — disse a mãe, com a voz firme. Eva se perguntou para onde ia toda aquela força quando ela realmente precisava dela. — Só espero que possa tirar esse gesso antes do aniversário do seu pai. Ele quer fazer uma festa.

— Quando? — Eva se sentiu apavorada de novo.

— Na sexta que vem.

— Na sexta que vem? Mas na sexta-feira que vem não posso. Ele poderia, pelo menos, ter me avisado.

— Ah, seu pai vai ficar tão chateado — resmungou a mãe, com uma voz que fez Eva sentir um frio na barriga.

— Bem, não posso fazer nada. Não posso recusar trabalho. Você sabe como andam as coisas ultimamente. — Eva levantou a cabeça para olhar para o edifício de onde tinha acabado de sair com Kitty. — Além disso, vou estar em Cork nesse dia.

Capítulo Dez

No meio do caminho de volta para casa, depois de ter passado o dia com Eva, Kitty se deparou com o endereço de Archie Hamilton, o 67º da lista de cem nomes. Era sexta-feira à noite; ela sentiu que seria um bom momento para passar na casa dele, pois as pessoas já teriam voltado do trabalho, estariam se preparando para o jantar e ela poderia pegá-las de surpresa. Com exceção de Gaby, ela não obtivera retorno de nenhum outro recado que deixara na caixa postal das pessoas e precisava seguir adiante. O tempo para escrever a matéria estava se esgotando, mais um dia se aproximava do fim e ela não tinha sequer chegado perto de uma possibilidade de pauta. Pensar nisso deixou-a mais apavorada do que deveria.

Archie Hamilton morava num conjunto de edifícios a apenas dez minutos do apartamento dela. Por ali, no bairro, havia um espírito forte de comunidade. Os vizinhos mais próximos formavam um círculo fechado: se você fosse da redondeza poderia contar com eles, mas, do contrário, não poderia, e Kitty morava fora dessa zona. Enquanto Archie Hamilton destrancava três trincos para abrir a porta, ela esperou na sacada do quarto andar. Um garotinho de cabelo ruivo e sardas, sentado em cima de uma bola de basquete, observou-a e um punhado de outras crianças que estavam no térreo se aninhou próximo demais à bicicleta, dela que estava amarrada nas grades.

A última tranca foi liberada e a porta foi se abrindo, até que uma corrente a impediu de se abrir mais. Dois olhos a encararam, avermelhados e remelentos, como se não vissem a luz do dia havia anos. Kitty não conseguiu se conter e deu um passo para trás.

— Archie Hamilton? — perguntou. Os olhos a mediram dos pés à cabeça, em seguida bateram a porta na cara dela.

Kitty olhou ao redor, sem saber se deveria bater de novo ou ir embora. O garoto sentado sobre a bola de basquete deu uma risada dissimulada.

— Você conhece o Archie? — perguntou ela.

— Você conhece o Archie? — respondeu ele, com a mesma voz, imitando-a perfeitamente, reproduzindo o tom agudo e o ligeiro sotaque do interior. Na verdade, Kitty achou que ele exagerou um pouco no sotaque, mas, fosse como fosse, o efeito foi incômodo e intencional, disso ela não teve dúvida. Decidiu ir embora, mas de repente escutou uma voz lá dentro chamando Archie, então ficou parada onde estava. Alguém liberou os trincos de novo, desta vez mais rápido, a corrente deslizou pela porta e ela se abriu, escancarando-se. Um homem, não o que a atendera da primeira vez, mas que em vez de amedrontá-la pareceu irritado e exausto, a encarou. Ele a examinou enquanto vestia a jaqueta jeans e, depois, como se não tivesse gostado do que vira, deu um passo à frente e Kitty deu um pulo para trás. Ele bateu a porta e a trancou. Em seguida, o homem colocou as chaves no bolso e saiu correndo pelas escadas.

— Com licença? — chamou Kitty, educadamente.

— Com licença? — Ela ouviu sua voz ecoar por trás, o garoto sentado na bola de basquete imitando-a.

O homem continuou andando. Kitty correu atrás dele. Ele desceu voando os degraus de concreto. Ela desistiu de tentar ser educada.

— Você é o Archie?

— E se eu for?

— Bem, se for, eu adoraria conversar com você — disse ela, ofegante, enquanto chegavam ao terceiro lance de escadas.

— Sobre o quê?

— Sobre... Bem, se você parar de correr, posso dizer do que se trata.

— Estou atrasado para o trabalho. — O homem aumentou a velocidade dos passos logo que Kitty conseguiu alcançá-lo.

— Talvez eu possa marcar um horário que seja melhor pra você. Aqui está o meu cartão. — Kitty começou a fuçar sua bolsa, o que diminuiu a velocidade dos seus passos, e, a essa altura, ele já estava um lance à frente dela. Ela encontrou o cartão e pulou os degraus de dois em dois ou de três em três para alcançá-lo.

O homem não pegou o cartão.

Não converso com jornalistas — retrucou, chegando ao térreo e saindo do prédio.

Kitty olhou para a multidão de crianças ao redor de sua bicicleta e escolheu correr atrás de Archie.

— Como sabe que sou jornalista?

Ele a olhou de cima a baixo como se isso respondesse à pergunta dela.

— Você tem cara de desesperada.

Ela se sentiu ligeiramente ofendida, já que, a julgar pela brincadeira de gato e rato, ele estava certo.

— Você deixou um recado na minha caixa postal.

— Sim.

— Não volte a me ligar.

Os dois contornaram a esquina, e Kitty esperou que o homem fosse continuar, mas, de repente, ele parou, mudou de direção, fazendo uma manobra astuta, e entrou numa lanchonete. Ela teve de recuar alguns passos. Observou pela janela: ele levantou a barreira do balcão, tirou a jaqueta e desapareceu pelos fundos. Havia uma fila de duas pessoas dentro da lanchonete. Kitty olhou para a placa acima da janela: "Nico's". Archie Hamilton reapareceu usando um chapéu branco e um avental. Um colega o informou sobre os pedidos e o deixou sozinho. Kitty abriu a porta.

— Você poderia parar de me perseguir — disse o homem, sem sequer olhar direito para ela. Uma acusação de perseguição era tudo de que ela precisava agora para piorar ainda mais a situação.

As duas pessoas na fila olharam para Kitty.

— Quero uma porção de batata frita — pediu ela.

O homem parou de mexer nas batatas e olhou para ela. Kitty não soube se ele estava impressionado ou se sentiu vontade de jogar nela o óleo quente da batata frita. Houve um impasse. Archie se decidiu e jogou a porção de batatas congeladas na frigideira quente. Kitty esperou que a cliente à frente dela saísse, mas depois pensou que seria melhor não. Não era preciso grandes habilidades investigativas de jornalismo para saber que aquela seria sua única chance com Archie.

— Vou deixar o meu cartão aqui — avisou ela, colocando o cartão sobre o balcão.

O homem olhou para o cartão e depois voltou para o trabalho. Ele preparou um hambúrguer, uma porção de batatas, embalou os dois, guardou o dinheiro no caixa e o cliente foi embora.

— Nunca falei sobre isso. Não falei naquela época e não vou falar agora. Nada mudou.

Kitty estava quase perdendo a sua oportunidade.

— Não sei quem você pensa que eu sou, mas...

— É jornalista, não é?

— Sim.

— Vocês são todos iguais.

— Não vou falar sobre nada que você não queira.

— Já ouvi isso antes.

Ele enfiou a porção de batatas dela num saquinho branco, depois o colocou dentro de um saco marrom maior e acrescentou mais um pouco de batatas.

— Olha, vou ser sincera. Não tenho a menor ideia do que está falando, ou sobre o que não quer falar. Não tenho a menor ideia de quem é você. Encontrei o seu nome numa lista de cem pessoas que devo entrevistar para uma matéria. Não te conheço, assim como também não conheço as outras 99 pessoas, e não sei do que se trata a matéria. Tudo o que peço é meia hora do seu tempo para podermos conversar, pode ser qualquer hora, de manhã, à tarde ou à noite. Pode ser que não tenha a menor relação com o que você está pensando, ou talvez sim, e, se não quiser que eu escreva sobre isso, não vou escrever. Posso prometer que sou uma jornalista honesta e te dou a minha palavra.

Por Constance, e pela sua própria sanidade, Kitty queria fazer as coisas do jeito certo, mais do que tudo.

O homem pareceu debochar, ou pelo menos, agora assumia outra postura, menos ameaçadora e intimidadora. Kitty imaginou que ele deveria ter cinquenta e poucos anos, quase sessenta, embora pudesse ser mais jovem, mas o estresse o estava envelhecendo. Era evidente que *estava* estressado; era como se carregasse o estresse em malas ao redor do corpo. Seu cabelo era completamente grisalho, a pele, vermelha, seca e com mau aspecto; ele pareceu acima do peso, mas, através da camiseta, seus braços se mostravam musculosos. Para Kitty, o homem era o epítome da vida estressante, da má alimentação e do sono insuficiente. Ela se perguntou quanto tempo faltava para que ficasse assim. Mas não podia decifrá-lo em tudo. Por fim, o homem a olhou, e ela sentiu uma onda de alívio ao perceber que suas palavras tinham feito alguma diferença.

— Vinagre e sal? — perguntou ele, e ela suspirou.

— Sim, por favor.

Ele temperou as batatas com vinagre, dobrou a ponta da embalagem e colocou o saco encharcado bem em cima do cartão de visitas dela.

— Dois e setenta.

Ela pagou e não conseguiu pensar em mais nada para dizer. Então, pegou o saco de batatas e deixou o cartão coberto de vinagre em cima do balcão. Pelo menos agora ela tinha algo para comer no jantar. Ao chegar à esquina, sua bicicleta tinha sumido, bem como as crianças.

Kitty ficou parada nos degraus da escada que levava até seu apartamento e olhou para a escuridão, apavorada ao pensar no que poderia estar aguardando-a naquela noite.

— Kitty? Kitty Logan. É você?

Ela se virou, tentando encontrar de onde vinha aquela voz. Um homem dentro da lavanderia estava olhando para ela, com a cabeça inclinada primeiro para um lado, depois para o outro, enquanto tentava enxergá-la. Ela tentou identificá-lo: terno elegante, corte de cabelo jeitoso, sapatos lustrosos, rosto fino e longo, maxilar forte. Mas os óculos pequenos e circulares eram algo novo.

— Richie? — perguntou ela. — Richie Daly?

Ele pareceu aliviado, e foi então que ela percebeu que estava certa. Entrou na lavanderia para encontrá-lo, algo que normalmente não faria, já que o proprietário estava a ponto de jogá-la na tábua de passar roupa e queimá-la no vapor até a morte.

— Eu sabia que era você! — Ele sorriu, abrindo os braços para envolver Kitty num abraço. Ela foi ao encontro dele e o abraçou carinhosamente, depois deu um passo para trás para observá-lo.

— Meu Deus! Você se parece com você, mas está completamente diferente — comentou ela, sem conseguir acreditar no que os próprios olhos viam.

— Mudei para melhor, espero — acrescentou ele, com um sorriso. — O jeans rasgado e o All Star não formavam um look perfeito.

— E o seu cabelo! Você cortou curtinho!

— Posso dizer o mesmo sobre você — afirmou ele, e no mesmo momento Kitty levou as mãos ao cabelo, que estava com um corte na altura do queixo, diferente da época da faculdade, quando ela o usava longo, até a metade das costas.

— Olhe pra gente! Parece que não nos vemos há cinquenta anos! — brincou Kitty, dando risada.

— Bom, doze anos é um bom tempo.

— Faz doze anos que não nos vemos? Uau! E aí, o que está fazendo por aqui?

Ele gesticulou ao seu redor e respondeu:

— Er... usando a lavanderia.

— Ah, claro. — Kitty revirou os olhos.

O proprietário do imóvel pigarreou, interrompendo a conversa, e olhou para eles como se estivesse com vontade de matar os dois.

— Eu moro bem ali, no andar de cima. Gostaria de... Digo, quer tomar alguma coisa? Um café... — No meio da frase, Kitty se deu conta de que poderia haver uma esposa e quatro crianças esperando por ele no carro, perguntando por que o "papai" estava abraçando uma mulher estranha. Ela olhou para fora, constrangida.

— Um café? — questionou Richie, indignado. — Esqueça. Vamos tomar algo decente.

Os dois foram para o bar Smyths na Fairview Strand. Era sexta-feira, sete da noite, e o bar estava bem cheio. Eles conseguiram encontrar uma mesa com dois banquinhos, dividiram as batatas fritas e puseram o papo em dia.

— E aí, o que está fazendo? — perguntou Kitty depois de contar a ele seu histórico profissional desde a faculdade; embora imaginasse que ele já soubesse, da mesma forma que sentia que o mundo todo também sabia, Richie foi educado o bastante para não trazer o assunto à tona.

— Eu? — Ele abaixou a cabeça e olhou para a sua caneca de chope. Já era a quarta que ele tomava, e Kitty, depois da quarta taça de vinho, já estava tonta. — No momento, estou escrevendo um livro.

— Um livro? Nossa, Richie! Que demais!

— Sabe, é engraçado ouvir você me chamando de Richie. Todo mundo me chama de Richard agora.

— Bom, é claro. Qualquer autor que se dê ao respeito não se contentaria com nada menos que isso. Sobre o que é o livro?

— É um romance.

— Que legal!

— E é isso — respondeu, com timidez.

— Vai, me conta mais. É uma história de amor? É um romance histórico? Algo meio Mills & Boon?

Richie sorriu.

— Mills & Boon. É isso mesmo.

De repente, Kitty se deu conta da proximidade deles, de como tinham transformado uma conversa inocente num flerte e, o mais importante, de como ele parecia mais bonito agora.

— É um romance policial — explicou, a cabeça bem próxima à dela, os joelhos resvalando um no outro. — Já escrevi um quarto da história. É algo que eu sempre quis fazer, mas nunca fiz. Com o trabalho e todas as outras coisas do dia a dia, é difícil encontrar tempo para si mesmo. Então, um dia, eu simplesmente falei: "Dane-se, Richie, faça e pronto!". E foi assim que eu fiz. Ou estou tentando, pelo menos.

— Que bom para você. As pessoas levam muito tempo pra correr atrás dos seus sonhos. Você poderia ser a próxima Susan Boyle — brincou ela.

— E você? O *Thirty Minutes* é seu sonho?

Kitty abaixou a cabeça, olhou para sua taça e ficou surpresa ao perceber que estava vazia de novo (ela não tinha acabado de começar a bebê-la?). Richie gesticulou, pedindo mais vinho para ela.

— Não sei — respondeu ela, sentindo a cabeça girar e a língua pesada. — Não sei mais qual é o meu sonho.

— Não gosta de trabalhar na TV?

— Eu... — Kitty hesitou, sentindo que poderia explodir em relação a tudo o que sentia sobre o programa e o processo, mas se conteve. Ela não conversara com ninguém sobre isso, mas Richie parecia, de fato, não saber do ocorrido. Ele a olhou de um jeito terno e acolhedor, desprovido de qualquer julgamento; os olhos estavam até um pouco avermelhados, e Kitty se sentiu como se tivesse vinte anos de novo, de volta ao bar da faculdade, deixando de comparecer às palestras quando nada, ao menos para ela agora, parecia sério. Ela confiava em Richie. — Não trabalho mais no *Thirty Minutes* — admitiu.

— Não? — Ele esvaziou a caneca de chope. — O que aconteceu?

— Você não sabe mesmo ou está só tentando ser legal comigo?

— Como eu saberia? Deveria saber? Kitty, me desculpe, passei os últimos meses com a cabeça no meu livro. Não tenho a menor ideia do que está acontecendo. Alguém me contou hoje que aqueles mineiros chilenos foram todos resgatados com vida.

Kitty deu risada.

— Isso aconteceu faz dois anos.

— Está vendo? Escrevo devagar. Mas, falando sério, não precisa me contar se não quiser. Estamos aqui pra nos divertir um pouco — disse ele, com um sorriso compreensivo.

— Fiz merda numa matéria. Fiz uma merda das grandes que acabou indo parar na Justiça, a emissora perdeu dinheiro e me suspendeu, o que é um sinal de que *nunca mais vai me contratar de novo*. Agora, a revista na qual trabalho está pensando em fazer o mesmo porque estão sendo pressionados pelos patrocinadores, que sentem ter alguma responsabilidade nisso, apesar de haver boatos de que eles estavam usando trabalho infantil nos seus barcos para produzir a porcaria dos seus produtos. Mas, ao mesmo tempo, continuo trabalhando numa matéria para eles, ainda que não possam publicá-la, e essa matéria é a única coisa com a qual realmente me importo agora, porém, tenho só mais uma semana de prazo e não sei do que se trata a matéria, e, enquanto estou tentando descobrir, volto para o meu apartamento toda noite e encontro merda de cachorro, pichação, papel higiênico ou qualquer outra coisa repugnante que os 450 mil euros do Colin Maguire e sua corja possam jogar em cima de mim.

Quando Kitty terminou, Richie ficou olhando-a, boquiaberto. Ela fez a única coisa na qual conseguiu pensar e o que deveria ter feito desde que tudo isso começara: jogou a cabeça para trás e caiu na risada. Histericamente.

NO MOMENTO EM QUE TODAS AS LUZES do bar foram acesas, os pedidos encerrados e um homem alto vestindo preto começou a rondar o bar e a gritar pedindo para que eles saíssem, Richie levou a mão à parte inferior das costas de Kitty, um dedo sobre o cós da calça dela e o outros deslizando para baixo.

— Vamos voltar pra sua casa — disse ele, com a voz suave.

— Não, não podemos. Está cheio de armadilhas por lá — alertou Kitty, com uma risadinha.

— Humm... Gostei disso. Armadilha, armar a barraca... Sacou? — Ele a acariciou e os dois riram.

— Vamos pra sua — sugeriu ela, aproximando-se para beijá-lo.

Richie morava longe, em Stoneybatter, e, enquanto observava o reflexo das luzes de dentro do carro, Kitty abaixou o vidro para tomar um pouco de ar e não deixou de se perguntar por que diabos ele fora levar as roupas para lavar naquela lavanderia do outro lado da cidade.

Se estivesse com o seu caderno, ela teria feito uma anotação para se lembrar de perguntar a ele. Mais tarde, desejaria ter feito isso.

Capítulo Onze

— Merda. Estou atrasada.

— Atrasada pra quê?

— Birdie.

— Você ainda está bêbada.

Os dois riram. Kitty sentiu o cheiro do hálito matinal dele e se afastou.

— É uma matéria na qual estou trabalhando.

— Achei que não estivesse trabalhando.

— Estou, só não sei de que se trata a matéria.

Ela se sentou e sentiu a cabeça latejar, então se deitou de novo.

— Está se sentindo melhor?

— Melhor do quê?

— Você estava chorando porque roubaram sua bicicleta.

Kitty grunhiu, depois afastou as cobertas e saiu andando pelo quarto, procurando suas roupas íntimas.

— Onde foi parar a minha calcinha?

Richie piscou devagar antes de abrir os olhos completamente.

— Na cozinha — respondeu, esfregando os olhos. — Droga, sinto como se minha cabeça fosse explodir.

Kitty encontrou a calcinha e o resto de suas roupas espalhadas pela cozinha estreita dele. Ela olhou pela janela.

— Onde estamos?

— Stoneybatter — respondeu ele, meio tonto.

— Conhece um cara chamado Dudley Foster?

— Não. Por quê?

— Ele está na minha lista. — Kitty vestiu a calça jeans.

— Que lista?

— Da minha matéria.

Richie apareceu só de cueca na porta da cozinha, e a visão dele agora e a lembrança de como parecera ontem à noite não foram a mesma. Kitty se sentiu ligeiramente enojada. Ela pensou em tomar banho na casa dele, mas logo considerou que ele poderia querer se juntar a ela, e simplesmente não poderia repetir aquilo. Não agora. E provavelmente nunca mais.

— Quer que eu chame um táxi?

— Sim, por favor.

Richie voltou para o quarto para fazer a ligação e Kitty penteou o cabelo, limpou o resquício de rímel borrado dos olhos e roubou um pouco do desodorante do banheiro. Havia uma mesa com computador no outro quarto do apartamento e folhas espalhadas por todo canto: o livro. Ela ouviu o barulho do chuveiro e estava prestes a bisbilhotar o romance quando o interfone tocou. Era o táxi que havia chegado. Ela foi até o banheiro da suíte e bateu na porta, mas Richie não a ouviu. Empurrou e abriu a porta e se deparou com ele pelado. Outra vez, algo que ela não poderia suportar naquele início de manhã com uma ressaca terrível.

— O táxi chegou — gritou ela.

Richie ergueu a cabeça de repente e o sabão entrou em seus olhos. Kitty imaginou que deve ter ardido enquanto ele tentava enxaguar a cara toda ensaboada.

— Bom... acho que vou indo... — acrescentou ela, entregando uma toalha para ele, mas Richie não conseguia ver nada enquanto esfregava os olhos num esforço frenético para retirar o sabão. Não foi a mais legal das visões.

— Tudo bem — disse ele, a água pingando do nariz e da boca. — Obrigado por... ontem à noite.

— É... você também.

A despedida mais estranha de todas? Sem a menor dúvida, essa entraria para a lista das cinco piores. Ela roubou uma banana, saiu do apartamento e levou pelo menos mais uns trinta minutos para parar de se contrair e revolver.

Era uma manhã de sábado do mês de maio, quente, ensolarada e bela. Qualquer pessoa com o mínimo de noção não estaria presa no trânsito, a não ser por algum motivo que valesse a pena, como ir à praia ou ao parque. As vilas costeiras estariam superlotadas com os adoradores do sol, filas se formando do lado de fora das sorveterias, todos os restaurantes e cafeterias com tantas mesas e cadeiras do lado de fora que se tornariam os lugares mais populares para qualquer um estar naquele dia. Em vez de se juntar a essas pessoas na areia, ou na grama, ou no ar fresco com o seu *frappuccino*, Kitty se viu dentro de um táxi fedorento, vestindo as roupas do dia anterior, um ligeiro cheiro de suor exalando de suas axilas quando ela levantava os braços. Manteve-os firmemente junto ao corpo enquanto tentava não prestar atenção nos comentários impetuosos da rádio M50 sobre a partida de futebol, os olhos se esforçando para se manter abertos diante da luz do sol, a cabeça latejando, a boca seca feito algodão por causa do vinho, ao mesmo tempo que observava, em pleno estado de horror, o taxímetro se mover em tal velocidade que ela se perguntou se aquilo não seria ilegal. Leu o adesivo padrão colocado no vidro, que dizia que todo passageiro tem o direito de viajar num carro limpo e higienizado e de não ser incomodado pelo condutor. O motorista tinha um cheiro de quem não tomava banho fazia uma semana, o carro estava imundo, e ela não conseguiu abstrair do barulho do rádio. Mesmo assim, pelo menos ele não estava conversando com ela, o que já era alguma coisa. Tomou nota do telefone estampado no adesivo.

Era meio-dia quando Kitty chegou à casa de repouso St. Margaret, e prometera a Birdie que estaria lá às dez horas para dar continuidade à primeira entrevista. Tinha ouvido novamente a conversa que tivera com Birdie e agora queria fazer mais perguntas a ela.

— Me desculpe. — Kitty dirigiu-se a Molly, a primeira pessoa que ela viu assim que entrou na recepção.

— Ora, ora! Vejo que a noite foi boa — brincou a enfermeira ao avistá-la.

Kitty esboçou um sorriso tímido.

— Estou tão mal assim?

— Se valeu a pena, não. — Molly deu uma piscadinha, dando a volta pela mesa. Seu cabelo continuava azul, mas suas unhas estavam com um esmalte cintilante coral.

— Será que a Birdie vai me matar?

— Birdie? Ela não seria capaz de fazer mal a um inseto, a menos que o inseto seja Freda, a hippie. Ela está lá fora, ensinando uns passinhos para eles. Na última vez que olhei, estavam fingindo que eram folhas de árvore.

— Não a conheço o suficiente, mas não consigo imaginar a Birdie fazendo uma coisa dessas.

— Você a conhece bem. Ela não é uma folha, mas preferiria ser. Está lá no lago com a família dela. Não me olhe desse jeito; você não é nenhuma intrusa. Ela vai adorar te ver.

Kitty seguiu Molly até o lago onde famílias haviam se reunido para tomar chá e comer bolo. Havia guarda-sóis abertos para protegê-los do sol escaldante, e foi lá que Kitty encontrou Birdie, sentada enquanto o resto de sua família estava deitado ao redor dela, batendo papo. As crianças corriam de um lado para o outro — Kitty não soube identificar quem era filho de quem — e adolescentes estavam foram do círculo mexendo nos seus iPhones e ouvindo música em seus iPods, preferindo estar em qualquer outro lugar menos ali.

Enquanto caminhava na direção da família, Kitty não pôde deixar de notar quão distante Birdie parecia estar. Conversas fluíam por todos os lugares ao redor dela, mas ninguém conversava *com* ela, nem mesmo próximo a ela. De vez em quando, alguém deixava solta parte de alguma frase e, por um momento, Birdie saía do seu transe para sorrir e assentir, mas na primeira oportunidade ela voltava a devanear.

— Desculpe interromper — disse Molly, com um tom de voz alegre. — Você tem visita, Birdie.

Todos ergueram a cabeça para olhar para Kitty, que olhou para Birdie como se quisesse se desculpar e se dirigiu até ela.

— Birdie, me desculpe pelo atraso.

— Imagine. — A expressão dela pareceu se iluminar, e Kitty se sentiu feliz por isso.

Birdie se levantou e segurou a mão dela calorosamente, enquanto a apresentava para a sua família.

— Esta é a Kitty Logan, uma amiga minha. Kitty, esta é minha filha, Caroline, esta é a filha dela, Alice, que tem um filho, Edward, mas no momento ele está estudando para as provas finais da Trinity.

Caroline pareceu orgulhosa enquanto Kitty balbuciou um "Uau!".

— Este é o filho da Alice, meu neto Levi. Estes são meu filho mais velho, Cormac, o filho dele, Barry, e os filhos do Barry, Ruán e Thomas. — Os dois garotos mal tiraram os olhos do console do videogame. — Estes são Seán, Kathleen, esposa dele, e o filho mais novo deles, Clive. A filha deles, Gráinne, mora na Austrália com o marido e está estudando... o que é mesmo, Kathleen?

— Análise de Sistemas.

— Isso. — E Birdie continuou apresentando o grupo, mais dois filhos, uma esposa e uma namorada e alguns dos seus filhos, alguns dos quais foram educados, enquanto outros não davam a mínima, mesmo se ela fosse a Rainha de Sabá.

Logo, Kitty não sabia mais quem era quem, e, assim que se sentou ao lado de Birdie, uma posição que se sentiu orgulhosa em ocupar, a filha de Birdie — e única mulher — começou a falar. E não parou mais. Nem por um segundo. Nem para respirar. Ela assumiu o comando da conversa e contou uma piada atrás da outra, piadas *longas*, sem introduzir ninguém no papo. Vez ou outra um filho ou dois se intrometiam e faziam algum comentário e uma nora preenchia as lacunas, refrescava as memórias, corrigia um erro, mas a conversa (se é que poderia se chamar de conversa) era direcionada, produzida, editada e estrelada por Caroline. Ela era uma mulher elegante, bem-vestida e muito bem articulada, com muita facilidade para se expressar e um conhecimento impressionante sobre assuntos variados. Caroline estava acostumada a falar, sentia-se confortável com as próprias piadas e as contava de um jeito interessante, mas, como não parava de falar, sua voz — muito própria — começou a incomodar Kitty. Birdie permanecia em silêncio e raramente era mencionada na conversa; ela era apenas o motivo da visita, não o centro dela. Kitty continuou esperando o momento de se voltar para Birdie, ou que algum neto ou neta dissesse alguma coisa, mas a cada vez Caroline começava um novo assunto. Kitty sentia vontade de pular em cima da mesa e estrangulá-la. Ela não sabia ao certo se era a ressaca, o calor causticante ou as vespas irritantes circulando a cabeça deles que deixavam as coisas ainda piores, mas a única coisa que conseguia ouvir eram palavras que se misturavam no ar e que não faziam o menor sentido.

Molly apareceu ao lado de Birdie de novo, e, sem dizer uma palavra sequer, entregou-lhe uma pequena xícara de pílulas coloridas e um copo d'água. Foi só então que Caroline parou de falar e voltou a atenção para a mãe. Quando ela a olhou, todos se viraram, o que tornou a situação ainda mais desconfortável para Birdie. Molly percebeu que todos estavam encarando-as.

— Que dia lindo hoje, não é? — comentou ela, e, apesar de ser um comentário corriqueiro, tudo o que dizia em seu sotaque de Drogheda soava arrogante, quase sarcástico, como se ela quisesse dizer algo a mais com o comentário. Talvez fosse a maneira como seus olhos brilhavam maliciosamente, seu ar de confiança que transmitia a ideia de que não era qualquer um que poderia ser melhor do que ela, o que ela tinha razão de pensar, mas Molly transmitia a imagem de uma pessoa insolente, como se acreditasse que todos se julgavam melhores do que ela, e tivesse de lutar o tempo todo contra isso.

— O que é isso que você deu pra ela? — perguntou Caroline, e Kitty se sentiu incomodada pelo fato de ela não ter feito a pergunta para a própria mãe.

As duas engataram numa conversa sobre os remédios de Birdie, por que ela tinha de tomá-los, e depois Caroline sugeriu que a mãe tomasse outros remédios, e defendeu com muito vigor que estava certa. Ao que pareceu, ou Caroline entendia tudo de drogas ou então era médica. A conclusão à qual Kitty chegou foi que Caroline era aquele tipo de pessoa que sabia tudo a respeito do ofício, mas não tinha a menor conduta tranquilizadora.

A mulher tirou os olhos da mãe, permitindo que ela tomasse seus comprimidos em paz e sem nenhuma plateia. Começou a falar sobre uma nova vacina que havia no mercado e uma conversa que ela tivera com alguém da Organização Mundial de Saúde a respeito do assunto. Pelo menos um dos outros irmãos era médico também, porque demonstrou entender a terminologia e até acrescentou outros termos quando teve uma rara oportunidade.

— Molly, será que tem como conseguir um pouquinho do chá especial da Birdie pra mim? — perguntou Kitty.

Birdie, que estava tomando água naquele exato momento, caiu na risada e a água escorreu, molhando sua blusa. Caroline, surpresa, interrompeu sua história para olhar para a mãe. Na verdade, todos fizeram a mesma coisa. Até mesmo os garotos tiraram os olhos dos videogames portáteis e um deles chegou a sorrir para o outro enquanto observavam a avó dando risada. Kitty entregou um guardanapo a Birdie para ela enxugar o queixo.

— Obrigada — agradeceu ela, com compostura, embora seus olhos estivessem meio úmidos. — Me desculpe por te interromper, Caroline. Por favor, continue.

Caroline observou a mãe por uma fração de segundo antes de continuar a falar, mas fez questão de se dirigir à mãe para evitar uma nova interrupção ou que ela perdesse a próxima piada que só um grupo restrito poderia entender. Eram o tipo de família que, enquanto uma pessoa fala, os outros mantêm os olhos e ouvidos atentos a essa pessoa até que a história termine. Conversas aleatórias não poderiam surgir em meio aos demais, do contrário a história seria interrompida imediatamente, até que o locutor conseguisse reter a atenção de todos de novo.

Kitty se perguntou por que diabos ninguém perguntou a ela nem a Kitty como as duas tinham se conhecido, e por que ela estava ali, interrompendo uma reunião de família. Birdie não poderia ter contado sobre Kitty antes que ela chegasse — ela tinha de ter chegado lá duas horas antes, e, àquela hora, já teria ido embora —, mas, se tivesse contado, por que a família não fizera nenhuma pergunta a ela? Não tinham o menor interesse na mãe? Kitty ficou irritada por Birdie; ela se sentiu como se estivesse com o carro numa estrada movimentada, os carros passando em alta velocidade enquanto ela esperava por uma brecha para poder entrar na pista.

A brecha surgiu quando o bebê de Alice, Levi, engasgou com alguma coisa, o que fez com que tanto Caroline quanto Alice entrassem em pânico. Caroline tomou a frente da situação sem pedir permissão a Alice, que sucumbiu sem titubear.

Kitty enxergou sua oportunidade nesse momento.

— Não sei se vocês sabem, sou jornalista da *Etcetera* — anunciou ela ao grupo, depois se virou para Birdie e viu que ela estava surpresa. — Você comentou com eles?

— Não, não comentei. — Birdie pareceu ligeiramente constrangida, talvez até um pouco nervosa.

— O que ela disse? — perguntou um dos filhos.

— *Etcetera*. É uma revista — respondeu uma das noras.

— Uma espécie de revista que aborda temas sociais e culturais, não é isso? — perguntou outra nora, e Kitty confirmou.

— Acho que li no *Times* um dia desses que a editora faleceu — comentou um dos filhos.

— Sim, faleceu. Constance Dubois. — Kitty ainda não tinha se acostumado a dizer que Constance havia partido, ainda mais lançando o assunto assim, numa conversa casual em meio a um chá, como se sua amiga fosse apenas mais um tópico, como pacientes hipocondríacos e novas vacinas.

— Ah, sim, foi ela quem deu voz àquele homem horrível. Aquele homem antimedicina, como é mesmo o nome dele?

— Bernard Carberry — respondeu Kitty, sentindo o sangue ferver. Bernard era um bom sujeito, muito respeitado e educado, que, inclusive, enviava um cartão de Natal para ela todo ano.

— Isso mesmo. O homem que prega contra os médicos em geral — continuou Caroline, rindo e caçoando dele, embora seu desdém e sua raiva já estivessem suficientemente claros. — Ele acha que todos nós deveríamos comer grama e beber mais água.

— Ele acha que os médicos prescrevem antibióticos e outros remédios sem necessidade e sem procurar entender a raiz do problema, e que os outros fármacos que ele receita são menos prejudiciais e podem desenvolver imunidade.

— Pura besteira! — debochou Caroline. — Então você trabalha para esse homem?

— Trabalhamos para a mesma revista, e nossos caminhos se cruzam com regularidade. — Kitty estava determinada a manter-se educada.

— E você concorda com essas teorias da conspiração dele?

— Acredito que Constance Dubois era uma figura extremamente progressista, que tinha a habilidade de enxergar o novo e o interessante antes que qualquer outro periódico o fizesse. Vinte anos atrás, ela reconheceu que os estudos do dr. Carberry eram de grande interesse para o grande público, antes de o assunto se tornar amplamente discutido. Hoje ele está entre os principais conferencistas em medicamentos homeopáticos da nova era, e há muitos médicos que concordam com as descobertas dele, então, sim, acho que o que ele diz merece toda a nossa atenção. — Kitty falou com o máximo de firmeza possível e, quando Caroline abriu a boca para falar, ela se arriscou e saiu na dianteira e esperou que ela pisasse no freio. — Mas não é por isso que estou aqui. Não tenho nenhuma relação com o dr.

Bernard Carberry; não trabalho nesse departamento. Minha mentora e amiga, Constance Dubois, mais uma vez teve a sacada genial de encontrar uma pessoa de grande interesse para o público, alguém de quem o país precisa ler a respeito, o tipo de pessoa inspiradora, de bom coração e que tem uma história longa e maravilhosa para nos contar. Sua mãe está me ajudando com essa matéria.

Ao dizer isso, Kitty se deu conta de que não estava apenas tentando dar um pontapé no traseiro da família de Birdie, mas sendo verdadeiramente sincera. Não importava que ainda não tivesse conseguido encontrar a relação entre as pessoas com quem havia falado até o momento, a história individual de cada uma já era interessante para ela. Percebeu que todos ficaram olhando-a, em silêncio. Confusa, olhou para Birdie e depois para eles de novo, sem saber ao certo o que estavam esperando.

— Então, não faça suspense. — Caroline por fim quebrou o silêncio. — Você vai escrever sobre quem?

— Mas... — Kitty virou-se para Birdie, franzindo o cenho. Birdie ficou com as bochechas enrubescidas e permaneceu cabisbaixa, olhando para a própria saia, mexendo na bainha. Kitty pensou que houvesse sido perfeitamente clara. Seu coração se encheu de raiva. — Estou aqui pelo mesmo motivo que vocês. — Ela esticou o braço e segurou a mão de Birdie. — Para ficar com esta mulher maravilhosa. — Ao ver que eles ainda não tinham entendido, ela acrescentou: — Estou escrevendo sobre a sua mãe.

— Foi muito legal isso que você fez pela Birdie — comentou Molly enquanto Kitty se preparava para ir embora. As duas passaram a maior parte do dia sentadas do lado de fora. Kitty ficara algumas horas com Birdie perguntando-lhe sobre sua vida, fuçando um pouco mais, estreitando os laços e tornando a relação mais pessoal à medida que se conheciam melhor, e Birdie passara a confiar nela. Kitty sentiu que tivera um ótimo insight sobre um ponto: o fato de Birdie ter crescido na capela da cidade com o seu pai como diretor e único professor da escola local. Sem ter uma mãe com quem contar, Birdie tivera uma vida inflexível e regrada. O pai cuidava da família de todas as maneiras que podia, mas não havia amor físico. Nada de abraços antes de dormir, nem conversas carinhosas. Birdie era de uma família importante do vilarejo e, como filha do diretor, tinha um certo senso de dever e expectativa. Logo que tivera a oportunidade, mudara-se para Dublin. A única precaução que tomara fora não se casar com um homem igual ao pai, e, para seu próprio mérito, fora o que ela havia feito. Birdie se casara com um homem gentil e compreensivo e ao mesmo tempo tradicional, Niall Murphy, funcionário público, e eles criaram uma família de médicos.

— O que você quer dizer? — perguntou Kitty.

— Você sabe o que eu quero dizer — retrucou Molly. — As notícias voam por aqui.

— Estou sendo sincera. Ela é uma senhora muito interessante.

— Isso é um eufemismo.

O comentário deixou Kitty intrigada, e ela quis saber mais sobre Birdie por intermédio de Molly.

— Vai voltar para a cidade, por acaso? Quer dividir um táxi?

— Vou para o outro lado, mas posso te deixar em Oldtown, se quiser.

Kitty aceitaria tudo o que pudesse.

— A Birdie faz aniversário na quinta-feira. Acho que ouvi a família dela convidando-a para jantar.

— Sim, foi isso mesmo.

— Ela disse que não vai.

Molly deu de ombros e abriu um ligeiro sorriso.

— O quê?

— Nada.

— Alguma coisa que eu deveria saber?

— Não.

Kitty não acreditou nela.

— Ela vai fazer 85. *Oitenta e cinco*. Precisa comemorar. Há alguma coisa que possa fazer por ela?

— Normalmente fazemos um bolo. De chocolate e com velas, e todo mundo canta *Parabéns*. É legal. Os aniversários não passam batido aqui.

— Gostaria de fazer algo para ela.

Molly ficou olhando Kitty.

— Você está se apegando a ela, não está?

Kitty confirmou com a cabeça.

— Bem, ela não vai estar aqui no dia. Via viajar — contou Molly, pegando sua jaqueta de couro.

Uma multidão de pessoas que residiam ali entrou pela porta da frente, contentes, conversando, e mais algumas desceram do ônibus que estava estacionado na porta. O ônibus, com dezoito assentos, tinha o emblema da St. Margaret estampado nas laterais.

— Ganharam o jogo de boliche — explicou Molly. — Eles jogam contra equipes de outras casas de repouso aqui da região a cada quinze dias. Você não tem ideia do quanto eles levam isso a sério. Gosto de ir dirigindo porque assim posso ouvir qual vai ser a tática deles, e porque eu sempre quis ser motorista de ônibus, desde criança, mas raramente me deixam dirigir. Quer uma carona até a cidade?

Kitty aceitou a oferta e, enquanto Molly dirigia em alta velocidade pela estrada esburacada que levava ao vilarejo de Oldtown, ela, na garupa da moto, logo compreendeu por que não permitiam que Molly dirigisse o ônibus.

JÁ EM OLDTOWN, KITTY TEVE DE ESPERAR mais de uma hora pelo ônibus que iria para a cidade. Ela pegou a lista dos cem nomes, debruçou-se sobre ela e começou a trabalhar.

Magdalena Ludwiczak não falava inglês o suficiente para que Kitty estabelecesse uma conversa decente com ela, então foi riscada da lista. O quinto nome, Bartle Faulkner, estava de férias pelos próximos quinze dias, e Kitty pôde ouvir o som do mar ao fundo. Não, ele também nunca ouvira falar de Constance, e, sim, concordou em se encontrar com Kitty dali a duas semanas, quando chegasse em casa, mas a essa altura seria tarde demais para Kitty escrever sua matéria. Eugene Cullen, um senhor idoso, a julgar pela voz, advertiu Kitty da maneira mais clara possível para que ela nunca mais voltasse a ligar, e, quanto a Patrick Quinn, ela deixou um recado.

Kitty, então, voltou para o sétimo nome da lista.

— Alô? — Alguém atendeu com um sussurro.

— Você é Mary-Rose Godfrey?

— Sim. Estou no trabalho. Não posso ficar falando ao telefone. — Pela voz, a garota parecia ter dezesseis anos.

— Tudo bem — sussurrou Kitty de volta, mas logo percebeu que não precisava fazer isso e pigarreou. — Me chamo Kitty Logan. Sou jornalista da *Etcetera*. Talvez a minha editora, Constance Dubois, tenha entrado em contato com você...

— Não, sinto muito.

Kitty deu um suspiro e foi direto ao assunto:

— Podemos nos encontrar?

— Sim, claro. Quando?

Surpresa, Kitty endireitou-se.

— Hoje à noite?

— Pode ser, legal. Vou estar no Café en Seine às oito. Está bom para você?

— Ótimo! — Kitty não conseguiu acreditar na própria sorte.

Mary-Rose desligou antes que pudessem combinar ou esclarecer qualquer outra coisa, por exemplo, como as duas eram fisicamente. Quando o ônibus chegou, Kitty saltou para dentro feito uma mola. Nem mesmo o fato de ter se sentado ao lado de um homem que ficava cutucando o nariz e esfregando o ranho entre os dedos poderia azedar o seu humor. Ela observou o celular e pensou em mandar uma mensagem para Richie; pensou em quanto os dois tinham se divertido na noite anterior e sorriu e, em seguida, cobriu o rosto com a mão para que não parecesse uma doida. Mas logo se lembrou de como havia se sentido naquela manhã: estranha, contraindo-se ao vê-lo pelado, e decidiu não enviar a mensagem. Pegou suas anotações de novo; havia muito trabalho pela frente. Embora já tivesse feito isso, pesquisou o nome de Archie Hamilton no Google de novo, desta vez sabendo um pouco mais sobre ele e em que se concentrar.

Quando chegou ao Café en Seine, Kitty sabia exatamente por que ele não queria conversar com ela, assim como tinha plena convicção de que queria conversar com ele mais do que nunca agora.

Beijou a lista antes de entrar no bar e agradeceu a Constance uma vez mais. Estava começando a curtir tudo isso.

Capítulo Doze

O Café en Seine na Dawson Street era um conjunto de bares ao longo de três pisos, um átrio com teto de vidro e árvores que, com quase quarenta metros de altura, chegavam a resvalar no teto. O ambiente tinha um estilo parisiense *art nouveau* e estava localizado numa rua movimentada do centro de Dublin onde tudo que havia eram restaurantes, bares, cafeterias, a mansão do prefeito e a Igreja Santa Ana. O Café en Seine ficava a apenas alguns metros do parque Stephen's Green e era a escolha de muitas pessoas, de todas as idades, ainda mais naquela ocasião, um sábado à noite. Kitty não tinha a menor ideia de onde estava Mary-Rose ou de como faria para encontrá-la num lugar tão grande e cheio de bares e de cantos escuros e alcovas. Dava para passar uma noite inteira no lugar sem perceber que alguém que você conhecia também estava lá. Kitty escolheu um assento no bar principal, o mais próximo da entrada — o que também a fez se sentir como se estivesse numa posição privilegiada para ser alvo de flerte —, e, com uma taça de vinho, ficou observando a porta.

Ela se perdeu em seus pensamentos de novo e começou a relembrar os fatos da noite anterior. Não conseguiu evitar o sentimento de decepção por Richie não ter ligado nem sequer mandado uma mensagem de texto. Ela nem sabia se queria que ele fizesse isso, mas tinha certeza de que ele deveria, porque ela tinha, com toda a certeza, passado o seu número de telefone. Kitty se lembrava de poucas coisas daquela noite, mas disso ela se lembrava muito bem. Os dois estavam perfeitamente sóbrios quando isso acontecera, e o número dele estava lá, registrado no celular dela como prova de que fora real. Ela chegou a considerar a possibilidade de ligar para ele, e que, talvez, ele estivesse assim, exatamente como ela, esperando a ligação. Foi quando ouviu alguém chamando-a do outro lado do bar.

— Você é Kitty Logan? — perguntou um homem.

— Você é Kitty Logan? — perguntou uma mulher agora.

Ela se recostou no banco para verificar de onde vinham as vozes, mas não conseguiu identificar ninguém em meio à multidão. Então, olhou no espelho que havia atrás do bar para tentar encontrar o reflexo das pessoas, vê-las antes que elas a encontrassem.

— Você é Kitty Logan? — Desta vez ouviu a pergunta mais alto e, recostando-se de novo na cadeira, viu um homem jovem, com seus vinte e poucos anos, perguntando para um homem que estava usando um terno liso num estilo meio corretor da bolsa. O homem não pareceu nem um pouco incomodado com a pergunta. — Tem certeza? — O jovem olhou bem fundo nos olhos dele, com a expressão séria.

O grupo com quem o corretor de bolsa estava deu risada e ele pareceu se divertir também.

— Você não faz nenhum outro trabalho que os caras aí não saibam?

— Não. — O sorriso do homem desapareceu.

— Tudo bem, Sam, vamos continuar — disse a voz feminina, e uma mão delicada apareceu apoiada sobre o antebraço dele, conduzindo-o adiante.

— Você é Kitty Logan? — perguntou ela à mulher de meia-idade que estava sentada junto a um grupo de mulheres.

— Pode ser que sim — respondeu.

— Acho que está mentindo — interveio Sam. — Ontem à noite você não foi Kitty Logan, foi, neném?

O grupo de mulheres caiu na gargalhada, e Kitty sentiu que os dois ficariam lá para sempre se ela não os interrompesse.

— Com licença? — Ela se inclinou para a frente na cadeira do bar. Um grupo próximo, Mary-Rose, Sam e o grupo de mulheres com quem eles estavam, todos olharam para ela. Kitty levantou a mão. — Sou Kitty Logan.

— Não, Kitty Logan *sou eu* — retrucou uma voz vinda das mesas do outro lado do bar, seguida de uma risada.

— Você tem uma concorrente! — exclamou Sam, e, como se fizessem parte de uma pantomima, as pessoas exclamaram: "Ooooh!".

Kitty riu e se levantou para conhecer a concorrente, que também se levantou de sua mesa. Era um homem que deveria estar mais de vinte quilos acima do peso, de barba, e ficou com os ombros para trás, os dedos com um tique como se fosse um caubói pronto para atacar. Kitty não conseguiu manter a expressão séria.

— Eu venci! — exclamou o homem, os braços socando o ar, e a pequena plateia aplaudiu. Os corretores olharam para ambos como se tivessem sentido um cheiro ruim e depois deram as costas. — Sou Kitty Logan — declarou ele, enquanto comemorava mais uma vez antes de voltar para o seu lugar. Enquanto Sam foi até a mesa cumprimentá-lo e continuar o papo animado, Mary-Rose veio falar com Kitty.

— Olá! — saudou-a com um sorriso, iluminando seus olhos. Era uma mulher extremamente bonita, jovem e, embora estivesse usando um jeans skinny, o salto mais alto que Kitty já vira em toda a sua vida e uma simples regatinha, parecia a mulher mais atraente do mundo.

— Sou Mary-Rose.

— Prazer em conhecê-la. Fiquei preocupada em não conseguir te encontrar aqui, mas vejo que me preocupei em vão.

— Ah, eu confio no Sam. Ele sempre faz um estardalhaço em todos os lugares aonde vai — comentou Mary-Rose, revirando os olhos.

— É seu namorado?

— Não, imagine! — retrucou ela, com uma careta. — Somos apenas amigos desde crianças. Nossas mães eram melhores amigas, quero dizer, *são* melhores amigas, blá-blá-blá.

— Kitty Logan. — Sam se juntou a elas. — Estamos indo jantar, quer vir com a gente?

Kitty olhou para Mary-Rose, esperando que ela fizesse alguma careta ou algum sinal para Sam desconvidá-la, mas não havia nada mais terno do que a expressão sincera dela, dos dois, na verdade. Sam e Mary-Rose eram tudo de que Kitty precisava naquele momento.

Os três caminharam cinco minutos do Café en Seine até um restaurante italiano pequeno que ficava na rua Frederick. Lá dentro, uma mesa com oito pessoas esperava por eles, e Sam insistiu em arrastar Kitty e apresentá-la a todos os seus amigos jovens, atraentes e incrivelmente na moda. Ainda com as roupas do dia anterior, perto deles Kitty se sentiu como uma caipira. Ela se sentou de frente para Mary-Rose, na posição perfeita para a entrevista, mas duvidou de que pudesse acontecer ali em meio à conversa animada da mesa. Era um grupo de amigos de infância, cheios de energia e vida, que contavam piadas que só eles mesmos poderiam entender; ainda assim, diante da maneira engraçada como as piadas eram contadas, Kitty deu risada. Os amigos se conheciam muito bem e tiravam sarro uns dos outros sem parar. Com seus cabelos e roupas impecáveis, Kitty não pôde deixar de imaginar que aquela parecia a melhor comédia que ela já tinha visto. E havia apenas rapazes no grupo.

Kitty não tinha amigos assim. Ela crescera no condado de Carlow, no sudeste da Irlanda. Depois de terminar o ensino médio, mudara-se para cursar a Universidade de Dublin e morava em Dublin desde então, optando por voltar para casa somente nos feriados ou se alguém casasse ou morresse. Tinha dois irmãos, um que continuara em Carlow e se casara, e outra que havia se mudado para Cork para estudar na Universidade de Cork e estava vivendo muito feliz com um homem chamado Alexander, com o qual ela nunca havia se encontrado e tinha visto somente pelo Facebook. Kitty não conseguia se lembrar quando fora a última vez que todos estiveram reunidos no mesmo lugar ao mesmo tempo — provavelmente no velório de alguém da família —, assim como também não conseguia se lembrar quando fora a última vez que ela ligara para conversar sobre algum assunto que não fosse o concerto do aquecedor de imersão dos pais ou do boiler. O pai de Kitty continuava como gerente de um bar na Tullow Street, como fizera durante toda a adolescência dela. Seus pais eram tímidos, não muito sociáveis e não conheciam muito sobre a arte da conversação, então ficavam de fora da maior parte dos eventos sociais e compareciam apenas aos encontros entre amigos íntimos ou família. Mesmo assim, na maior parte do tempo, eles ouviam mais e falavam muito pouco, se sentavam num canto e de lá não saíam mais durante todo o evento.

Kitty crescera com duas melhores amigas, as duas com o mesmo primeiro nome: Mary Byrne e Mary Carroll, que eram sempre chamadas dessa forma, pelos dois nomes, para evitar confusão. Em Carlow, as três eram conhecidas como Katherine e Marys; ninguém a chamava de Kitty, nome com o qual ela orgulhosamente fora batizada ao chegar à faculdade, e ela se sentira muito feliz com o novo nome, pois ele representaria um novo começo. As duas Marys não gostavam da ideia de chamar a amiga por um nome que elas não tinham inventado e se recusaram a chamá-la assim nas raras noites em que vieram para sair à noite com Kitty e os amigos dela em Dublin. Os amigos dela de Carlow e os da faculdade nunca se misturaram. Numa certa noite, as duas Marys, bêbadas, acabaram se unindo para dizer a Kitty o quanto ela havia mudado desde que fora para Dublin. No final das contas, Kitty não conseguiu mais contra-argumentar sobre as mesmas coisas toda vez e as viagens para Dublin diminuíram para uma por ano, até que pararam completamente. Como Kitty viajava para casa cada vez menos, a amizade entre elas, por fim, se reduzira a nada. Se um encontro na rua não fosse evitado de propósito, as conversas se tornavam cada vez mais difíceis, sem muito assunto. Mary Byrne havia se mudado para o Canadá, Mary Caroll tinha emagrecido doze quilos e estava trabalhando numa loja de roupas em Carlow, a qual Kitty tinha agora o hábito de evitar depois que tivera a conversa mais estranha de toda a sua vida e precisara comprar dois vestidos que Mary recomendara (embora a própria Kitty não tivesse conseguido dizer que detestara as peças, e essa gentileza lhe custara mais de cem euros).

Agora, seus amigos fixos eram Steve e Sally. Exceto por eles, Kitty nunca conseguira manter uma amizade por muito tempo, não porque fosse desleal ou algo do tipo, mas apenas porque não se identificava profundamente com ninguém desde a época da escola, por isso fora fácil se afastar à medida que a vida seguia adiante, a faculdade acabara e ela encontrara novas oportunidades de trabalho, fazendo novas amizades que duravam o mesmo tempo que os trabalhos. Isso — ela olhou ao redor, para os amigos de Mary-Rose — ela nunca tivera.

— Então você trabalha para uma revista? — Mary-Rose finalmente saiu da conversa do outro lado da mesa e se voltou para Kitty. Por um momento, Kitty se sentiu decepcionada por ter de voltar ao trabalho.

— Sim. *Etcetera*. Você a conhece?

Mary-Rose refletiu um pouco.

— Sim, acho que sim — respondeu, mas sem muita convicção.

— Minha editora era Constance Dubois. Ela entrou em contato com você? Neste ano ou talvez no ano passado? — Há muito tempo, Kitty já tinha perdido as esperanças de que Constance tivesse entrado em contato com alguém daquela lista.

— Não, acho que não — disse Mary-Rose, com incerteza.

— Ela faleceu há algumas semanas — explicou Kitty. — Mas, antes de morrer, estava trabalhando numa matéria. Você faz parte dessa matéria.

A mesma reação de Birdie, Eva e, de certo modo, de Archie. Surpresa, confusão e constrangimento.

— Sabe por que ela queria falar e escrever sobre você?

Mary-Rose pareceu atordoada. Kitty pôde ver os olhos dela se movimentando de um lado para o outro enquanto procurava por uma resposta.

— Não — respondeu, confusa. — Sou a pessoa mais chata que alguém poderia conhecer.

Kitty deu risada.

— Duvido muito. Até agora tem sido muito divertido estar com você.

— Eu? Não, o divertido é o Sam. Sou muito chata. Nunca fiz nada de interessante, pensei nada de interessante ou conheci ou vi nada interessante.

Kitty riu ainda mais.

— Te achei uma pessoa muito interessante. — E ela não estava mentindo. Mary-Rose era uma companhia muito agradável, assim como era igualmente agradável ser convidada a participar do mundo dela. — Bom, o que você acharia de entrar na matéria que estou escrevendo? Acha que seria interessante?

Mais uma vez, a expressão que Kitty vira nos demais: timidez, constrangimento, lisonja, mas sobretudo um sentimento de que eles, por si, não eram o suficiente para uma matéria.

— E sobre o quê é a matéria?

— Sobre as pessoas que estão na lista.

— E quantas pessoas há nessa lista?

— Cem no total.

Mary-Rose arregalou os olhos.

— E qual será o tamanho dessa história?

Kitty sorriu.

— Qual é o tamanho da *sua* história?

MARY-ROSE NÃO PAROU DE PRESSIONAR e soltar cada migalha que havia sobre a mesa enquanto respondia às perguntas de Kitty com certa timidez.

— Tenho certeza de que essas outras pessoas são muito interessantes, que elas têm uma vida instigante. Sou só uma cabeleireira. Trabalho duas vezes por semana num salão em Booterstown, onde morei a minha vida inteira, e outros dois dias da semana trabalho como freelance. No resto da semana, fico em casa com a minha mãe.

— Trabalha como freelance para que área? Revista? Televisão?

— Não, não! Festas de debutante e despedidas de solteira são a coisa mais interessante que eu chego a fazer, mas, na maior parte do tempo, trabalho em hospitais.

— Hospitais?

— Sim, eles me ligam sempre que precisam. No hospital não tem nenhum salão de beleza e, muitas vezes, as pessoas que estão doentes se sentem melhores quando cuidam do cabelo. Às vezes faço maquiagem também, mas não é tão pedida quanto o cabelo. Isso devolve a dignidade a eles. Ou, pelo menos, foi isso que aconteceu com a minha mãe.

— Ela ficou hospitalizada?

— Ela teve um derrame. Era muito jovem, 42 anos. Tem 44 agora e ainda precisa de cuidados em tempo integral, mas arrumar o cabelo sempre a faz se sentir melhor. Não exatamente melhor, mas melhor por dentro. Faço as unhas também, quando eles me pedem. Não sou uma manicure especializada, mas tenho sempre muitas opções de cores de esmalte. Para ser sincera, acho que muitos dos pacientes se sentem felizes pela companhia e pela conversa.

— Que coisa bonita você faz! É algo sobre o que nunca pensei.

— Não sou tão legal assim. Eu sempre cobro pelo serviço — acrescentou ela, envergonhada pelo elogio.

— Como está sua mãe agora?

— Não está muito bem. Perdeu os movimentos do lado esquerdo do corpo. Precisa de ajuda para fazer a maior parte das coisas, teve de aprender a falar de novo.

— Deve ter sido muito difícil para você...

Mary-Rose sorriu, mas com tristeza.

— Não tanto quanto foi para ela.

— E quem a ajuda?

— Temos alguém que ajuda por algumas horas do dia até... bom, até a hora de eu chegar em casa.

— Você tem irmãos?

— Não.

— Pai?

— Não.

— É uma responsabilidade e tanto.

— Ah. É o que é. Amo a minha mãe. Faria qualquer coisa por ela.

E, no exato momento em que Kitty estava prestes a dizer a Mary-Rose que ela estava longe de ser chata, sua vida ficou ainda mais interessante.

SAM BATEU EM SUA TAÇA usando uma colher, chamando a atenção de todos que estavam à mesa e de algumas outras pessoas ao redor, em outras mesas. Os amigos na mesa de Mary-Rose e de Sam olharam uns para os outros com um sorriso, sabendo o que vinha a seguir.

— Ah, meu Deus. — Mary-Rose desmoronou na cadeira, as bochechas já coradas.

— O que está acontecendo? — perguntou Kitty.

— Você vai ver.

Sam levantou-se e continuou a tamborilar na taça até chamar a atenção do restaurante inteiro. Sem saber ao certo como reagir à perturbação, o gerente e os garçons se aproximaram dele e ficaram atentos.

— Desculpem-me por interromper a noite de vocês. Prometo que não vou tomar muito do seu tempo, mas há algo que tenho de fazer. Há uma pessoa muito importante aqui para quem eu gostaria de dizer algo especial — anunciou Sam, com delicadeza, como se fosse algum anjinho de candura.

Ele pigarreou e um burburinho repleto de entusiasmo invadiu o restaurante. Agora, Sam não incomodava mais ninguém. Todos estavam prestando atenção nele.

Ele correu os olhos por todos que estavam à mesa e se concentrou por um momento em Kitty, que sentiu o coração acelerar, e depois se voltou para Mary-Rose, cuja rosto agora estava marrom-arroxeado. Sam sorriu para ela de um jeito meigo.

— Josephine Quinn — declarou, com suavidade, e Kitty olhou ao redor, confusa. Será que ela havia sido enganada? Será que tinha entrevistado a pessoa errada? Como é que Mary-Rose tinha, do nada, se transformado em Josephine?

— Sim — respondeu.

— Somos amigos há muito tempo, você sempre esteve ao meu lado, em todos os dias e segundos da minha vida. Nunca precisei te ligar, você sempre esteve lá, como uma sombra, bem atrás de mim… me acompanhando e me seguindo.

Um dos amigos deu uma risadinha e recebeu um soco da namorada no braço.

— Você esteve lá sempre que precisei de você, desde… — Sua voz vacilou e ele abaixou a cabeça. Kitty se perguntou se ele conseguiria continuar. Foi então que Sam reergueu a cabeça, com os olhos marejados, e continuou: — Desde que operei, você sabe, Josephine, a cirurgia que fiz para…

— Sim, sim, eu sei — interveio ela, rapidamente.

— Bem… — Sam respirou fundo e deu a volta na mesa, aproximando-se de Mary-Rose.

Algumas mulheres no restaurante soltavam gritinhos, entusiasmadas, e Mary-Rose usou um guardanapo para cobrir o rosto. O amigo que estava ao lado puxou o braço dela de volta. Os chefs saíram da cozinha para assistir. Tudo ficou parado e em silêncio. Sam dobrou um dos joelhos e uma mulher soltou um gritinho. Os clientes e funcionários começaram a rir, mas logo o silêncio foi retomado. Sam segurou a mão de Mary-Rose e ela foi obrigada a tirar as mãos das bochechas enrubescidas e encará-lo. Balançou a cabeça como se não conseguisse acreditar no que estava acontecendo.

— Josephine Quinn — repetiu Sam, com orgulho e clareza, proferindo as palavras para os quatro cantos do restaurante. — Sempre te amei desde o primeiro momento em que te vi e vou te amar todos os dias da minha vida até a morte, e depois que morrer também. — Kitty avistou uma mulher enxugando o rosto com um guardanapo e outra revirando os olhos. — Me concede a honra de ser a minha esposa?

Apesar de todos saberem o que aconteceria em seguida, houve outra agitação que, de novo, logo se transformou em silêncio quando todos os olhares se voltaram para Mary-Rose, aguardando a resposta dela.

Ela olhou para Sam e, com aquele sorriso perfeito, respondeu:

— Sim.

Era disso que todos precisavam. O restaurante ficou em polvorosa, o gerente rapidamente se aproximou da mesa, parabenizou-os e anunciou que todos beberiam por conta da casa. Um homem simpático que estava à mesa ao lado mandou uma taça de champanhe para os noivos e Sam, que antes estava sentado na ponta da mesa, deu um cutucão num amigo para poder sentar ao lado da sua agora noiva. Ele colocou o braço sobre o ombro dela e Mary-Rose inclinou o corpo para a frente, cobrindo o rosto.

— Eu vou te matar — murmurou ela, tão baixinho que só Kitty conseguiu escutar.

— Sorria e acene — comentou ele, com um sorriso no rosto, e, por fim, Mary-Rose ergueu o rosto e acenou para agradecer às mesas vizinhas, que não paravam de parabenizá-los.

— Gente, não quero estragar o barato de vocês, mas estou confusa. Pensei que seu nome fosse Mary-Rose Godfrey — disse Kitty.

Sam deu risada.

— Ai, Kitty, me desculpe. — Mary-Rose se voltou para ela e manteve a voz baixa. — É Mary-Rose mesmo. Não liga para o Sam, ele sempre faz essas coisas.

— Essas coisas o quê?

— Pedidos de casamento. Essa cena que ele fez aqui. É tudo mentira. — Mary-Rose ficou com a expressão séria. — Você não sabia que era mentira?

Kitty ficou boquiaberta.

— Mas foi tão bonito... — lamentou ela, decepcionada.

— Está vendo? As outras pessoas ficaram emocionadas também — exclamou Sam, olhando para Mary-Rose.

— Então, que tal variar um pouco e fazer isso com outra pessoa?

— É mais engraçado com você, meu *bem*. — Ele a abraçou mais apertado ainda e ela fez uma careta. — Meus amiguinhos aqui não gostariam que fosse com outra pessoa.

Kitty olhou primeiro para um, depois para o outro.

— Então você sai por aí, aleatoriamente, pedindo as pessoas em casamento?

— Não qualquer pessoa. Só a Mary-Rose. Sei que bem lá no fundo ela gosta disso.

— Eu odeio.

— É que nem sempre ela consegue expressar isso da melhor forma.

Kitty sorriu.

— E você faz isso sempre que saem?

— Nos restaurantes, bares, cafeterias. Você podia tentar um dia desses. Vai conseguir sempre uma bebida de graça. Uma vez comemos na faixa, outra vez ganhamos uma garrafa de champanhe, lembra?

Mary-Rose confirmou com a cabeça.

— Então você faz isso para ganhar comida e bebida de graça?

— E para animar um pouquinho o dia da Mary-Rose. Agora vamos, querida, não fique tão brava, acabamos de noivar. As pessoas estão olhando para a gente e aí vêm as bebidas. Se não se animar, vou ter de beijar você.

Mary-Rose botou um sorriso no rosto tão rápido que Kitty ficou histérica.

As bebidas grátis chegaram acompanhadas por uma sobremesa para o casal feliz com um "Parabéns" escrito no fundo do prato.

— Da última vez, conseguimos uma refeição de graça — comentou ele bem baixinho, para que o gerente não ouvisse e, em seguida, entregou uma colher a Mary-Rose.

— Já estiveram aqui antes? — indagou Kitty.

— Ah, não. Fazemos sempre num lugar diferente — explicou Sam. — O criminoso jamais deve voltar à cena do crime.

— Na verdade, retorna, sim. É como diz o ditado: o criminoso sempre retorna à cena do crime — comentou Mary-Rose.

Sam fez uma careta. Os dois estavam cara a cara, narizes quase encostando um no outro, e pareciam tão confortáveis, tão à vontade, e, ainda assim, era tudo mentira. Kitty duvidou daquilo. Algum dos dois deveria sentir algo. Ela pensou nela e em Steve e em quantas vezes as pessoas comentaram que havia algo mais que amizade entre os dois, apesar de ela negar inúmeras vezes. Agora que Steve estava com Katja, não haveria mais comentários desse tipo. Kitty engoliu em seco, sendo tomada por uma onda de tristeza.

— Mas que burrice. Por que eles voltariam à cena do crime? — questionou Sam.

— Eis a questão. São burros, cometem o erro e voltam ao local. Ou então voltam simplesmente pela autogratificação. Pura petulância. Igualzinho a você, que quer voltar aqui para fazer toda essa cena de novo.

— Eu não faria isso.

— Daqui a um ano mais ou menos, aposto que você se arriscaria.

Os dois continuaram a discussão, e Kitty se virou para olhar ao redor. Era evidente que a atmosfera tinha se transformado completamente desde o pedido de casamento de Sam. Todos retomaram suas conversas, mas com muito mais entusiasmo. Uma energia boa tinha se espalhado pelo ambiente, ouviam-se mais risadas, mais barulho, as pessoas estavam mais felizes e, independentemente de acreditarem ou não no amor, todos queriam celebrar pelo jovem casal. Os que acreditavam se deleitaram diante da ocasião. Sam tinha feito mais do que conseguir bebida ou comida grátis, mais do que constranger a amiga: ele tinha levantado os ânimos, reunido todos aqueles que estavam ao redor, mesmo que fosse por alguns minutos apenas. Fizera algo muito especial.

MARY-ROSE VOLTOU PARA CASA e ouviu o som da TV ligada no andar de cima, como de costume. Ela deixou a bolsa e o casaco nos degraus da escada e foi direto para o quarto da mãe. E lá a encontrou, sentada na cama, encostada nas almofadas, assistindo às propagandas noturnas.

Sua mais nova obsessão eram as facas de cozinha, não as facas em si, mas adorava assistir aos chefs cortando os alimentos em velocidade recorde. Mary-Rose via nisso a falta que a mãe sentia de ser tão ágil, de cortar e cozinhar como costumava fazer, mas poderia não ser nada além de uma simples admiração pela rapidez desses profissionais. Ela não gostava de pensar muito sobre o assunto, embora soubesse que provavelmente acabaria pensando, já que passava boa parte do dia refletindo sobre o que sua mãe não poderia mais fazer.

Ela a cumprimentou com um beijo.

— Precisa ir ao banheiro?

A mãe respondeu que sim com a cabeça, e Mary-Rose segurou os braços dela, apoiou-os sobre os próprios ombros, afastou as cobertas, enfiou um dos braços por trás dos joelhos da mãe e a ergueu. A mãe de Mary-Rose era pesada; algo que sempre a surpreendia quando a erguia era ver quanto, a cada vez, ela parecia mais pesada. Tentando se manter firme, devagar, Mary-Rose seguiu até o banheiro e pôs a mãe no chão, que segurou na barra de segurança da parede enquanto a filha abaixava sua calcinha e a colocava sobre o assento da privada. Depois, ela se virou de costas — algo de que a mãe gostava que ela fizesse — e tentou pensar em outra coisa para dar a ela o máximo de privacidade possível.

As palavras abafadas da mãe a retiraram do estado de transe. Ninguém, exceto a cuidadora e sua amiga mais íntima, a mãe de Sam, entenderia o que ela havia dito — ela falava como uma criança —, mas Mary-Rose sorriu, depois soltou uma gargalhada.

— Sim, mãe, ele me pediu em casamento de novo. — A mãe voltou a dizer alguma coisa, e Mary-Rose balançou a cabeça. — Não. Não seja boba. Foi só uma brincadeira. De novo.

Mas, por alguma razão, naquela noite, entre tantas outras em que Sam lhe fizera o mesmo pedido, o comentário da mãe a fez refletir. Um pensamento espantoso que, pela primeira vez, ela não repeliu.

Capítulo Treze

As coisas aconteceram de tal forma naquele domingo que o transformaram no pior dia da vida de Kitty.

Primeiro, depois que saiu do restaurante e voltou para casa, ela tomou banho e caiu num sono profundo. Só acordou às duas da manhã com um ruído que pareceu um ataque aéreo contra seu apartamento. Do lado de fora da casa, ela logo observou, um morteiro contendo cinco mil fogos de artifício tinha sido aceso, provocando o ruído mais alto que já ouvira. Quando resolveu sair e abriu a porta, o chão e as paredes estavam pretas, com manchas de cinzas, e o proprietário do imóvel, Zhi Cheng Wong, estava de pé, nas escadas, analisando o estrago.

Ele a encarou, furioso, e foi só aí que Kitty se deu conta de que poderia ser parcialmente responsabilizada por tudo aquilo.

— Desculpe — pediu ela, tentando se esconder atrás da porta e puxando a ponta da camiseta para baixo, envergonhada. — Desculpe.

— Você precisa parar isso.

— Desculpe. Você está certo. Desculpe. Vou dar um jeito de acabar com isso. Você nem vai se lembrar mais que essas coisas aconteceram. Faço questão de limpar e pintar tudo. Prometo.

Ele mal a esperou terminar a frase e voltou para o trabalho, no andar de baixo. Kitty pensou que aquele não seria o melhor momento para se perguntar a que horas ele dormia.

Completamente vestida agora e tremendo da cabeça aos pés, ela engoliu três xícaras de chá de camomila e se sentou à mesa da cozinha, sentindo um sobressalto a cada barulho que escutava ao seu redor. Eram três da manhã, ainda estava escuro como breu lá fora e Kitty se sentiu horrorizada, em pânico. Ligou para Sally, mas o telefone estava desligado, e decidiu ligar para Steve.

— Posso dormir aí com você hoje? — perguntou, a voz ainda trêmula.

— O que aconteceu? — Ele despertou de repente.

— Estou bem — respondeu ela, tentando parecer forte. — Só mais uma brincadeira idiota. Fogos de artifício. Lá fora, de frente pro meu apartamento. Fizeram uma bagunça tremenda aqui e o Zhi está com vontade de me matar, mas estou bem. Nada demais. Na verdade, eu até poderia ficar aqui. Não acho que podem voltar, mas...

— Ah, que merda! Te machucaram?

— Não, não, estou bem, é sério. Só um pouco assustada.

— Você precisa ligar para a polícia.

— Não. Não posso fazer isso.

— Por que não?

— Porque não posso. Simplesmente não dá.

— Tudo bem. Droga. Bom, não tem nenhuma cama sobrando aqui; está todo mundo em casa.

— E o sofá?

— O pessoal aqui não é como os outros caras com quem eu dividia a casa, Kitty. Vão ficar loucos se te encontrarem no sofá. Há muitas regras aqui que precisamos seguir.

— Ah. Bem, e aquela cama que tem no seu quarto?

— Não. Não... Não posso fazer isso.

— Stevie, quem está aí? — Kitty ouviu uma voz meio grogue ao fundo.

— Ah, sim, claro, desculpe. A Katja está aqui aí com você. Que tonta eu. Estou bem, Steve, desculpe por te incomodar, eu não deveria ter ligado, só...

— Kitty, cale a boca um pouco e me deixe pensar.

Kitty calou-se. Ele continuou:

— Tudo bem. Vem para cá. Pode dormir no meu quarto. A Katja e eu vamos para a casa dela. Pode ser? — Kitty ouviu Katja dizer alguma coisa, depois um barulho como se tivessem mexido no telefone e uma conversa abafada continuou ao fundo. — Sim, vamos fazer isso. Pode vir para cá — repetiu Steve.

— Não posso deixar que faça isso, Steve. Não posso te enxotar da sua própria casa.

— Bem, e você tem alguma outra ideia?

E Kitty não tinha. Nos últimos seis meses, ela não havia tido nenhuma boa ideia; estava completamente fora de órbita. Não poderia ligar para Bob. Ele já estava estressado demais para vê-la aparecer na sua porta, assim, de repente. Sally não estava atendendo o telefone e não ia querer acordar às três da manhã quando tinha um marido e a filha de um ano e meio. A família de Kitty estava em Carlow, a muitas horas dali, e ela nunca tinha voltado para casa chorando por nenhum motivo. Chegou a pensar em ligar para Richie, mas logo mudou de ideia. Steve era tudo o que ela tinha naquele momento, sua única opção.

— Tudo bem — sussurrou ela.

Olhos vermelhos e exausta às 3h30 da manhã. Não fora exatamente assim que ela havia planejado o primeiro encontro com Katja, que, por ter sido acordada no meio da noite e jogada no meio da rua por uma mulher que era amiga do namorado dela, também estava exausta. Mesmo assim, ela ainda teve energia e educação suficientes para esconder a raiva que estava sentindo e demonstrou simpatia. Eles sussurraram ao pé da escada, mal conversaram, fizeram apenas uma "troca de cama".

— Você está bem? — perguntou Steve.

— Sim. Sinto muito por tudo isso.

— Está tudo bem. Não sei bem a que horas volto amanhã, então...

— Vou sair bem cedo, eles nem vão perceber que estive aqui. Sinto muito mesmo por ter causado esse problema.

— Se você vir a Lisa e o Dave, não conte nada. Não é da conta deles. Só diga que converso com eles depois.

— Não vou ver ninguém. Vou sair antes de eles acordarem. Sinto muito por ter causado tudo isso.

— Tudo bem — repetiu Steve, abrindo a porta devagar, o que era muito diferente dos outros lugares que ele havia alugado outras vezes, onde entrar e sair às três da manhã e receber hóspedes aleatórios eram algo completamente normal. Kitty chegou à conclusão de que Steve estava crescendo. Mas que má hora para ela e suas crises.

— Foi bom te conhecer — disse Katja, com um sorriso triste, antes de sair.

Depois de fechar a porta, Kitty mostrou a língua.

E fez o mesmo ao ver a segunda coisa ruim daquele dia. Às quatro da manhã, Kitty viu a si mesma na cama desfeita de Steve, embora estivesse na cara que alguém havia feito um esforço para deixá-la arrumada. A janela estava aberta, mas ainda havia cheiro de sexo no ar. Ela evitou a cama e se sentou no sofá, enrolada num cobertor. Ali permaneceu, sentada, observando o nascer do sol e ouvindo o canto dos pássaros que despertavam junto com todo mundo. Ela deve ter pegado no sono por um momento, porque acordou com torcicolo. Eram sete da manhã e ela estava com sede. Domingo, e lá fora tudo continuava parado. Não havia trânsito, nenhum barulho de portas de carro batendo, nem sinal do carteiro, nenhum entregador. A casa continuava silenciosa, tal como quatro horas atrás. Ela dobrou o cobertor e o devolveu ao mesmo lugar onde o encontrara. Lavou o rosto no banheiro que havia no quarto e desceu as escadas na ponta dos pés. Depois, arrastou-se até a cozinha, abriu a porta e lá, à mesa, estava Lisa, que olhou para ela, esperando ver Steve, e foi forçada a olhá-la duas vezes.

— Quem é você? — perguntou.

Um homem com roupa esportiva e as costas molhadas de suor virou-se e retirou os fones do ouvido. Dave.

— Er... Oi — disse Kitty, desejando ter ido direto para a porta da frente.

— Você é a Kate. Nós a encontramos na festa de Natal, Lisa. Ela é amiga do Steve — comentou ele.

— Ah — disse Lisa, visivelmente sem conseguir lembrar. — Você dormiu aqui esta noite?

Kitty ficou com medo de dizer a coisa errada, já que Steve tinha pedido que ela não dissesse nada, e fora muito categórico.

— O Steve me falou que conversaria com vocês depois. Se importam se eu pegar um copo d'água? Vou embora logo em seguida.

— Pode pegar, claro — respondeu Dave.

— O Steve está bem?

— Sim. — Kitty abriu armário após armário, tentando encontrar o copo e sem querer se intrometer mais ainda no espaço deles, desejando ter ido simplesmente comprar uma garrafinha em alguma loja lá fora. — Ele disse que explicaria depois.

Tudo pareceu muito mais misterioso do que realmente era.

— Ela está lá em cima?

— Não.

Dave abriu o armário atrás dela, pegou um copo e lhe entregou.

— Obrigada.

Envergonhada, ela foi até a pia e os dois ficaram observando-a.

— Tem certeza de que ele está bem? Ouvi-o indo pro quarto ontem à noite. Deve ter saído no meio da noite.

— Ele está bem.

— Sabe sobre o que ele quer conversar com a gente?

Kitty se sentiu confusa. Os dois estavam fazendo uma tempestade num copo d'água. Ela não soube ao certo se deveria manter a sua posição ou explicar tudo, então bebeu a água num gole e os dois, por fim, desviaram os olhos dela. Dave voltou a passar manteiga em sua torrada e Lisa pegou o jornal para ler. O que Kitty viu em seguida, bem ali na sua frente, quase fez o seu coração parar. Era a terceira coisa ruim que lhe acontecia naquele dia e também a fez engasgar com a água. Tossindo, ela andou de um lado para o outro na cozinha, cuspindo e batendo no próprio peito.

— Está se sentindo bem? — perguntou Dave.

Os olhos dela já estavam cheios d'água.

— Foi pro lugar errado — grunhiu ela, antes de voltar a tossir sem parar.

Dave ficou observando-a, sem saber como ajudá-la. Finalmente, a garganta pareceu desobstruída, restando apenas um pouco de tosse, sobretudo quando falava.

— Posso ver isso? — perguntou ela, apontando para o tabloide de domingo.

Lisa fechou o jornal e o entregou a ela. Kitty o pegou, olhou para a foto onde ela estava sorrindo alegremente para a câmera, muito bem maquiada, cabelo arrumado, iluminação perfeita, uma foto oficial da emissora. Na legenda, estava escrito: "O ano do meu inferno astral". Entrevista exclusiva com a estrela do *Thirty Minutes*, Katherine Logan, para Richard Daly do *Sunday World*.

— O quê?! — grunhiu ela, abrindo o jornal para verificar a matéria. Dentro, numa página dupla, havia uma fotografia de Colin Maguire e sua esposa no tribunal, outra de Donal, Paul e Kitty saindo com a sua equipe de advogados parecendo os Sopranos, o pessoalzinho asqueroso e infame da TV, os lobos maus da história, culpados. Mas o que ocupava a maior parte da página era uma foto de Kitty saindo do tribunal depois que Colin Maguire recebera o direito à indenização, o que fizera Kitty contrair os músculos do rosto como se houvesse uma luz do sol cegante diante dos seus olhos. A foto fora tirada bem no momento em que ela piscara, como se estivesse dopada com metadona, nem de longe se parecia com o que ela queria, e certamente não era assim que ela estava se sentindo, o que a deixou triste, arrependida e deprimida. Em contrapartida, em outra parte da página, havia uma foto oficial de Kitty com aparência meiga e inocente, honesta e confiável. O que aquela garota não sabia ainda. O que ela não conhecia duas noites antes. Seu amigo antigo de faculdade a tinha apunhalado pelas costas. Seus olhos correram pelas palavras, atravessando-as, sem sequer conseguir ler uma frase inteira e absorver o conteúdo. Ela continuou pulando os subtítulos cheios de adjetivos como "chocado" e "horrorizado" para a foto do jornalista que conseguira o furo de reportagem, parecendo tão cafajeste e horrível quanto ela se lembrava dele e do seu corpo nu nojento daquele dia anterior. Richard Daly.

Colin Maguire e seus apoiadores possivelmente são as pessoas que estão por trás dos ataques abusivos que Katherine tem sofrido. Vítima de ações que tentam intimidá-la, Katherine, conhecida por alguns amigos como Kitty, foi suspensa da emissora e deixada de lado no momento em que ela mais precisava.

Havia uma foto dela, de rosto, e abaixo o título: "Bode expiatório".

AGORA, ELA FOI SUSPENSA DA REVISTA *ETCETERA*. Embora o caso não tenha nenhuma relação com a revista, as empresas anunciantes, aterrorizadas e pressionadas, possivelmente pela equipe de Maguire, estão desistindo da parceria, diante de tamanho jornalismo marrom e fajuto, deixando a revista numa situação imprevisível.

Além disso, Logan insiste em dizer que está trabalhando no "projeto mais empolgante de sua vida", embora tenha se mantido relutante em dizer do que se trata, fazendo aqueles que a conhecem se perguntarem se de fato há mesmo alguma matéria em desenvolvimento.

Embaixo do artigo havia uma pesquisa de opinião feita com o público para saber se Katherine Logan merecia o abuso que vinha sofrendo. Setenta e dois por cento responderam que sim, dezoito, que não, e dez por cento responderam que não se importavam com o assunto.

Kitty semicerrou os olhos e encarou a cara feia de Richie de novo. Teve vontade de agir com tanta violência contra ele que chegou até a sentir medo.

— Escrevendo um livro, meu cu! — praguejou ela em voz alta, depois se lembrou de que não estava sozinha. Olhou para o casal que estava observando-a, ligeiramente incomodado com a sua presença e suas palavras. Colocou o jornal sobre a mesa e saiu.

— Ei, é ela aqui? — Kitty ouviu Lisa perguntar, antes de bater a porta.

E aí uma coisa boa aconteceu naquele dia, a primeira do dia, a única, mas, às vezes, tudo de que precisamos é de uma única coisa boa.

Archie Hamilton ligou para ela.

Capítulo Quatorze

Os dois se encontraram no Brick Alley Café em Temple Bar, um café charmoso da Essex Street que, ao que parecia, era o único estabelecimento sem um trevo de quatro folhas nem um duende leprechaun estampado na frente — uma versão irlandesa do Child Catcher, personagem daquele filme *O Calhambeque Mágico* — para atrair os turistas. Era um lugar discreto, com funcionários muito atenciosos e, logo ao entrar, Kitty avistou Archie sozinho, sentado no fundo. Ele fora o primeiro cliente do dia e tivera a sorte de encontrar uma mesa desocupada. Mais tarde, os clientes seriam incentivados a dividir as mesas de madeira. Ele ergueu a cabeça quando ela entrou, parecendo meio surpreso, depois voltou a abaixar para ler o seu jornal. Parecia ainda mais cansado do que antes, como se não tivesse dormido, mas, após duas noites muito maldormidas, Kitty sentiu medo só de pensar em como ela deveria estar. Depois de ter ligado dezesseis vezes para Richie sem obter sucesso, toda vez que o seu telefone tocava ela dava um pulo. Por sorte, fora Archie quem ligara.

Ela se sentou ao lado dele em um banquinho alto, feito de madeira e preso à parede, junto ao balcão. Acima do balcão havia uma lousa com o cardápio do dia e, acima dela, estava escrito: "Cada uma destas mesas tem uma história para contar". Kitty sabia que aquela era uma verdade absoluta em se tratando da mesa onde estava. Ela só esperava que Archie estivesse disposto a contar essa história.

— Oi — cumprimentou Kitty.

Archie estava sentado meio que de lado na cadeira, com o cotovelo apoiado sobre o balcão, de modo que tinha uma vista completa do ambiente. Talvez não dar as costas para a porta de entrada de um ambiente fosse o resultado de passar um tempo na prisão. Ou, no caso de Kitty, pura bisbilhotice.

— Acabei de pedir café — disse ele, ainda olhando para o jornal. — Quer pedir também?

Kitty percebeu que o jornal era o tabloide de domingo com a matéria sobre ela. Então, ele tinha lido e provavelmente fora por esse motivo que ligara para combinar o encontro. Archie não parecia o tipo de pessoa arrogante. Ela esperou até que ele revelasse o que estava pensando.

— Não, obrigada. Não estou com fome.

— Você deveria comer — recomendou, ainda sem olhar para ela.

— Não. — Kitty sentia-se nauseada, não somente pelo que havia lido, mas por ter sido enganada, humilhada e pelo fato de ter dormindo com Richie. Sentia-se enojada e usada, como se nunca mais pudesse voltar a confiar em alguém. A última coisa que queria agora era comida.

— Você precisa se manter forte. Ou então aqueles filhos da puta vão te derrubar.

Ela suspirou.

— Tarde demais para isso. — Kitty sentiu a voz trêmula; Archie também percebeu e tirou os olhos do jornal. Ela se sentiu aliviada porque a comida dele chegou bem naquele momento, embora o cheiro tenha deixado seu estômago ainda mais embrulhado. Um belo prato com tomate, ovo, bacon, salsicha, cogumelos, morcela e morcela branca, além de torradas suficientes para cobrir um telhado inteiro. A garçonete pousou o prato na mesa e ele finalmente deixou o jornal de lado, passando a se concentrar na comida.

— Já sabe o que vai pedir para comer? — perguntou a garçonete.

— Não vou comer nada, obrigada.

— E para beber? Chá, café?

— Só água, por favor.

— E uma porção de frutas — interveio Archie enquanto cortava a sua salsicha. — Ela vai comer uma porção de frutas. Fruta vai te fazer bem.

— Obrigada — agradeceu Kitty, comovida por ver a preocupação dele. — Imagino que seja um especialista no assunto.

Archie confirmou com a cabeça, num jeito meio de "cavalo tentando se livrar de um inseto que pousou sobre o seu nariz".

— Sobre o que quer conversar comigo?

Ele não respondeu, só enfiou a comida na boca com garfadas generosas que estufaram suas bochechas e mastigou apenas algumas vezes antes de engolir. Então, fez uma pergunta, ignorando a dela:

— Você conhecia o cara?

De imediato, Kitty soube a quem ele estava se referindo.

— É um ex-colega de faculdade.

— Ah. O mesmo golpe de sempre.

— Fizeram isso com você também?

— Com a família inteira. E com amigos meus também. Eles sabem pegar alguém com a mão na massa. Pessoas que não sabem se defender. Que não estão acostumadas com o jeito como eles trabalham. Pessoas que acreditam no que leem. Gente comum.

— Não sou gente comum.

— Você é diferente. Trabalha com eles, mas não estava esperando por isso.

— Não sou como eles — retrucou ela, indignada. — Nunca fui e nunca serei. Cometi um erro numa matéria. Ele fez o que fez intencionalmente. — Ela sentiu o sangue ferver. Teve muita vontade de sair correndo daquele encontro para confrontar Richie na casa dele, mas ficou com medo do que pudesse fazer com ele. Não suportaria enfrentar uma acusação de agressão, ainda por cima.

— Você está com raiva — disse ele, observando-a. Kitty balançava os pés para cima e para baixo; sentia vontade de esmurrar a parede.

— É claro que estou com raiva.

— Foi por isso que te liguei.

— Gosta de conversar com gente enraivecida? — provocou ela.

Archie sorriu.

— Queria conversar com alguém que trabalhasse com eles mas jamais fosse como eles. Aquele cara, seu colega de faculdade, me fez um favor.

— Bem, fico feliz que pelo menos um de nós dois aqui tenha ficado feliz com essa situação. Então, pode confiar em mim.

Ele se manteve em silêncio e continuou enfiando a comida na boca. A água e a porção de frutas de Kitty chegaram, e, apesar de se sentir nauseada, ela provou os pedidos e começou a se sentir um pouco mais tranquila.

A porta da cafeteria se abriu e o terceiro cliente do dia entrou. Era uma mulher aparentemente tímida, rosto pequeno, cabelo castanho na altura do queixo e franja. Ela era magra, tinha uma aparência meiga e frágil, como se um vento forte pudesse arrastá-la. Olhou ao redor da cafeteira com certa expectativa, como se estivesse esperando por alguém, mas depois sua expressão murchou e ela se sentou à mesa coletiva de madeira. Archie tirou os olhos do seu café da manhã, olhou-a da cabeça aos pés e a observou enquanto ela dava a volta e se sentava. A partir daí, praticamente não tirou os olhos dela.

— Você a conhece? — perguntou Kitty.

— Não — respondeu, sem rodeios. Em seguida, desviou o olhar e se concentrou no seu chá. — E então, o que sabe a meu respeito?

— Muito mais do que sabia na sexta-feira.

— Continue.

— Há dez anos, sua filha de dezesseis anos desapareceu. Foi vista pela última vez, de acordo com os registros das câmeras, saindo de uma loja de roupas do shopping Donaghmede. A polícia emitiu um mandado de busca, você e sua família começaram a procurar por todos os lados e a busca acabou se transformando numa grande campanha para encontrá-la. Um mês depois, sua filha foi encontrada num campo.

Tinha sido estrangulada. Quatro anos mais tarde, você agrediu violentamente um homem de vinte e um anos que acreditava ter sido o namorado dela na época, e, por isso, você ficou preso quatro anos.

Os dois se mantiveram em silêncio.

Archie mastigou a casca do bacon, depois deixou as sobras no prato.

— Faz onze anos. Aconteceu uma semana antes do aniversário de dezesseis anos dela. — Ele levou um momento para se recompor e, quando voltou a falar, sua voz estava mais baixa. — Ela foi vista pela última vez, de acordo com uma testemunha, no estacionamento do shopping Donaghmede, pedindo para aquele cara, Brian O'Connell, deixá-la em paz. Esse cara não era namorado dela, era namorado da amiga dela. Ele ficou obcecado pela minha filha e não a deixava em paz. Contei tudo isso para a polícia no dia em que ela não voltou mais para casa. Falei inúmeras vezes, mas eles insistiram que não tinham nenhuma acusação contra ele. Não fosse o dono daquela fazenda ter encontrado o corpo dela, nunca descobririam nada sobre o caso. Continuaram desperdiçando energia com a pessoa errada.

— Mais especificamente, você.

— Não me deixaram em paz, simplesmente não conseguiam pensar em outra coisa. A única pessoa que investigaram de verdade fui eu, e eu era o único que tinha o mínimo de informação sobre a última vez em que ela foi vista.

— Talvez tenha sido esse o motivo.

— Quem estava no estacionamento era o meu amigo Muralha. Ficaram obcecados comigo e não acreditaram em uma palavra sequer do que eu havia dito.

— Mas eles não procuram a família primeiro?

— Não exatamente. O Muralha não era bem o tipo de testemunha das mais confiáveis. Ele já se meteu numas encrencas por aí.

Kitty imaginou que o amigo não recebera o apelido de Muralha por um bom motivo.

Os dois permaneceram em silêncio. Archie olhou para a mulher à mesa de novo. Ela estava enrolando um guardanapo no dedo, até chegar à ponta, e depois o desenrolava sequencialmente. A cafeteria já estava cheia e o chef, ocupado atrás do balcão preparando frituras. A frigideira sibilava e o cheiro invadiu toda a cafeteria. Kitty sentiu o estômago revirar e pegou mais uma uva para comer.

— E o que fez com que eles saíssem do seu pé?

— Só saíram quando encontraram o corpo. — Archie fez uma pausa. — Ela foi estuprada — acrescentou de repente, e Kitty sentiu dificuldade para engolir a uva.

— Eu não sabia disso.

— Eu quis deixar isso fora dos jornais. Resguardar um pouco da dignidade dela. Demoraram para encontrar o corpo e não havia evidências suficientes.

— Tem certeza de que foi esse cara? Brian O'Connell?

— Bingo — afirmou Archie, com toda a confiança do mundo. — Tenho tanta certeza disso quanto de que vivo e respiro. Eu costumava encontrá-lo pelas redondezas, e ele me olhava de um jeito como se tivesse certeza de que escaparia impune e achando graça da situação.

Kitty balançou a cabeça.

— Não te culpo pelo que fez com ele.

— E faria de novo, se pudesse — continuou Archie. — A única vantagem é que eu não o matei, e isso significa que posso fazer de novo, se quiser.

— Você não faria isso.

Ele relaxou um pouco.

— Fui até o ponto de ver o medo nos olhos dele, e isso foi o suficiente para mim. Vou lembrar daquela cara para sempre. Está bem aqui — disse ele, dando um tapinha na cabeça. — Aquilo foi pela Rebecca.

Kitty ficou pensando na vida de Archie desde então, um homem de família com a vida dilacerada por uma tragédia e sofrendo duas vezes como consequência de sua atitude.

— Você não está mais com a sua esposa?

Ele respondeu que não com a cabeça.

— Ela se mudou para Manchester. Está com uma boa pessoa. Encontrou uma maneira de voltar a viver. Ela merece. Não está certo ter de conviver com tanta fúria. Não é saudável. Destrói tudo. Destruiu nosso casamento, minhas amizades. Nem preciso dizer que não me aceitaram de volta no meu antigo trabalho. Ter a ficha suja não faz de você um bom candidato a um emprego.

Nem me fale, pensou Kitty.

— E então, você trabalha vendendo batatas chips.

— E sou leão de chácara num clube que fica ali na esquina. É por isso que na maior parte dos dias venho tomar café aqui. — Ele olhou para a mulher de novo. — Tenho de complementar a renda. Trabalhar com o máximo de coisas que puder. Construir a minha vida de novo, o máximo que eu conseguir.

— Algum outro trabalho em vista? — indagou Kitty.

Ele a olhou de um jeito curioso, achando graça.

— Não. Você não está procurando emprego. Já tem um.

— Não tenho tanta certeza disso. — Ela pensou em Pete e em como a merda estava prestes a ser jogada no ventilador depois da suposta revelação do jornal de hoje.

— Bom, então é melhor começar a ter — comentou Archie, levantando-se. — Porque agora você tem uma história para escrever. A *minha* história. — E, com isso, ele saiu com o seu jornal enrolado, deixando Kitty a refletir sobre o que ele havia dito e com a conta para pagar.

ARCHIE DEIXOU KITTY LOGAN NO BRICK ALLEY CAFÉ e seguiu a mulher que havia sentado ao lado deles. Como de costume, ela havia pedido chá, bolo com manteiga e geleia, ficara na cafeteria por vinte minutos e depois saíra. Ela era como um relógio; nos últimos nove meses, todas as manhãs em que Archie estivera ali, ela também viera. Apesar de os dois serem sempre os primeiros clientes da cafeteria, a mulher nunca reparara em Archie. Ela caminhava pelo espaço, procurando por alguém, e, como nunca havia ninguém, sentava-se, esperava pelo fantasma dessa pessoa e depois ia embora. Embora Archie só comesse ali nos fins de semana depois do trabalho, ele havia começado a frequentar o lugar mais vezes, durante a semana, só para ver se ela estava lá, e é claro que estava. Às oito horas em ponto, ela entrava na cafeteria com a mesma expressão de sempre.

Ele a seguiu pela Wellington Quay, atravessando a ponte Halfpenny até a Bachelor's Walk, e a observou entrar na Igreja do Santíssimo Sacramento. Pensou em segui-la, depois mudou de ideia, não porque seria inapropriado, mas porque não teve coragem de entrar lá. Não lá. Não com o que estava acontecendo com ele.

Ele se virou e fez o caminho de volta para casa.

Capítulo Quinze

A irmã de Colin Maguire, Deirdre, colocou uma xícara de chá à frente dele, com um muffin de frutas silvestres, o favorito do irmão. Qualquer coisa que pudesse animá-lo, embora o fardo que carregava estivesse evidente. Ela só queria vê-lo feliz. Seu pobre irmãozinho já tinha passado por muita coisa, e, já que sua esposa, Simone, e os filhos tinham se mudado para "dar um tempo", Colin precisava da irmã mais do que nunca. Desde o dia em que tudo acontecera, ele não demonstrara o menor sinal de raiva. Ela estava esperando por esse momento, pelo dia em que ele explodiria. Não queria estar por perto quando acontecesse, mas sabia que teria de estar. Colin não tinha ninguém mais. Muitos dos que o apoiaram faziam sinal de positivo com o dedo quando o encontravam na rua, ou davam um tapinha nas costas dele quando o viam no bar, mas não estavam lá quando ele realmente precisava.

— Obrigado, Dee — agradeceu ele, com gentileza, de olho na TV.

— Não tem o que agradecer. Tem certeza de que não quer sair para almoçar? O rodízio lá é bom. O Neil falou que tem uma televisão enorme e que eles deixam ligada no futebol. As crianças vão estar lá e vão adorar te ver.

— Não. Mas agradeço. — Ele sorriu discretamente. — Vou ficar e assistir por aqui.

Deirdre se levantou, se espreguiçou e olhou pela janela.

— Ela está lá de novo.

Colin não precisava perguntar de quem se tratava. Ele olhou de relance para fora, viu a rua e o jardim.

— Você sabia disso? — perguntou ela.

— Sim.

— Por que não me contou?

— Porque não estou com a menor disposição para ver você com uma frigideira na mão e ter de sair correndo atrás dela.

— Uma frigideira? Eu faria muito melhor que isso, acredite — retrucou, com raiva, as mãos apoiadas sobre os quadris. — Quantas vezes ela já fez isso? É a segunda? Terceira?

— A quarta, eu acho.

— E o que diabos ela está fazendo? — Deirdre se aproximou mais da janela para observá-la.

— Não faça isso, Dee, ela vai te ver.

— Mas eu quero que veja mesmo! Não sei o que ela está planejando, mas juro por Deus que minha vontade é ir lá fora e quebrar a cara dela!

— Dee, pare com isso. — Colin a advertiu com tanta gentileza que ela desfez a postura enraivecida imediatamente.

O irmão era como o pai: parecia ser incapaz de sentir raiva de qualquer pessoa. Gentil demais, tranquilo demais, disponível demais para ouvir o problema das outras pessoas, e, para começo de conversa, fora isso que o fizera se meter em encrenca. Ele deveria ter deixado aquela aluna ridícula voltar para casa com fosse lá qual fosse o problema dela, em vez de ter tentado consolá-la. Ela o interpretara errado, confundira seu excesso de gentileza com outra coisa, e agora ele tinha de pagar pelo constrangimento dela.

Ela suspirou.

— Não sei como consegue ser assim, Colin. Se eu fosse você, teria vontade de sair lá fora e só Deus sabe o que eu faria com ela. Tudo bem, vou embora, senão vou me atrasar. Se mudar de ideia sobre o almoço, por favor me avise. Combinamos de nos encontrar lá às 14 horas, tudo bem?

Deirdre deu um beijo na cabeça dele e saiu.

Colin fez questão de se certificar de que a irmã havia pegado a estrada, com medo de que ela pudesse passar por cima da repórter. Quando Deirdre se foi e a casa voltou ao silêncio que ele não conseguia suportar desde que Simone fora embora sob o pretexto de que precisava de um tempo para pensar no futuro deles, ele retirou o jornal de detrás da almofada do sofá e o colocou à sua frente, na mesa de café. Ficou olhando para a foto de Katherine Logan na primeira página, ela toda sorridente, e depois olhou para a outra página, em que ela estava saindo do tribunal. Voltou a ler a matéria. De novo.

Ao olhar pela janela uma vez mais, Kitty não estava mais lá.

Capítulo Dezesseis

A porta do escritório da *Etcetera* estava aberta quando Kitty entrou, o que acrescentou à sua expectativa o sentimento de que uma desgraça estava para acontecer. Era como se lhe dissesse: *Entre, se tiver coragem. A porta está aberta, você não tem escolha agora*. Era domingo de manhã, o escritório estava deserto, e Pete poderia fazer o que quisesse com ela que ninguém jamais a ouviria gritar. Kitty chegou a depositar todas as suas esperanças em Bob, que viria para socorrê-la, mas provavelmente a matéria fora a gota d'água para ele, já que a *Etcetera* estava enfrentando uma série de dificuldades como a perda do contrato com anunciantes e problemas financeiros. Isso não constituía a chamada boa imprensa.

Quando ela entrou no escritório de Constance, Pete estava de pé, como de costume, próximo à sua mesa, com o telefone grudado na orelha e vestido com roupas casuais de fim de semana, um visual com o qual Kitty não estava acostumada a vê-lo, e de novo lhe ocorreu que ele parecia mais jovem, mais atraente do que aquele homem egomaníaco estressado de jaqueta que patrulhava o escritório. Ele avistou Kitty e sua expressão se anuviou.

— Gary, posso te ligar depois? — Ele desligou o telefone imediatamente. — Era o Gary. Um advogado com quem passei a manhã inteira conversando, tentando descobrir como vamos ficar em meio a toda essa situação.

— Um advogado? Como assim?

— Leu o jornal de hoje? — perguntou, em tom sarcástico. — Mas, espere aí, me esqueci. Você não precisava ler, já sabia do que se tratava a matéria antes de ela ser publicada. Estão dizendo lá que as empresas que anunciam na *Etcetera* aparentemente vão romper o contrato se você não for suspensa.

— Sim, mas...

— Assim como os outros anunciantes que não desistiram de anunciar e agora estão em pânico, pensando se devem ou não fazer como os demais, porque pagar para anunciar na nossa revista provavelmente vai manchar a imagem deles! — acrescentou Pete, berrando.

Kitty arregalou os olhos e deu um pulo para trás diante do volume da voz dele. Nunca o vira tão nervoso assim. Resmungão, estressado e mal-humorado, sim, mas nunca desse jeito.

— Acha que escolhi fazer isso? — perguntou ela, a voz vacilando. — Deus do céu, Pete, se eu quisesse contar o meu lado da história, teria feito de um jeito muito melhor, você não acha? Eu estava voltando para casa depois de ter buscado informações para escrever a matéria quando encontrei um ex-colega de faculdade que, aparentemente, não fazia a menor ideia do que tinha acontecido comigo no *Thirty Minutes*. Aí, saímos para beber alguma coisa e pôr o papo em dia e, durante esse tempo, sim, não foi algo pontual, ficamos conversando. Nisso ele me usou e me fez sentir como uma prostituta. É claro que falei sobre o que aconteceu, porque eu estava nervosa. Toda essa situação tem sido muito estressante, e decidi conversar com alguém a respeito, alguém que não tivesse nenhuma relação com o que vem ocorrendo, um cara que me contou que estava escrevendo um romance e que pareceu se importar comigo, e aí, quando acordo hoje, me deparo com essa merda espalhada no jornal, e estou exausta porque tive de dormir no sofá de um amigo. Então me sinto humilhada, envergonhada e sinto muito, muito, mas muito mesmo por tudo isso, ok? Sinto muito. — Kitty não se deu conta de que tinha começado a chorar, até que Pete lhe entregou um lenço de papel e ela sentiu as bochechas molhadas e o nariz escorrendo.

— Tudo bem — ponderou ele. — É uma história bem diferente do que contaram aqui. Sinto muito por ter entendido errado.

Kitty simplesmente assentiu, agradecendo, e continuou a enxugar os olhos.

— É verdade essa história dos ataques ao seu apartamento?

— Ontem à noite foram fogos de artifício. Um morteiro dos grandes, talvez muito mais que um. Uns cinco mil. Por isso tive de dormir no sofá de um amigo meu.

— Minha nossa! Poderiam ter te machucado pra valer — opinou ele, com a expressão cheia de preocupação.

— Estou bem.

— Você ligou para a polícia? — Ela balançou a cabeça, negando. — Por que não? — Kitty deu de ombros, mas sabia exatamente por que não ligara. — Sua vida não anda nada fácil, não é?

Diante da demonstração de solidariedade, as lágrimas começaram a escorrer pelo rosto dela novamente.

— Cometi um erro ridículo, Pete. Um erro muito grave, muito ruim, uma atitude antiprofissional, e arruinei a reputação de um homem e provavelmente a vida dele, por isso mereço ser castigada, mas... — O choro quase a impediu de continuar, mas ela se esforçou: — Já recebi o castigo. Já estou cheia. Só quero escrever matérias boas, a respeito de pessoas boas, quero voltar a fazer o que amo, o que faz o meu mundo voltar à normalidade. E quero que as pessoas voltem a acreditar em mim. Quero que você olhe para mim e que me ouça sem essa dúvida que está estampada no seu olhar. Eu me recrimino o tempo todo, Pete. Não preciso de mais uma pessoa fazendo isso.

Peter ficou olhando para ela de um modo muito compreensivo.

— Seria antiprofissional te oferecer um abraço?

— Seria antiprofissional aceitar? — perguntou ela, com a voz embargada.

Apesar de, depois, ter refletido e chegado à conclusão de que o abraço fora, sim, um comportamento antiprofissional, Kitty pensou que, às vezes, quando há pessoas envolvidas, um negócio tem de deixar de ser um negócio e o ser humano deve vencer. Contudo, não pôde ignorar a verdade subjacente de que os dois ficaram abraçados por um tempo longo demais.

As cortinas do apartamento de Bob ainda estavam fechadas quando ela saiu do escritório e pensou em passar na casa dele para contar a sua versão dos fatos antes que ele ouvisse de outra pessoa, mas decidiu que era melhor não. Levando em conta as noites que ela mesma passara acordada, tinha certeza de que ele também precisava descansar.

— Vou avisá-lo — Kitty escutou Pete dizer do topo da escada, enquanto ele trancava a porta.

— Obrigada.

Ele olhou ao redor do estacionamento.

— Está sem a bicicleta hoje?

— Foi roubada.

Pete a olhou com um sorrisinho, sem poder acreditar.

— Minha nossa, Kitty, as mesmas pessoas?

— Não, não. Foram outras. Sou uma mulher popular.

Ele balançou a cabeça.

— É o que parece.

Pete olhou para ela como se nunca a tivesse visto, como se aquele fosse o primeiro encontro deles. Como se tivesse acabado de passar pela sua cabeça que ela era a única pessoa no mundo que ele tinha interesse em conhecer. E, para sua própria surpresa, ela tinha gostado. Gostara de vê-lo olhando para ela daquele jeito. Ele desceu as escadas e os dois começaram a caminhar juntos.

— Posso te dar uma carona?

— Não, obrigada. Vou andando.

— Até Fairview?

— Não. Não vou para muito longe.

Os dois seguiram em direção ao carro de Pete, e ele abriu a porta do passageiro, estendendo o braço como um cavalheiro à moda antiga.

Kitty sorriu.

— Me esqueci que você nunca aceita "não" como resposta.

Sentar ao lado dele no carro pareceu algo estranhamente íntimo.

— E para onde vamos?

— Busáras, por favor. — Busáras é o nome do principal terminal rodoviário de Dublin, com rotas para todo o país.

— Isso é uma tentativa de escapar?

— Não seria má ideia. Mas não, é só uma viagem de um dia. Vou entrevistar outra pessoa da lista da Constance, em Straffan. Uma mulher chamada Ambrose Nolan, que gerencia um museu de borboletas e um site dedicado ao assunto.

— Um museu de borboletas? Nunca ouvi falar disso.

— Bom, vai dar uma bela matéria, então.

— Mas e aí, o que a mulher das borboletas tem a ver com os outros que você encontrou?

— Pensei que eu tinha até sexta-feira para te contar — brincou ela, fingindo indignação.

— Falta só uma semana para a publicação — redarguiu ele. — Achei que eu ia saber do que se trata a matéria antes disso.

Eu também, pensou Kitty.

— O Oisín O'Ceallaigh e a Olivia Wallace concordaram em escrever a matéria para homenagear a Constance.

— Sério?! — Kitty arregalou os olhos. — Não acredito que falou com eles. Pediram muito dinheiro?

— Vão fazer de graça. Pela Constance.

Kitty assentiu. Constance sempre respeitara muito os escritores e com certeza ficaria muito feliz em vê-los retribuindo todo o apoio que ela lhes oferecera ao longo dos anos.

— Conseguir uma matéria com eles é um grande furo de reportagem, Kitty. Faz quase dez anos que ninguém vê nem ouve falar do Oisín. E, quanto à Olívia, faz mais de cinco anos que ela recusa todas as propostas imagináveis, de diferentes editoras, para voltar a escrever.

— Eu sei e concordo com o que você disse — afirmou Kitty, enfaticamente, perguntando-se por que ele sentira que deveria contar a ela a importância daquilo. Oisín e Olivia eram escritores de peso; era evidente que seria um grande negócio para a *Etcetera* publicar matérias escritas por eles.

— Só estão fazendo isso porque se trata de uma homenagem à Constance e porque o texto deles só será incluído na edição de homenagem se conseguimos publicar também a última matéria dela. Entende? — Kitty engoliu em seco. Depois meneou a cabeça, concordando. — Então, você precisa continuar pensando, Lois Lane — advertiu, em tom de brincadeira.

— Sem pressão, então — comentou, tentando esconder o nervosismo com um sorriso.

— Bem-vinda ao meu mundo — disse Pete, olhando-a de um jeito tão vulnerável que Kitty sentiu vontade de se aproximar dele. Em vez disso, ela pigarreou, interrompendo o contato visual entre eles, e saiu do carro.

Ao chegar ao balcão da bilheteria, o atendente recusou-se a vender a passagem. O ônibus que ela pegaria já estava de saída.

— Deus do céu! — exclamou ela, irritada, e seu telefone começou a vibrar no bolso. — O que será agora? — Olhou para a tela: era Steve. Kitty tinha expulsado o homem da própria cama no meio da noite e provavelmente tinha feito o casal com quem Steve dividia a casa pensar que ele estava doente, em estado terminal. Não poderia ignorar essa ligação.

— Me desculpe, eu só falei o que você me pediu para falar, e aí eles entenderam o negócio como algo muito maior do que realmente era. Me desculpe, só fiz o que você me pediu para fazer.

Houve um momento de silêncio.

— Do que você está falando?

— Do casal que divide a casa com você. Eles me viram hoje de manhã.

— Ah, deixa eles para lá. Ainda não voltei para casa. Sabia que ele era jornalista? — Steve falou bem rápido, com senso de urgência.

Ela suspirou e se sentou numa cadeira.

— Steve, sei que você não faz um juízo muito bom de mim e dos meus padrões morais, mas...

— Você sabia que ele era jornalista? — perguntou, como se estivesse correndo e sem fôlego.

— Onde você está?

— Responda a minha pergunta, Kitty.

— Não. Ele me disse que estava escrevendo um livro. Alguma história de ficção. Um romance. Não citou em nenhum momento que era jornalista. Me sinto uma idiota.

— O que aconteceu?

— Está correndo ou alguma coisa assim? Porque parece que está...

— O que aconteceu?

— Que droga! Tá bom! Ele apareceu na lavanderia como se fosse a maior coincidência do mundo, embora morasse do outro lado da cidade. Eu deveria ter suspeitado. Depois, saímos para beber, colocamos o papo em dia, ele não sabia nada do caso do *Thirty Minutes* e em nenhum momento demonstrou muito interesse pelo assunto, o que, mais uma vez, deveria ter feito com que eu suspeitasse, mas bebi algumas taças de vinho, então acabei falando um pouco... enfim. Não importa. Foi isso. Depois, fomos embora.

— Não, não foi só isso. E aí, o que mais aconteceu?

— Estou envergonhada, Steve. Eu...

— Fale — insistiu ele, praticamente gritando com ela.

— Acabei indo para a casa dele. — Kitty se sentiu enjoada. — Ah, meu pai, me sinto um lixo. O que acha que eu deveria fazer?

Steve ficou em silêncio. Então, quando ela pensou que ele tinha desligado, o amigo continuou:

— O que quer dizer com "acabei indo para a casa dele"?

— Caraca, como posso explicar isso ainda mais? Eu fiquei por lá... Entende?

— Tudo bem — respondeu, bem baixinho, e em seguida desligou.

Kitty ficou encarando o telefone em estado de choque. Ele desligara na cara dela, e provavelmente era a primeira vez que isso acontecia. Devia ter ficado muito espantado com o que ela havia contado.

O telefone tocou de novo e Kitty, imaginando que fosse Steve dizendo que a ligação tinha caído, atendeu de imediato. Não era ele.

— Kitty, você está bem? — perguntou Sally.

— Não.

— Onde você está?

— No Busáras.

— Por quê?

— Estava indo para Kildare, mas perdi o ônibus.

— Eu te levo.

— Você nem sabe quando vou voltar.

— E quando você vai voltar?

— Nunca.

— Perfeito. Chego aí em vinte minutos.

KITTY CONHECERA SALLY CINCO ANOS ATRÁS, num curso sobre técnicas de apresentação para a televisão. Sally era meteorologista licenciada em Matemática e Física e, na época, estava trabalhando no Met Éireann e se preparando para alçar voos maiores e trabalhar na televisão com previsão do tempo na língua irlandesa. Enquanto escrevia para a *Etcetera*, Kitty, na época, estava se preparando para entrar no jornalismo televisivo depois de ter apresentado alguns programas pequenos, mas muito bem-sucedidos, em um canal pequeno da cidade. Ela estava decidida a trabalhar com matérias maiores e numa emissora maior e fora aperfeiçoando suas habilidades de apresentação, o que significava diminuir a velocidade da voz e parar de parecer tão preocupada ou, nas palavras de Steve, como se estivesse com prisão de ventre quando estava se concentrando e tentando lembrar do que tinha de falar.

Sally chegou ao Busáras com a capota do seu conversível abaixada e o cabelo loiro e comprido amarrado. Kitty saiu de detrás do esconderijo que encontrara — uma máquina de venda automática — cabisbaixa e com o máximo de cabelo possível cobrindo o rosto.

— Para todos os lados que olho, as pessoas estão lendo o jornal — explicou Kitty, depois de dar um abraço na amiga. — Mas acho que devo estar paranoica. Tenho certeza de que não estão dando a mínima para essa matéria que saiu sobre mim; estão ocupados demais para isso lendo sobre o terremoto.

— Houve um terremoto? — perguntou Sally, sem ironia.

Kitty suspirou.

— Pelo seu trabalho, não é você quem deveria saber disso?

— Não trabalho nos fins de semana.

— É claro que não. — Kitty olhou para cima, para as nuvens cinzentas no caminho para o qual estavam se dirigindo. — Acho melhor você subir a capota. Parece que vai chover.

Sally deu risada, como se tivesse informações privilegiadas, o que realmente acreditava ter. — Não há previsão de chuva para hoje.

— Pensei que estivesse de folga.

— Estou, mas presto atenção nas notícias.

Sally deu de ombros e as duas riram.

— E aí, para onde vamos?

— Straffan, uma chácara de borboletas.

— Por quê?

— Vou entrevistar a mulher que administra o lugar. Quer dizer, mais ou menos. Ela ainda não sabe que será entrevistada.

— Tome cuidado. Está tentando se vingar?

Kitty sorriu, mas logo voltou a ficar séria.

— Pelo menos não vou dormir com ela para poder escrever a matéria.

Sally arquejou.

— Você dormiu com ele?

Kitty cobriu o rosto com as mãos e escorregou o corpo mais para baixo no banco.

— Sou um ser humano desprezível.

— Não exatamente, mas você sabe que poderia ter conseguido uma grana pela matéria. Ou estava muito desesperada por sexo?

Kitty deu risada.

— Eu estava desesperada pelos dois.

Sally a olhou de um modo compreensivo, e Kitty explicou o que tinha acontecido naquela noite.

— Seus pais te ligaram? — questionou, depois que a raiva passou.

— Sim. Para me dizer mais uma vez o quanto estão envergonhados de mim. Eu deixo minha mãe desabafar. E parece que isso só a ajuda a me atacar ainda mais, mas tudo bem, já estou acostumada mesmo a ser atacada. — Kitty olhou para o céu e sentiu uma gota de chuva cair sobre o seu rosto. — Sentiu isso?

— O quê?

— Chuva.

— Não vai chover hoje — repetiu Sally, confiante.

Dez minutos depois, elas tiveram de parar no acostamento para Sally subir o teto do carro manualmente.

— Isso é muito incomum — comentou, olhando para o céu, enquanto Kitty tentava disfarçar a risada.

Uma hora e quinze minutos depois, as duas já haviam colocado o papo em dia, conheciam as novidades uma da outra e chegaram ao museu das borboletas em Straffan, que estava localizado fora do vilarejo: uma casa charmosa bem ao lado do museu, cercada por muita terra. Aberto durante todos os meses do verão, o museu era uma casa de veraneio com uma ponte sobre um lago pequeno e borboletas voando por todos os lados.

Na recepção, Kitty perguntou por Ambrose Nolan para uma jovem e foi desviada para um homem com gravata-borboleta, de nome Eugene, que lhe disse que Ambrose não participava das monitorias das visitas. Ao saber que Kitty e Sally eram da imprensa, ele as conduziu por uma visita personalizada pelo museu, que estava cheio de famílias com seus filhos, já que era domingo e o tempo estava bom. O homem era tão alegre e cheio de vida que Kitty sentiu que não poderia interromper sua explicação animada sobre as borboletas as quais ele parecia amar e conhecer tão bem. Com certeza ele conhecia inúmeras espécies, e ela não se surpreenderia se ele conhecesse cada uma daquelas borboletas pelo nome.

— Muitas das borboletas tropicais se reproduzem aqui, então vocês terão a oportunidade de observar todo o ciclo de vida de uma borboleta — explicou, enquanto saíam da sala tropical. — Aqui vocês verão onde elas põem os ovos, depois se transformam em lagartas que rastejam e comem as plantas, em seguida se tornam pupas camufladas; se vocês tiverem sorte, poderão assistir a uma pupa começando sua vida nova com as asas e partindo para o primeiro voo.

Sally arregalou os olhos e olhou de um jeito sarcástico para Kitty, que ignorou a amiga e olhou ao redor, procurando por Ambrose.

— Então, você disse que a Ambrose não faz as visitas monitoradas. Mas ela trabalha aqui?

— Ah, sim, a Ambrose trabalha aqui desde, bom, desde que era criança. Foram os pais dela quem abriram o museu e, depois de crescida, ela começou a ajudar a administrar o negócio da família. Ela foi fundamental no processo de transformar o que começou com um pequeno museu neste grande centro. Expandiu o espaço do museu, que antes era a loja de lembrancinhas, e o transformou nesta sala enorme de exposição. Mandou construir a cafeteria e a área de piquenique, que, como puderam ver, é um espaço maravilhoso. Além disso, há cinco anos ela abriu a sala tropical. Não fosse pela Ambrose, estas instalações simplesmente não estariam aqui hoje — contou, orgulhoso.

— *Ela* está aqui hoje? — indagou Kitty, fazendo mais uma tentativa.

— Ela fica aqui todos os dias — respondeu, rindo. — Mora bem ali ao lado, mas não recebe os visitantes. Agora, permitam-me continuar a visita pelo museu para que possam conhecê-lo em detalhes. As borboletas emolduradas são de cativeiros excedentes, não foram coletadas nas florestas — explicou, o homem em tom sério, enquanto as conduzia até a galeria.

Sally lançou um olhar de desagrado para a amiga, mas Kitty a cutucou e elas continuaram acompanhando o homem, enquanto Kitty observava os arredores procurando uma maneira de chegar à casa vizinha.

A galeria era composta de borboletas secas expostas em quadros de madeira selados com uma montagem de latão.

— Estes espécimes são perfeitos — explicou Eugene, e alguns visitantes se aproximaram para escutar a conversa. — Não sofreram nenhum tipo de alteração. Vivem por cinquenta anos, mas não devem ter contato direto com o sol. Muitas das borboletas têm mais de cem anos e continuam lindas e perfeitas, como no primeiro dia em que voaram.

Ele olhou para elas, o rosto corado pelo entusiasmo com a ideia.

— Fascinante — comentou Kitty, olhando para a parede e se perguntando como poderia mudar o rumo da conversa. — Será que eu poderia conversar com a Ambrose hoje?

— Sinto muito, mas acho que ela não está trabalhando no museu hoje.

— Ela está em casa? Posso chamá-la?

— Ah, duvido que ela esteja em casa num dia como este — desdenhou Eugene. — Ela está trabalhando na conservação de um jardim de borboletas da casa dela. É extremamente dedicada a proteger as nossas borboletas e faz questão de assegurar que não prejudiquemos a população natural delas nem o seu hábitat.

Kitty olhou para a área de piquenique e avistou uma placa no portão: "Área restrita. Somente pessoal autorizado".

— Ela parece ser uma mulher encantadora — opinou Sally.

— Ah, sim, e ela é mesmo — comentou Eugene, que ficou meio perturbado e com as bochechas coradas de novo. — Ela dedicou sua vida inteira às borboletas. Srta. Logan... — Ele diminuiu a voz para que as pessoas que o estavam ouvindo não o escutassem. — A Ambrose é... muito discreta. Se deseja que eu pergunte algo a ela, prometo que o farei e logo em seguida entrarei em contato com a senhorita. É que... bem, a Ambrose é muito reservada. — A essa altura, sua voz já tinha voltado ao volume normal. Ele continuou: — Esta é uma linda borboleta fritilária verde-escura, da família Nymphalidae, também conhecida por *Mesoacidalia aglaia*. É uma borboleta grande, imponente, de cor laranja e brilhante, que muitas vezes só vemos se debatendo contra a brisa no topo de uma falésia, sobrevoando a superfície de pedras calcárias ou de dunas de areia. Espantosamente visível e frustrantemente audaciosa, é uma espécie das savanas que se reproduz em arbustos de *Viola riviniana*. Tanto o macho quanto a fêmea têm a parte inferior das asas esverdeada.

Enquanto mais pessoas se agrupavam para ouvir Eugene falar, Kitty ia se afastando do grupo sorrateiramente. Ela seguiu direto para a área de piquenique e, quando percebeu que Eugene estava olhando em sua direção, desconfiado, apontou discretamente para o banheiro feminino, e ele assentiu e continuou a falar. Logo que Eugene desviou o olhar, Kitty correu até o portão aberto que dizia: "Área restrita. Somente pessoal autorizado", empurrou-o e adentrou o país das maravilhas, uma área extensa de gramado repleta de borboletas coloridas voando para lá e para cá, roçando o seu nariz enquanto se desviavam dela. No final do jardim, Kitty avistou uma figura recurvada.

— Com licença — disse ela.

A pessoa endireitou o corpo imediatamente, virou-se e depois deu as costas para Kitty. Em seguida, soltou seus cabelos, longos, rebeldes e vermelhos como o fogo, que desciam até a cintura.

— Pare! — gritou, e a voz dela soou tão determinada que Kitty parou imediatamente.

— Desculpe, meu nome é...

— Você não tem permissão para entrar aqui — gritou a mulher.

— Sim, eu sei, sinto muito, eu...

— Esta área é restrita. Por favor, volte!

A voz era autoritária, mas Kitty conseguiu perceber um ligeiro sentimento de pânico em suas palavras; pela sua postura, a mulher estava assustada.

Kitty recuou alguns passos e depois mudou de ideia. Esta seria sua única chance de fazer contato.

— Me chamo Kitty Logan. Trabalho para a revista *Etcetera*. Quero falar com você sobre essa maravilhosa instalação do museu. Peço desculpas por tê-la assustado. Só quero conversar com você.

— É o Eugene quem atende a imprensa. Saia! — exigiu. Depois, acrescentou com mais gentileza: — Por favor.

Kitty recuou, mas, ao chegar ao portão, decidiu fazer mais uma tentativa:

— Só quero saber uma coisa. No ano passado, Constance Dubois entrou em contato com você em algum momento?

Depois de fazer a pergunta, esperou receber um novo grito como resposta ou encontrar o garfo de jardinagem enterrado em sua cabeça, mas, em vez disso, houve um momento de silêncio.

— Constance — disse a mulher de repente, e Kitty sentiu o coração acelerar. — Constance Dubois — repetiu.

Ambrose não se virou. Continuou de costas.

— Sim. Você a conhece? — perguntou Kitty.

— Ela me ligou. Uma vez. Perguntou sobre uma lagarta.

— Perguntou? — retrucou Kitty, chocada, o pensamento acelerado. Será que esses nomes tinham a ver com a sua primeira entrevista? — Uma lagarta de mariposa-falcão?

— Isso significa alguma coisa para você?

— Sim — respondeu Kitty, sem fôlego, tentando assimilar a informação e processar qual seria o significado disso para uma matéria.

Por fim, Ambrose se virou, mas tudo o que Kitty conseguiu ver foram seus cabelos ruivos.

— Pode me esperar lá dentro — disse a mulher, apontando o garfo de jardinagem para a porta aberta que levava até a casa dela.

Kitty ficou surpresa.

— Obrigada.

Ela entrou e se deparou com a cozinha. O espaço era modesto, uma casa de campo encantadora que fora reformada mas se mantivera fiel às suas raízes. O fogão Aga tomava conta da cozinha e ainda emanava o calor do café da manhã. Ela se sentou à mesa e observou a mulher terminar o seu trabalho, caminhar em direção à casa, cabisbaixa, o cabelo vermelho e rebelde cobrindo todo o seu rosto, ainda sem olhar para Kitty mesmo quando entrou na casa e lhe perguntou se ela aceitava um chá.

Kitty pensou em Sally tendo de ouvir o discurso de Eugene sobre as borboletas da Irlanda e, mesmo se sentindo culpada, aceitou o convite. Na maior parte do tempo, Ambrose falava virada de costas e, quando finalmente se sentou à mesa retangular, com capacidade para acomodar oito pessoas, em vez de ficar de frente para Kitty, ela escolheu ficar na ponta e manteve o olhar distante. Foram necessários certo tempo e uma estranha conversa inicial para que Ambrose finalmente a olhasse nos olhos. Ao fazer isso, Kitty percebeu algo incomum. Os olhos de Ambrose tinham cores diferentes; um era verde-claro e o outro, castanho-escuro. E não era só isso: quando o cabelo espesso por fim se moveu um centímetro de onde estava estrategicamente ajustado, Kitty viu a descoloração que se espalhava a partir do meio da testa, descia pelo nariz, ia para os lábios, cobria metade do queixo e desaparecia debaixo da blusa de gola alta. A queimadura (se fosse mesmo uma queimadura) parecia uma chama que se deslocava de forma desigual pelo lado direito e, tão rapidamente quanto Kitty conseguira ver, desapareceu no momento em que o véu espesso do cabelo ruivo se fechou e um olho verde brilhante continuou olhando para a mesa da cozinha.

Capítulo Dezessete

Se alguém tivesse contado a Kitty que Ambrose nunca havia conversado com um ser humano antes, ela teria acreditado. Ambrose não era o tipo de pessoa rude, mas não tinha a menor ideia de como uma conversa funcionava. Não havia olho no olho e, quando eventualmente acontecia, era acidental e o suficiente para Kitty perceber o rosto desfigurado e as cores discrepantes dos olhos. Talvez a reação de Kitty estivesse estampada em seu rosto, porque Ambrose escolheu não olhar para ela de novo. Além de evitar o contato visual, da ponta da mesa onde escolhera se sentar ela poderia virar o corpo para longe de Kitty, que via apenas o lado direito; pelo menos o cabelo estava posto atrás da orelha, deixando à mostra sua pele branca como porcelana. Ambrose de fato era a mulher mais incomum que Kitty já vira, não apenas quanto ao físico, mas ao caráter também.

A conversa com ela era tão inquietante quanto o seu comportamento. Sua voz era baixa, mas, como se tivesse consciência disso, ela a erguia em certas palavras e depois a baixava, outras palavras desaparecendo em meio aos sussurros. Kitty teve de se esforçar bastante para compreender.

— Ela me ligou. Sim, ligou. Ano passado. Me lembro. Porque é... raro. — Ambrose gritou a palavra "raro" e, depois, como se tivesse levado um susto, continuou, sussurrando: — Ela queria vir aqui me ver.

Me entrevistar. Sim, foi isso. Eu disse que não. Que eu não queria. Não dou entrevistas.

— E ela comentou sobre o que seria a entrevista?

— Eugene. Pedi para ela conversar com o Eugene sobre o museu. É ele quem lida com o público. Não eu. Ela disse que não era sobre o museu. Ela não sabia das borboletas.

— Era uma entrevista pessoal?

— Foi o que ela disse. Respondi que não queria. A lista. Ela disse que, de qualquer forma, me manteria na lista. Não sei o que isso significa.

— A lista de pessoas que ela gostaria de entrevistar — explicou Kitty. — Ela deixou uma lista com cem nomes de pessoas que ela gostaria de ter entrevistado e sobre as quais queria ter escrito uma matéria.

— Ela me ligou de novo. Alguns dias depois. Tinha uma pergunta sobre a lagarta.

— A mariposa-falcão. — Kitty sorriu.

— Rindo. Ela estava rindo. Achou graça. No bom sentido. Ela era boa — explicou, com gentileza, e finalmente ergueu a cabeça, olhou para Kitty por um segundo e desviou o olhar de novo. — Perguntou se poderia me visitar. Para conversar comigo. Para ver o museu. Falei que ela poderia vir. Não para me visitar. Para ver o museu. Mas o museu só abriria no verão, durante as férias. Foi na primavera. Ela me ligou na primavera passada. Ela nunca veio.

Kitty não precisou desviar o olhar para esconder suas lágrimas. Afinal, Ambrose não olharia para ela mesmo.

— Ela ficou doente — explicou Kitty, quase sem voz. Ela pigarreou. — Foi diagnosticada com câncer de mama no ano passado e faleceu há duas semanas.

— Meu pai morreu de câncer.

Não era o jeito mais habitual de oferecer os pêsames, mas foi um gesto cheio de empatia.

— Você veio buscar a encomenda dela?

As lágrimas de Kitty cessaram de repente.

— Que encomenda?

— Ah. Pensei que fosse esse o motivo da sua visita. Guardei para ela. Num quadro. Coloquei num quadro e ninguém comprou. Emoldurado. Uma mariposa-falcão. Ela disse que era para presente.

Subitamente, Ambrose se levantou e saiu da cozinha, o cabelo longo e as roupas largas conferindo-lhe um efeito borboleta esvoaçante. Enquanto esperava, Kitty enxugou as lágrimas e sorriu.

— Eu administrava o museu com o meu pai — contou Ambrose depois que Kitty pediu mais detalhes sobre por que era ela quem estava cuidando de tudo ali. A princípio, Ambrose, como a maioria das pessoas, se mantivera relutante em conversar. Quando Kitty sugeriu com toda a sinceridade que a entrevista seria algo muito bom para o negócio, bem como uma aventura pessoal para ela, e prometeu que não tiraria nenhuma foto dela, Ambrose concordou em começar a falar. Enquanto ela falava, Kitty anotava tudo, o pensamento acelerado tentando juntar todas as peças.

Pauta preliminar: As pessoas não se consideram interessantes.

Ou

As pessoas que não se consideram interessantes normalmente são as mais interessantes.

KITTY ESTAVA CIENTE DE TODAS AS MENSAGENS DE TEXTO ameaçadoras que Sally não parava de enviar e que ela continuava presa ao discurso de Eugene e ao grupo de turistas que faziam um monte de perguntas, mas não podia perder essa oportunidade. Ainda não fazia a menor ideia do motivo pelo qual Constance escolhera Ambrose para a matéria, embora soubesse que não era o museu de borboletas, e estava determinada a descobrir o que a ex-chefe já havia descoberto. Kitty sentiu-se interessada pela história intrigante dessa mulher, não só profissional como pessoalmente.

— Meus pais abriram o museu juntos, mas minha mãe morreu e meu pai assumiu a administração.

Ambrose deveria ter uns quarenta e poucos anos, mas era difícil saber ao certo a sua idade. Muitas vezes ela parecia uma criança e mantinha a timidez de uma criança, mas em outras curvava o corpo e parecia uma senhora.

— Como a sua mãe morreu? — perguntou Kitty, com gentileza e esperando que a resposta fosse um incêndio ou algo do gênero que ajudasse a explicar a aparência de Ambrose. Não sabia muito bem como abordar o assunto. Seria fascinante descobrir, mas ao mesmo tempo essa era uma das perguntas que provavelmente ela jamais fosse capaz de fazer e, talvez, o único assunto que nunca deveria ser abordado.

— No parto. Complicações. Ela me teve aqui. Na casa. Teriam conseguido salvá-la se ela tivesse ido para o hospital, mas não era isso que minha mãe queria. Então, era para ser.

— Sinto muito. — Kitty tomou um gole do seu chá. — Eugene parece muito prestativo e, sem dúvida, tem muito conhecimento.

Ambrose olhou para cima e sorriu. Não para Kitty, mas para a porta aberta, em direção ao jardim cheio de vida com suas borboletas e a natureza. Ela pareceu se animar. Depois, sua expressão se anuviou de novo.

— Eugene ama as borboletas. Não achei que seria possível encontrar alguém que as amasse tanto quanto meu pai as amou. Eu não conseguiria. Não sem Eugene.

— Ele disse o mesmo em relação a você. Disse que nada disso seria possível se não fosse você — contou Kitty, e Ambrose esboçou um sorriso tímido. — Como você o conheceu?

— A mãe dele foi minha professora. Quando ela vinha aqui em casa para me dar aulas, ele vinha junto. Estava sempre entediado. Às vezes ficava sentando, prestando atenção nas aulas; outras, na maior parte, aliás, ficava andando pelo museu. É por isso que sabe tanto. Faz mais de trinta anos que ele observa essas borboletas emolduradas.

— Você foi alfabetizada em casa? — questionou Kitty.

— Sim. — Ambrose ficou em silêncio, mas Kitty esperou, ciente de que havia mais por vir e começando a entender a maneira pausada de se comunicar que ela tinha. — As crianças podem dizer as coisas mais cruéis do mundo. Não é isso que dizem por aí? Eu era... Bem, eu não era uma criança nada convencional.

A declaração soou suavizada para Kitty.

— Meu pai pensou que seria melhor eu ficar aqui.

— E você se sentiu feliz com isso?

— Ah, sim. Este lugar é tudo o que eu conheço — afirmou, decidida.

— Se importa se eu te perguntar quantos anos tem?

Aparentemente, Ambrose se importava. Ombros curvados, o rosto ficou ainda mais escondido atrás do cabelo, enquanto ela conversava consigo mesma, o que ficou muito evidente para Kitty.

— É mesmo importante?

Kitty pensou um pouco antes de responder. Em alguns casos, não era, mas, nesse caso específico, sim.

— Se você não se importar...

— Quarenta e quatro.

O celular de Kitty não parava de vibrar. Quatro, cinco, seis ligações não atendidas na sequência. Logo que parava, começava a tocar de novo. Sally estava enfurecida, e Kitty não queria perder a carona para casa.

— Com licença, posso usar o seu banheiro? — perguntou a Ambrose.

Kitty pensou que, tal como acontecera em relação à idade, Ambrose se incomodaria com a pergunta, mas ela pareceu aliviada pela pausa na conversa. Uma das coisas que Kitty mais gostava de fazer era bisbilhotar. Enquanto seguia até o banheiro, olhou cada um dos cômodos e, em vez de virar à direita, como Ambrose a orientou, virou à esquerda. A julgar pelos outros cômodos da casa, este deveria ser o quarto de Ambrose, e o ambiente a deixou embasbacada. Uma das paredes — a de frente para a cama — estava coberta, do teto ao chão, de fotografias de top models, atrizes e cantoras, recortadas de revistas. Algumas das fotos eram específicas: cabelo, olhos, nariz e lábios, outras, do rosto completo. Outras eram colagens feitas com diferentes características de mulheres. Assim como o seu museu era coberto de coleções de borboletas emolduradas, o quarto de Ambrose também era um museu, uma celebração da beleza. No entanto, as fotos pareciam menos alegres que o museu. fazendo Kitty sentir um arrepio na espinha, e ela rapidamente saiu do quarto.

QUANDO KITTY LOGAN FINALMENTE FOI EMBORA, Ambrose se sentiu exausta. Fazia muito tempo que não tinha tanto contato com alguém, exceto com Eugene, claro. Então, sentia-se esgotada, cansada de ficar tentando esconder o rosto, suas emoções, esforçando-se para parecer uma pessoa normal e equilibrada e para esconder todas as coisas que fazia quando estava sozinha no conforto de sua própria casa, mas contra as quais precisava lutar quando estava em contato com alguém que não fazia parte do seu círculo de confiança, que consistia em: Eugene; Hariet, a diarista; e Sara, a jovem que trabalhava no museu. Raramente Ambrose conversava com algum deles, só mesmo quando havia extrema necessidade, e era apenas com Eugene que podia ser verdadeiramente ela mesma, porque ele era apenas Eugene, e por que ele se importaria? Ele a conhecera durante toda a sua vida. A ironia era que, quando estava com qualquer outra pessoa, Ambrose deixava o cabelo solto, e Eugene era a única pessoa com quem ela se sentia confortável para prender o cabelo e olhá-lo nos olhos.

Ela caminhou até o quarto e pegou a revista que estivera lendo naquele mesmo dia pela manhã. O verão, exceto pelas borboletas e pelos negócios, não era a sua época favorita do ano, porque significava revelação; as revistas ficavam recheadas de fotos de celebridades e de mulheres bonitas expondo o corpo nas praias com seus biquínis, o museu ficava cheio de mulheres lindas que nunca precisaram pensar para prender o cabelo nem caminhar pelas ruas com constrangimento. Ambrose gostava do inverno porque poderia se cobrir e desaparecer. Nunca viajara muito ao longo da vida, mas, se tivesse a oportunidade, passaria as férias em algum lugar frio, mas não poderia deixar os negócios nem as borboletas na época do verão.

Com cuidado, ela cortou a foto de uma atriz que não reconheceu e que fora clicada na praia, com um biquíni minúsculo depois de, aparentemente, ter perdido em apenas seis semanas todo o peso que ganhara na gravidez. Grudou a foto na parede, fazendo questão de tomar cuidado para não sobrepor nenhuma das outras para as quais ela precisava olhar. Em seguida, sentou-se na beirada da cama e ficou observando a foto por quinze minutos. Olhou para os olhos, o nariz, os lábios, o pescoço longo, a curvatura da lombar, o bumbum empinado, as pernas firmes e torneadas, o formato perfeito dos dedos dos pés cobertos de areia. Ambrose se perdeu naquela fotografia; por um momento ela era aquela mulher, estava ali, naquela praia, saindo do mar, sentindo os olhos das pessoas sobre ela, a água escorrendo pelo corpo, mas ciente de que estava linda, sentindo-se leve, feliz e relaxada enquanto caminhava em direção à sua espreguiçadeira para tomar um drinque. Ela divagou por esses momentos com muita vividez.

Kitty lhe perguntara por que ela colecionava borboletas. Por que tanto fascínio por elas? Ambrose não tinha mentido, mas não fora totalmente sincera em sua resposta. Por que amava as borboletas? Simplesmente porque elas eram bonitas. E ela, não.

Era por esse mesmo motivo que ela amava tanto a história da Bela e a Fera quando era criança, e, apesar de ter 23 anos quando o filme da Disney fora lançado, fora ao cinema inúmeras vezes para vê-lo, e, quando saíra em vídeo, assistira todos os dias e decorara cada uma das falas, cada olhar e gesto dos personagens. Seu pai ficara perplexo com o deslumbramento dela pelo desenho, mas o compreendera mal. A admiração não era pelo casal romântico, nem porque Ambrose quisesse ver a Fera se transformar num homem bonito de novo. Assistia ao filme porque, assim como a Fera capturava a Bela, ela sabia o que era reconhecer a beleza, sentir-se tão fascinada e tão viva perto dela que tudo que ela queria era agarrá-la e trancá-la dentro de si para poder olhá-la ela e se sentir feliz todos os dias.

— Quem é que está te mandando mensagem? — perguntou Sally enquanto as duas voltavam para Kildare. Era a primeira coisa que ela falava depois de muito tempo, e Kitty imaginou que isso seria um indício de que aos poucos começava a ser perdoada.

— Por quê? — perguntou, franzindo a testa.

— Porque você está com esse sorriso idiota no rosto desde que começou a "mensagear" com alguém aí.

— *Mensagear*? Essa palavra não existe.

— Não mude de assunto. Quem é?

— É o Pete... Nada de mais — respondeu, com demasiada indiferença.

Sally arregalou os olhos.

— Pete, aquele príncipe do mal e editor-chefe que você odeia?

— Eu nunca disse que odeio ele.

— Ah, Meu Deus!

— O quê?

— Amiga... Você sabe o que está acontecendo, não sabe? — zombou Sally.

— Cala a boca! Não está acontecendo nada. Fica na sua, tá? — Kitty tentou tapar a boca da amiga para impedir que ela falasse mais alguma cosa. Sally deu uma risadinha e o carro guinou para o lado, o que fez Kitty tirar a mão da sua boca imediatamente.

— Tá legal, tudo bem, não vou falar, mas você sabe muito bem — disse Sally, quase que cantarolando.

— Ele só quer saber se estou bem — retrucou Kitty, guardando o celular na bolsa. Mas, logo que fez isso, se arrependeu, porque queria ver se ele havia respondido a sua última mensagem brilhante e muito bem pensada.

As duas ficaram em silêncio de novo e seguiram na estrada escura, o céu vermelho a distância.

— Céu rubro à vista, é o sol que dá uma pista! — exclamou Kitty.

— Ah, não banque a idiota — redarguiu Sally. — Isso não faz o menor sentido. A previsão para amanhã é de muitas tempestades.

Silêncio novamente e, de Pete, Kitty devaneou para a sua matéria e pensou em todas as pessoas que tinha conhecido até o momento: Birdie Murphy, Eva Wu, Mary-Rose Godfrey, Archie Hamilton e Ambrose Nolan. Tentou encontrar a relação entre eles, mas não conseguiu enxergar nenhuma. Mentalmente, vasculhou as histórias de todos, tentando compará-las e contrastá-las, e pensou em cada uma das coisas que sabia sobre eles. Ainda que houvesse algumas similaridades, não existia nenhuma ligação verdadeira entre essas pessoas, nenhuma história em comum, mas cada uma era extremamente forte em suas próprias peculiaridades. Ela precisava esfriar a cabeça e ouvir as entrevistas no gravador — talvez o fato de tentar encontrar uma relação entre elas tivesse impedido que a matéria fluísse. Kitty pegou sua bolsa e Sally começou a provocá-la, achando que ia procurar o celular de novo, mas Kitty já tinha até se esquecido dele. Ela pegou o bloco de anotações e a caneta, e Sally, ao perceber que a amiga estava concentrada, resolveu deixá-la em paz.

Kitty pensou em Ambrose, nas borboletas emolduradas e nas fotografias grudadas na parede.

Nome número dois*: Ambrose Nolan*
Título da matéria: Estética — O estudo da beleza

Capítulo Dezoito

Naquela noite, Kitty dormiu na casa de Sally.

Quando voltaram de Straffan para o apartamento de Kitty, aquela matéria do jornal fora recompensada com esterco em cada um dos degraus da escada que levava ao seu apartamento, formando uma trilha, e na porta, ainda com esterco, estava escrito "Vadia Traidora". Mesmo depois de tantos ataques, Kitty se sentia chateada ao se deparar com isso. Ela chegou a pensar em tirar uma foto da porta e enviá-la para Richie com um bilhete de agradecimento, mas decidiu que era melhor não fazer isso, já que poderia virar a notícia do jornal do dia seguinte. A única coisa pela qual poderia agradecer era que os ataques nunca aconteciam dentro do seu apartamento e nunca a machucavam fisicamente.

Kitty pegou uma muda de roupas, o suficiente para uma semana, e depois escapou o mais rápido que pôde para o carro de Sally.

Zhi, o proprietário do apartamento, a interrompeu, bloqueando sua passagem.

— Me desculpe, Zhi, estou com muita pressa. Será que você pode me.... — Ela deu um passo para a direita para se desvencilhar, mas ele bloqueou a passagem de novo. Kitty desistiu e suspirou. —

Vou dar um jeito de limpar tudo o mais rápido possível.

— Não é o suficiente. Na semana passada foi pichação, papel higiênico e merda, ontem à noite, fogos de artifício, e hoje, mais merda. Isso não é nada bom para o meu negócio.

— Eu sei, eu sei. Olha, não acho que isso ainda vá durar por muito tempo mais. Vão acabar se cansando e logo param.

Mas Zhi estava irredutível.

— No fim do mês, terei um novo inquilino. Você está fora. Precisa encontrar outro lugar para...

— Não, não, não, não, não — interrompeu Kitty, com as mãos unidas e implorando desesperadamente. — Por favor, por favor, não diga isso. Isso é só uma bobagem. Sempre fui uma boa inquilina, não fui?

Ele ergueu as sobrancelhas.

— Não vou contar para ninguém sobre o PERC.

A expressão dele anuviou-se.

— Está me ameaçando?

— Não! Eu disse que *não* vou contar para ninguém sobre o PERC. *Não* vou.

— Então, por que tocou no assunto? No fim do mês você está fora — repetiu ele, e em seguida desceu as escadas correndo.

Enquanto Kitty continuava num degrau refletindo sobre quanto sua vida poderia ficar pior e onde diabos poderia encontrar um lugar para morar pagando um aluguel tão baixo, Zhi reapareceu com uma peça de roupa num cabide, protegida por um saco plástico.

— E, quanto ao seu amigo — acrescentou, subindo as escadas de novo —, ele não pagou pela lavagem deste paletó. Deveria ter pago hoje de manhã. É você quem vai pagar. Dez euros.

— Não, não, ele *não* é meu amigo. Não vou pagar por isso.

— É seu amigo, sim. Vi vocês dois de papinho. Você vai pagar. Dez euros. Você vai pagar.

— Sem chance. Não é meu. Sem chance.

Zhi começou a se afastar.

— Tudo bem, vamos fazer um acordo. Pago pela lavagem do paletó se você me deixar ficar no apartamento.

Ele refletiu um pouco.

— Primeiro você paga, depois penso sobre isso.

Kitty tentou esconder o sorriso.

— Perfeito. — Ela vasculhou a bolsa à procura do dinheiro, entregou a ele e ele lhe deu o paletó. — E então, posso ficar?

— Não — grunhiu. — Falei que pensaria sobre isso, e pensei. A resposta é não.

Depois disso, Zhi desceu as escadas correndo e deixou Kitty para trás, boquiaberta.

Depois de deixar a casa "segura" de Sally em Rathgar, com uma mobília "segura", o marido "seguro" da amiga, com um carro e um emprego "seguros", que conversou com ela durante um café da manhã "seguro" sobre sua partida de golfe no fim de semana anterior, Kitty deixou o bebê de dezoito meses de Sally com a babá "segura" e partiu com a amiga para a cidade. Às 7h30 da manhã, já estava quente e havia uma brisa leve no ar. Embora não houvesse a menor necessidade de vestir blusa, Sally estava usando um suéter espesso, tinha uma capa de chuva pendurada no braço e estava segurando o maior guarda-chuva que Kitty já vira em toda a sua vida.

— Está planejando abrigar pessoas sem-teto? — perguntou Kitty, olhando para o guarda-chuva.

— É o guarda-sol de golfe do Douglas.

— Estou vendo. Você também o aluga para eventos ao ar livre?

Sally a ignorou.

— Está quente hoje. — Kitty tirou o cardigã.

Sally olhou para o céu limpo.

— A previsão é de tempestade para hoje.

— Mas não é o que parece, é?

Sally esboçou um sorriso discreto, como se guardasse consigo todos os segredos da meteorologia nacional.

— E aí, o que vai fazer hoje?

— Vou tomar café da manhã com um ex-presidiário, almoçar com uma *personal shopper*, passar a tarde com uma cabeleireira que trabalha para pessoas hospitalizadas, a noite em uma casa de repouso e, depois de tudo isso, encerrarei o dia com esterco e um balde de água sanitária.

— Bem, não dá para dizer que a sua vida está chata.

— Não, não está. E, em meio a tudo isso, preciso encontrar um lugar para morar.

— Você sabe que é bem-vinda na nossa casa por todo o tempo que precisar — ofereceu Sally.

— Eu sei e agradeço, mas não posso aceitar. Preciso resolver isso sozinha. — Kitty tentou esconder a preocupação. Ela não conseguiria se bancar e teria de dividir casa ou apartamento com alguém, e, logo quando pensou que sua vida começaria a andar para a frente com um salário melhor e a divisão do valor do aluguel, via-se com pouquíssimo dinheiro para conseguir sobreviver sozinha. Não sabia se o seu emprego na *Etcetera* estava em perigo, mas presumiu que sim, embora Pete estivesse agindo com gentileza e solidariedade nos últimos dias, e sendo quem sabe até um pouco mais agradável que o habitual. Ela sabia que a revista estava sofrendo pressão dos anunciantes para não publicar as matérias dela. E, se suas matérias não fossem publicadas, ela não recebia por elas, simples assim. Além disso, Kitty não achava que havia muitas outras revistas por aí interessadas nos seus serviços como freelancer.

Sally ficou com as bochechas coradas, baforou um pouco e depois dobrou as mangas do seu suéter. Kitty se esforçou para segurar a risada. Antes de se separarem, Sally enfiou a mão no bolso, retirou um cartão de visitas e o entregou a Kitty.

— Daniel Meara. Este nome é familiar — comentou Kitty, lendo o cartão.

— Ele trabalha na Universidade de Ashford. — A mesma onde Kitty e Sally haviam se conhecido, cinco anos atrás. — Há pouco tempo, ele entrou em contato comigo me perguntando se eu tinha interesse em assumir umas aulas à noite. Respondi que não poderia, mas que indicaria algumas pessoas que tivessem os requisitos necessários.

Kitty olhou para o cartão e engoliu em seco. A oferta lhe pareceu quase que uma esmola, e ela não gostou nem um pouco, mas sabia que Sally, com sua atitude proativa, não queria que a ajuda soasse como isso.

— Não tenho experiência como professora — comentou Kitty, ainda examinando o cartão.

— Não tem problema, você tem experiência com televisão. É tudo de que precisam: alguém que tenha experiência prática e que possa explicar exatamente o que acontece por detrás das câmeras. Além disso, quem se importa? Deixe que julguem as suas habilidades de professora. O salário é bom.

Kitty concordou com a cabeça.

— Ligue para ele, faça uma tentativa. Veja se é para você. Pode ser que não seja, mas, você sabe, pelo menos terá tentado.

Kitty assentiu de novo e voltou a olhar para o cartão.

— Tem certeza de que não vai tentar a vaga?

— Mal consigo dar conta do que já tenho — respondeu ela, com um sorriso. — Trabalhando o dia inteiro na estação e às vezes nos fins de semana, mal vejo o Finn. Isso sem falar no Douglas. Vá em frente. Tente.

— Obrigada — agradeceu Kitty, abraçando a amiga.

— Não há de quê. — Sally retribuiu o abraço apertado. — Todos temos nossos *blips*. Lembra como nos conhecemos? — Kitty se recordou de que Sally tinha acabado de descobrir que Doug havia tido um caso e estava tentando concertar o seu casamento, fazer algo novo por si mesma na televisão, e todos os dias eram uma nova batalha para ela. — Percebe? Todos nós temos esses momentos ruins... Agora é a sua vez. É justo. — Sally deu um beijo no rosto da amiga e as duas se despediram.

KITTY SEGUIU EM DIREÇÃO AO BRICK ALLEY CAFÉ em Temple Bar, entusiasmada e ansiosa para ouvir o resto da história de Archie. Ela o encontrou sentado ao mesmo balcão e no mesmo banquinho, com o corpo meio de lado para poder ficar de olho no ambiente e comer ao mesmo tempo.

— Imagino que esteja esperando que eu vá pagar a conta de novo hoje — disse ela, sentando-se ao lado dele.

Archie sorriu.

— Porção de frutas e água? — perguntou a mesma garçonete que os atendera na manhã anterior.

— Sim, por favor — respondeu Kitty, surpresa ao ver que a moça se lembrava do pedido.

— Eles são uma raça em extinção — comentou Archie, mastigando a casca de seu bacon. — Não existem muitos lugares como este. Eles sabem qual é o seu pedido e te deixam em paz. Uma combinação de sucesso.

A porta se abriu e a mulher tímida do dia anterior entrou.

— Isto aqui está parecendo aquele filme *Feitiço do Tempo* — observou Kitty.

A mulher olhou ao redor com a expressão esperançosa, mas depois se sentou, decepcionada.

— O de sempre? — perguntou a garçonete a ela, e a mulher simplesmente assentiu.

— Por que não vai falar com ela? — sugeriu Kitty.

— O quê?! — questionou Archie, saindo do seu transe e empurrando o prato para o lado, envergonhado por ter sido pego.

— A mulher. — Kitty sorriu. — Você está sempre olhando para ela.

— Do que você está falando? — Suas bochechas ficaram vermelhas. — *Sempre*. É só a segunda vez que você vem aqui.

— Que seja — disse ela, sorrindo e deixando a poeira baixar antes de mudar para assuntos mais sérios. — Hoje eu vim preparada — comentou, tirando da bolsa o bloco de anotações e o gravador.

A maneira como Archie olhou para o aparelho a deixou nervosa e com medo de que ele desistisse, e ela jamais se perdoaria. Muitas pessoas se sentem desconfortáveis com equipamentos de gravação. Se a câmera funcionava como um ímã de babacas, o gravador, muitas vezes, intimidava as pessoas. Ninguém gosta de ouvir a própria voz — bem, pelo menos a maioria das pessoas que ela entrevistava —, e o gravador trazia a percepção e o constrangimento de que suas palavras estavam sendo ouvidas (menos no sentido da conversa em si, e mais como uma entrevista).

— Não preciso usar o gravador se você não quiser.

Ele brandiu a mão no ar como se não se importasse.

— Bom, então você estava contando sobre a morte de sua filha...

— Sobre o assassinato dela — interrompeu-a.

— Sim, sobre o assassinato dela e como a polícia se concentrou em você durante o processo de investigação, o que você considera que os dispersou e os impediu de encontrar o verdadeiro assassino.

Ele concordou com a cabeça.

— Gostaria que pudéssemos falar um pouco sobre isso. Sobre como você se sentiu, como deve ter sido frustrante ter informações essenciais que nem sequer foram ouvidas.

Archie olhou para Kitty com aquele brilho no olhar de novo.

— Acha que as pessoas podem se interessar por isso?

— Claro que sim, Archie. É o pior pesadelo para qualquer pessoa, e você passou por isso. As pessoas vão ficar fascinadas por ouvir como é vivenciar isso na realidade, e acho que vai ajudá-las a mudar de opinião sobre você. Em vez de te ver como um ex-presidiário, elas vão compreender quem você é de fato. Um pai protegendo a filha.

Ele olhou para Kitty e sua expressão relaxou, bem como a mandíbula, os ombros e todo o resto.

— Obrigado.

Ela esperou.

— Mas a questão é que... a história não é essa.

— Não entendi.

— O assassinato da minha filha... É claro que faz parte disso, acho que tem muito a ver com o que aconteceu, e era a minha história naquele momento, mas agora não é.

Kitty olhou para as suas anotações. Ela ficara acordada, trabalhando até 3h30 da manhã no quarto seguro de Sally.

— Então, qual é a história?

Ele abaixou a cabeça.

— Nunca acreditei em Deus. Nem mesmo na época da escola, quando meu professor martelava na nossa cabeça sobre a existência de Deus e nos enchia de medo e culpa. Tudo bem, eu via que ele acreditava em Deus, mas achava que era louco, alucinado. Eu pensava que, se alguém precisava te forçar tanto assim a acreditar em alguma coisa, então não valeria a pena acreditar, porque não seria algo natural, entende? — Kitty assentiu. — À noite, eu rezava antes de dormir; era uma rotina, tal qual escovar os dentes. Eu acreditava em Deus tanto quanto nos germes. Era algo sobre o qual os adultos nos impõem medo, uma questão de hábito apenas, algo que eu tinha de fazer. Não acreditava em Deus quando tinha seis anos, e enterramos a minha mãe, nem aos sete, na minha primeira Eucaristia, nem aos doze, quando obtive o sacramento da Crisma. Eu não acreditava em Deus quando estava na casa dele e lhe prometi ser sempre fiel à minha futura esposa, mas... — Ele olhou para Kitty com os olhos marejados e continuou: — Mas eu agradeci a ele no dia em que a minha filha nasceu.

Archie ficou em silêncio.

— Agora me responda: por que eu fiz isso? Como é possível agradecer a alguém em quem você nem sequer acredita? Mas eu agradeci. Sem pensar duas vezes. Como se fosse algo natural. — Ele refletiu por um momento. — Mas foi aí que as noites sem dormir começaram e eu me esqueci dele de novo. Vez ou outra, quando ela adoecia, tinha febre ou batia a cabeça quando estava aprendendo a andar sozinha e tínhamos de levá-la para o hospital, eu me lembrava dele de novo. Mas, assim que as lágrimas da minha filha secavam e ela voltava a sorrir daquele jeito lindo, iluminando meu mundo de novo, eu me esquecia dele.

"E só depois de uma semana que ela havia desaparecido e nós começamos uma campanha para pedir ajuda para encontrá-la foi que eu voltei a me lembrar dele. Todas as manhãs, em casa, era a primeira coisa que eu fazia, logo ao acordar. Eu rezava, pedindo para que naquele dia nós a encontrássemos. Então, a oração se tornou mais regular e ocupava boa parte dos minutos do meu dia. E aí eu comecei a frequentar a igreja. Todos os dias. Pensava em Deus com a mesma frequência com que pensava na minha filha. Investi muito do meu tempo e da minha energia fazendo pactos e promessas, alternava entre uma e outra: se você a trouxer de volta, prometo que vou fazer isso; se você nos ajudar a encontrá-la viva, prometo que vou fazer aquilo; se você nos ajudar a encontrá-la de qualquer modo, seja viva ou morta, serei a melhor pessoa que já passou por este mundo. Implorei a Deus. Sim, eu, um homem adulto, com os joelhos e as mãos no chão, implorando. Acreditei em Deus com todas as minhas forças, mais do que já havia acreditado em toda a minha vida.

"Mas, quando encontraram o corpo dela todo cheio de hematomas e arranhões, eu não só deixei de acreditar nele como também passei a acreditar na sua *inexistência* com todas as minhas forças, tanto que me senti pesaroso e até mesmo irritado com aqueles que acreditavam. Eu não conseguia passar um minuto ao lado dessas pessoas, nem um segundo sequer, e, acredite, todos saíram da toca quando a Rebecca foi encontrada, para nos *ajudar*. Suas crenças, ingenuidade e abertura para essas teorias ridículas me reduziram a uma raiva pavorosa. Senti que a crença deles era uma fuga, uma maneira de transferir a responsabilidade para alguém, uma falha por não conseguir alcançar nada por si sós, uma falta de responsabilidade e um descaso total. A ideia de ter um salvador, de que teriam alguém para guiá-los, para mim, era uma negligência. Eram fracos... Por que não poderiam simplesmente aceitar que a vida deles era *sua* própria responsabilidade? Eu não queria ter a menor relação com eles. Entende o que eu digo?"

— Entendo. Que você não acredita em Deus. — Kitty sorriu discretamente.

— Não. Eu não acreditava. Eu não *acreditava* em Deus. Mas, depois, passei a acreditar, e Ele me decepcionou, e eu passei sete anos odiando-o, desprezando-o, detestando a mera ideia de pensar nele. Mas é o mesmo que agradecer a ele, não é? Como é que você pode odiar alguém se não acredita nele?

Kitty ficou tão perdida em meio às palavras de Archie que nem percebeu que a garçonete havia lhe trazido o seu café da manhã. Ela tomou um gole d'água, tentando entender e adivinhar para onde tudo aquilo a levaria.

Archie a observou.

— Você não vai acreditar em mim.

— Eu acredito em você — disse ela.

— Estou dizendo, você não vai acreditar.

— Permita que eu avalie isso, ok?

Archie olhou para o seu chá, que, àquela altura, já deveria estar frio; Kitty conseguiu ver uma pequena quantidade de água pela superfície da chaleira. Por um bom tempo, Archie permaneceu em silêncio.

— A sua família sabe sobre essa coisa que você vai me contar e na qual acha que eu não vou acreditar? — perguntou Kitty, tentando trazê-lo de volta ao assunto.

Ele negou com a cabeça.

— Ninguém sabe.

— Então, estou com uma informação exclusiva.

— Ah, lá vem a velha raposa de novo.

Kitty sorriu.

— Você mantém contato com a sua família?

— Não. Bem, eles entram em contato comigo, mas... tenho um irmão em Mayo. Frank. Ele tem cinquenta anos e vai se casar, acredita?

— Não há idade para o amor. — Kitty tentou não parecer sarcástica, mas não conseguiu.

— Você não acredita no amor?

— Nesta semana, não acredito em muita coisa mais, não.

— Mesmo assim, está dizendo que acredita em mim?

— Você se abriu bastante comigo. Além disso, meu futuro depende de você.

Ele sorriu.

— E o que pensa sobre Deus?

— Não acredito em Deus — respondeu Kitty, com sinceridade.

Archie aceitou a resposta.

— Sabe o que eu penso sobre o amor? Acho que ele pode nos transformar em pessoas irreconhecíveis. Ficamos doentes, cegos, tolos, idiotas.

— Você nunca ficou assim — provocou Kitty.

— Fiquei, sim. Quando conheci minha esposa. Ela era linda. Fui um tolo naquela época também. O amor consegue amolecer as pessoas, eu acredito nisso. Mas, agora, o amor desperta em mim uma raiva, um sentimento lancinante que rasteja pela minha pele, penetra no meu sangue e traz à tona o pior de mim. E é por isso que é melhor que todas as pessoas que eu amo fiquem longe de mim. Que fiquem em Mayo. Ou em Manchester. Ou em qualquer outro lugar que não seja aqui.

Kitty pediu a ele que falasse mais sobre o assunto. Archie continuou:

— Meu amor pelas pessoas toma formas negativas — explicou. — Amedrontar e ameaçar está muito longe da porcaria de sentimento que se lê nas cartas de amor ou das palavras doces que as pessoas sussurram uma no ouvido da outra. O amor faz as pessoas alçarem voo. Para mim, o amor tem um poder destruidor. Sou um demônio pronto para defender, proteger, para fazer qualquer coisa pelas pessoas que amo.

— É totalmente compreensível, em vista do que você passou.

— É? — indagou ele, parecendo surpreso.

— Claro que é.

— Nos últimos sete anos, me senti feito um monstro que não sabe amar da maneira correta. Sei disso, e mesmo assim... — Archie se perdeu nos próprios pensamentos. Kitty pôde ver que ele começava a construir suas barreiras de novo, que a tensão e o cara durão estavam de volta.

Então, ela resolveu falar antes que perdesse a versão "língua solta" de Archie.

— Archie, me conte o que é. — Ele ficou observando a lousa por um bom tempo e depois se virou para olhar a mulher na cafeteria mais uma vez. Suspirou, confuso.

— Me conte — insistiu Kitty.

— Às vezes, consigo ouvir as preces das pessoas — confessou.

Kitty ergueu as sobrancelhas e esperou que ele começasse a rir e confessasse que aquilo era brincadeira, mas a expressão de Archie permaneceu a mesma. Dentro dos segundos que tinha para ganhar ou perder a história, ela analisou o rosto dele. A mulher se levantou e saiu da cafeteria e os olhos de Archie a seguiram. Então, ele se voltou para Kitty, esperando, provavelmente, que ela fizesse o mesmo. Ela resolveu arriscar.

— E qual é a prece que ouve dela?

Pela segunda vez, Archie pareceu surpreso em ver que a pergunta de Kitty não fora nada mais negativo, que ela tinha ido direto ao ponto.

— "Por favor" — respondeu, recostando-se na cadeira de novo. — Toda manhã, ela fica aqui sentada durante vinte minutos e diz, sem parar: "Por favor".

Kitty massageou as têmporas enquanto estava no ônibus a caminho do seu próximo destino. Um homem capaz de ouvir as preces de outras pessoas? O que diabos ela deveria pensar sobre isso? Poderia parar por aqui, deixar Archie de lado e procurar alguma outra pessoa da lista. Alguém normal. Com um prazo tão apertado e Pete apontando a espada para a sua cabeça, provavelmente era isso que ela deveria ter feito, mas aquela lista não era sua, e sim de Constance. Kitty se lembrou de si mesma, no passado, quando torcia e ansiava por encontrar pessoas como Archie e histórias como a dele. Ela se lembrou dos ensinamentos de Constance e se deu conta de que esse era exatamente o tipo de história que ela acreditava poder se transformar numa matéria. Esse era o tipo de história que Kitty, quando tinha seus 23 anos e acabara de sair da faculdade, teria trazido para a sua entrevista de trabalho, e com certeza era algo com o qual Constance teria se sentido intrigada. Qualquer coisa incomum e que fugisse do tradicional seria a primeira que Constance se interessaria em investigar. Ela sentiu o coração acelerar ao pensar nas possibilidades. Talvez Archie tivesse escutado as preces de Mary-Rose, Birdie, Eva e Ambrose, e talvez ele tivesse alguma ligação com todas as pessoas da lista. Kitty precisava desesperadamente descobrir.

Ficou olhando para as palavras que escrevera em seu bloco de anotações.

Nome número 67: Archie Hamilton

Título da matéria: Um homem de preces — de caçado a mal-assombrado; de mal-assombrado a sagrado.

Capítulo Dezenove

A menos de uma semana do prazo final que Pete estabelecera e sem nenhuma outra pista, Kitty sentia o pânico cada vez maior. Num telefonema que fez para Archie, ela tomou conhecimento de que ele nunca tinha ouvido falar de nenhum dos nomes da lista. Archie retrucou "não" com impaciência após cada um dos nomes que ela dizia, e repetiu seguidamente que não sabia os nomes das pessoas cujas preces podia ouvir. Além disso, Kitty conseguiu chegar apenas até o oitavo nome da lista antes de Archie desligar o telefone na cara dela. Sendo realista — se é que isso seria possível em relação a um homem que acreditava ouvir as orações de outras pessoas, e se é que seria possível ter ouvido as preces de cada uma das pessoas na lista e simplesmente não soubesse o nome de nenhuma delas —, como é que Constance poderia saber? A resposta era não. Não, ela não poderia saber. A ligação entre elas não estava relacionada ao fato de Archie conseguir ouvir suas preces.

Kitty precisava encontrar mais pessoas da lista. Precisava de mais pistas. Ela se sentou num degrau da Temple Bar Square e ligou para o quarto número da lista.

— Sr. Vysotski, me chamo Kitty Logan, escrevo para a revista *Etecetera* e estou entrando em contato para…

— Você recebeu meu *press release*? — Um homem com sotaque estrangeiro gritou com entusiasmo do outro lado da linha.

— Desculpe. Não entendi.

— O *press release*. Enviamos na sexta-feira. Fico muito feliz que o tenha recebido. Você vai vir para a nossa coletiva de imprensa? — perguntou o homem, tão empolgado, tão entusiasmado, e falava tão rápido que Kitty teve de sorrir.

— Sim, Sr. Vysotski, mas...

— Me chame de Jedrek, por favor!

— Jedrek. Onde é a coletiva de imprensa?

— Estava no convite! Hoje, ao meio-dia! No Erin's Isle GAA Club. Você não vai perder, vai?

— Não. Não vou perder.

— Promete? Vamos ter bolo e chá. Vai ser muito bom, viu? Os bolos da Sra. Vysotski são excelentes!

— Estarei lá, Jedrek.

Ela desligou, animada com mais esse item intrigante adicionado à sua lista crescente de personagens peculiares.

KITTY ESTAVA COM UM DILEMA NAS MÃOS, pois combinara um *brunch* com Eva Wu no Four Seasons, onde Eva encontraria pela primeira vez a família de George Webb numa recepção pré-casamento apenas para a família. Eva ou Jedrek...? Eva ou Jedrek...? Rapidamente, ela fez a ligação e deixou Eva Wu decepcionada pela segunda vez. Em seguida, pegou o cartão de visitas que Sally lhe dera, discou o número e esperou.

— Alô? Estou ligando a respeito da vaga para professor da disciplina de Rádio e TV. Minha amiga Sally me pediu para ligar...

KITTY CHEGOU AO ERIN'S ISLE GAA CLUB ÀS 12H15, quinze minutos atrasada para a coletiva de imprensa. Estava ansiosa por ter que viajar para Finglas, a terra natal de Colin Maguire, e manteve a cabeça baixa no ônibus, mas, ao mesmo tempo, não parava de procurar por ele. Ao chegar, abriu a porta devagar, tentando entrar sem ser notada e sem perturbar o evento. O plano, porém, fracassou. Assim que abriu a porta, ela deu de cara com um longo corredor onde havia dois homens sentados atrás de uma mesa enorme, diante da qual havia cadeiras enfileiradas. Na fileira da frente, uma única pessoa e um fotógrafo parado diante de uma mesa de comida, com o cordão da câmera enroscado no pescoço, comendo bolo.

Todos olharam para ela.

— Me desculpe pelo atraso — pediu Kitty, caminhando para se sentar sob os olhares de todos. — Sou Kitty Logan, da *Etcetera*. Falei com Jedrek ao telefone.

— Ah, sim! Srta. Logan! — Um homem rechonchudo saltou da mesa e, de imediato, ela reconheceu a voz vigorosa e alegre ao telefone. Ao que parecia, ele tinha cinquenta e poucos anos e uma barriga tão grande quanto se estivesse no sexto mês de gestação. Ele deu a volta na mesa, a mão estendida, a cabeça raspada, careca, e um cavanhaque escuro. Ele segurou a mão de Kitty, praticamente a esmagou e a sacudiu com toda a força. — Seja bem-vinda, Srta. Logan. Eu sabia que viria — acrescentou com tanto entusiasmo quanto um grandioso Buda. Ele apontou o dedo na cara dela como se quisesse dizer "Te peguei!". Kitty não conseguiu se segurar e deu risada. — Alenka. Uma xícara de chá ou de café para a nossa repórter — pediu à mulher que estava ao lado da mesa de bolos.

— Café, por favor.

— Sente-se, sente-se! — O homem praticamente a segurou pelos ombros e a empurrou para se sentar na cadeira. Kitty sentiu-se tonta. Ela olhou para a jornalista sentada ao seu lado.

— Você é a Katherine Logan? — perguntou a mulher, encarando-a.

— Sim — respondeu, pigarreando. — E você é...?

— Sheila Reilly, da *Northside People*. — Jedrek apresentou-a. — E este é o fotógrafo dela, Tom — anunciou com pompa, apresentando o fotógrafo, que ficou vermelho quando todos se viraram para vê-lo se entupindo com um sanduíche. Ele murmurou algo e acenou.

— Srta. Reilly, conhece a nossa convidada que acabou de chegar? Ela é uma repórter famosa? — perguntou Jedrek, com os olhos brilhando.

— Er... — Sheila olhou para Kitty, em dúvida. Kitty ficou olhando para ela e manteve a cabeça erguida, expressando confiança. — Sim... — murmurou algo e depois se voltou para Jedrek.

— Excelente! — Jedrek bateu palmas. — Srta. Logan, precisa conhecer este homem aqui ao meu lado. Achar Singh. — Um homem que deveria ter mais ou menos a mesma idade que Jedrek, um sique, usando um turbante laranja, assentiu e sorriu para ela.

Kitty recebeu uma caneca de café e alguns biscoitos amanteigados de uma polonesa muito simpática.

— Esta é minha esposa, Alenka. A melhor cozinheira da Polônia — apresentou-a Jedrek.

A mesa estava recheada de comida, e, pelo número de cadeiras enfileiradas, a expectativa era de um grande número de convidados. Embora apenas três pessoas tivessem chegado, eles pareciam animados. Kitty tirou os olhos dos seus biscoitos e, ao erguer a cabeça, encontrou todos olhando para ela. Fechou a boca e desistiu de morder o biscoito. A pontinha encharcada do biscoito caiu dentro da xícara e respingou no queixo dela. Ela o enxugou.

— Desculpe. Não vamos esperar os outros chegarem antes de começarmos?

— Na verdade, já começamos — interveio a repórter da *Northside People*, levantando-se da cadeira. — E terminamos. Preciso voltar para o escritório, então, se me derem licença... — Os dois homens se levantaram e estenderam a mão para cumprimentá-la, e ela foi ao encontro deles, desejando-lhes boa sorte. — Até mais tarde, Tom — disse ao fotógrafo, e ele ergueu a sua xícara de café para se despedir dela.

— Quando o artigo vai aparecer? — gritou Jedrek.

— Ah. Primeiro, tenho de falar com o meu editor e depois entro em contato — respondeu ela rapidamente, e em seguida fechou a porta. Os dois homens se olharam, desanimados, e depois se voltaram para Kitty.

— Tudo bem. — Ela colocou o café fresco em cima da cadeira do seu lado, pegou uma caneta e o bloco de anotações. — Bem, eu não recebi o convite para a coletiva de imprensa de vocês, estou aqui por um motivo completamente diferente, mas estou curiosa para saber o que está acontecendo. Podem me dizer?

Jedrek, o porta-voz, estava tão feliz que poderia sair pulando.

— Sou da Polônia e meu amigo Achar, da Índia. Nós dois viemos para a Irlanda em busca de uma vida melhor, e foi o que encontramos. Infelizmente, perdemos nosso trabalho quando a empresa em que trabalhávamos, a SR Technics, saiu de Dublin para outra cidade. Estamos entre os mil funcionários que perderam o emprego em um mês. Tem sido muito difícil encontrar outra ocupação.

— E o que vocês faziam?

— A SR Technics é uma empresa que faz manutenção de aeronaves e presta serviço de reparo de componentes como turbinas e palhetas do motor de grandes aviões comerciais. Nossa fábrica ficava no Aeroporto de Dublin. A empresa perdeu contratos grandes, e isso, somado ao alto custo das operações na Irlanda, significou que não haveria perspectiva de futuro para eles aqui. *Nosso* futuro, porém, era na Irlanda. Nossa família, nossos filhos, estão felizes aqui. Nossos filhos já se adaptaram à escola, nossa vida é aqui. O filho do Achar já é uma estrela no time juvenil de *hurling*, e foi por isso que eles gentilmente permitiram que utilizássemos este espaço para esta ocasião.

Achar pareceu orgulhoso. O zelador do clube, que estava parado à porta com um molho de chaves nas mãos, pareceu entediado.

— Parabéns — disse Kitty.

— Obrigado.

Kitty tentou ir direto ao ponto:

— E então. Vocês têm alguma declaração a fazer sobre essa situação? — Ela estava interessada e comovida com o problema deles, mas por dentro encontrava-se aos prantos: *Por favor, outra história de despedida, não, não,* não!

Os dois olharam um para o outro e depois para ela.

— Se você gostaria que nós... — disse Jedrek, incerto. — Se você acha que ajudaria... Bom, a verdade é que estamos aqui só para falar da nossa tentativa de conquistar um recorde.

— Um recorde?! Como assim?

— Explico — respondeu Jedrek, inclinando-se sobre a mesa, os olhos brilhando. — Estamos tentando entrar para o Livro Guinness dos Recordes como os dois homens mais rápidos do mundo no pedalinho de cem metros, e estamos procurando o apoio de algumas pessoas para nos ajudarem a atingir o nosso objetivo. Este país precisa de uma boa história. Temos treinado todos os dias, quer dizer, treinamos o máximo possível, já que o Achar trabalha como taxista, mas faz nove meses que estamos treinando. O clube de iate local nos doou um pedalinho para nos apoiar, e gostaríamos muito de atingir o nosso objetivo. Temos vendido bolo, vendido coisas na garagem de casa, enfim, todo tipo de evento que reúna a comunidade, mas, infelizmente, conseguimos levantar apenas 421,99 euros, o que não é o bastante. Vamos fazer isso sozinhos, mas precisamos do apoio de outras pessoas.

— E por que precisam do dinheiro?

— O serviço de adjudicação custa entre quatro e cinco mil por dia, dependendo da localização. Teríamos de trazer o adjudicador de Londres. Decidimos não levar essa ideia adiante, então vamos tentar o recorde sozinhos.

— Mas o adjudicador não é necessário?

— Não. Ainda podemos tentar o recorde e mandar as provas, mas eles se reservam o direito de não nos responder.

— Mas conhecemos um adjudicador que estará na Irlanda nesta quinta-feira — pronunciou-se Achar, por fim. — Um amigo nosso que trabalha em Cork nos contou que conhece uma tentativa de recorde onde um juiz estará presente.

— Achar, já conversamos sobre isso — interrompeu Jedrek. — Não podemos abordar um juiz de novo. As coisas não funcionam assim.

— Mas acho que devemos *tentar*, pelo menos, Jedrek.

Os dois ficaram se encarando.

— Vamos conversar sobre isso depois — disse Jedrek, com firmeza, depois se voltou para Kitty. — E então, vai escrever a nossa história, Srta. Logan?

Kitty olhou para Tom, o fotógrafo. Ele enfiou um pedaço de torta de cereja na boca e estudou o que mais poderia comer da mesa. Kitty não saberia dizer se ele chegara a ouvir a conversa ou não.

— Deixe-me ver se entendi — disse Kitty. — Vocês dois são engenheiros de aeronaves que perderem seus empregos e, como não conseguem encontrar outro, estão tentando bater um recorde e se tornar os dois homens mais rápidos do mundo no pedalinho de cem metros? — Ela olhou para um deles, depois para o outro.

— Sim, isso mesmo — respondeu Jedrek, de um jeito sombrio.

Kitty começou a dar risada.

— Eu sabia que ela não ia levar a gente a sério. — Achar se levantou, irritado.

— Não! Espere! Me desculpe por ter rido. Vocês entenderam errado. Eu ri porque estou feliz, entusiasmada, animada, *aliviada*. Mas é claro que eu adoraria escrever sobre a história de vocês.

— É mesmo? — perguntou Achar, surpreso.

— E acho que vocês deveriam tentar o recorde esta semana, em Cork.

— Eu te falei. — Achar olhou para Jedrek, que não pareceu convencido. — Qual é o problema, Jedrek? Era exatamente isso que você estava esperando.

Ele semicerrou os olhos e encarou Kitty.

— A Srta. Logan disse que não recebeu o nosso convite para a coletiva de imprensa e que tinha vindo aqui por outro motivo. Antes de concordar que ela escreva a matéria, gostaria de saber o real motivo de ela ter vindo.

JEDREK, DO SEU ASSENTO NO PEDALINHO, ficou observando a jornalista. Ela era uma entre as duas repórteres que se deram ao trabalho de aparecer, apesar de eles terem enviado o *press release* a todas as revistas, jornais e estações de rádio da Irlanda. Estava de pé, à beira do estuário Malahide, cercada de cisnes que imploravam por uma migalha de pão. Enquanto os observava flutuando sobre a água, ela continuava a falar ao telefone.

— O que você acha? — perguntou Achar, olhando para o amigo. — Parece que ela está interessada em nós.

— Sim — respondeu Jedrek, distraído. Kitty estava discutindo com alguém ao telefone (com o editor, ao que parecia), o que não era um bom sinal para Jedrek, mas ele não quis preocupar o amigo. Ela insistia que contaria algo para o editor na sexta-feira e nem um minuto sequer antes. Jedrek gostou de ver que ela estava brigando por eles. Afinal, já era hora de as coisas começarem a acontecer a favor dele e do amigo, mas a moça não estava brigando por eles apenas. Era óbvio.

Achar olhou para Jedrek, preocupado.

— Ela quer que a gente tente bater o recorde no fim desta semana. Acha que estaremos preparados em três dias?

— Achar, estamos mais do que preparados. Há quanto tempo estamos treinando para isso, meu amigo?

— Nove meses.

— E quanto dias da semana nos dedicamos a isso?

— Cinco.

— Exatamente. Por acaso deixamos o vento, a chuva, o gelo ou o granizo nos atrapalhar desde que começamos o nosso treinamento?

— Não, Jedrek.

— Nem mesmo a doença. Lembro-me de nós dois com gripe, tossindo e com febre aqui no barco. Dedicamos cada um dos nossos minutos livres a esse treinamento. Nossas famílias, amigos, os caras do bar e do clube, o pessoal do clube náutico, todos eles nos apoiaram. Estamos prontos, Achar.

— Sim, Jedrek. — Achar estufou um pouco o peito, endireitou a coluna e levou os ombros para trás. Era muito fácil motivá-lo dessa maneira, e Jedrek era bom em discursos motivacionais. Ele exercitara essa habilidade durante um inverno extenso e rigoroso, ocasião em que perguntaram aos dois o que os havia motivado quando o pedalinho que estavam utilizando para treinar fora destruído por um punhado de adolescentes. Fora Jedrek quem fizera com que os dois conseguissem levantar o dinheiro para concertar o pedalinho e seguir adiante. O infortúnio fez com que perdessem três semanas, mas eles conseguiram.

Jedrek sabia que, para muitos, o objetivo dos dois era ridículo, até mesmo absurdo, mas havia algo a mais por trás desse objetivo. Fazia três anos que Jedrek não conseguia se estabelecer profissionalmente. Como engenheiro qualificado e trabalhando de forma digna, ele sustentava a esposa e os três filhos. Amava o seu trabalho, valorizava as amizades que tinha e se sentia confortável no papel de provedor da casa. Era o que ele sentia que deveria fazer; mais do que isso: era sua especialidade. Quando essa responsabilidade lhe fora arrancada, Jedrek perdera o ânimo pela vida, perdera a noção de quem era. Sentia-se inútil para a própria família, uma decepção, já que semanas e semanas se passavam sem que ele conseguisse um emprego. Poderia deixar a sua área de atuação de lado, pois não havia nenhuma oportunidade de trabalho, mas levara um certo tempo para perceber isso; entrara em depressão e, agora, reconhecia isso, mas, na ocasião, bastava alguém mencionar a palavra para despertar nele um ataque de fúria. Jedrek se transformara numa pessoa extremamente difícil de conviver. Mal-humorado, irritado, sempre à procura de uma briga, achando que tudo e todos estavam contra ele, sensível a qualquer comentário e a qualquer problema do mundo. Porém, ele passara o tempo todo em busca de uma posição, qualquer uma que lhe conferisse autoridade na família.

Um conhecido daquela região havia sugerido, na inocência e sem nenhuma malícia, que ele voltasse para casa, pois ali não encontraria nada que tivesse o seu perfil. Mas o que esse homem não entendia era que *aqui* era a casa de Jedrek. Morava na Irlanda havia quatorze anos, seus três filhos nasceram na Irlanda, tinham passaporte irlandês e até sotaque irlandês. Já estavam acostumados com a escola, tinham feito amigos, enfim, a vida deles estava na Irlanda. Voltar para a Polônia não significaria mais "voltar para casa" para nenhum deles. Boa parte da família de Jedrek estava dispersa pelo mundo: o irmão, em Paris, e a irmã, em Nova York; seus pais já haviam falecido, então não existia mais nenhuma razão que os prendesse à Polônia, a não ser as lembranças que ele e Alenka tinham e as quais tentavam desesperadamente partilhar e reproduzir para os seus filhos, todos os anos, durante as férias de verão, quando viajavam para o país. Mas o filho mais velho, com treze anos, estava agora ficando cansado da peregrinação forçada para um lugar que não lhe trazia lembranças, nem o menor entusiasmo, e com o qual ele não tinha o menor vínculo. É claro que nos últimos três anos a família não pudera arcar com as passagens aéreas para passar as férias na Polônia, e as tentativas de encontro de Jedrek com suas raízes se perderam.

No primeiro Natal que passara desempregado, Jedrek aceitou um trabalho para repor as prateleiras de um supermercado à noite; sentiu-se envergonhado por isso, não contou a ninguém, mas teve um ligeiro alívio quando viu trabalhando ao seu lado um arquiteto renomado que, assim como ele, tinha engolido o orgulho e enxergado que a necessidade de dar de comer à família era muito mais importante do que o trabalho em si. Isso amenizou um pouco a situação de Jedrek, mas ter de ver a esposa trabalhando em outra casa, limpando e lavando as roupas de outra família que morava num bairro nobre, fizera-o sentir-se extremamente culpado e enxergar o quanto a situação afetara o casamento dos dois. A esposa era sempre paciente, embora os dois tivessem seus dias ruins. Quando um estava bem, o outro estava mal, uma espécie de casamento-gangorra que sobrevivia apenas se um dos dois pelo menos estivesse com o pé fora do chão.

Desde o emprego no supermercado, Jedrek conseguira um emprego aqui, outro ali — dirigira uma van, fazendo transporte de mudanças —, mas não tinha encontrado nada de concreto, nada que lhe permitisse utilizar suas habilidades e conhecimento ou respirar um segundo sequer aliviado por sentir que sua família estava segura. Mas, há nove meses, algo mudara dentro dele. Nove meses antes, quando conhecera seu amigo Achar no Erin's Isle Futebol Clube, a luz no fim do túnel voltara a se acender.

Os dois tinham trabalhado juntos na SR Technics, e, quando voltaram a se encontrar, a amizade entre as duas famílias trouxera alegria e esperança de volta aos seus lares. Os filhos tinham quase a mesma idade e brincavam juntos, as esposas se identificaram uma com a outra, e os dias se tornaram mais agradáveis. Ademais, Jedrek podia contar com o apoio e a amizade de um homem que estava passando exatamente pela mesma situação que ele. Não conseguira desabafar com ninguém sobre a situação, mas agora havia encontrado alguém que o compreendia.

Fora num dia de passeio com as suas famílias, no Clube Náutico Malahide, quando Achar e Jedrek estavam no pedalinho com os filhos mais velhos, que atraíram a atenção de outras famílias reunidas ali, aproveitando o dia de sol. Para surpresa de todos, os dois pais desajeitados ganharam. Depois, quando foram desafiados por outros pais, ganharam deles também. E de qualquer outro que ousasse enfrentá-los. Esse simples dia de diversão fizera com que os dois homens se sentissem como se tivessem realizado algo, mostrado que eram bons em alguma coisa, enchendo suas famílias de orgulho. Os dois tinham uma habilidade e queriam o reconhecimento por ela. Tinham tempo livre, sede de vencer e o sentimento de que, mais do que às suas esposas, precisavam mostrar à sociedade a capacidade que tinham. A tentativa de bater o recorde do pedalinho tinha um significado muito maior do que aparentava.

Finalmente, Kitty terminou a ligação com o seu editor. Ela parecia tensa, e Jedrek sabia reconhecer muito bem uma pessoa sob extrema pressão.

— Podemos? — perguntou Jedrek.

— Me desculpem por fazer vocês esperarem — pediu ela, segurando o cronômetro. — Agora, sim. Quando quiserem, podem começar.

— No três — disse Jedrek, e ele e Achar se prepararam. — Um, dois... três — anunciou, e suas pernas começaram a se mexer descontroladamente.

Quando chegaram à boia de cem metros, viraram e avistaram Kitty na grama dando pulinhos de alegria, comemorando, fazendo sinal de positivo com as duas mãos.

Jedrek e Achar gargalharam e bateram um na mão do outro, comemorando.

No ônibus, Kitty sentiu a adrenalina percorrendo todo o seu corpo com tanta intensidade que teve vontade de se levantar do assento e sair dançando pelo corredor. Em vez disso, pegou seu bloco de anotações e escreveu:

Nome Número Quatro*: Jedrek Vysotski*
Título da matéria: Recordes do Guinness

Capítulo Vinte

Do lado de fora do Hospital Mater, Kitty pôde ouvir o barulho do secador de cabelo, e, quando entrou no quarto, encontrou Mary-Rose de pé, trabalhando duro, fazendo escova num cabelo loiro crespo. Ela avistou Kitty e desligou o secador.

— Ah, finalmente. Minha assistente chegou na hora certa.

A mulher debaixo das madeixas espiou por entre os fios que recaíram sobre o seu rosto, assoprando-os. Seus olhos eram grandes e castanhos, enormes em meio ao rosto murcho. Kitty se sentiu ligeiramente tonta, mas sorriu e acenou, depois se arrependeu de ter sorrido e, por outro lado, de não ter falado nada. Kitty se considerava uma daquelas pessoas que não sabem o que dizer quando estão ao lado de uma criança, e, quando se tratava de pessoas doentes, ela simplesmente não conseguia encontrar as palavras certas, não conseguia pensar em nenhum assunto em comum sobre o qual poderia conversar. Tudo o que sua mente não parava de dizer era: *eles estão doentes, eles estão doentes*.

— A Diane é a noiva linda de hoje — comentou Mary-Rose, apresentando as duas.

Parabéns? Será que ela deveria dizer isso? Seria apropriado? A mulher estava se casando, mas também estava prestes a morrer, então, como poderia ser parabenizada? Em vez de dar os parabéns, Kitty disse:

— Ah! — Depois, fez um aceno com a cabeça.

— Bom, não estou linda ainda. Espero que fique depois que a Mary-Rose terminar — disse Diane.

Kitty ainda não havia dito uma palavra sequer.

— Pode me dar uma ajudinha aqui? Segurar os grampos? — perguntou Mary-Rose, entregando a Kitty um recipiente.

Aliviada por ter algo com o que se ocupar, Kitty se mexeu e ficou em pé, atrás de Diane, para não ter de olhar para ela, e se preocupou em executar a tarefa da melhor maneira possível, oferecendo os grampos a Mary-Rose quando ela ainda tinha dois numa mão, um na boca e com a outra mão prendia um firmemente no cabelo de Diane.

Mary-Rose começou a papear sem o menor desconforto e sem o mínimo constrangimento, como se aquele fosse um dia normal como qualquer outro.

— Vai ter dama de honra no casamento? — perguntou ela, com um grampo entre os dentes.

— Minha filha, Serena, que deve estar para chegar. Vai arrumar o cabelo também. Tem dezesseis anos e está toda empolgada.

— Imagino. A mãe vai se casar. Se *eu* estou empolgada, imagine ela! — comentou Mary-Rose.

Empolgada? Tudo o que Kitty conseguia sentir pela pobre adolescente era pena, já que ela estava prestes a perder a mãe.

— Eu sei, também estou empolgada e estou tentando descobrir por que eu e o pai dela não fizemos isso anos atrás! — acrescentou Diane, rindo.

— Você vai fazer um discurso? — indagou Mary-Rose, e Kitty se perguntou por que ela não conseguia pensar em perguntas como essas para interagir com Diane; afinal, ela era jornalista, deveria ser capaz de fazer todos os tipos de perguntas, mas teve um lapso de memória, o que não era nenhuma novidade para ela.

Mary-Rose pegava as mechas do cabelo e as movia, trocava de lugar, prendia, manipulando-as de tal modo que as madeixas ficavam mais sedosas, espessas, bonitas e saudáveis. A maneira como ela prendia cada parte antes de prosseguir para a segunda era hipnotizante.

— Vou falar, se eu conseguir. A Serena quer falar também — respondeu Diane.

— Ela é corajosa.

— A mais corajosa entre todos. — Houve um silêncio e Kitty se sentiu estranha, mas logo Diane soltou uma risada. — Acredita que ela me ajudou a escolher o caixão?

Mary-Rose sorriu.

— Espero que tenha escolhido um bom.

Kitty quase desmaiou ao ouvir aquilo.

— Parece que agora estão fazendo caixões personalizados e você pode escolher o tema que quiser. Seu time de futebol, esse tipo de coisa.

— E o que você escolheu?

— Bom, a Serena me fez escolher o pôr do sol como tema. O mar, palmeiras, a praia. Porque eu surfava.

— Me parece uma bela escolha.

— Bonito demais para ser queimado. Vou ser cremada — contou Diane, sorrindo.

— Bem, eles poderiam cremar você e guardar o caixão — sugeriu Mary-Rose, e as duas mulheres caíram na risada. Kitty não conseguia acreditar no que estava ouvindo e ficou olhando para as duas em estado de choque. Como conseguiam brincar com um assunto como a morte?

— Ah, para! — pediu Diane enquanto enxugava o canto dos olhos. — Vai estragar a minha maquiagem.

— Tudo bem, eu retoco depois — ponderou Mary-Rose. — Uma vez, uma cliente minha me disse que ia escolher um caixão marrom-escuro para realçar a cor dos seus olhos.

E, com isso, as duas caíram na risada de novo.

A porta se abriu e um funcionário entusiasmado anunciou a chegada da dama de honra.

— Ah, minha querida! — Diane parou de rir assim que avistou a filha com um vestido lindo e ao mesmo tempo simples e discreto. — Você está linda!

— Para, mãe — pediu Serena, envergonhada. — Hoje não é dia

de choro, lembra? — A garota foi até a mãe e a abraçou, e Mary-Rose parou de mexer no cabelo de Diane e se afastou. Kitty seguiu o passo dela. Logo que mãe e filha se separaram, as duas em lágrimas, Mary--Rose escolheu o momento certo para retomar o trabalho. Ela permaneceu em silêncio, mas continuou trabalhando num ritmo rápido e ficou quase que invisível no quarto.

— Estamos quase terminando — avisou, pegando outro grampo. — Este é o último. — Ela enrolou no dedo a última mecha de cabelo e a prendeu de um modo que o grampo ficou invisível.

— Nossa! — exclamou Kitty, finalmente.

— Quero ver — pediu Diane, empolgada.

— Segura o espelho para mim. — Mary-Rose entregou o espelho a Kitty, que o movimentou para os lados e o inclinou para a frente para que Diane visse o resultado por todos os ângulos.

Diane ficou em silêncio, mas sua expressão revelou tudo. Devagar, ela levou as mãos à cabeça, mas não tocou nos cabelos, apenas roçou o rosto que, antes perdido em meio às mechas loiras, agora parecia melhor.

— Está lindo — sussurrou ela.

— Mãe — chamou Serena.

— Eu não vou... — Diane tentou não chorar. — É que está parecido com...

— Com...? — perguntou Mary-Rose, ansiosa.

— Com o que era antes.

E, por fim, Kitty entendeu tudo.

Todas observaram o rosto de Diane passando por um tipo de transformação. Era difícil imaginar no que ela estava pensando; quem no mundo saberia responder a essa pergunta numa hora como essa? Ninguém. Exceto Mary-Rose, ao que parecia.

— Mas não é você — disse Mary-Rose, o que surpreendeu Kitty.

Diane também a olhou, primeiro em estado de surpresa, depois, na defensiva.

— Tudo bem, podemos tirar.

— Mas e todo o trabalho que você teve?

— Não se preocupe com o meu trabalho. Hoje é o seu dia. Quer que eu refaça?

Diane olhou para Serena.

— Eu acho que está lindo, mãe, mas é você quem deve escolher.

Diane refletiu.

— É só acho que... é o meu cabelo antigo num... num outro rosto, e acho que não ficou legal.

— Sem problemas. — E, com isso, Mary-Rose soltou o cabelo, revelando uma mulher careca.

Diane engoliu em seco.

A diferença de cor entre sua pele maquiada e a careca pálida era evidente.

— Só vou ter de usar meu pincel mágico. Mas já aviso: pode dar cócegas — brincou Mary-Rose.

Diane sorriu ao ver Serena dando risada.

— Posso ajudar?

Kitty deu alguns passos para trás enquanto observava Mary-Rose e Serena espanando a cabeça de Diane, as três dando risada.

— Bem, terminamos nosso trabalho por hoje — disse Mary-Rose, com uma expressão satisfeita, enquanto fechava a porta e via Serena empurrando a cadeira de rodas da mãe rumo à cerimônia de casamento que aconteceria na sala de reuniões do hospital. As enfermeiras saíram logo atrás delas, entusiasmadas por verem uma ocasião tão agradável na enfermaria.

— Quanto tempo acha que ela ainda tem de vida? — perguntou Kitty.

— Não perguntei para ela, mas acho que alguns meses. — Mary--Rose começou a arrumar as coisas.

— Como é que você consegue fazer isso? — Kitty sentou-se, exausta.

— Acho que não é nada fácil, mas também não é tão ruim assim. Antes, eu não acreditava no casamento. Meus pais se separaram quando eu era menina, foi horrível, então eu não tenho um bom exemplo em casa, mas tem um monte de amigas minhas se casando agora e eu arrumo o cabelo da maioria delas. Todas as noivas ficam nervosas por diferentes motivos, estejam doentes ou não. Só é preciso identificar se elas querem conversar ou não. Algumas não querem. A principal diferença é que as minhas amigas entram em pânico na parte do "para sempre", o que significa que vão ter de ficar com o marido para sempre, enquanto a Diane está aflita porque sabe que não poderá. Quando eu me casar, quero ser como ela e desejar de todo o meu coração que o casamento dure para sempre.

MARY-ROSE TRAZIA A MÃE PARA DUBLIN uma vez por semana para tomar um chá da tarde. Era algo que ela insistia em fazer, apesar do estado de saúde da mãe, e esta semana ela escolhera o Powerscourt Townhouse, um centro de compras e gastronomia completo instalado numa construção georgiana, muito próximo à Grafton Street. O espaço até sediara certa vez uma festa para Richard Wingfield, o terceiro visconde de Powerscourt, e sua esposa, Lady Amelia, além de ser um lugar popular para comer e fazer compras. O pátio fora coberto no térreo, ao centro havia uma praça de alimentação enorme com vista externa por todos os cantos. Ao lado dela, o som de um piano ressoava suavemente. Como se não bastassem os momentos de estranheza com os doentes, Kitty agora tinha de encarar uma refeição com Mary-Rose e uma mulher cuja voz era quase impossível de entender devido à paralisia de uma parte do seu rosto. Da mesma maneira que havia feito no hospital, Mary-Rose agiu como mediadora entre as duas.

Enquanto Kitty explicava melhor para a mulher o que estava fazendo com Mary-Rose, uma voz masculina e grave interrompeu a conversa.

— Ah, não — reclamou Mary-Rose, olhando para a escadaria principal da área das lojas, onde avistou Sam de pé e com um microfone na mão.

— Senhoras e senhores, gostaria de pedir um minuto da atenção de vocês. — Ele deu um tapinha no microfone. Imediatamente, todos ficaram em silêncio. — Não vou tomar muito o seu tempo, sei que estão aqui para relaxar e se entreter um pouco, mas há uma pessoa aqui para quem preciso dizer algo muito especial.

Mais uma vez, o burburinho e a agitação começaram a se espalhar pela multidão.

— Margaret Posslewaite, você está aqui?

Mary-Rose grunhiu.

— Maggie, você está aqui? — perguntou ele de novo.

Com um cutucão da mãe, a mão de Mary-Rose foi parar no ar enquanto, ao mesmo tempo, ela usou a outra mão para cobrir o rosto.

— Aí está ela! Maggie! Tenho que te fazer uma pergunta diante de todas essas pessoas — exclamou.

E lá se repetia a cena: alguns arquejaram, outros soltaram um grito de emoção, outros apenas se mostraram alegres e houve ainda os que reviraram os olhos, desdenhando. Sam assentiu para o músico ao piano, que começou a tocar "Moon River".

— Lembra dessa música, Maggie? Foi ao som dela que dançamos juntos pela primeira vez, quando saímos.

A multidão exclamou:

— Ooooh!

Devagar, Sam desceu as escadas cantando a primeira estrofe da canção.

— Ah-meu-pai-do-céu! — retrucou Mary-Rose, enquanto sua mãe ria.

— Desde a primeira vez que dançamos, no nosso primeiro encontro, eu soube que queria ficar com você. Desde quando me deixou caidinho por você dançando merengue e cha-cha-cha na aula de dança da Associação Cristã de Moços. — Mary-Rose resfolegou e cobriu o rosto, tentando se conter para não rir. — Mas foi a salsa — continuou ele, fazendo um ligeiro movimento com os quadris, deixando a multidão ainda mais eufórica — que me fez perceber que queria passar o resto da minha vida com você.

A massa vibrou.

— Margaret — disse ele, aproximando-se, e, no caminho, roubou uma rosa de uma mesa próxima. Ele se ajoelhou diante dela sob aplausos e prosseguiu: — Minha grande amiga. Quer se casar comigo? — Só Kitty estava perto de Mary-Rose o suficiente para conseguir ouvir o murmúrio dela enquanto tentava se conter para não soltar uma gargalhada e unia todas as forças para permanecer calma.

— Sim — respondeu, mas a multidão estava ocupada demais comemorando para ouvir. Alguém gritou pedindo silêncio e o grito ecoou por todo o shopping.

Mary-Rose e Sam ficaram cara a cara, os narizes quase encostando um no outro.

— Não consigo te ouvir! — disse Sam no microfone e, depois, o levou até a boca de Mary-Rose. Ela lhe lançou um olhar de advertência, depois um sorriso amarelo.

— Sim — repetiu ela ao microfone, e todo o Powerscourt Townhouse vibrou.

Os dois se abraçaram, o gerente trouxe os cardápios e disse que as bebidas seriam por conta da casa.

— Essa foi boa — comentou Mary-Rose rindo, seu rosto bonito se iluminando. — Tá legal, tenho de admitir, Sam. Provavelmente, essa foi uma das suas melhores. Sua *grande amiga?*

Ele deu de ombros e sorriu.

— Eu tinha de impressionar a minha sogra. Oi, Judy. — Ele cumprimentou a mãe de Mary-Rose com um beijo na testa. Judy disse algo ininteligível para Kitty e Sam deu risada, entendendo perfeitamente o que ela havia dito.

Uma mulher jovem, que Kitty supunha ser funcionária de algum restaurante, estava parada observando tudo e se aproximou da mesa deles.

— Posso me sentar com vocês agora? — perguntou ela, com um sorriso largo no rosto. — Está tudo sob controle?

— Claro que pode — respondeu Sam, radiante. — Pessoal, esta é a Aoife. Espero que não se importem de ela se sentar aqui com a gente.

Mary-Rose pareceu um pouco confusa, mas logo pareceu entender.

— Sim, quero dizer, não, não me importo.

— Aiofe, está e a Kitty, uma amiga da Mary-Rose. Na verdade, precisamos conversar depois, tenho umas histórias para te contar. — Ele piscou para Kitty e sorriu. — Aoife, esta é a minha melhor amiga e futura esposa, Margaret Posslewaite, também conhecida como Mary-Rose.

— Parabéns! — disse Aoife, com um sorriso, inclinando o corpo para a frente, dando um beijo e um abraço meio torto em Mary-Rose, que pareceu desconfortável com a proximidade.

— A Aoife, e eu nos conhecemos há algumas semanas, no trabalho. Achei que agora já era hora de vocês se conhecerem — explicou Sam, um tanto envergonhado.

— Sim, sim, claro — comentou Mary-Rose, ainda tentando recompor-se.

— Ouvi falar muito de você — comentou Aoife, esperta e atenta, ávida por agradar.

— Bom, eu... — Mary não sabia ao certo o que dizer.

— Não se preocupe, eu não contei para ela sobre os banhos que tomávamos juntos — intrometeu-se Sam, e Aoife deu risada.

— E tem alguma coisa que vocês dois não fizeram juntos? — perguntou Aoife, ainda sorrindo. O comentário foi feito na inocência, mas, para Mary-Rose, teve outro peso e, de repente, ela pareceu desconfortável de novo. Sam percebeu a mudança e também pareceu incomodado. Mas Aoife não notou nada. Ansiosa para agradar os amigos do namorado, ela prosseguiu: — Por falar em banhos, alguma vez vocês já tentaram dar banho no Scotty? Aquele cachorro é impossível! — Aloife começou a contar uma história de quando ela e Sam tentaram dar banho no cachorro dele, mas Kitty não estava prestando atenção. Em vez de olhar para eles, percebeu que mãe e filha trocaram um olhar, e Judy segurou a mão de Mary-Rose por debaixo da mesa.

Nome Número Sete: *Mary-Rose Godfrey*
Título da matéria: O pedido de casamento

Capítulo Vinte e Um

Depois de se encontrar com Mary-Rose, Kitty seguiu em direção à Casa de Repouso St. Margaret para se encontrar com Birdie de novo. Ela apreciava a companhia de Birdie, suas histórias simples sobre experiências da vida, adorava sua elegância, gentileza e abertura ao mundo ao seu redor. Kitty passara mais tempo com Birdie do que com qualquer outra pessoa da lista, mas, ao ouvir novamente a gravação de suas entrevistas, percebeu que ainda havia uma pergunta que precisava ser feita. O dia continuava claro e ensolarado, apesar de começar a esfriar à medida que anoitecia. Muitos dos moradores da casa de repouso estavam sentados do lado de fora, na sombra, que foi exatamente onde Kitty encontrou Birdie, elegante como sempre, os pés repousados sobre um travesseiro numa cadeira de vime, o rosto erguido na direção da luz do sol, os olhos fechados.

— Olá, aniversariante! — Kitty cumprimentou-a gentilmente, sem querer surpreendê-la.

Birdie abriu os olhos e sorriu.

— Olá, Kitty! Que maravilha rever você! — respondeu Birdie, tirando os pés de cima da cadeira. — Não é meu aniversário ainda. Não que eu pretenda fazer uma festa. Oitenta e cinco anos. Dá para acreditar? — acrescentou, balançando a cabeça.

— Você não aparenta ter mais de oitenta anos — comentou Kitty, e Birdie sorriu. — Mas vai comemorar em algum lugar, não vai? — sondou Kitty, tentando descobrir o mistério, algo que vinha passando pela sua cabeça nos últimos dias: onde uma mulher de oitenta e cinco anos estava planejando comemorar o seu aniversário, sem a presença da família, e por que não contaria a eles aonde iria?

— Bom, não é bem uma comemoração. — Ela retirou um pelo invisível de sua saia. — O dia não está lindo?

Kitty sorriu, sentindo-se ainda mais intrigada.

— Seu aniversário é na quinta-feira, não é?

— Sim.

— E vai passar o dia em algum outro lugar que não seja aqui?

— Isso mesmo. Não vou ficar aqui, mas podemos nos encontrar no sábado ou no domingo, o que for melhor para você. Pode até ser na quinta de manhã, mas receio que eu esteja te aborrecendo com todas essas minhas histórias.

Kitty sorriu.

— Birdie, posso perguntar aonde você vai?

— Ah, não é nada demais, Kitty, só...

— Birdie — disse Kitty, num tom de advertência, e Birdie sorriu.

— Você nunca aceita "não" como resposta, não é?

— Nunca.

— Bom, tudo bem. Acho que talvez eu não tenha sido totalmente sincera com você, e peço desculpas por isso.

Os ouvidos de Kitty se eriçaram e a adrenalina aumentou.

— Sim?

— Mas só vou te contar porque é uma coisa bobinha, nada que você queira acrescentar aí na sua matéria.

— Deixe que eu decida isso, tudo bem?

Birdie suspirou.

— Eu te contei que quando era jovem fiquei muito doente.

— Sim, teve tuberculose.

— Naquela época, era uma doença fatal. Era como receber uma

sentença de morte. Por ano, quatro mil pessoas morriam de tuberculose. — Ela balançou a cabeça. — Havia um estigma terrível associado à doença. Eu tinha só quatorze anos e fui enviada para um sanatório no litoral, onde fiquei seis meses antes de o meu pai, que Deus o tenha, decidir me tirar de lá e ir para a Suíça comigo. Pensaram que o ar fresco poderia me ajudar. Depois do verão, meu pai conseguiu um cargo de diretor e voltamos para casa, mas, devido à minha má condição de saúde, não havia muito que eu pudesse fazer. Muita gente morreu naqueles sanatórios. Por causa do meu estado, meu pai me colocou debaixo de sua asa. Ele tinha planos para mim, me controlava demais. Controlava as pessoas com quem eu brincava, com quem eu conversava e de quem eu gostava. — Ao dizer esta última parte, Birdie pareceu triste. — Mesmo depois que melhorei, ele não mudou. Eu era sua filhinha doente, a caçula, e ele não poderia, não conseguiria, imagino, me deixar ser livre. — Birdie ficou em silêncio por um momento. — É uma coisa tão boba, Kitty...

— Não é, não. Por favor, me conte.

— Acho que me acostumei a ser tratada como se pudesse quebrar a qualquer momento. Não podia correr rápido demais, nem pular alto demais, nem rir alto demais, enfim, devia tentar fazer tudo da maneira mais fácil e tranquila, mas nunca gostei disso. A cidade inteira sabia que eu era a filha doente do diretor, e muitas dessas pessoas achavam que a tuberculose poderia voltar. Eu era debilitada, frágil, não deveria ser tratada como as outras pessoas. Era alguém que poderia cair dura e morta no chão a qualquer momento, alguém que não viveria para comemorar seus dezoito anos. Quando me mudei, meu pai ficou muito magoado, mas eu precisava do meu próprio espaço e da minha própria identidade. Me esqueci de todos esses sentimentos quando me casei, tive filhos e os criei e pude, finalmente, cuidar das pessoas em vez de vê-las cuidando de mim. Mas vejo que tudo o que eu fiz foi a maneira que encontrei de me rebelar contra a minha adolescência. Comecei a trabalhar como babá e a cuidar de outras crianças, rejeitando a ideia de que algum dia alguém voltasse a cuidar de mim daquela forma. Mas vir para este lugar me trouxe tudo isso de volta. Esse sentimento de... — Birdie refletiu um pouco e fez uma careta como se estivesse com um gosto ruim na boca. — ... de ser mimada. Impotente. Meus filhos, benquistos como são, praticamente já me deixaram de lado. Estou velha, eu sei disso, mas ainda tenho sangue nas veias! Continuo... viva! — Ela deu uma risadinha. — Ah, se o pessoal daquele bairro pudesse me ver como estou agora.

Ao olhar para Kitty, os olhos de Birdie brilharam, cheios de malícia. Ela continuou:

— No meu aniversário de dezoito anos, eu fiz uma promessa. Usei o dinheiro que o meu pai tinha me dado de presente e no dia em que saí da vila para nunca mais voltar fiz uma aposta.

— E qual foi a aposta?

— Que eu chegaria aos oitenta e cinco anos.

Kitty arregalou os olhos.

— E como é possível fazer uma aposta dessas?

— Josie O'Hara, o cara mais espírito de porco da cidade, era de uma família muito trambiqueira. Ele, assim como os outros, pensou que eu estava para bater as botas, e ficou muito feliz em aceitar a aposta.

— Quanto?

— Apostei cem libras. Muito dinheiro naquela época. E o apostador estava tão confiante que eu morreria que apostou cem contra um.

— Então, para azar do apostador, isso significa que, com os juros, você receberia... — Kitty começou a calcular.

— Dez mil libras — respondeu Birdie, radiante.

— Birdie! Que maravilha! Dez mil!

— Sim. — Ela ergueu as sobrancelhas. — Mas não é só o dinheiro. — Voltou a ficar séria. — Nenhum daqueles velhotes está vivo. Agora, só preciso voltar lá e pegar o que é meu.

— Então, você tem negócios a tratar — comentou Kitty, sorrindo, encantada com a história.

Birdie fez uma pausa, pensativa.

— Sim, acho que sim.

— Bom, vamos ao plano, então — declarou Molly, inclinando o corpo sobre a mesa, em direção a Kitty e Birdie, com um ar de conspiração. — Agora que você está por dentro, podemos contar com a sua ajuda.

— Ah, não enfia a coitada da Kitty nisso — interveio Birdie.

— Está brincando! Eu não perderia isso por nada neste mundo.

— Sério?

— Esse plano é a coisa mais empolgante do meu dia. Exceto por um homem que consegue ouvir as preces das outras pessoas e uma mulher que recebe um pedido de casamento toda semana.

— O quê?! — questionou Molly.

— Deixa pra lá.

— Bom, o ônibus não circula da quinta-feira de manhã, quando os Oldtown Pistols voltam da semifinal com os Balbriggan Eagles, até sexta à noite, quando as Pink Ladies vão para o jogo de *bridge*, o que quer dizer que podemos pegar o ônibus na quinta, às dez da manhã, ir para Cork, passar a noite lá, pegar o dinheiro e voltar no outro dia de manhã, para chegarmos na sexta à noite.

— Espere aí — interrompeu Kitty. — Vão pegar o ônibus da casa de repouso?

— É o que dá pra fazer. A menos que você tenha um carro ou alguma outra ideia.

— E vocês têm permissão para pegar o ônibus?

— Não. É restrito às atividades da casa de repouso.

— Então vocês não têm permissão para pegar o ônibus.

— Exatamente.

— E isso quer dizer que vão *roubar* o ônibus.

— Não. Vamos pegá-lo *emprestado* apenas.

— Birdie. Você sabia disso? — indagou Kitty, surpresa.

— A mulher vai receber dez mil, por que deveria se preocupar com como vamos chegar lá? E, quanto a mim, vou receber algum castigo leve se descobrirem, nada demais, mas a Bernadette não vai descobrir. Vamos sair e voltar antes que eles ao menos notem que saímos.

Kitty refletiu um pouco. A ideia parecia bem ingênua a princípio, mas tudo de que ela menos precisava agora para piorar ainda mais a sua situação era uma acusação de furto de veículo.

— Mas e quanto a você, Molly? Todos vão perceber que você saiu.

— Eu não trabalho nesse turno. Até sexta-feira à noite estou fora do meu horário, e, antes que pergunte, até onde aquela bruaca sabe, a Birdie terá saído para passar a noite fora com a família dela, comemorando o aniversário.

— Vocês duas pensaram em tudo, hein?

Ambas soltaram uma risada maliciosa.

— E aí? Está dentro? — questionou Molly.

— Estou — respondeu Kitty, e as três esticaram os braços até o centro da mesa e deram as mãos.

A caminho de casa, Kitty pegou seu bloco de anotações.

Nome Número Seis*: Bridget Murphy*
Título: O tesouro de Birdie

Depois de um longo dia trabalhando na pauta da matéria, Kitty finalmente sentiu que estava chegando a algum lugar. Ela havia conseguido uma parte muito pequena e estava começando a conhecer as pessoas mais a fundo, a camada que todos nós escondemos, o que havia por detrás da máscara, da gentileza social, da insegurança. Kitty sentiu que estava começando a chegar à parte mais valiosa de sua lista. Mesmo assim, encontrara apenas seis das cem pessoas, restava menos de uma semana para o prazo final e ela não estava nem perto de encontrar um vínculo concreto entre todos da lista. Poderia haver informações sigilosas, segredos como os de Archie e Birdie? Se sim, teria de escavar mais a fundo as histórias de Eva, Mary-Rose e Jedrek.

Pela segunda vez no mesmo dia, ela ligou para Pete.

— É melhor que tenha algo para mim, Lois Lane.

Ela sorriu.

— Nada que eu possa revelar agora. Já falei, só conto na *sexta*. Me esqueci de perguntar: que tamanho a matéria deve ter?

Pete ficou em silêncio. Depois, respondeu:

— Kitty, considerando que você deveria estar terminando e, a esta altura, apenas acertando os detalhes da matéria, fico um pouco surpreso com a sua pergunta.

— Voltamos à versão malévola do Pete? — Ela se mudou para a fileira de poltrona vazia do ônibus para ter mais privacidade.

— Pete Malévolo. — Ele deu risada. — Sou tão mau assim?

— Às vezes, terrivelmente assustador.

— Bem, não tenho a intenção de ser terrivelmente assustador — disse, e Kitty quase pôde sentir a respiração dele no seu ouvido, uma daquelas conversas em que cada pausa, cada palavra, cada respiração e suspiro tinham um significado. — Pelo menos, não com você.

Ela sorriu e olhou ao redor para ter a certeza de que ninguém tinha visto seu sorriso bobo.

— E aí, quantas palavras já redigiu? — perguntou ele, num tom mais gentil.

— Não se pode responder a uma pergunta com outra pergunta, Pete. Perguntei primeiro.

— Tudo bem. — Pela voz, ele parecia estar se espreguiçando, e Kitty imaginou os ombros largos e musculosos e depois suas mãos percorrendo-os. Surpreendeu-se com o próprio delírio: era ele, Pete, aquele cara mau, o editor-chefe que muitas vezes lhe causara pesadelos, não fantasias sexuais em pleno ônibus. O que estava acontecendo?

— É a matéria principal, então você tem cinco mil palavras. Posso reduzir para quatro mil se estiver com problemas para preencher esse espaço. Você pode fazer aqueles desenhos de palitinhos das pessoas para ocupar espaço ou algo do gênero — zombou.

— Não estou com problema nenhum. Bom, quer dizer, estou com um problema, sim, mas justamente pelo contrário. Estou com muito material. Escrever a história de cem pessoas em cinco mil palavras é quase impossível.

— Kitty... — disse ele em tom de alerta.

— Eu sei, eu sei. Só escute o que vou falar.

— Não. Já ouvi. Essa matéria é responsabilidade sua, então toque o barco. Se essa era a ideia da Constance para uma matéria, então ela teria descoberto uma maneira de fazer isso. Você a conhecia melhor do que ninguém e é uma excelente redatora, Kitty. Vai conseguir.

Sentindo-se orgulhosa, ela sorriu. Não recebera muitos elogios ao longo daquele ano.

— Obrigada.

— É verdade. Mas espero nunca mais ter de repetir isso.

— Eu sei. E tenho certeza de que se sente chateado por ter de dizer isso.

— Você acha que eu te detesto. — Ela percebeu que ele estava sorrindo do outro lado do telefone. Pete diminuiu o volume da voz para que ninguém mais pudesse ouvi-lo. — O que eu preciso fazer para te provar o contrário?

— Humm... — Kitty deixou escapar, e os dois caíram na risada.

— O que vai fazer hoje à noite? — perguntou ele.

— Ah, você não vai gostar nem um pouco de saber. — Ela pensou no estrume grudado na escadaria que dava até a sua quitinete, na impaciência de Zhi e na noite longa que teria à frente para limpar tudo.

— Então, já tem compromisso.

— Por quê? — Ela endireitou o corpo, em estado de alerta, e percebeu o coração batendo mais forte. Sentiu vontade de voltar atrás, de responder que não, não tinha nada para fazer. Mas o que ela tinha pensado? Que a pergunta de Pete tinha sido um convite em resposta ao seu comentário anterior e ela fora tão estúpida que ficara pensando no estrume em vez de perceber qual tinha sido a intenção dele.

— Ah, por nada — respondeu, pigarreando. — Tenho trabalhado até tarde para dar conta das coisas aqui. Quase toda noite fico aqui até dez ou onze horas. Se precisar de alguma ajuda ou quiser conversar sobre a matéria, é só passar por aqui.

— Obrigada, Pete.

— Bom, colocando o meu chapéu de mandão de volta, você sabe que sexta-feira é o prazo-limite, teremos uma reunião com os funcionários e preciso que você esteja aqui para apresentar a matéria. Sem desculpas.

Kitty saltou para fora do ônibus sentindo-se mais leve do que antes. Ao chegar ao apartamento, esperava ser recebida pelo cheiro de merda, mas tudo estava limpo. Na verdade, havia um forte odor de aguarrás, o que era muito mais agradável se comparado ao cheiro anterior. Ela empurrou e abriu a porta da lavanderia com um sorriso largo estampado no rosto.

— Zhi, muito obrigada. Por mais que eu agradeça com palavras, nunca será o suficiente. Eu já ia...

— Minha esposa. Foi ela quem limpou — retrucou ele, e uma mulher quase debruçada sobre uma prensa de lavagem a seco e fazendo uma careta ergueu a cabeça e a encarou.

— Ah. Sra. Wong, muito obrigada.

Ela grunhiu.

— A gente não faz isso por você. A gente faz para o inquilino. Mostrar o apartamento. Menina nova se muda em duas semanas.

— Mostraram a minha quitinete para uma inquilina?

— Minha quitinete. Sim.

— Mas você não pode fazer isso sem a minha permissão, Zhi. Não pode deixar uma pessoa entrar na minha casa sem me avisar. É... É... contra as regras do contrato de locação.

Zhi ficou olhando para ela, sem se abalar.

— Então, escreve no jornal — resmungou.

Sem poder fazer nada, Kitty ficou olhando para Zhi, mas ele não deu a mínima. Devagar, ela se afastou do balcão e se retirou da loja. E, no momento em que entrou e fechou a porta, ele gritou:

— Duas semanas a partir de hoje e você está fora.

KITTY SENTOU-SE À MESA DA COZINHA com os nomes e as anotações das seis pessoas espalhados à sua frente. Cada nome estava escrito num cartão e, abaixo do nome, a ideia para cada história. Organizou-os sobre a superfície da mesa e os analisou com calma, um por um, esperando que alguma relação entre eles brotasse na sua cabeça. Ela tamborilou os dedos sobre a mesa, olhando para os outros 94 nomes, e havia conseguido contato com muitas dessas pessoas, mas não tivera tempo de encontrá-las. Além disso, ela nem sequer havia tido tempo para pensar nelas porque moravam longe de Dublin. Como não tinha comido nada desde o chá com Mary-Rose, sentiu o estômago roncar, mas não tinha nada na geladeira, o menor tempo para comprar algo e a menor vontade de perder o foco. Estava perdida em meio às histórias de homens e mulheres que não saíam de sua cabeça: Archie, Eva, Birdie, Mary-Rose, Ambrose e Jedrek. As preocupações deles eram suas preocupações, os problemas deles eram dela também, as alegrias, realizações e fracassos, todos os sentimentos deles pertenciam a ela também.

Porém — e havia um grande porém —, por mais que ela fitasse os nomes, por mais que se sentisse intrigada por cada uma dessas histórias, não havia nada em comum entre eles que pudesse se transformar numa homenagem a Constance, algo que unisse e integrasse suas histórias sob um único, exclusivo e grandioso tema. Kitty apoiou a testa sobre a superfície gelada da mesa da cozinha e grunhiu. Pete estabelecera sexta-feira como o prazo final para ela, e ele não estava para brincadeira. Já estava de saco cheio de aturar a procrastinação dela. Sabe-se lá como, ele conseguira conter o estado de pânico dos anunciantes, permitindo, assim, que ela continuasse a escrever para a revista, motivo pelo qual Kitty tinha de agradecer-lhe muito. Pete tinha brigado por ela com todas as suas forças, e já era hora de Kitty retribuir cumprindo sua promessa. Mas passara tantos dias ocupada andando de um lado para o outro, encontrando as pessoas da lista, que mal tivera tempo de encarar a verdade. E a verdade era que ela estava em apuros. Era hora de admitir isso, não apenas para si mesma, mas para uma pessoa ainda mais importante.

KITTY BATEU À PORTA DE BOB. Ele era a única pessoa com quem ela poderia se abrir totalmente sobre a matéria de Constance, e, como Bob conhecia muito bem a amiga falecida, Kitty teve esperança de que ele pudesse lhe dar uma luz a respeito do problema.

Bob abriu a porta com um sorriso matreiro.

— Estava esperando por você.

— Estava?

— Embora você tenha chegado mais tarde do que imaginei. Muitos dias depois, querida. Não tem problema, entre. — Ele escancarou a porta e caminhou até o corredor.

Bob parecia até bem-humorado, mas muito cansado. Ele caminhava com exaustão, tanto que Kitty pôde sentir o mesmo. Uma exaustão que era o resultado de tristeza constante, um vazio no peito. Como se o coração soubesse que estava faltando algo e que teria de trabalhar mais para compensar essa falta.

A sala estava desorganizada, como sempre fora. A morte de Constance não mudara isso em nada, embora fosse provável que tivesse piorado ainda mais a bagunça. Teresa não havia conseguido mudar o modo de organização de Bob e Constance, embora Kitty não tivesse a menor dúvida de que ele teria batido o pé caso ela tentasse mudar a "arrumação" das coisas para algo mais linear e trivial. Havia ali, em meio àquela bagunça, uma ordem que ninguém jamais conseguiria decifrar. Era impossível sentar-se à mesa da cozinha, pois ficava coberta por uma papelada e itens diversos que transbordavam para cada uma das seis cadeiras ao redor.

— Quer café? — perguntou Bob, da cozinha.

— Sim, por favor.

Kitty sabia que precisava dormir um pouco naquela noite, mas uma ou duas xícaras de café certamente não impediriam que o inevitável acontecesse. Havia semanas que ela não dormia bem, e não acreditava que as coisas seriam muito diferentes naquela noite. Além disso, precisava se manter alerta para aquela conversa. Necessitava afastar a nuvem que pairava sobre a sua cabeça, algo que a impedira de enxergar toda e qualquer via de possibilidade de pauta para a sua matéria; era como um tornado que passa devastando tudo o que vê pelo caminho. Precisava enxergar essa possibilidade com um novo olhar, de outra forma, e precisava que Bob a ajudasse nisso. O que a impedira de procurá-lo de imediato fora a confiança enorme que ele depositara nela para escrever a última matéria de Constance, enquanto Cheryl e Pete duvidavam. Agora, ela tinha de contar a ele que não conseguira cumprir a promessa. Estava decepcionada consigo mesma, e Bob se sentiria decepcionado também, com toda a certeza, mas, enquanto estava ali, na casa de Constance, sentindo a presença e o cheiro da amiga como se ela estivesse logo ali, no cômodo ao lado, o que mais a apavorava e aterrorizava era a sensação insuportável de que havia decepcionado Constance. Kitty deveria ser a voz de Constance quando esta não podia mais falar, mas o que estava fazendo? Gaguejando, correndo de um lado para o outro, oscilando sem chegar nem perto da eloquência de Constance, que, mesmo depois de morta, perdurava.

Por um momento, Kitty ficou observando a variedade de coisas aglomeradas sobre a mobília, e aí se deu conta de que não estava sentindo o esperado cheiro de café, nem ouvindo o barulho de Bob se movimentando na cozinha. Mas foi lá que ela o encontrou, de pé, paralisado, olhando para os armários mas sem enxergá-los de fato, parecendo mais perdido do que nunca. Embora Bob fosse dez anos mais velho que Constance, os dois sempre pareceram ter a mesma idade. Kitty não sabia se era Constance que agia como uma pessoa mais velha ou se era Bob que parecia mais jovem, mas, fosse como fosse, os dois combinavam perfeitamente, eram sempre os mesmos, sempre em sincronia, e nada além da diferença de idade de uma década parecia separá-los, a não ser um ou outro ponto de vista diferente. Era como se os dois tivessem chegado ao planeta ao mesmo tempo e acompanhado um ao outro todos os dias, como se tivessem vindo ao mundo para isso. Para Kitty, era difícil imaginar a vida de Constance antes de Bob, ou a vida de Bob antes de Constance, e imaginou que Bob devia ter passado dez anos vagando pelo mundo antes da chegada dela. Ela se perguntou ainda se Bob teria percebido, sentido algo diferente no dia em que Constance viera ao mundo, mas sem saber ao certo a que se referia esse sentimento, o momento em que a vida de um garoto de dez anos, morando em Dublin, de repente começara a fazer sentido porque uma pequena alma em Paris chegara ao mundo.

Mas agora, olhando para ele, Kitty pôde vê-lo sem Constance, e era quase como ver um corpo sem alma. Uma luzinha havia desaparecido.

— Bob — chamou Kitty, colocando uma mão sobre o ombro dele.

— Sim — respondeu, endireitando o corpo, voltando a si, como se de repente tivesse se lembrado de que tinha companhia.

— Que tal eu fazer um café pra gente, aí sentamos e conversamos um pouco? — sugeriu, afastando-o com gentileza, abrindo o armário para pegar o que precisava.

— Sim, sim, claro — disse, distraído sabe-se lá por qual lembrança ou pensamento repentino que lhe ocorrera, sentando-se na única poltrona livre de pilhas de jornais e revistas.

Kitty abriu os armários e deu de cara com livros, empilhados como ficariam numa estante comum. Cada um dos compartimentos estava preenchido, mas não havia nem xícaras, nem pires, tampouco pratos, nem o menor sinal de comida. Kitty fez uma careta, procurando pela cafeteira e pelas xícaras, mas não encontrou nada. Tentando utilizar a lógica de Bob e Constance, ela caminhou até a sala de estar para procurar na estante de livros a louça, mas também não a encontrou. Nem lógica nem louça, mas muito mais livros. Deixando a louça de lado por um momento, ela voltou a se concentrar no café, mas não avistou a cafeteira em nenhum lugar, nem os grãos de café, apenas uma chaleira solitária que certa vez já servira como o cofrinho de moedas deles.

— Bob, onde você costuma guardar o café? — perguntou, com uma risada presa na garganta.

— Ah — exclamou, como se aquilo nunca tivesse lhe passado pela cabeça. — Normalmente a gente sai para tomar café, mas a Teresa sempre bebe algo numa caneca. Deve ter alguma coisa guardada aí.

Kitty olhou ao redor da cozinha bagunçada. O calendário do ano era o do Kama Sutra. Preso à geladeira com uma fita adesiva, ele exibia a posição número cinco para o mês de maio: "O Missionário". Kitty abriu a geladeira, que, para sua tristeza, estava vazia; depois da maneira como Bob a recebera à porta, ela estava esperando que as coisas estivessem melhores.

— Talvez ela tenha uma caneca só dela. — Ela vasculhou as prateleiras vazias.

— À noite bebemos vinho — disse, em nome de si mesmo e da poltrona vazia que estava à sua frente.

O que fazia sentido. Constance sempre tomava pelo menos uma garrafa de vinho todas as noites, e naquele momento a ideia pareceu muito melhor do que café.

— E onde é que as garrafas de vinho estão escondidas? — brincou Kitty, sorrindo para Bob.

Ele retribuiu ao sorriso e seu olhar pareceu se iluminar.

— A adoradora de plantas gostava de guardá-las no galpão do jardim.

Kitty foi até a área externa e caminhou pela grama sob a noite iluminada até o galpão. Ela soltou a tranca da porta, entrou e sentiu o cheiro de terra úmida. Acendeu a luz da lâmpada que balançava, presa apenas a um fio fino pendurado no centro do teto, e deu de cara com prateleiras cheias de garrafas de vinho, cada uma delas enterrada num vaso de terracota.

— Ela gostava de manter as garrafas quentes — disse Bob de repente, aparecendo atrás dela. — A Constance insistia que todas elas tivessem suas próprias camas e que deviam ser mantidas a uma temperatura de no mínimo dez graus.

Kitty deu risada.

— Claro... E o que é isso? — indagou, observando um punhado de outros vasos com varetas enfiadas na terra e um Post-it grudado nelas.

— Ideias dela.

Kitty fez uma careta.

— Achei que ela guardava tudo no arquivo.

— Lá ela mantinha todas as que já estavam sendo desenvolvidas. Mas a maioria começava aqui. A Constance as chamava de sementinhas. Logo que brotavam na cabeça, ela as escrevia num Post-it e as espetava na terra do vaso. E aí, às vezes, quando precisava de uma ideia ou duas, ela vinha até aqui para ver se as ideias tinham florescido.

Ela olhou para Bob surpresa.

— Por que eu nunca soube disso?

— Minha querida, porque, se eu contasse a alguém, a Constance iria parar num hospício.

— Ela já vivia num hospício, Bob. Com você. — Os dois sorriram. — Então, pode ser que haja alguma coisa aqui sobre essa lista de cem nomes. — Kitty caminhou pelo galpão, olhando para a fileira de vasos com Post-its, lendo as palavras rabiscadas e sentindo uma vontade arrasadora de estar com Constance ali, naquele momento, de vê-la, tocá-la.

— Não haveria nada aqui sobre essa lista se ela estava lá, no arquivo. Pode ser que ela tenha começado aqui, com o primeiro ou com os cinco primeiros nomes, ou talvez até com nome nenhum. Mas, se estava lá no arquivo, transformou-se em alguma coisa. Aqui era uma espécie de berçário das ideias dela.

— As filhas dela — complementou Kitty, sorrindo, correndo os olhos pelos pensamentos espontâneos e espalhados por ali e que, alguma vez, tinham passado pela cabeça de Constance. Ela pensou no que Bob havia dito: a ideia não teria ido para o arquivo se não tivesse se *transformado em alguma coisa*, e era muito frustrante não saber o que era essa coisa. *Vamos, Constance*, sussurrou Kitty consigo mesma, olhando pela última vez para a prateleira, *me dê uma pista*. Ela esperou um pouco, mas os vasos com terra permaneceram inertes e silenciosos.

Kitty pegou uma garrafa de vinho, pensou melhor e pegou uma segunda. Em seguida, saiu atrás de Bob, de volta para a casa. Ela retirou a pilha de álbuns que estava sobre a poltrona estilo francês, com acabamento dourado de tema floral, e se sentou, de frente para Bob. Foi como se pudesse ver Bob e Constance sentados junto à lareira, conversando sobre edições, teorias, histórias bizarras que cobririam, expondo suas opiniões, mas unidos pela paixão pelo inusitado e fantástico, bem como pelas coisas comuns e aparentemente mundanas.

— Como está se sentindo, Bob? — perguntou ela, por fim. — Como vão as coisas?

Ele suspirou. Um suspiro longo e profundo, mais pesado do que qualquer palavra poderia soar.

— Faz duas semanas. Estremeço só de pensar que já faz todo esse tempo. No dia seguinte ao enterro, acordei e falei para mim mesmo: "Não consigo. Não vou conseguir sobreviver a esse dia". Mas sobrevivi. Sabe-se lá como, sobrevivi. E aí, o dia acabou e eu ia ter de encarar a noite, então, falei pra mim mesmo: "Não vou conseguir encarar esta noite". Mas consegui. Não sei como. E aí, a noite acabou. Todos os dias e todas as noites tenho dito a mesma coisa, desde o dia do enterro. E cada segundo que passa tudo fica mais torturante, como se nunca fosse mudar, como se as coisas nunca fossem ficar mais fáceis, e, mesmo assim, quando olho para trás, volto para onde estamos. Já se passaram duas semanas. E eu continuo aqui. E continuo acreditando que simplesmente não conseguirei.

Os olhos de Kitty se encheram de lágrimas enquanto ele prosseguia:

— Eu esperava que o mundo acabasse com a morte dela. — Bob pegou a garrafa da mão de Kitty e, com um saca-rolha que estava na mesinha lateral, próximo à parte das cruzadinhas do *Irish Times*, a uma caneta e a seus óculos para leitura, abriu-a com habilidade. — Mas ele não acabou. Tudo seguiu adiante, como estava, e continua seguindo. Às vezes, saio para caminhar e me dou conta de que parei no tempo, e que tudo ao meu redor continua mudando e evoluindo. E aí me pergunto: *Eles não sabem? Não sabem da coisa horrível que aconteceu?*

— Eu sei como você se sente — afirmou Kitty, num tom gentil.

— Há os maus viúvos e os bons viúvos. As pessoas comentam sobre os bons o tempo todo: "Meu Deus, o fulano é tão forte, tão corajoso por fazer isso ou aquilo tão rápido". Temo que eu não seja um bom viúvo, Kitty. Não tenho vontade de fazer nada. Não quero ir para lugar nenhum. Na maior parte do tempo, eu não queria nem ficar aqui, mas eu não deveria estar dizendo uma coisa dessas, não é?

Eu deveria estar dizendo coisas significativas, perspicazes, que surpreendessem as pessoas para que elas saíssem por aí dizendo o quanto eu sou corajoso. Corajoso. — Ele repetiu a última palavra, os olhos marejados. — Mas eu nunca fui o corajoso da história. E por que eu deveria ser agora é algo que não sei responder, está além da minha capacidade. — Num gesto rápido, Bob pegou a segunda garrafa, abriu-a com a mesma habilidade e destreza da primeira e a devolveu para Kitty. — Não sei onde guardamos as taças — comentou, depois fez a sua garrafa tilintar contra a dela. — A alguma coisa.

— À nossa estimada Constance — brindou Kitty, levando a garrafa à boca. O vinho tinto desceu rasgando a sua garganta, mas deixou um gosto delicioso e doce na boca. Rapidamente, ela tomou outro gole.

— À nossa estimada Constance — repetiu Bob, estudando a garrafa com cuidado.

— E por conseguirmos superar mais esta noite — acrescentou ela.

— Ah, a essa eu vou brindar mesmo — disse Bob, erguendo a garrafa no ar. — Por conseguir sobreviver a mais esta noite!

Os dois ficaram ali, num silêncio agradável, Kitty tentando descobrir como abordaria o assunto, mas Bob passou na frente dela.

— Sinto que está tendo dificuldades com a matéria.

— É muito pior que isso. — Kitty suspirou, depois tomou mais um gole. — Sinto muito por ter de admitir, Bob, mas estou perdida. Completamente perdida. O Pete quer a matéria pronta para sexta-feira, ou pelo menos *saber* do que se trata a matéria, e, bem, a menos que eu descubra, terei de dizer a ele que não há matéria nenhuma e que eu estraguei completamente a última ideia da Constance. Mais um fracasso para a minha coleção. — Ela sentiu os olhos queimarem, tamanha a decepção e culpa.

— Ah. Bom, pode ser que eu possa te ajudar — ofereceu Bob, mantendo a compostura, apesar do que ela acabara de revelar. — Acho que não sei muito mais do que você a respeito desses nomes, e, depois que você passou uma semana inteira investigando, sei menos ainda, mas o que sei é que conhecia muito bem a Constance, então permita que eu lhe diga algo sobre ela. — Bob olhou para cima, em direção à luz, os olhos brilhando como se, no pensamento, ele tivesse devolvido a vida à esposa. — Você se lembra daquele terrível assassinato que aconteceu quinze anos atrás, na Ailesbury Road, no qual o marido, um executivo multimilionário, era suspeito de espancar a mulher até a morte com um estranho objeto de limpeza? — Kitty balançou a cabeça. — Provavelmente você era nova demais para se lembrar, mas foi uma notícia e tanto. A propósito, nunca pegaram o cara, mas todos supunham que tinha sido ele. Ele se mudou, vendeu a casa e, desde então, nunca mais se ouviu falar dele, mas a Constance se debruçou sobre cada palavra a respeito do caso e algo a tocou, a deixou entusiasmada com essa história, e não foi apenas o fato de que um homem milionário e muito bem-educado estava sendo acusado de assassinar a esposa. A Constance, como qualquer outra jornalista, estava desesperada para conseguir uma entrevista com a jovem empregada que encontrou a esposa morta no quarto, avisou a polícia e foi a estrela de todo esse caso. Ela era uma mulher linda, das Filipinas ou Tailândia, não consigo me lembrar ao certo, mas a Constance continuou indo até a casa para tentar falar com ela, e sempre que estava ocupada fuçando alguma outra história, o que acontecia com frequência, como você bem sabe, ela me mandava ir até a casa para tentar convencer a empregada a falar conosco. Presumi, como todo mundo, que fosse para falar sobre o caso, o que ela viu, o que tinha encontrado, que tipo de homem era o chefe dela, que tipo de relação ele mantinha com a esposa, de que ela suspeitava, esse tipo de coisa. — Bob desviou o olhar e sorriu, pensando no que viria a seguir. — Acabamos descobrindo que o que chamou a atenção da Constance não foi a questão do assassinato em si, mas o objeto que o marido tinha usado para matar a esposa. Era um objeto para limpeza, não me lembro do nome, que quem trouxera para a Irlanda havia sido a empregada. Como Constance estava fazendo uma matéria sobre métodos tradicionais de limpeza, estava desesperada para conversar com a mulher sobre o tal objeto.

Kitty deu risada, balançando a cabeça. Bob continuou:

— E ela conseguiu falar com ela. Fomos a única revista que conseguiu uma entrevista com a empregada doméstica mais famosa do país, sem nem sequer mencionarmos o assassinato. Então, o que quero dizer, minha querida, é que você pensa que a Constance está te conduzindo por um caminho, mas na realidade é outro, completamente diferente. Quando se trata da Constance, a coisa nunca é o que parece. Seja lá o que *você* estiver pensando pela lógica, esqueça. Não há lógica para Constance. Comece a enxergar essa matéria pelos olhos dela, tente senti-la com o coração dela, que era enorme, mas igualmente complicado, e vai encontrar o que procura.

Kitty relaxou na poltrona e tomou mais um gole de vinho. Bob ficou observando-a enquanto a mente repassava a história que ele acabara de lhe contar, e depois as novas histórias para as quais Constance a conduzira.

E foi então que ela compreendeu. Finalmente.

Capítulo Vinte e Dois

Depois de passar algumas horas com Bob e com mais algumas garrafas de vinho de conservação própria de Constance, Kitty se sentiu mais tranquila para falar com Pete. Com um plano em mente, ela agora estava pronta para dizer a ele como se concentraria nas pessoas que conhecera até aquele momento e que manteria o foco *apenas* nessas pessoas. Esta última parte, em especial, tinha sido ideia de Bob. Ele a ajudara a entender que, apesar de ter descoberto qual era a ligação entre aquelas pessoas, não precisaria conhecer as outras 94 para chegar à mesma conclusão. Simplesmente, era o momento de fazer tudo o que Constance tinha planejado que fizesse. E, desta vez, ela realmente tinha feito um trabalho grandioso: Constance propusera algo magnífico, maravilhoso, tão repleto dos seus ensinamentos que fizera Kitty se sentir entusiasmada e, ao mesmo tempo, comovida. Era quase como se aquilo fosse a mensagem de despedida dela, suas últimas palavras, as palavras perfeitas para deixar aos que ficaram.

Kitty não estava mais tão nervosa por ter de falar com Pete, sabendo que Bob estava por trás dela o tempo todo, e, além disso, sua relação com Pete tinha evoluído bastante nos últimos dias. Ela sorriu consigo mesma, como se fosse uma garotinha de escola sentindo frio na barriga. De repente se deu conta de como estava: as bochechas rosadas devido ao vinho, calça jeans, blusa e sapatilhas que usara o dia inteiro. Deveria ter trocado de roupa? Ela ajeitou o cabelo e rapidamente vasculhou a bolsa à procura do batom e do pó facial. A porta do escritório se abriu e as duas faxineiras saíram, depois de terem terminado o trabalho.

— Podem deixar aberta para mim, por favor? — Kitty pediu, deixando a maquiagem de lado. Ela subiu os degraus correndo e entrou no escritório. Lá dentro, estava tudo silencioso, não havia ninguém trabalhando, exceto Pete, que, como de costume, tinha de arcar com a responsabilidade. Ele não tinha namorada, mas Kitty ficou pensando no quanto ficaria chateada se tivesse de ficar em casa sentada, esperando por ele até as dez da noite. Ela se olhou no espelho da recepção, ajeitou o cabelo, abriu um botão da blusa e depois repassou a história mentalmente, pensando qual seria a melhor forma de tentar vendê-la a ele.

Ela escutou o barulho da mobília se mexendo no escritório de Constance e foi direto para lá. Estava prestes a se anunciar, mas escutou a risada de uma mulher. Olhou ao redor, perguntando-se se havia mais alguém no escritório, mas tudo estava tranquilo, estranhamente silencioso. Foi então que sentiu algo, aquela sensação de "eu não deveria estar aqui", pensou em recuar e sair dali. No entanto, não era da natureza de Kitty deixar de lado uma situação suspeita, então ela seguiu em frente, continuou a ouvir o barulho de um móvel se movendo de um lado para o outro, como se alguém estivesse empurrando uma cadeira para a frente e para trás. Não se preocupou em bater à porta. Ela sabia que fazer isso implicaria perder o que o seu coração já sabia. Ela empurrou a porta e deu de cara com Cheryl, a saia social cinza levantada à altura da cintura, as coxas enroscadas ao redor do homem com quem ela se atracava. As mãos percorriam as costas dela, para cima e para baixo, desciam até suas coxas, a bunda, apertando e beliscando, uma cena espalhafatosa e nem um pouco romântica, tanto que Kitty se apoiou no batente da porta e torceu o nariz. Aquelas não eram as mãos de um expert no assunto.

Os beijos eram tão desajeitados que dava para ouvi-los junto a um ou outro suspiro, e, quando ouviu a voz do editor-chefe, rouca de desejo, dizendo para a editora assistente o que pretendia fazer com ela num tom mais selvagem, Kitty sentiu que era o momento certo de pigarrear. Cheryl pulou tão rápido da mesa que Kitty ficou pensando se aquilo poderia ser considerado um verdadeiro voo humano.

— Caraca, Kitty! — exclamou Cheryl, descendo a saia, tentando baixá-la de volta às coxas. A camisa estava aberta, e sua mão tremia enquanto ela tentava abotoar, mas logo desistiu da ideia, puxou os lados da camisa e cruzou os braços: — Nós só... Eu só...

— Estava transando com o seu chefe. Sim, eu sei. Me desculpem por interrompê-los. Parece que o Pete tinha outros planos para vocês dois, mas aí eu apareci, como convidada, para compartilhar a minha descoberta com vocês. Mas talvez não seja o melhor momento para falarmos sobre isso. — Seus olhos se voltaram para Pete, e, de repente, ela se sentiu vulnerável. Kitty sabia que tinha pouquíssimos motivos para isso, mas se sentiu verdadeiramente traída. Os dois tinham flertado apenas alguns dias, mas, para ela, aquilo significara alguma coisa, ainda mais depois do fim de semana desastroso que tivera com Richie. Sua vida amorosa não estava nada bem, e Kitty se sentia vitimada, com pena de si mesma, e na verdade a culpa pelas escolhas ridículas que fazia deveria ser sua mesmo. Mas não faria isso, pelo menos não ainda. Naquele momento, sentiu pena de si mesma só por causa da maneira pesarosa como ele a olhou. Foi aí que percebeu que estava certa em se sentir traída, porque pôde notar que *ele* estava se sentindo um traidor.

Pete não se moveu um centímetro sequer de onde estava. Ele permaneceu de pé, apoiado na mesa, o cabelo desgrenhado enquanto olhava para Kitty, na expectativa, inseguro e nervoso, sem saber qual seria a próxima coisa que faria. Pelo menos ele teve a decência de mostrar vergonha na cara.

Cheryl sentiu que alguma coisa diferente estava acontecendo ali, porque ficou olhando de Pete para Kitty, confusa.

— O que está acontecendo aqui? — Suas mãos seguravam as abas da blusa com tanta força que as juntas dos dedos ficaram brancas.

— Nada — respondeu Kitty, e, para seu azar, sua voz saiu como um sussurro. Ela limpou a garganta e falou mais alto. — Absolutamente nada. Em seguida, ela saiu.

Apesar de se sentir um pouco humilhada, desanimada e vitimada, Kitty sabia que agora, pelo menos no sentido profissional, tinha autonomia de decisão, porque a opinião de Pete sobre sua matéria não faria a menor diferença. Ela a escreveria como bem quisesse, como Constance gostaria, e Kitty não recuaria, nem mudaria uma palavra sequer, independentemente do temperamento, da autoridade ou das ameaças de Pete. Era disso que ela precisava para trabalhar. Faltara-lhe confiança, e agora era tudo o que ela sentia. Agora era a sua vez de jogar, e a matéria era inteiramente sua. Ela voltou correndo para Fairview, e àquela hora, dez da noite, sabia que ir até a casa de Archie não era a melhor ideia que já tivera; mesmo assim, Kitty tinha uma missão. Passou correndo pelas crianças que estavam aglomeradas na calçada e subiu os quatro lances de escadas até o apartamento de Archie. Bateu à porta, mexendo os pés, apoiando-se num, depois no outro, desejando fazer o que tinha de ser feito logo, sem querer perder nem mais um dia. Ela pigarreou e ouviu alguém fazer o mesmo. Ao virar para a direita, viu o garoto sentado em cima da bola de basquete.

— Oi — cumprimentou-o.

— Oi. — Ele a imitou.

— Ele está em casa?

— Ele está em casa? — repetiu o garoto.

Ela revirou os olhos. O garoto fez o mesmo.

Kitty, então, saiu correndo de volta pelas escadas, passando pela multidão de crianças que vieram atrás dela, debochando, e dobrou a esquina no sentido da lanchonete Nico's. Era uma noite de segunda-feira e havia uma longa fila à frente dela. Kitty avistou Archie, que estava atrás do balcão, fritando hambúrgueres.

— Archie — chamou, esgueirando-se pela fila para chegar até o balcão.

Ele se virou, lançando aquele sorriso familiar, como se ela fosse uma piada e tivesse o poder de entretê-lo.

— Você vai ter de esperar na fila — respondeu, depois voltou para os seus hambúrgueres.

— Não vim aqui para comer, só quero conversar com você.

Kitty estava tentando manter a voz baixa, mas, mesmo com o rádio da lanchonete ligado, transmitindo alguma notícia, seria impossível não ouvi-la da chapa onde Archie estava. Um colega de trabalho o olhou com uma cara feia e Archie ficou visivelmente incomodado. Kitty lhe arranjaria problemas.

— Tudo bem. Quero batata frita, por favor — pediu ela, afastando-se do balcão. O colega de Archie assentiu e voltou ao trabalho, colocando uma porção de batatas no óleo quente para fritar. Kitty sentiu o estômago roncar. — E um cheeseburger.

Archie jogou mais um chesseburger na chapa, produzindo um ruído.

Vinte minutos depois, Kitty se dirigiu ao caixa. Archie deixou a chapa quente para servi-la pessoalmente.

— Não parei de pensar em você o dia inteiro — declarou ela, sentindo-se entusiasmada mais uma vez.

— É uma queixa comum das mulheres — brincou, temperando a porção de batatas com sal e vinagre.

— Você precisa ajudá-la. — Archie ergueu a cabeça e finalmente a olhou nos olhos. — A mulher da cafeteria. Você precisa conversar com ela. Talvez deva ajudá-la, talvez seja por isso que você consegue ouvir os pedidos das outras pessoas.

Archie olhou para a fila, com nervosismo, esperando que ninguém tivesse ouvido aquilo.

— Cinco e oitenta — disse ele.

Kitty procurou pelo dinheiro.

— Me encontre na cafeteria amanhã de manhã. Ela vai estar lá, não vai?

Archie endireitou o queixo enquanto pensava, depois concordou, meneando a cabeça uma única vez.

— Combinado. — Ela saiu do balcão e abriu a porta.

— Acha que depois disso vai parar? — perguntou.

— Você quer que pare?

Kitty deixou a pergunta solta para ele refletir, enquanto voltava para casa sob uma noite agradável, a boca salivando com o cheiro das batatas temperadas com vinagre. Ao passar em frente ao condomínio de Archie, viu um garoto andando com uma bicicleta que lhe pareceu familiar. Ela parou, olhou ao redor para ter a certeza de que não havia ninguém na retaguarda dele. As pessoas que estavam circulando por ali já tinham ido embora, ou para algum outro lugar ou para suas casas, ou ainda estavam escondidas, nas sombras.

— Oi! — disse ela.

— Oi! — Kitty ouviu uma voz imitá-la, quatro andares acima.

Tanto ela quanto o garoto olharam para cima, à procura da voz, depois voltaram a olhar um para o outro.

— Essa bicicleta é minha — afirmou Kitty.

— É minha.

O garoto pedalou até a guia, entrou na calçada e começou a circundar Kitty. Não devia ter mais do que treze anos; mesmo assim, intimidou-a.

— Se é sua, então por que ela está comigo?

— Porque você a roubou.

— Não roubei nada. — Ele continuou a circundá-la.

— Deixei a bicicleta presa no gradil na sexta-feira. Alguém a pegou.

Assim que as palavras saíam da boca de Kitty, eram repetidas pelo garoto de rosto sardento sentado em cima da bola de basquete. Ele falava junto com ela, de maneira que Kitty mal conseguia se concentrar no que estava dizendo.

— Seu cadeado deveria ser uma porcaria.

— Verdade.

"Verdade".

Ele desceu da calçada e foi para a rua, ficou de pé nos pedais e freou com força, fazendo a roda traseira se erguer e girar no ar. Ele executou mais algumas manobras no meio da rua.

— Quer ela de volta?

— Sim, é claro que sim.

Kitty ouviu: "Sim, é claro que sim".

O garoto parou de repente e desceu da bicicleta. Ficou a poucos centímetros de distância dela, segurando a bicicleta na posição vertical, pelo guidão.

— Era só pedir.

Ela olhou ao redor, pensando que aquilo deveria ser alguma pegadinha, que um grupo estaria escondido em algum lugar e logo avançaria para cima dela.

Devagar, Kitty caminhou até ele, com o hambúrguer e as batatas na mão, a rua iluminada pelas lâmpadas laranja dos postes. Ela pegou a bicicleta e esperou que alguma coisa acontecesse. Mas nada aconteceu. Kitty, então, segurou a bike pelo guidão e o garoto foi embora.

— Obrigada — agradeceu ela, sentindo a surpresa em sua própria voz.

"Obrigada", ouviu a voz ecoar pelas suas costas.

Tudo o que ela tinha de fazer era pedir.

Kitty estava prestes a montar na bicicleta quando sentiu uma imensa vontade de fazer algo:

— Ei! — gritou.

"Ei!", ela ouviu a voz repetir.

— Você aí da bola de basquete — disse ela, e não houve resposta, apenas uma cabeça que apareceu do outro lado do muro. — Quer brincar?

O garoto não a arremedou. A cabeça desapareceu do muro e ela escutou passos descendo as escadas. Na quadra de basquete que ficava ao lado do condomínio, Kitty foi levada de volta à infância enquanto ela e o garoto jogavam, ambos sem dizer uma palavra sequer.

Ao chegar em casa, Kitty estava tão concentrada em subir os degraus com a bicicleta que levou um susto quando uma figura apareceu no topo da escada.

— Meu Deus! — Ela soltou a bicicleta, pensando que era a trupe de Colin Maguire, pronta para atacá-la. Provavelmente era o que ela preferiria a ter de encarar Richie, o maldito jornalista do tabloide. Ela o teria esbofeteado naquele exato momento se o olho dele não estivesse roxo, semicerrado e o lábio, arrebentado. Kitty não sabia bem o que dizer. Todos os seus comentários maldosos previamente formulados lhe escaparam do pensamento.

— O que aconteceu com você?

— Não finja que não sabe. Me dê o meu casaco e eu caio fora daqui — resmungou ele.

Kitty sentiu o sangue ferver.

— Como?!

— Meu casaco. Vim para buscá-lo. O cara aqui embaixo disse que está com você.

— Seu casaco... E que tal um pedido de desculpas? "Oi, Kitty, me desculpe. Me desculpe, agi feito um filho da puta maldito quando menti." — Ela não se preocupou nem um pouco em tentar esconder sua raiva, que, àquela altura, transbordava.

— Ah, fala sério, não encare as coisas desse jeito. — Ele ergueu as mãos. — Você sabe como o jogo é e como ele funciona. Me mandaram arrancar a história de você, e eu só fui lá e fiz o meu trabalho.

— Fez o seu trabalho?! Dormir comigo era parte do seu trabalho? — Kitty estava com as mãos apoiadas nos quadris, e tão perto da cara de Richie que dava para ver o cuspe borrifando a pele dele a cada palavra que ela dizia. E ele ainda teve a audácia de demonstrar um ligeiro constrangimento.

— Olhe, aquilo... Aquilo não foi... Eu tinha bebido demais. Não deveria ter acontecido.

Kitty não conseguiu acreditar no que tinha acabado de ouvir. Quantas vezes tinha formulado essa conversa mentalmente, pensado em como seria, se imaginado furiosa, eloquente em seus insultos e até mesmo fazendo Richie refletir sobre o seu comportamento, ele, de cabeça baixa, sentindo-se arrependido, tão indignado com o que fizera que mal conseguiria falar. Mas, ao contrário de tudo isso, ele falou, sim, e com muita expressividade. E lá estava ela, deparando-se com a realidade, ouvindo alguém que nem sequer tinha a capacidade de se desculpar e, quando pressionado, a única coisa pela qual demonstrava arrependimento era por ter dormido com ela. O sexo fora a única coisa decente — quer dizer, mais ou menos decente — que acontecera naquela noite. A raiva era tão grande que ela sentia o corpo tremer. Não queria chorar, aceitaria tudo, menos mostrar como ele a havia machucado com aquela atitude desprezível e insensível. Kitty tentou pensar na pior coisa que poderia dizer a ele, vasculhou o pensamento, ciente do tempo que transcorria enquanto olhava para aquele rosto machucado e se dava conta de que ele estava falando:

— Mesmo assim, acho que não havia motivo para mandar o seu guarda-costas vir atrás de mim. Foi ridículo, Kitty. A sua sorte é que não vou publicar, nem contar para ninguém quem foi o responsável por isso, porque, acredite, se eu fizesse isso, você se meteria numa encrenca ainda maior.

— Guarda-costas?! De que diabos você está falando? Não "mandei" ninguém ir atrás de você. Eu ficaria muito mais feliz em fazer isso que ele fez com a sua cara com as minhas próprias mãos, então pode parar de me acusar e comece a pensar na quantidade de pessoas que você ofendeu fazendo seu trabalhinho sujo.

Richie chegou a sorrir, mas, quando o lábio se esticou e o sangue começou a escorrer do corte, parou imediatamente.

— Para começo de conversa, meu trabalhinho sujo, como você diz, é exatamente o mesmo que você faz, então, estamos no mesmo barco, Kitty Logan. E, em segundo lugar, guarda-costas ou namorado, sei lá o que ele é seu, mas você arranjou uma bela encrenca com a noite que passamos juntos, hein? — afirmou, com presunção. — A última vez que deixei o Steve Jackson nervosinho foi quando, sem querer, derramei a caneca de chope dele em cima de você, no bar da faculdade, então eu sei muito bem quem veio atrás de mim e por quê.

— Steve? Foi o Steve quem fez isso com você?

— Vai fingir que não sabia? Como fingiu que não sabia um monte de coisas no *Thirty Minutes*? Não tenho mais tempo para perder com isso. Pode me devolver o meu casaco?

Kitty sentiu vontade de socar o outro olho dele, mas ficou tão chocada com o comportamento de Richie e a revelação de que Steve tinha batido nele que simplesmente destrancou a porta, pegou o casaco dele que estava em cima do sofá, onde ela o tinha jogado, e o devolveu.

— Nunca mais volte aqui — disse ela, com a mesma firmeza com que entregou o casaco a ele.

Ele a olhou de um jeito sarcástico enquanto descia as escadas.

— Espere aí. — Ele parou e voltou a subir as escadas. — Meu pendrive. Onde está?

— Que pendrive?

— Deveria estar no bolso do casaco. É por isso que vim aqui. Meu romance está lá. — Subitamente, Richie fez aquela cara de menininho da escola, preocupado, e ficou parado, de frente para Kitty, vasculhando os bolsos do casaco, em pânico.

— Bem, não estou com o seu pendrive. É melhor perguntar para o pessoal da lavanderia. Pode ser que tenham passado a ferro para você.

Richie parecia muito desesperado.

— É sério, você pegou? É a única versão que eu tenho.

— Bom, acho que você deveria ter feito uma cópia. — Kitty cruzou os braços, apreciando o sofrimento dele.

— A cópia estava no pendrive. Meu computador deu pau. Merda! Kitty, você está com ele? — perguntou de novo, em estado de pânico. — Estou falando sério, você pegou o meu pendrive?

— Não! — repetiu, a raiva começando a voltar. — Não estou com o seu romance ridículo, nem queria estar. Por favor, não dê nem mais um passo para se aproximar de mim, ou eu chamo a polícia.

E com isso Kitty fechou a porta.

Ela ficou sentada à mesa da cozinha, a cabeça apoiada sobre as mãos, respirando fundo, inspirando e expirando devagar, pensando e repensando na conversa entre os dois tantas vezes que sentiu vontade de abrir a porta e desafiá-lo de novo, mas do jeito certo agora.

Por fim, ela teve um momento de lucidez. Caminhou até o sofá onde havia jogado o casado de Richie antes de ir para a casa de Sally e vasculhou o chão, depois o sofá e, depois, como não encontrou nada, revirou as almofadas. Sentiu a mão encostar em alguma coisa. Ela puxou a almofada e, ao se deparar com o pendrive de Richie, sorriu.

— Hora de dar o troco — disse consigo mesma.

Capítulo Vinte e Três

Kitty e Archie se acomodaram no Brick Alley Café, em Temple Bar, e permaneceram em silêncio. Ele, com uma caneca de chá na mão, e ela, com uma de café. Os dois se sentaram de frente um para o outro, meio de lado no banquinho, para poder enxergar ao redor. A mulher tímida chegou um pouco depois das oito horas, no momento certo, como de costume, ficou por vinte minutos, tomou uma xícara de chá, comeu um bolinho de frutas com manteiga e geleia, como sempre fazia, depois pagou a conta e saiu. Kitty foi a primeira a pular do banquinho. Archie ficou mais hesitante.

— Vamos! — chamou ela, e ele, meio que a contragosto, se levantou feito uma criança desdenhada pela mãe. — Anda logo! — Kitty o apressou enquanto saíam da cafeteria em direção à rua. Ele veio atrás dela, arrastando os pés. — Vamos perdê-la de vista.

Quando atravessaram a porta, depois de enrolação de Archie, não havia o menor sinal da mulher, em nenhum dos lados da rua.

— Ah, Archie, nós a perdemos. Você fez isso de propósito. Eu deveria ter feito você falar com ela lá dentro.

— Você não pode me forçar a nada — retrucou, com firmeza. — E nós não a perdemos.

Ele enfiou as mãos nos bolsos e virou à esquerda, caminhando pela rua sem a menor pressa, como se tivesse todo o tempo do mundo.

— Mas ela não está aqui. O que quer dizer com "nós não a perdermos"? E por que está caminhando desse jeito? Archie, fala sério, já tem muita coisa acontecendo comigo para ter sido arrastada até aqui para nada. — Kitty prosseguiu com o seu discurso inflamado, enquanto Archie continuava caminhando, até que ela resolveu se calar e saiu atrás dele, pensando em todas as coisas que poderia ter feito naquela manhã que teriam sido muito mais úteis. Depois que fizeram uma curva acentuada à direita e viraram à direita de novo, no sentido das ruas que ficam às margens do rio, eles a avistaram cruzando a ponte Halfpenny.

— Olha ela lá! — exclamou Kitty, agarrando o braço de Archie com entusiasmo.

Ele não pareceu nem um pouco surpreso.

— Você já a seguiu antes! — resmungou ela, olhando-o de través.

Ele não disse nada. Kitty continuou:

— Quantas vezes?

— Uma ou duas.

— E para onde ela vai?

— Veja por si mesma.

Os dois cruzaram a ponte do rio Liffey e chegaram à Bachelor Quay. A mulher entrou em uma igreja. Archie parou no mesmo instante.

— Aqui foi o máximo a que cheguei.

— Vamos entrar.

— Não. Eu espero aqui.

— Por quê? Vamos ver o que ela faz lá dentro.

— E o que acha que ela faz? É uma igreja. Vou ficar aqui. Muito obrigado.

— Pode ser que ela venha se confessar, ou encontrar alguém aí dentro, ou receber uma maleta com algum conteúdo secreto de alguém, ou ela pode vir aqui para cantar, chorar, tirar a roupa e plantar bananeira no altar, nunca se sabe.

Archie olhou para ela, intrigado.

— Se é assim que você pensa...

— Estou mais interessada no que você está pensando. Se consegue ouvir as orações das pessoas, como disse, talvez tenha mais gente aí dentro que você poderia ajudar.

— Está duvidando de mim?

— Sim, agora estou, sim — respondeu, com confiança.

Archie pensou um pouco e entrou na igreja.

Kitty ficou observando a expressão dele. A igreja estava silenciosa, com mais ou menos uma dúzia de pessoas espalhadas pelos bancos. Apesar do silêncio, quando alguém eventualmente tossia ou fungava, o som parecia fluir como uma onda, depois tudo voltava a silenciar. Archie fechou os olhos e inclinou a cabeça para um lado, parecendo aflito. Depois, olhou ao redor e observou cada uma das pessoas. Seus olhos se concentraram na mulher tímida. Ela estava acendendo uma vela, depois foi para um banco e se ajoelhou no genuflexório. Devagar, Archie foi para o lado esquerdo e, de um jeito meio tímido, se arrastou pelo banco e se sentou bem atrás dela. Kitty ficou onde estava, no banco dos fundos, e fez isso por alguns motivos. Primeiro porque queria dar espaço para Archie, segundo porque não se sentia muito confortável dentro da igreja, mas o motivo principal era que, se houvesse mesmo alguma possibilidade de ele escutar a prece das pessoas, não queria que ouvisse as dela. Ela não mentira ao dizer que não acreditava em Deus. Crescera na igreja Católica, mas, assim como a maioria dos católicos que conhecia, não praticava a religião. Igreja, para ela, somente em casamentos e velórios. Kitty também não rezava, pelo menos não no sentido de se ajoelhar ao lado da cama todos as noites, antes de dormir, mas, às vezes, quando se sentia perdida, atravessando alguma situação difícil, ela pedia para que tudo terminasse logo, embora nunca tenha se perguntado a quem exatamente esses pedidos se dirigiam. Compreendia que Archie acreditava ter a capacidade de ouvir a oração das pessoas, e que, depois de ter passado tanto tempo pensando que ninguém ouvia as suas orações suplicando pela filha, ele tinha de acreditar que alguém, em algum lugar, fosse uma divindade ou não, devia tê-lo escutado, e agora essa pessoa seria ele. Talvez essa fosse a forma de acreditar que suas orações não foram em vão, mas que quem quer que as ouvisse estava de mãos atadas e, assim como ele, não poderia fazer nada. Ou talvez ele simplesmente fosse louco. Kitty tentou pensar em tudo, menos em suas preces enquanto estava ali, sentada, no fundo da igreja, o que foi difícil. Ela tinha muitos pedidos em mente, muito com o que se preocupar. O ambiente era tão calmo, tão tranquilo que a puxava feito uma onda numa praia, trazendo-a para os seus próprios pensamentos.

Ela estava pensando em Pete, em Richie, em como Steve vinha ignorando-a apesar de tê-la defendido e em como ela se sentia em relação a tudo isso. Kitty pensou também na apresentação que aconteceria na sexta-feira, quando falaria de sua matéria, e aí, *caso* fosse aprovada, teria de escrevê-la no fim de semana; pensou que teria de encontrar um novo lugar para morar dentro de quinze dias, sobre a entrevista de emprego que estava chegando e sobre a possibilidade de envolvimento no furto de um ônibus de uma casa de repouso. O que mais a preocupava, porém, era como faria para se desculpar com Colin Maguire. Sentia-se segura pelo menos em relação a uma coisa. Descobrira um caminho para escrever a matéria de Constance, e, com ou sem a permissão de Pete, ela a escreveria.

Depois de quinze minutos, a mulher acanhada levantou-se e saiu da igreja. Ela não olhou para Kitty, o que significava que não se lembrava de ter cruzado com ela na mesma cafeteria três vezes. Archie levantou-se e saiu também, passando por Kitty e caminhando no sentido da luz que resplandecia lá fora. Diante do sol, os dois semicerraram os olhos.

— E agora, para onde ela vai? — perguntou Kitty.

— Não sei. Nunca fiquei tanto tempo.

Archie suspirou. Parecia exausto.

— Como foi? — indagou Kitty, com gentileza.

— Uma coisa é ouvir no meio da multidão, ou no ônibus. Você ouve, vez ou outra, alguém pedindo por alguma coisa, como para não chegar atrasado, pedindo para se sair bem na prova da escola ou da faculdade, pedindo para que alguma coisa aconteça no trabalho, ou que a hipoteca ou o empréstimo sejam aprovados, mas lá dentro... — Ele soprou o ar com força, um suspiro de alívio. — É muito difícil.

— E o que foi que você ouviu?

Ela a olhou de um jeito duvidoso.

— É meio pessoal, não é?

— Preciso saber o que é. Senão, como é que eu vou escrever sobre isso? E não há nenhuma cláusula de confidencialidade sacerdotal que diga que você não pode contar para ninguém.

— Mesmo assim. É melhor eu não contar. Não é uma coisa muito agradável. Geralmente, as pessoas não rezam quando estão felizes. E, se rezam, não vêm à igreja às nove da manhã num dia de semana para fazer isso.

Os dois ficaram parados na rua às margens do Liffey, uma vista para o sul perfeita para um almoço ou café ao ar livre. A mulher tímida foi até o quiosque próximo à ponte O'Connell e começou a se arrumar para o seu turno de trabalho.

— O que acha que devo fazer? — perguntou Archie.

— Acho que deve ajudar quem você puder. E isso vai te ajudar também. E acho que deve começar com ela.

Os dois ficaram observando a mulher.

— As pessoas vão achar que sou louco quando eu revelar essas coisas.

— E isso não vai ser melhor do que o que elas pensam sobre você hoje?

Archie refletiu um pouco, depois esperou por uma brecha no trânsito e atravessou a rua, correndo, rumo ao quiosque.

— Só acho que você deveria dar outra chance para ela — disse Gaby a Kitty enquanto pedia seu segundo café expresso no Merrion Hotel, na Merrion Square.

Kitty ligara para ela na noite anterior, marcando um encontro, Gaby escolhera o lugar e, até aquele momento, era a única que falava. Kitty tinha a esperança de que ela pagaria a conta, já que Gaby tinha pedido o que parecia ser o café mais caro que ela já havia tomado em toda a sua vida. Elas se sentaram do lado de fora, no jardim, onde muitas outras pessoas se reuniram, e Gaby mantinha um olho e um ouvido atentos a cada uma das conversas ao redor, e o outro olho e o outro ouvido concentrados em Kitty. Ela acendeu outro cigarro. Gaby parecia acreditar que Kitty tinha a intenção de desistir da história da vida pessoal de Eva e se concentrar na história da carreira dela, a começar pelos clientes famosos e pelas revistas das quais ela tinha sido destaque. Embora isso fosse verdade em parte, já que Kitty não queria mais perder o seu precioso tempo com Eva depois de ter sido enrolada com a história do presente do Meu Querido Pônei, não era algo que ela havia contado para Eva nem para Gaby. Contudo, as duas não eram bobas. Kitty recusara duas vezes a oportunidade de se encontrar com Eva nos últimos dias porque não tinha certeza se conseguiria extrair dela algo além da vida profissional. Kitty simplesmente não tinha tempo para perder com um livro tão bem lacrado.

— Ela foi mencionada na lista das mais sexy da *Vogue* e apareceu na seção "Jovens e Bem-sucedidos" da *Cosmopolitan*. A Eva realmente é *incrível*. — Gaby fechou os olhos e contraiu o corpo inteiro para enfatizar sua fala, depois os abriu e deu mais uma tragada no cigarro.

— Ela é um livro fechado, Gaby. Toda vez que pergunto alguma coisa, ou ela se recusa a responder ou redireciona a pergunta para o trabalho. Sei que ela trabalha duro e que é aficionada da imagem da empresa, mas tenho de correr com a minha matéria. As outras pessoas que estou entrevistando são... — Kitty tentou encontrar uma maneira polida de dizer isso, mas se deu conta de que estava conversando com Gaby e que, nesse caso, a polidez de nada valeria, então prosseguiu: — ... substanciais. Eu me sinto intrigada por suas histórias. A Eva não está disposta a se abrir comigo, e não quero forçá-la a falar sobre o que não quer. Não sou esse tipo de jornalista. — Gaby ergueu uma sobrancelha, pensando o contrário. Kitty concluiu, empinando o queixo com altivez: — Pelo menos não sou mais.

— Ela é uma pessoa difícil de se abrir, reconheço. O problema da Eva é que ela é... — Gaby fez uma pausa para deixar a sua fala mais dramática, o que surtiu efeito, já que Kitty ficou ainda mais atenta a cada palavra. — ... uma pessoa *criativa*. — Pelo tom, a intenção foi mostrar que aquele era um ponto negativo. Depois, Gaby diminuiu a voz para que ninguém mais pudesse ouvir o segredo sórdido que estava por revelar: — Ela é daqueles tipos que pensam que a sua *arte* fala por eles. — Ela revirou os olhos. — Sinceramente, lido com essa besteira o tempo todo por causa dos meus redatores. Eles pensam que o trabalho é a voz deles, mas não entendem que são eles que têm de dar uma voz ao trabalho. Não percebem que são pessoas como eu e você que os ajudam a vender sua maldita *arte*. Sabe quanto tempo levei para convencer Eva a começar aquele blog "Dedicated"? Eles pensam que a coisa vai parar no lugar certo do nada. Pense comigo: se o James Joyce estivesse vivo hoje, você não acha que os tuítes dele poderiam tornar suas obras mais acessíveis?

Kitty realmente esperava que ninguém estivesse prestando atenção na conversa delas. Gaby continuou:

— Enfim... — Ela brandiu a mão no ar como se o assunto não fosse importante. — A Eva é uma pessoa interessante, tem um coração enorme, só é preciso passar um tempo com ela para ela se abrir, e, quando você vir o que há por dentro, vai entender tudo.

— Sabe alguma coisa sobre ela?

— Sei mais do que as outras pessoas, o que não quer dizer muito, mas, digamos que uma vez ou outra consegui enxergá-la por dentro. Ela saiu com o meu irmão por três anos. Ele é um idiota, mas ela é uma pessoa adorável. Nós nos aproximamos desde então. Jurei que a ajudaria e não vou decepcioná-la.

Kitty queria conversar com Gaby sobre algo que não tinha nada a ver com Eva Wu, mas, enquanto estavam ali conversando sobre ela, estava interessada em saber mais a respeito da mulher sobre a qual não conseguia descobrir nada de substancial.

— Acho que, se eu pudesse ao menos ter contato com os clientes dela, ouvir sobre como ela os ajuda, descobrir o que ela tem feito por eles... Ela é muito reservada em relação a tudo.

— É reservada, mas está muito mais preocupada em proteger os clientes. Insiste em ser discreta. Eva vê o trabalho como muito mais que a simples tarefa de comprar um presente para alguém. E ela está certa. O que a Eva faz é algo muito especial.

Kitty balançou a cabeça, confusa.

— Eu sei. Tudo vai fazer mais sentido quando você estiver em Cork.

— Como sabe que vou para Cork?

— Por causa do casamento. Foi só um palpite.

— O casamento. Na sexta-feira... Claro — sussurrou Kitty. Com toda a empolgação para a viagem iminente de Birdie, ela tinha se esquecido do casamento em que Eva entregaria os presentes à família Webb. — Como a Eva viaja normalmente? De carro, ônibus?

— De carro. Por quê?

— Pergunte a ela se gostaria de ir para Cork comigo, de ônibus, na quinta-feira. Tenho de fazer uma coisa lá e acho que ela vai gostar.

— Tudo bem — disse Gaby, espreitando por cima do ombro de Kitty ao ver que a pessoa para o próximo compromisso tinha chegado. — Lá está o Jools Scott. O escritor. É ótimo para escrever, mas, pessoalmente, não consegue articular nem duas palavras. Sorte a minha se eu conseguir arranjar uma entrevista com ele — cochichou ela pelo cantinho da boca e depois acenou para o homem, sorrindo.

— Antes de ir embora, tem uma coisa que eu gostaria de pedir. Tenho certeza que todo mundo deve pedir isso, mas quero te pedir um grande favor. — Kitty abordou o motivo pelo qual ela marcara aquele encontro. Colocou o pendrive de Richie sobre a mesa e sorriu para Gaby do jeito mais meigo possível.

Para alívio de Kitty, Gaby pagou a conta com o seu cartão de crédito, o último agrado que ela oferecia em troca de uma matéria que falasse positivamente sobre Eva. Sentindo que estava em dívida com Eva por ter recusado duas vezes o convite dela, Kitty ligou para Nigel no escritório de George Webb.

— Escritório de advocacia Molloy Kelly.

— Quem fala é Kitty Logan. Estou em frente ao seu escritório. A Eva Wu é extremamente discreta em relação aos seus clientes e não está disposta a me contar nada. Se quer que a matéria seja o mais favorável possível, preciso que comece a falar.

Ele se manteve em silêncio, mas depois concordou:

— Tudo bem.

Cinco minutos depois, lá estava ele com um de seus ternos garbosos. Ao ver a bicicleta de Kitty, Nigel torceu o nariz.

— Que gracinha — desdenhou. — Venha comigo, Judy Bloom. Não quero que ninguém me veja com você usando esse *scarpin* da coleção passada.

Kitty sorriu e os dois caminharam até o monumento Famine Memorial e se apoiaram no gradil, às margens das águas turvas do Liffey.

— Vamos direto ao ponto. Eu sou gay. — Ele ficou olhando para Kitty, mas ela não estava num bom momento para comentários espertos. — Venho de uma cidadezinha de Donegal onde todo mundo sabe da vida de todo mundo. Eu sempre soube que era gay e na minha família esse tipo de coisa é completamente inaceitável. Meu pai é dono de uma fazenda produtora de leite, como era o pai dele e como foi o meu bisavô. Sou o único filho homem e é claro que esperavam que eu desse continuidade aos negócios da família. Não era um tipo de vida que me atraía. Meus pais são católicos fanáticos. Para eles, o inferno é um lugar de verdade. Sexo antes do casamento seria motivo para expulsar as minhas irmãs de casa, se meus pais descobrissem que elas não eram mais virgens. Eles vivem num mundo cercado por regras religiosas e não podem quebrá-las. Não veem nada além dessas regras; é tudo o que conhecem. Homossexualidade... — Nigel soltou um riso sarcástico. — Você deve imaginar o que pensam sobre isso. Se o meu pai não conseguia entender por que eu não queria ser fazendeiro pro resto da minha vida, com certeza ele jamais entenderia o fato de eu gostar de homem em vez de mulher. Quando contei para ele que eu não queria me envolver com os negócios da família, ele ficou sem falar comigo por quase um ano. Imagine como ele reagiu quando contei que era gay. Mas eu não tive escolha a não ser contar, porque conheci uma pessoa que estava presente em boa parte dos momentos da minha vida, e sentia como se estivesse vivendo uma mentira por não poder falar sobre essa pessoa nem sobre a minha vida em Dublin, ou por não poder levá-lo aos encontros de família. Finalmente revolvi contar para os meus pais e, bem, a minha mãe conseguiu levar numa boa, desde que nunca mais conversássemos sobre o assunto, e ela rezava todos os dias para que eu fosse curado, mas meu pai se recusava a permanecer no mesmo lugar que eu. Ele não olhava na minha cara, não falava comigo.

— Deve ter sido muito difícil.

— Sim, foi.

Nigel ficou em silêncio.

— E ele continuou agindo assim por cinco anos. Ficamos sem trocar uma palavra sequer durante todo esse tempo. Eu bem que tentei, mas... Bom, aí veio o aniversário de sessenta anos dele e eu achei que não seria certo não aparecer por lá. Eu queria dar um presente para ele, algo que ele olhasse a partir da sua visão de mundo para compreender o que eu estava tentando explicar para ele. E foi aí que contratei a Eva.

— E como chegou até ela?

— Ela tinha ajudado outro amigo meu — respondeu, com um sorriso. — Mas isso é história para outro dia. Ela ficou com a gente em Donegal por uma semana, porque insistiu em fazer isso. Acho que foi a semana mais estranha da vida dela, mas a Eva foi fantástica, se adaptou perfeitamente bem.

Kitty tinha percebido que, ao que tudo indicava, era essa a especialidade de Eva.

— Minha mãe estava convencida de que a Eva era minha namorada, e que eu estava "curado", então ela fez de tudo para tornar a estada dela agradável.

— E o seu pai?

— Ele dormiu em casa enquanto eu estava lá, o que já era um grande avanço, mas fazia questão de sair na hora das refeições e passava o dia fora. Minhas irmãs deram uma moto de presente para ele, a vida inteira ele quis ter uma moto, mas eu queria que ele ganhasse alguma coisa que tivesse um significado maior para mim e para ele. Então, pensei: essa mulher nunca vai conseguir encontrar o presente certo que possa expressar tudo de que eu gostaria.

— E ela conseguiu?

Para sua surpresa, Nigel negou com a cabeça.

— Não, não conseguiu. Ela fez muito mais que isso. Fez um álbum de fotografias. Eva encontrou fotos do bisavô do meu pai e do pai dele trabalhando na fazenda, e fotos do meu pai trabalhando com o pai dele, meu avô, na fazenda, e também fotos do meu pai comigo desde o dia em que nasci até o dia que saí da fazenda. Eram fotos de nós dois juntos na fazenda, dele me empurrando no balanço de roda de pneu que ele mesmo tinha feito para mim, fotos que eu nunca tinha visto antes. Certa vez, meu pai teve de cortar um dos carvalhos da fazenda, o que o deixou muito abalado, porque era uma das árvores onde todos nós brincamos muito, eu, minhas irmãs, meu pai e o pai dele. Era nela que ficava o balanço. Mas, como a nevasca foi muito rigorosa naquele ano, as raízes dela ficaram sufocadas e a árvore não conseguiu sobreviver. A Eva pegou a madeira cortada daquela árvore e a usou para confeccionar a capa e a contracapa do álbum. Na frente, ela escreveu o nome do meu pai e a minha mensagem de aniversário para ele. Ela cobrou 65 euros pelo trabalho artesanal e 40 pela impressão das fotos e pelo custo com papelaria. Cento e cinco euros, foi esse o custo do presente.

— E funcionou?

— Minha mãe disse que escutou meu pai chorando ao olhar o álbum depois que ela tinha ido dormir. Passaram-se semanas sem que ele me dissesse nada, até que um dia, do nada, ele me ligou.

— E o que foi que ele disse?

Nigel riu.

— Ele começou a me contar sobre um problema que teve na fazenda. Algo sobre uma vaca que estava no cio. Fiquei tão surpreso ao ouvir a voz dele do outro lado da linha que mal consegui compreender o que ele estava dizendo. Nem sequer mencionamos os cinco anos que passamos sem nos falar, foi como se tivéssemos retomado de onde paramos.

— Então, a Eva é uma pessoa extremamente sensível.

— Mais do que isso. Ela entendeu como meu pai pensava, o que exatamente o aborrecia ou o frustrava, o que o comovia, o que abalaria suas crenças. Ela passou um tempo conosco, nos fez perguntas, escutou as nossas histórias e trouxe uma solução. Meu pai é uma pessoa sensível, mas fechada, ele jamais demonstraria ou falaria sobre os seus sentimentos, mesmo assim a Eva conseguiu encontrar um presente que acertou em cheio o coração dele.

Kitty refletiu um pouco.

— Entendi.

— Entendeu?

— Sim.

— Que bom. Agora, por favor, não interrompa o meu trabalho de novo — afirmou Nigel, com certa petulância, e logo em seguida a deixou sozinha na Custom House Quay.

Capítulo Vinte e Quatro

Na quarta-feira bem cedo, Kitty desembarcou do ônibus em Kinsealy, ao norte de Dublin, ao lado de uma série de lojas de artigos para jardinagem. Nos campos mais distantes, famílias se reuniam para colher morangos, e, detrás desses campos, a propriedade do pai de Steve estava a todo o vapor, já que o verão atraía os amantes de jardinagem para suas plantações. Toda aquela área pertencia ao pai dele: o centro de jardinagem, a plantação de morangos, o loteamento e, para surpresa e decepção da maioria das pessoas, havia mais de uma década ele conseguira impedir que casas fossem construídas naquela área porque recusara sucessivas ofertas de compra. Nos últimos anos, as ofertas tinham cessado, mas o pai de Steve já havia recusado quantias enormes, milhões, tudo para manter o seu negócio funcionando. Ele era um fazendeiro de coração, persistente desde sempre, e não saberia o que fazer com vinte milhões em sua conta bancária. Seus dias eram melhores labutando na terra, descobrindo engenhocas novas para jardinagem. E reclamando com as pessoas.

— Pensei que estivesse escondida na toca — disse ele para Kitty, enquanto ela adentrava a loja.

— Pensei que você fosse a melhor pessoa a procurar se eu quisesse achar uma toca.

— Eu recomendaria uma toca bem funda — respondeu ele, olhando-a de soslaio.

— Estou aberta a tudo — afirmou Kitty, o que o deixou ainda mais irritado. — Como vão as coisas? Os negócios vão bem?

Ele continuou a encará-la, depois voltou a olhar para a papelada que estava sobre a escrivaninha.

— Se está procurando o Steve, ele está trabalhando no lote 50.

— O Steve está trabalhando na terra? Escavando? — Kitty deu risada. — E o que ele entende disso?

— Mais do que você entende de jornalismo, certeza — rebateu. O que a colocou em seu lugar. — Ele está namorando, como você deve saber.

— Sei.

— Katja.

— Eu sei.

— Garota legal.

— Eu sei.

— Trabalha bem.

— Eu sei. É fotógrafa.

— Foi ela quem tirou aquela ali. — Ele a olhou de soslaio de novo, e Kitty se voltou para o retrato de uma bela paisagem da Skelling Rock, na costa de Kerry, em um dia de névoa. O ângulo era perfeito: a fotografia tinha conseguido retratar a beleza escarpada do monumento, e saber que a foto havia sido tirada por Katja fez Kitty sentir-se desconfortável.

— Qual é o lote 50?

O homem meneou a mão na direção do mapa preso na parede e a ignorou.

Kitty seguiu em direção ao loteamento que tinha cinquenta metros quadrados e sorriu para as famílias que estavam nas plantações. Algumas estavam ocupadas, trabalhando, outras, sentadas em espreguiçadeiras, tomando chá de suas garrafas térmicas. Havia crianças correndo por todos os lados, brincando com regadores, ensopando umas às outras. Cada terreno tinha um cenário diferente, o que a fez se lembrar da lousa dependurada no Brick Alley Café: "Cada mesa tem uma história diferente para contar".

Ela encontrou Steve no loteamento, sozinho com uma máquina escavadora, o barulho tão alto que ele nem a ouviu chamar. Kitty ficou parada na cerca, observando-o, ele com o rosto concentrado na terra à sua frente. Para surpresa de Kitty, a pele de Steve estava à mostra. Ele abandonara a jaqueta de couro e estava usando camiseta e calça jeans, botas grossas de jardinagem, todo coberto de terra e grama, a roupa com manchas que ela nem conseguiria reconhecer, o cabelo ainda mais desgrenhado do que o habitual, já que estava trabalhando ao ar livre. Finalmente, Steve ergueu a cabeça e a avistou.

Ela sorriu e acenou. Ele desligou a máquina imediatamente.

— Kitty — disse, surpreso.

— Ah! Você estragou a brincadeira. Pensei que ia te dar um susto.

— Há quanto tempo está aí?

— Alguns minutos. Estava observando a sua cara de concentrado. — Kitty franziu a testa e fez beicinho, do mesmo jeito que Steve fazia quando estudavam juntos na faculdade ou durante uma prova.

Ele deu risada.

— Meu pai te recebeu?

— A melhor recepção que uma garota poderia ter.

— Sinto muito — pediu ele, demonstrando verdadeira preocupação.

— Não se preocupe. Prefiro isso a ter de dar de cara de novo com estrume na porta da minha casa.

— Fizeram de novo?

— Não, só daquela vez. Desde domingo não tem mais nada — respondeu ela, dando-se conta do fato. — Talvez tenham se encrencado. E por falar em encrenca... — Kitty deu a volta na cerca e entrou no loteamento. — Vim aqui para te dar isto. — Ela abriu os braços e envolveu Steve, abraçando-o, apertando-o, quase que esmagando-o. Percebeu que ele ficou chocado com a atitude, o corpo retraído, desconfortável com o contato humano, mas ela não deu a mínima, precisava agradecer-lhe pelo que ele havia feito por ela. Por fim, ele relaxou o corpo e a surpreendeu ao envolver a sua cintura. Foi uma sensação estranhamente agradável. Kitty não esperava que ele reagisse daquela forma, esperava que ficasse satisfeito com o gesto, mas que logo em seguida recuasse. Agora, porém, os dois estavam ali, naquele terreno, num abraço apertado, e foi nesse momento que, de repente, ela começou a se sentir envergonhada, soltou os braços, ele também, mas não a largou. Os dois ficaram com os rostos próximos, olhando um para o outro. Steve a trespassou com seus olhos azuis. Kitty engoliu em seco.

— Isso era para ser um agradecimento — disse ela, baixinho.

Ele franziu o cenho.

— Um agradecimento? Pelo quê?

— Por ter me ajudado a limpar a tinta na porta da quitinete, por ter tirado o cocô de cachorro dos degraus da escada, por me deixar dormir na sua cama naquele dia, mas sobretudo por ter deixado a cara do Richie parecendo um tomate podre.

— Ah, sim. — Ele a soltou e deu alguns passos para trás, alguns não, muitos, e depois foi para trás da máquina. De volta à sua versão habitual. — Então, você descobriu?

— Ele foi até a minha casa para buscar um casaco. Pensou que você fosse meu namorado e que tinha ficado furioso por eu ter dormido com ele. Estava irritado.

A expressão de Steve se anuviou.

— Filho da puta. Juro que quebraria a cara dele de novo.

Kitty ficou surpresa com a reação dele. Steve não era aquele tipo de cara. Nunca agia com agressividade. Não era o tipo bonzinho, mas seu primeiro método de defesa era se esquivar da situação porque nunca se sentia incomodado com ninguém, pelo menos não a ponto de agredir.

— Bom... Você já tinha feito isso uma vez. E eu gostei.

— Foi a segunda vez, é verdade. E quase quebrei meu pulso também — comentou, sorrindo. Ele ergueu a mão e Kitty viu os hematomas nas juntas dos seus dedos.

— Nossa, Steve, sinto muito. — Ela se aproximou para tocá-lo, mas, ele, de volta à sua versão original, se afastou.

— Está tudo bem. Não foi nada demais.

— Achei que você não ia querer falar comigo. — Ele pareceu confuso. — Pelo jeito como desligou o telefone outro dia, achei que estava com raiva de mim... por causa daquela matéria do jornal de domingo. Por ter me metido em encrenca de novo.

— Não, Kitty, não. Não fiquei com raiva de você. Fiquei com raiva dele. Por que eu ficaria com raiva de você? — Kitty deu de ombros e olhou ao redor, tomada por um súbito sentimento de vulnerabilidade por estar ali com ele, tão ansiosa por agradar, tão... Não! Ela não poderia estar se sentindo assim *com Steve*?! — E aí, como vão as coisas? E a matéria?

— Estou adorando — disse, deixando seus sentimentos de lado e respondendo enfaticamente.

Ele sorriu.

— Conheci pessoas incríveis e não vejo a hora de te contar sobre elas.

— Que legal. Parece que voltou a ser a pessoa de antes — opinou, com um sorriso.

— Parece? — indagou ela, sentindo-se verdadeiramente comovida com o comentário.

— Sim. Você com todas as firulas que sempre me aborreceram. É muito bom ver você assim. — Ele olhou para ela e completou: — Feliz.

Feliz. Kitty ficou pensando nisso. Sim, ela estava feliz mesmo. Apesar de todas as coisas ruins que vinham acontecendo em sua vida, estava se sentindo verdadeiramente feliz.

— Quer sair para comer ou beber alguma coisa? Ou...

— Eu adoraria, mas tenho que ir para Kildare encontrar a mulher das borboletas. Preciso de mais informações sobre ela. Ela é uma pessoa fascinante, parece uma personagem de algum romance do Tolkien, ou algo do gênero. E, depois, tenho uma entrevista de emprego — respondeu ela, com uma piscadela.

— Onde?

— Universidade de Ashford, umas aulas à noite para o curso de Rádio e TV. Embora eu esteja meio que pensando em cancelar.

— Não se atreva a fazer isso — advertiu. — Eles vão se surpreender com você.

— É disso que eu tenho medo.

— Kitty. — Steve, com seus olhos azuis, olhou fundo nos dela. — Você vai se sair muito bem.

Ela ficou sinceramente comovida com as palavras dele e se sentiu ridícula enquanto seus olhos se enchiam de lágrimas. Fazia tempo que não recebia nenhum elogio, ainda mais de Steve, e Kitty não tinha se dado conta do quanto desejava um elogio da parte dele. Ela abaixou a cabeça, ficou olhando para os próprios pés e para a terra e, em seguida, pigarreou.

— Bem, tenho uma viagem amanhã e queria saber se poderia contar com a ajuda da sua namorada.

As palavras recaíram como fel em sua boca, mas Kitty estava se esforçando e esperava que Steve percebesse isso.

— Katja? Por quê?

— É a história mais legal de todas — explicou, com um sorriso. — A Birdie, um dos nomes da minha lista, apostou, certa vez, que chegaria aos oitenta e cinco anos, e o aniversário dela é amanhã, o dia chegou. Vamos para Cork para resgatar o prêmio dela.

— Está brincando. Qual é o valor?

— Dez mil — respondeu Kitty, com mais um sorriso. — Ou pelo menos a quantidade equivalente em euros. Então, preciso de um fotógrafo. Vamos viajar à noite e há um punhado de coisas durante o caminho que eu gostaria que ela registrasse.

Steve ficou pensativo.

— Vou falar com ela.

— Obrigada. Te mando os detalhes por mensagem quando eu estiver no ônibus. Se ela não puder, por favor, me avise para que eu possa conseguir outra pessoa. Agora, preciso ir. — Os dois ficaram parados e Kitty, de súbito, sentiu uma vontade louca de abraçá-lo daquele jeito de novo. Aturdida pelos próprios sentimentos, ela se virou e foi embora, meio sem jeito.

— Mas, Eugene, não consigo entender... Por que disse isso a ela? — Ambrose gritou com o amigo.

As bochechas de Eugene enrubesceram. O temperamento de Ambrose era tão flamejante quanto o seu cabelo. Ele já enfrentara a ira dela uma vez, e não tinha se saído muito bem. A fúria de Ambrose reduzia-o a uma pilha de nervos.

— Saiu sem querer... no meio da conversa — explicou-se, dócil.

A mansidão de Eugene só fez com que Ambrose insistisse ainda mais.

— E como é que você solta uma coisa como essa, assim, sem querer, no meio de uma conversa? Não tem nada a ver com o negócio. Ah, eu sabia que não deveria ter permitido que ela entrevistasse você — resmungou, andando de um lado para o outro na cozinha.

Contudo, os dois sabiam que era exatamente o contrário. Se Eugene não conversasse com a repórter, não haveria nenhuma matéria, nenhuma propaganda do museu — algo de que estavam precisando, e muito —, e certamente não havia nenhuma forma melhor de exporem suas opiniões e preocupações em comum sobre a extinção de muitas espécies de borboletas. Eugene se relacionava melhor com as pessoas, disso não restavam dúvidas. Exceto por ele. Ambrose não tinha a menor habilidade para lidar com a maioria das pessoas. Ela se tornara demasiadamente preocupada com a sua aparência, obcecada pelo que as pessoas pensariam sobre a capacidade dela de formular um pensamento adequado, fosse para os negócios, fosse para promover o museu. Ao telefone, ela até que se saía bem, mas pessoalmente se preocupava demais com o mistério que a cercara e, por isso, preferia não se relacionar com ninguém. Desse modo, não alimentaria os bochichos do "no momento em que conheci Ambrose Nolan...". Mas a verdade é que ela estava cada vez pior; fazia compras de roupas e supermercado pela internet e se assegurava de que tudo que precisasse de assinatura fosse direto para o museu para que Eugene ou Sara, na loja ou na cafeteria, recebessem as encomendas. Mas havia algo que ninguém sabia e que Eugene tinha contado para a repórter para se exibir. Bem, na verdade, havia duas coisas. A primeira, Eugene relevara a Ambrose, imaginando que ela ficaria ligeiramente irritada quando, na verdade, ficara muito furiosa. Mas a segunda coisa era simplesmente imperdoável. E Eugene estivera ciente disso ao conversar com a repórter, mas não conseguira se conter; as palavras lhe escaparam. A repórter era boa; ela tinha um jeito de arrancar as coisas que o incomodava. Eugene dissera coisas que nem sequer sabia se eram verdadeiras, mas, quando se dera conta, já tinha falado.

— Peço desculpas por ter contado a ela do procedimento cirúrgico — gaguejou. — Eu não deveria ter feito isso. Para ser sincero, não sei por que contei, mas vou pedir a ela que não escreva nada sobre isso na matéria. — Eugene se referia ao fato de que Ambrose estava fazia muito tempo poupando dinheiro para retirar a marca de nascença do rosto. Ela já tinha ido a vários médicos, e seriam necessárias muitas sessões de tratamento a laser para remover a marca, mas seria possível. Esse tipo de informação não era algo que ela quisesse compartilhar com ninguém. A ideia de que Eugene havia conversado sobre a aparência dela com outra pessoa a fez se sentir humilhada. — Mas eu não sabia que você não queria que os outros soubessem do seu artigo. — confessou Eugene, com mais firmeza e confiança em sua voz, e Ambrose acreditou nele.

— E para quem mais você contou?

— Ninguém mais.

— Está vendo só? Você sabia que não era para comentar, senão, teria contado a outras pessoas também.

— Olhe, Ambrose, se acalme. Você fez uma coisa maravilhosa. Deveria se sentir orgulhosa. Li o seu artigo inúmeras vezes e é a coisa mais linda que já li em toda a minha vida. Me sinto orgulhoso; você deveria contar para o mundo inteiro sobre as suas descobertas. O fato de terem te convidado para se apresentar num simpósio é uma honra enorme e a confirmação de que os seus estudos são extraordinários. Esse simpósio é a sua oportunidade de ouro e você sabe disso. Não é todo dia, nem todo ano que um evento como esse vem parar aqui, na Irlanda. — Eugene se referia ao evento que estava para acontecer na Universidade de Cork, no qual *Sir* David Attenborough, presidente do Instituto de Conservação de Borboletas, abriria o simpósio daquele ano. Na ocasião, seriam discutidas e analisadas as mais recentes descobertas para reverter a diminuição das espécies de borboletas e mariposas e maneiras de preservar os hábitats. No simpósio, seriam apresentadas, ainda, pesquisas de todo o mundo sobre o trabalho prático de conservação das espécies. Assim, seriam abordados os desafios futuros, inclusive o impacto da mudança climática sob as borboletas. Ambrose era uma das pessoas que tinham sido convidadas. Eugene confirmara a presença dela, para enraivecê-la ainda mais, mas essa questão tinha sido discutida num outro dia. Se ela tomaria coragem e compareceria ao simpósio, era uma incógnita àquela altura, mas Eugene não desistiria dela.

— Então, você contou para ela deliberadamente — retrucou Ambrose, o rosto vermelho, os olhos brilhando, um deles verde e flamejante, e o outro castanho e assustador. — Para me obrigar a participar do evento. Se ela escrever sobre isso, então terei de ir; é esse o seu plano?

— Acho que o seu trabalho precisa ser divulgado pelo mundo — insistiu ele com firmeza, tentando não gaguejar. — Duvido que mais alguém no mundo tenha estudado a borboleta-pavão tão atentamente como você fez. Você tem as informações e a experiência necessária para prová-las. Por que passar cinco anos estudando e escrevendo um artigo se não vai mostrá-lo a ninguém? — Eugene se deu conta de que sua voz saía cada vez mais alta. Ambrose pareceu surpresa; até mesmo satisfeita.

— Você contou para ela que eu vou para Cork e agora ela quer ir com a gente — concluiu, frustrada.

— Correção: ela quer que a *gente* vá com *ela*.

— Não entendo.

— Mas vai entender em breve. Logo ela vai estar aqui para conversar com você. Quer passar a tarde com você.

A campainha tocou.

— Deve ser ela — disse Eugene. Ainda trêmulo por conta da discussão com Ambrose, ele a deixou boquiaberta, soltando o cabelo, desesperada para cobrir o rosto.

Ele respirou fundo e sorriu antes de abrir a porta.

— Ah, Srta. Logan. Que prazer revê-la. Entre, por favor.

— Ela amarra o cabelo quando está com você — comentou Kitty com Eugene depois que sua entrevista com a cada vez mais intrigante Ambrose havia terminado.

De seu escritório, que era um pequeno cubículo, ele tirou os olhos da papelada e olhou para Kitty.

— Ela te contou?

— Não. Do lado de fora, pela janela, antes de eu tocar a campainha, vi vocês dois conversando.

O que poderia ser traduzido como: "Eu estava xeretando a conversa antes de tocar a campainha".

— Ah. Bom, então não tenho mais nada a acrescentar.

— Não vou escrever sobre isso — declarou Kitty, encostada no batente da porta, fazendo-o se sentir encurralado. — Deve se sentir aliviado por saber.

— Aliviado? Por que eu ficaria aliviado? — Ele remexeu sua papelada. As bochechas de Eugene ficaram vermelhas, bem como o pescoço, até a altura da gravata-borboleta.

— Porque é óbvio que ela se sente muito confortável quando está perto de você. — Kitty sorriu e observou Eugene abrir um sorriso discreto enquanto pensava sobre o que ela havia dito.

— Bom... Eu nunca pensei nisso. Quer dizer, não há motivo para... Não é que... Ela não, nós não... — gaguejou, sem conseguir terminar uma frase sequer.

— Bom, vejo vocês dois amanhã à tarde, então.

— Ela disse que vai?

— Não, mas vou deixar a seu cargo convencê-la. Tenho a impressão de que ela ouve o que você fala.

E, com isso, Kitty piscou para Eugene e saiu do museu.

A UNIVERSIDADE DE ASHFORD estava localizada na Parnell Square, ao lado do Irish Writer's Centre, que ficava de frente para o Garden of

Remembrance e de outros pontos importantes como o Teatro Gate e o Hospital e Maternidade Rotunda. Era uma praça georgiana, e a faculdade tinha quatro andares de salas de aula onde diferentes disciplinas eram ministradas, de marketing a culinária e tecnologia, design de interiores, administração e comunicação. Uma das disciplinas do curso de Comunicação Social era a de Estratégias de Apresentação para TV, que ensinava o aluno a falar devagar e de modo adequado, como se expressar diante da câmera, se livrar de vícios que nem sequer sabiam que tinham e se sentir confortáveis com a apresentação e o som da própria voz. Kitty havia estudado essa disciplina cinco anos atrás e agora participaria de uma entrevista para ministrá-la. Ela não deixou de pensar que não tinha formação específica para se tornar professora universitária, mas adquirira muita experiência no trabalho em campo, e, além da vontade de compartilhar o seu conhecimento, ela realmente precisava do dinheiro. Receber por duas horas e meia de aula por semana seria de grande valia em sua situação atual.

Ela se sentou diante de Daniel Meara, o capitão do navio, ex-diretor que se tornara empresário e abrira a faculdade para oferecer cursos de curta duração e noturnos, ganhando dinheiro ao emitir diplomas e certificados para oportunidades de emprego que não existiam mais.

— Katherine — disse ele, olhando para o currículo de Kitty e sorrindo. Era um sorriso estranho, que a fez pensar de imediato por que diabos estava ali. Se não conseguia acreditar em si mesma, como é que convenceria aquele homem que era boa o suficiente para assumir o trabalho? Ela se preparou mentalmente. — Fico feliz que tenha vindo. E o negócio é o seguinte — anunciou, apoiando as mãos espalmadas sobre a superfície da mesa. Os dedos estavam suados, provocando um som semelhante ao de uma fita crepe sendo retirada de uma superfície toda vez que ele os levantava da mesa, o que acontecia sempre que ele queria enfatizar certas palavras. — Você foi nossa aluna, o que nos interessa muito, então, foi por isso que pedi para a Triona te chamar para a entrevista, para que eu pudesse te conhecer pessoalmente. — Ele mexeu os dedos, fazendo aquele som de fita crepe. — E você trabalha na área em que estudou, o que me faz te admirar mais ainda e me sentir muito orgulhoso. — Ele pigarreou. — Contudo, diante das circunstâncias atuais, *suas* circunstâncias atuais... — Bastou ouvir essas palavras para Kitty entender aonde aquela conversa chegaria, e sua mente não processou nada além da parte mais importante: — Os alunos estão estudando o seu caso na disciplina de Leis de Imprensa e sentimos que, se te contratássemos, haveria um conflito de interesses e a situação ficaria muito desconfortável para você.

Kitty preferia ter ouvido isso por telefone. Ela passara muito tempo se arrumando, se maquiando, ajeitando o cabelo, usando sapatos que prejudicaram a circulação do sangue, e agora estava ali, com o sorriso complacente de Daniel. Pelo menos ao telefone ela não teria de voltar para casa pedalando e com lágrimas escorrendo pelo rosto. A única coisa que a fez se sentir grata naquele momento foi a previsão de tempestade de Sally, que veio a se confirmar, começando a cair no caminho de volta para casa sob uma noite sombria.

Capítulo Vinte e Cinco

Kitty não conseguiu dormir na véspera da viagem de Birdie. Não conseguiu sequer fechar os olhos. Conseguira afastar do pensamento a humilhação da entrevista para lidar com isso em outro momento, quando tivesse condições, e, naquele instante, não conseguia deixar de pensar na matéria, nas pessoas e na viagem. Estava nervosa, sentindo um frio na barriga, e todos os pensamentos negativos que ela já conhecia muito bem começaram a brotar na cabeça. E se tivesse errado em querer juntar todos eles? E se todo aquele plano de ação tivesse tomado a direção errada? Kitty sentia que tinha mais do que obrigação de acertar. Por Constance, mas também por Bob. A vontade de agradar Pete já não existia mais. Ele teria de se valer um pouco da crença e do espírito de Constance para acreditar que a redatora sabia o que estava fazendo. A questão era que Kitty *sentia* que sabia o que estava fazendo; voltara a agir de acordo com os seus instintos, em vez de reagir aos dos outros. Isso, ainda que considerando tudo o que ela tivera de passar, era o suficiente para comemorar. Ela encontrara a confiança necessária para voltar a ouvir a si mesma, mas agora temia que os seus instintos estivessem errados, que essa viagem fosse um desastre.

Enquanto estava deitada na cama da quitinete semi-iluminada pela luz azul do luar, começou a pensar que teria de sair dali. Havia cinco anos que ela morava ali, dos quais quatro meses tinham sido com Glen. Adorava a quitinete, gostava tanto do espaço que não queria deixá-lo. Tivera sorte de encontrá-la, atrevera-se a ameaçar o proprietário a cobrar menos pelo aluguel e, agora, o ato de covardia se voltara contra ela. Acordada e com os olhos tão atentos quanto os de uma coruja diante da ideia do seu futuro incerto, ela empurrou a coberta e começou a arrumar as malas, com medo da viagem iminente e de seguir em frente com o plano. Às três e meia da manhã, suas roupas já estavam nas malas; às quatro, ela caiu num sono profundo e começou a sonhar com a sua aventura junto aos outros seis dos cem nomes da lista.

A PRIMEIRA PARTE DO PLANO ERA BUSCAR BIRDIE de táxi na casa de repouso, onde a megera fora informada de que Kitty levaria Birdie para passar a noite com a família dela. Enquanto fazia isso, avistou os Oldtown Pistols chegarem na hora certa, felizes pela vitória contra os Ballbriggan Eagles. Como estava em pleno plantão, Molly conseguiu que o ônibus fosse para a "manutenção", sob o pretexto de que o veículo estava fazendo um barulho estranho e que um "Pistol" tinha contado ter ouvido um ruído e sentido um cheiro esquisito durante a viagem. A queixa foi levada a sério e as enfermeiras concordaram que o mecânico local, Billy Meaghar, levasse o ônibus para uma vistoria, ciente de que deveria estar de volta na noite seguinte para o jogo de *bridge* das Pink Ladies. Por mais cinquenta euros, Billy fizera um acordo com Molly para que ela pudesse pegar o ônibus e devolvê-lo a ele a tempo de Billy entregá-lo à casa de repouso no dia seguinte.

Por enquanto, tudo transcorria bem.

Birdie e Kitty aguardavam ansiosas a chegada de Molly com o ônibus ao Oldtown Café, na expectativa de que com o plano tivessem conseguido driblar a mocreia da casa de repouso.

— Como se sente? — perguntou Kitty a Birdie.

— Sobre o ônibus?

— Sobre a viagem. Voltar para casa — respondeu Kitty, com um sorriso.

Ela suspirou, longa e profundamente, e Kitty não soube ao certo se era por alegria, por ansiedade ou pelos dois.

— Estou empolgada, mas nervosa. Só voltei lá uma vez, para o velório do meu pai, e isso foi há quarenta anos. Essa viagem me fez parar para pensar. É engraçado como a simples ideia de voltar para lá me fez lembrar de algumas coisas. — Sua voz vacilou enquanto as lembranças do passado pareciam tomá-la de assalto. — Estou me lembrando de muita coisa agora de que eu tinha me esquecido completamente.

— Tem certeza de que não há problema em trazer as outras pessoas para a nossa viagem? Sei que é algo muito pessoal para você.

— Kitty, não estou me cabendo de felicidade por encontrar essas pessoas — respondeu Birdie, sorrindo. — Vai ser intrigante conhecer as pessoas que foram "listadas" como eu.

— Intrigante define muito bem — concordou Kitty, ansiosa.

— Você descobriu, não é? Qual é a ligação que existe entre todos nós — indagou.

— Sim. Acho que sim. — Ela apreciou o fato de Birdie não ter perguntado qual era esse vínculo.

— Tudo bem, eu também tenho os meus segredos — brincou, os olhos brilhando, cheios de malícia. — A Molly ainda não sabe, mas teremos mais uma parada no meio do caminho.

E o lugar seria a Universidade de Trinity, em Dublin, onde o neto de Birdie, Edward, estava estudando Direito. Kitty se lembrou de tê-lo visto certa vez na casa de repouso, numa das visitas a Birdie. Era um jovem bonito, tinha seus vinte e poucos anos, parecia responsável e esforçado, pelo que Kitty ouvira, e formaria o par perfeito com Molly na visão de Birdie, embora na opinião de Kitty os dois juntos parecessem água e óleo.

— Você vai bancar o cupido, então? — provocou ela.

— A Molly vai me matar, sem dúvida, mas o Edward está precisando de um chute no traseiro. Ele é filho da Caroline — disse Birdie, como se o fato de ser filho de Caroline explicasse tudo. — Está com a cara tão enfiada nos livros que jamais conseguiria ver uma coisa boa diante dos olhos, nem que fosse uma mulher pelada se contorcendo toda.

— Eu não me surpreenderia se a Molly fizesse isso — comentou Kitty, e Birdie caiu na gargalhada.

De repente, elas ouviram o barulho alto de uma buzina que as fez dar um pulo da cadeira, e os outros clientes também, e, pela janela da cafeteria, avistaram Molly ao volante, toda entusiasmada fazendo sinal de positivo com as duas mãos.

— Que discreta ela, não é? — murmurou Kitty, enquanto caminhava com Birdie até o ônibus.

— Estou adorando fazer isso — disse Molly, abrindo e fechando as portas do ônibus e saboreando a sensação. Ela puxou uma alavanca e as portas se abriram, depois as fechou de novo.

— Por favor, pare de brincar com o ônibus — pediu Kitty, nervosa, olhando ao redor. — Não quero ser presa por furto antes de terminarmos de executar o nosso plano.

Ela e Birdie se sentaram na fileira da frente, logo atrás de Molly, mas Kitty não tinha a menor intenção de permanecer ali por muito tempo se as habilidades de Molly ao volante do ônibus fossem as mesmas que ela tinha para dirigir a moto.

— Tem até microfone! — exclamou a motorista, toda empolgada. — Próxima parada: o contraforte das montanhas Boggeragh! — anunciou no microfone.

— Bom, precisamos fazer uma parada antes, na Universidade de Trinity. — Kitty interrompeu o pronunciamento.

— Achei que íamos pegar a sua gangue pontualmente no Clerys e de lá iríamos direto para Cork — resmungou ela, fazendo uma careta. — Ah, não. Não me diga que... — Ela olhou para Birdie.

— Presta atenção na estrada, menina! — exclamou Birdie. — Quero que ele comemore o meu aniversário de oitenta e cinco anos com a gente. Ele ainda não sabe, mas vai.

Molly revirou os olhos e as três deixaram Oldtown antes que alguém tivesse tempo de denunciá-las.

Pararam em frente à loja Clerys, na O'Connell Street, e vários carros e ônibus que estavam atrás buzinaram para reclamar das barbeiragens de Molly.

— Ah, calem a boca! — retrucou ela, acendendo a luz do pisca-alerta. — Eles estão aqui, Kitty?

Kitty sentiu um frio na barriga ao olhar para fora e ver que todos eles estavam lá, alguns em pequenos grupos e outros sozinhos. Seu coração se iluminou ao ver Ambrose e Eugene juntos, uma mecha do cabelo ruivo e rebelde de Ambrose cobrindo o rosto dela e Eugene olhando na direção da luz do sol, feliz, sem dúvida fazendo de tudo para distrair Ambrose, impedindo-a de se lembrar que ela estava ali, fora do seu mundo, cercada por estranhos, longe de suas preciosas borboletas.

Eva Wu foi a primeira a ver Kitty fora do ônibus. Ela olhou para o emblema da Casa de Repouso St. Margaret estampado na lateral do ônibus, e depois para Kitty, com cara de interrogação. Apesar de ter inúmeros presentes para entregar às pessoas no casamento, ela carregava apenas uma bolsa grande e uma sacola. Kitty imaginou que provavelmente os presentes chegariam de outra forma.

— Oi, Kitty! — saudou-a, cumprimentando-a com um abraço na porta do ônibus.

Quando os demais a avistaram, vieram na direção do ônibus e formaram uma fila atrás de Eva. Mas o que de fato surpreendeu Kitty foi ver Steve, que se uniu à fila, esperando para falar com ela. Ela o olhou, confusa, depois continuou a cumprimentar os convidados.

— O que significa esse emblema da casa de repouso? — questionou Eva com uma risadinha, entrando no ônibus.

— Logo vocês vão saber — explicou Kitty. — Archie! — Ele estava logo atrás e ela o saudou com um abraço e um sorriso. Ele endureceu diante da demonstração de afeto.

— Er... eu trouxe uma pessoa. Espero que não se importe. Ela se chama Regina. — Archie deu um passo para o lado e Kitty pôde ver de quem se tratava: era a mulher acanhada da cafeteria. — Er... eu contei para ela... sobre tudo.

Regina olhou para ele com um sorriso tímido e depois para Kitty, com mais timidez ainda. Ela continuava com aquele olhar de assustada, como se estivesse com medo de que algo acontecesse, ou desejando que acontecesse mesmo, e com receio de que o seu desejo não fosse atendido.

— Seja muito bem-vinda, Regina. — Kitty saudou-a, cumprimentando-a com um aperto de mão, tentando esconder que estava surpresa, mas sem conseguir.

— Obrigada — agradeceu Regina, com as bochechas coradas, olhando para Kitty com nervosismo.

— Pode se sentar onde quiser. — Kitty soltou a mão dela; eles seguiram pelo corredor do ônibus e escolheram a quarta fileira para se sentar. Archie ofereceu o assento da janela para Regina.

Os próximos foram Eugene e Ambrose. Kitty abraçou Eugene e lhe deu um beijo no rosto, mas sabia que não deveria tocar em Ambrose, assim como também sabia que não deveria fazer muito alarde em relação à presença dela. Eugene parecia radiante, feliz, vestido com um suéter, camisa e uma gravata-borboleta com estampa de borboletas. Ambrose mal olhou no rosto de Kitty enquanto subia no ônibus e seguiu direto para os fundos. Lá, havia uma fileira com cinco assentos e duas mesas pequenas de frente para alguns deles. Como era de esperar, Ambrose evitou as poltronas mais à vista e se sentou ainda mais ao fundo, na última fileira de dois bancos.

Os próximos a subir foram Mary-Rose e Sam.

— Espero que não tenha problema de eu ir junto com ela — disse Sam.

— Eu não esperava que ela viesse de outra maneira — brincou Kitty, percebendo que Mary-Rose ficou com as bochechas coradas e deixando os dois envergonhados. Eles foram direto para o fundo do ônibus, Sam cumprimentando todo mundo e se apresentando, o que fez o clima ficar imediatamente mais agradável.

Os próximos foram Jedrek e Achar, e, para deleite de Kitty e surpresa dos pedestres que passavam pela O'Connell Street, eles tinham trazido o pedalinho. Sam, Jedrek, Achar e Steve carregaram o pedalinho até o porta-malas do ônibus, onde conseguiram deixá-lo meio que de lado, e fecharam a porta.

— O que está fazendo aqui? — perguntou Kitty a Steve, enquanto ele entrava no ônibus, atrás dos outros. — E a Katja? Não vem?

— Ela não pôde vir, então pensei que eu poderia bancar o fotógrafo pelos próximos dois dias.

— Steve! — reclamou Kitty, quase em estado de pânico. — Você deveria ter me avisado que ela não viria. Preciso de um fotógrafo profissional. Essas fotos vão para a revista.

— Ei, espere aí, antes de começar a me ofender, nós dois estudamos fotojornalismo na faculdade, esqueceu? Sei muito bem o que estou fazendo.

— Isso foi dez anos atrás, e seu desempenho foi uma lástima.

— Não foi uma lástima. Eu era criativo, só isso. Essa é a diferença.

— Bom, pelo menos, por favor, não corte a cabeça das pessoas nas fotos, pode ser?

— Caraca, Kitty! "Steve, muito obrigada por tirar um dia de folga para vir me ajudar, agradeço muito mesmo" — retrucou ele, sentindo-se ofendido e reproduzindo o que gostaria de ter ouvido dela.

— Me desculpe. Obrigada — agradeceu Kitty, sinceramente, sentando-se. — Mas, por favor, não estrague as coisas.

Ele se sentou ao lado dela na fileira da frente e inspecionou o ônibus com sua tripulação eclética.

— Então, esse é o resultado do seu esforço. Ei, Kitty, muito legal. Que bom que você está fazendo isso.

Ela não conseguiu pensar em nenhum comentário ofensivo para cutucá-lo, então sorriu e lhe agradeceu, sentindo-se verdadeiramente feliz por tê-lo ali com ela, naquela viagem. Parecia a coisa certa.

— Tudo bem, seja rápida — pediu Molly, com certo nervosismo, olhando para o retrovisor enquanto estacionava na Nassau Street. — Não posso ficar aqui por muito tempo.

— O que quer dizer com "seja rápida"?

— Você tem de ir lá e buscar o Edward. Não posso deixar o ônibus aqui.

— Não pode ligar para ele? — indagou Kitty. — Ele nem me conhece.

— O telefone dele está desligado — explicou Birdie. — Ela está lá na biblioteca Berkeley, estudando.

Kitty e Steve saíram depressa do ônibus e entraram na Universidade Trinity pela entrada lateral. Os dois seguiram em direção à biblioteca Berkeley e perguntaram por Edward Fitzsimons.

— Não pode ser incomodado agora, está fazendo um trabalho com um grupo e me pediu para não ser interrompido.

Kitty suspirou e deu um passo para trás.

— Vamos. Teremos de dizer à Birdie que ele está ocupado — disse a Steve.

— O quê?! E partir o coração daquela senhora que acabou de se jogar na aventura de uma vida inteira? Se eu, que nem a conheço, estou empolgado desse jeito, imagine ele, que é o neto? Se ela fosse a minha avó, eu não perderia isso por nada!

— Mas você ouviu o que ela disse.

— Ah, fala sério! E cadê a repórter *Katherine* Logan que é dura na queda? Não consegue pensar em alguma coisa criativa para tirá-lo daqui?

— Não mais — afirmou Kitty. — Não sou mais essa pessoa. Além disso, você odeia esse meu lado. — Kitty não queria que aquela conversa ficasse séria, pelo menos não ali, naquele momento, quando havia um ônibus de uma casa de repouso com onze pessoas e um pedalinho esperando por eles na faixa dupla. Mas não conseguiu se conter.

Steve ficou encarando-a daquele jeito de novo, o mesmo jeito com que a olhara no dia anterior, deixando-a com um calafrio na espinha. Sentindo-se desconfortável, ela tentou se livrar daquela sensação.

— Ah, deixa para lá. Não importa. — Virou-se e saiu da biblioteca.

— Kitty. — Ela sentiu uma mão tocando o seu braço. — Eu não quis dizer todas aquelas coisas.

— Sim, quis.

— Tá, algumas delas. Não retiro algumas coisas que falei. Mas não *odeio* esse seu lado, só não quero que você seja *sempre* assim, e achei que era isso que estava acontecendo.

— Já entendi e nunca mais vou voltar a ser assim.

Ele a olhou sem conseguir acreditar.

— De tudo o que você já passou nesses dias... Não dá para bancar a repórter mentirosa e travessa só mais uma vezinha?

— Ah, então, agora eu posso?

— Tem hora e lugar para tudo. Vá lá e faça o seu pior — brincou, sorrindo.

— Tá legal. — Ela endireitou o corpo e voltou para o balcão da recepção. — Oi, de novo. Me desculpe por incomodá-la mais uma vez, mas preciso muito falar com o Edward, é urgente. Eu não queria ter que interrompê-lo, mas estamos aqui por causa da avó dele, Birdie. Ela faleceu e nós precisamos dar a notícia a ele pessoalmente. — Kitty ouviu Steve arquejando e tentou não dar risada enquanto a bibliotecária saía imediatamente para o corredor para falar com Edward.

Quinze minutos e dezenas de pedidos de desculpas depois, eles voltaram à estrada. Edward se sentou ao lado da avó e fez umas vinte perguntas sobre a viagem.

— Tem certeza que está tudo bem?

— Sim, estou bem.

— Você não está... morrendo.

— Bem, todos nós estamos morrendo, meu querido, e provavelmente esse dia está mais perto para mim do que para você — brincou.

— Eu não diria isso — interrompeu Molly. — Pode acontecer com qualquer um, a qualquer momento.

— Ainda mais com você dirigindo — rebateu ele. — E então, de quem foi a brilhante ideia de roubar o ônibus?

Molly desviou o olhar do retrovisor e começou a assoviar alto.

— Por acaso passou pela sua cabeça me pedir para ir dirigindo? — perguntou Edward.

— Ah, sim, nada me deixaria tão feliz como passar quatro horas viajando para Cork na sua caranga.

— Como se a sua moto fosse mais equipada que a minha.

— Pelo menos ela não quebra de cinco em cinco minutos.

— Pelo menos eu sei dirigir de verdade sem pôr em risco a vida de outras pessoas.

— O quê?! — retrucou Molly, encarando Edward pelo retrovisor. — Por que está me olhando desse jeito?

— Só estou me perguntando por que azul. De todas as cores, logo o azul.

— Escolhi azul para combinar com a sua personalidade fria — resmungou ela.

Então Edward e Molly já estavam bem familiarizados um com o outro. Kitty percebeu que Birdie deu uma risadinha antes de se virar para a janela.

Kitty levantou-se e foi até o microfone, na frente do ônibus. No mesmo instante, Sam começou a gritar para que ela cantasse, todos começaram a rir, e Kitty virou o centro das atenções.

— Definitivamente, não vou cantar.

— Ah, que pena! — gritou Steve, e todos deram risada.

— Só quero falar algumas coisas a respeito da viagem. Sei que a maioria de vocês não sabe o que está acontecendo aqui, e fico muito feliz que tenham aceitado meu convite e vindo comigo. Na verdade, para ser sincera, não fui eu quem trouxe vocês para uma viagem, mas vocês que me fizeram viajar. — Ela limpou a garganta. — Infelizmente, perdi minha amiga e editora para o câncer algumas semanas atrás, e coube a mim escrever a matéria que ela não pôde escrever. A única pista que eu tinha a respeito dessa matéria era uma lista com todos os nomes de vocês, junto aos de mais 94 pessoas que não caberiam neste ônibus hoje.

Todos riram.

— Eu não tinha ideia do que exatamente a Constance gostaria que eu escrevesse, mas, quanto mais converso com vocês, mais os conheço, alguns mais, outros menos, cada vez mais sinto que a matéria está sendo escrita por si mesma, porque todos vocês são pessoas incríveis, com histórias fascinantes, e agradeço a todos por tê-las compartilhado comigo. Ainda mais num momento em que... — Kitty sentiu a voz trêmula e fez uma pausa para se recompor, retendo ainda mais a atenção de todos, que a encararam, até mesmo Molly. — Presta atenção na estrada — advertiu Kitty, o que aliviou a tensão do momento, permitindo que ela continuasse. — Ainda mais num momento em que eu realmente precisava disso. Sei que amolei e aborreci muitos de vocês, que apareci e me intrometi na vida de vocês contra sua própria vontade para falar de coisas de que talvez nem quisessem falar, mas, de novo, quero dizer que agradeço pela paciência, e espero que tenham entendido que investi tudo em vocês, em conhecê-los, em escutar as suas histórias e fazer jus a elas. Aprendi muito com todos vocês, fiquei muito comovida com tudo o que me contaram e me atrevo a dizer que, graças a vocês, hoje sou uma pessoa melhor e vocês me ajudaram a voltar para os eixos.

Kitty avistou Ambrose em particular olhando para ela com aquele rosto marcante. Ela prosseguiu:

— Bom, permitam que eu os apresente uns aos outros. Temos um longo caminho pela frente, então tenho certeza de que terão a oportunidade de conversar e de descobrir a história de cada um, com exceção deste homem aqui. — Ela apontou para Steve. — Ele não está aqui por causa de sua história, porque não tem nenhuma, é só meu amigo, então, não conversem com ele.

Todos caíram na risada, e Steve fez uma careta para ela.

— Talvez ele vá nos contar a *sua* história, Kitty — gritou Jedrek do fundo do ônibus, e todos acharam graça.

— Não, vocês não vão querer ouvi-la. Acreditem.

— Vocês deveriam ter lido o jornal do último domingo — declarou Steve, entretendo os que entenderam a piada.

— Obrigada, Steve. Mas, antes de mais nada, quero que conheçam a figura principal. Nossa aniversariante, Birdie Murphy. — Todos começaram a aplaudi-la e a cantar "Parabéns a você".

O clima não poderia ser mais especial. Todos se integraram e interagiram, e havia uma verdadeira sensação de comemoração e alegria no ônibus. Ao se sentar ao lado de Steve, Kitty não conseguiu esconder o sorriso.

— Olhe para você, toda alegrinha — brincou ele, bagunçando o cabelo dela.

Capítulo Vinte e Seis

A maioria "dos nomes" foi para o fundo do ônibus para ouvir Jedrek e Achar contarem sobre a sua tentativa de quebrar o recorde.

— A categoria é do pedalinho, cem metros, dois homens — explicou Jedrek, com a expressão séria. — O recorde atual é de 1 minuto e 58,62 segundos. Nós dois conseguimos percorrer a distância em 1 minuto e 50 segundos.

Os dois receberam vários tapinhas nas costas.

— Vão tentar bater o recorde em Cork? — perguntou Eva.

— Nosso sonho sempre foi fazer isso com a nossa família na plateia — acrescentou Jedrek, com certa tristeza. — Eles percorreram todo esse caminho com a gente e não vão estar lá...

Achar, mais entusiasmado, interveio:

— Infelizmente, nossa família não pôde nos acompanhar nesta viagem, mas estamos aqui com vocês agora porque sabemos que um adjudicador vai estar lá em Cork. Se conseguirmos convencê-lo a testemunhar a nossa tentativa de quebrar o recorde, seremos oficialmente aceitos no *Guinness*.

— Apesar de não precisarmos de um juiz para testemunhar a nossa tentativa — interferiu Jedrek, rapidamente.

— Não, mas a presença de um juiz oficial é a única forma de sabermos de imediato que a nossa tentativa foi bem-sucedida. Se quer a aprovação instantânea do seu recorde, para ganhar visibilidade e atrair a mídia, então o adjudicador é o melhor caminho. Eles podem te conceder um documento oficial que permite solicitar o certificado ao *Guinness Book*. Pesquisamos para saber como conseguiríamos um adjudicador, mas teríamos um custo de cinco mil euros para trazê-lo até nós. E soubemos que há um adjudicador em Cork num evento corporativo que ocorrerá hoje. Se conseguirmos convencê-lo a testemunhar a nossa tentativa de bater o recorde, então teremos a confirmação imediata.

— Sim, mas não é obrigatório que haja um juiz presente — insistiu Jedrek. — Não quero que você fique alimentando esperanças sem motivo.

— E qual o problema de eu alimentar esperanças? Parece que quem está sem esperança nenhuma aqui é você — rebateu Achar.

Os dois discutiram na frente dos demais, até que Archie se intrometeu:

— Mas vale a pena tentar, não acham? E o que vai acontecer se não conseguirem o juiz? Podem tentar quebrar o recorde para todos nós testemunharmos.

— Eu posso filmar com o meu iPhone, assim vão ter uma gravação dos dois completando a prova — sugeriu Sam.

— E eu vou tirar várias fotos — acrescentou Steve. — E poderão contar ainda com a presença de uma jornalista que vai escrever sobre o assunto.

Jedrek, o mais sentimental entre os dois, pareceu comovido diante das palavras gentis de motivação, embora continuasse pessimista em relação à possibilidade de conseguirem um adjudicador.

ENQUANTO STEVE CONVERSAVA COM EUGENE sobre borboletas e sobre qual seria a melhor forma de cultivar flores que atrairiam as borboletas para a plantação do seu pai, Kitty se sentou ao lado de Ambrose.

— A *succisa pratensis* cresce em clima árido ou úmido, a flor-de-cuco, a prímula, a violeta e o dente-de-leão comum. — Eugene listou as flores, enquanto Steve meneava a cabeça sem dizer uma palavra sequer.

— Fiquei muito feliz por você ter vindo. Sei que não é nada fácil para você — disse Kitty, num tom gentil e com sinceridade, mas, aparentemente, Ambrose se enfureceu.

— Por causa do meu rosto — lançou Ambrose, virando-se para encará-la com o olho verde cheio de raiva. — Estou sabendo sobre a conversa que teve com Eugene. Ele não deveria ter contato a você.

Kitty teve de puxar pela memória para tentar se lembrar do que não deveria saber, mas logo supôs que se tratava do procedimento cirúrgico para remover a marca de nascença e para o qual Ambrose vinha guardando dinheiro. Eugene contara que todas as economias de Ambrose se destinavam às várias sessões de tratamento a laser necessárias para remover o que os médicos chamavam de marca de nascença desfigurante, embora Kitty pensasse exatamente o oposto: a marca não a desfigurava de modo algum, pelo contrário; deixava-a mais bonita. Ambrose era como uma daquelas borboletas exóticas que mantinha emolduradas nas paredes, mas Kitty duvidava que ela acreditaria se lhe dissesse isso.

— Não falamos de você do jeito que está pensando — explicou Kitty.

Ambrose franziu o cenho, confusa.

— Sim, tenho certeza de que não estavam rindo à minha custa, nem conversando sobre o rosto nojento da coitadinha da Ambrose. Não quero que você escreva sobre isso. Não quero que mencione absolutamente nada sobre a minha aparência.

— A matéria é sobre você, Ambrose. Se eu não puder escrever sobre você, simplesmente não posso escrever a matéria.

— Bom, então é melhor pararmos este ônibus agora, porque eu não vou lhe dar permissão para me ridicularizar em público.

— E por que acha que eu faria isso? Pelo contrário. Não sei se você sabe, mas acho que deve saber, o único motivo que levou Eugene a me contar sobre a sua cirurgia a laser é o fato de ele *não* querer que você se submeta a ela. — Kitty sabia que estava dizendo algo que não deveria, mas sentiu que não haveria problema, já que o objetivo era desfazer o mal-entendido entre ela e Ambrose e, claro, entre Ambrose e Eugene. Ambrose não conseguia enxergar o sentimento de Eugene por ela.

— O quê?!

— Ele comparou você às borboletas que vocês tanto admiram e adoram, e disse que você é especial pelas mesmas razões: é rara, exótica e autêntica. Eugene me disse que você é linda do jeito que é. Foi por isso que falamos de você. Por esse único motivo. Estou sendo sincera.

Ambrose abriu e fechou a boca algumas vezes, enquanto tentava processar a informação. Kitty percebeu que ela queria sentir e demonstrar raiva — qualquer comentário sobre a sua aparência a deixava enraivecida —, mas pelo menos desta vez não foi o que aconteceu. Por fim, ela fechou a boca e esboçou um sorriso bem discreto.

KITTY QUERIA UTILIZAR ESSA VIAGEM para fazer aquilo que havia prometido a Gaby: conhecer Eva melhor, mas, logo que deixaram Dublin, Eva sentou-se ao lado de Birdie e as duas engataram numa conversa animada. Edward ficou sentado na poltrona do guia de turismo, ao lado de Molly, e os dois ficaram discutindo sobre a melhor opção de trajeto para Cork para abarcar todos os destinos. Depois de passarem pelo centro da cidade, à tarde eles seguiriam para Nadd, a vila onde Birdie nascera, e o casamento ao qual Eva precisava comparecer era no dia seguinte. Kitty já tinha tudo planejado, mas era justamente isso que a preocupava: as coisas nunca acontecem conforme planejamos. Ela sentiu uma imensa vontade de se intrometer na conversa de Eva e Birdie, mas não pôde. Enquanto isso, Mary-Rose saiu do fundo do ônibus e veio até ela.

— Kitty, podemos conversar um pouco? — Ela parecia ansiosa, então as duas se sentaram numa fileira onde havia dois assentos vagos e de onde Kitty ainda conseguia ouvir Steve recebendo as instruções de Eugene sobre como conservar as borboletas no sítio do seu pai.

— Está tudo bem?

— Sim, tudo ótimo. Todo mundo aqui é muito gentil e acolhedor. Estou adorando ouvir as histórias de cada um, mas não sei ao certo por que estou aqui. Veja, todos aqui têm um propósito nessa viagem, todos têm um destino ou vão cumprir alguma tarefa. Não tenho a menor ideia do motivo pelo qual estou aqui.

— Eu só queria que você conhecesse todos eles. Te conheci pelo mesmo motivo que conheci todos os outros. Por favor, não se sinta pressionada, achando que precisa fazer alguma coisa.

— Mas estou me sentindo inútil aqui.

De repente, Kitty teve uma ideia.

— Você trouxe seu material de trabalho?

— Sempre trago. Para todos os lugares aonde vou — respondeu, com um sorriso.

— E que tal deixar a aniversariante bem bonita para o grande dia?

A expressão de Mary-Rose se iluminou, satisfeita por ter arranjado algo para fazer; além disso, ter alguma coisa para distrair Birdie também daria a Kitty a oportunidade de conversar com Eva.

— Sabe como é, talvez esta viagem possa incentivar um novo pedido de casamento — provocou Kitty.

O semblante de Mary-Rose se anuviou.

— Bem, não tenho tanta certeza disso.

Kitty tentou animá-la.

— O Sam e a Aoife estão namorando sério mesmo?

Mary-Rose engoliu em seco.

— Sim, acho que sim. Sei lá. Ainda não conversamos sobre ela.

Houve um momento de silêncio.

— E o seu amigo ali? — indagou Mary-Rose, meneando a cabeça em direção a Steve.

— O que tem ele? — Kitty começou a se sentir desconfortável, até mesmo irritada. Será que Mary-Rose estava a fim de Steve? Isso não poderia acontecer, poderia? Mary-Rose era pelo menos dez anos mais nova que ele, mais bonita, jovem. Não era possível que estivesse interessada nele.

— Ele tem namorada?

— Ah, sim — respondeu Kitty, prontamente. — Já faz um tempinho. Os dois são muito apaixonados — acrescentou, sem saber ao certo se isso era mesmo verdade, mas se sentindo muito mal por dentro ao imaginar Mary-Rose com Steve. O que diabos dera nela?

— Ah, que pena — lamentou Mary-Rose, cabisbaixa, e Kitty sentiu um alívio por dentro. — Pensei que vocês dois formariam um par perfeito.

Essa fala surpreendeu Kitty de tal forma que ela nem soube o que dizer. Mary-Rose nem sequer percebeu a estranheza dela, já que abordou Birdie e perguntou se a aniversariante estava pronta para uma transformação. Ouviu-se um gritinho feminino, e Regina até trocou de lugar com Archie para observar o trabalho de Mary-Rose.

Kitty se perdeu nos próprios pensamentos, imaginando a possibilidade dela e Steve juntos, cogitando como seria, e até se recordou de uma noite de bebedeira na época da faculdade em que os dois dormiram juntos. Seu coração começou a disparar e o estômago, a revirar. Ela não poderia...

— Bom, consegui escapar da aula, obrigada por me apresentar a ele — disse Steve, sentando-se ao lado dela. — Se algum dia eu tiver mais alguma dúvida sobre borboletas, pode atirar em mim — sussurrou, bem perto do ouvido dela. Kitty sentiu arrepios por todo o corpo ao perceber a respiração dele tão perto. — O que foi? Você ficou vermelha — comentou ele.

Ela abriu e fechou a boca feito um peixe, e neste exato momento o ônibus deu uma freada brusca, chamando a atenção de todos. Alguém, que estava cantando uma música polonesa ao fundo, parou de cantar imediatamente.

— Esquerda! Eu falei esquerda! — gritou Edward. — Quer matar a gente?

— Não, só você, *universitariozinho* — resmungou Molly.

— Está tudo bem aí? — perguntou Eva, enquanto Mary-Rose limpava a marca do batom que escorregara para a bochecha de Birdie no momento da freada.

— Sim, está tudo bem, não se preocupe. A Smurfete aqui tem tudo planejado — respondeu Edward.

Kitty pegou Birdie sorrindo de novo ao ver sua enfermeira e o neto discutindo um com o outro.

KITTY SENTIU-SE DIVIDIDA AO CHEGAREM A CORK. A única maneira de cumprirem tudo o que estava planejado seria se separando. Enquanto Ambrose e Eugene foram para o simpósio sobre as borboletas na Universidade de Cork, Achar e Jedrek foram para o mercadão de Cork, onde a *Bord Bia*, uma agência irlandesa cujo objetivo é promover a venda de comida nacional e incentivar a horticultura, conseguira um adjudicador corporativo de recordes mundiais do *Guinness* para reconhecer o maior número já visto de pessoas fantasiadas de ovo reunidas no mesmo lugar. Isso fazia parte de um programa para promover os cultores locais de ovos orgânicos. Kitty sabia que precisava estar presente nos dois eventos, assim como Steve também precisava, então ela desceu do ônibus o mais rápido que pôde com o objetivo de encontrar o adjudicador, enfiando-se no meio das pessoas fantasiadas de ovo, cujas cabeças estavam para fora do buraco da fantasia e as pernas, cobertas por uma calça dourada de elastano.

— Encontrou ele? — perguntou Achar, a cabeça vasculhando ao redor.

— Como ele é? — perguntou Sam.

Quando um ovo se desequilibrou e bateu contra Mary-Rose, se apressou e esticou os braços para segurá-la e protegê-la.

— Espero que não seja aquele ali — disse Jedrek, e todos riram.

Birdie se apoiou no braço de Edward, olhou ao redor com satisfação, e, apesar de ter declarado que não suportava ficar perto do "universitariozinho", Molly ficou grudada nos dois. Todos decidiram se separar para saírem à procura do juiz, sem ter certeza se a tentativa dos ovos em forma de pessoa de bater o recorde já tinha sido oficialmente registrada.

— Olha, Jedrek — chamou Achar, olhando ao redor. — É disso que precisamos.

Mídia local, apoio de uma multidão e um adjudicador oficial. Era tudo com que Achar sonhara para aquele evento.

— Sim, Achar, mas não há água por aqui. — Jedrek jogou um balde de água fria sobre o sonho de Achar.

— Eu o encontrei! — gritou Eva. Kitty seguiu a voz dela e avistou um homem com um terno preto e o semblante meio desnorteado, cercado pelo bando de gente que acompanhava Kitty.

Jedrek e Achar se esgueiraram pela multidão, com cara de quem tinha acabado de encontrar o Santo Graal ao avistarem o adjudicador. Jedrek caminhou em direção ao homem com a mão estendida ao longo do caminho. O adjudicador olhou para a gangue de Kitty, que o circundava, depois para a mão estendida de Jedrek, como se aquilo fosse algum tipo de pegadinha, até que por fim aceitou o aperto de mão, percebendo que o assunto era sério.

— Sr. Ajudicador. — Jedrek o abordou como se o homem fosse um membro da família real, erguendo as mãos para o céu como se algo sagrado tivesse acabado de se manifestar ali, naquela feira. — Viajamos uma longa distância para encontrá-lo. Eu e meus amigos aqui.

O juiz olhou para o grupo.

— Er... Olá. Sou James — apresentou-se, titubeante.

— James! — exclamou Jedrek, fascinado. — Me chamo Jedrek Vysotski e este é meu amigo Achar Singh. Esta aqui, James, é Kitty Logan, uma excelente jornalista por quem fomos apadrinhados e que vai escrever uma matéria a nosso respeito. — Kitty assentiu com entusiasmo, e James disse mais um "olá" vacilante.

— James, já vamos começar — interrompeu um homem atrás dele.

— Tudo bem, só um minuto — pediu ele, com delicadeza, virando-se para Jedrek, intrigado.

— Nós, Achar e eu, vamos tentar quebrar o recorde dos dois homens mais rápidos no pedalinho na distância de cem metros. O recorde atual é de 1 minuto e 58,62 segundos, e Achar e eu conseguimos percorrer a distância com 1 minuto e 50 segundos. E isso vai acontecer aqui, James, em Cork. Gostaríamos de convidar você para ser o nosso adjudicador.

Desta vez, um ovo em forma de gente os interrompeu.

— Estamos prontos agora, James.

— Tudo bem, só um segundo, por favor — pediu ele de novo, dessa vez mais agitado.

— Não vamos te decepcionar, James — insistiu Achar.

Jedrek repousou a mão gentilmente sobre o ombro do amigo.

— Deixe ele falar.

— Obrigado — agradeceu James, o suor escorrendo pelas sobrancelhas. — Sinto muito, mas acho que não posso comparecer ao seu evento, por mais encantador que ele pareça. — O homem tinha sotaque inglês. — Mas, de acordo com as regras, vocês já devem ter se apresentado e se cadastrado no *Guinness*.

— Sim, já fizemos isso. Já fizemos — respondeu Jedrek, com todo o entusiasmo.

— E o que foi que eles disseram?

— Nos disseram qual seria o custo da adjudicação, e não poderíamos bancar isso — explicou Achar, depressa, para incômodo de Jedrek. — E é por isso que viemos procurar você aqui. Viemos até você para evitar que você tivesse o custo de vir ao nosso encontro — acrescentou, como se estivessem fazendo um grande favor a James.

— Lamento, senhores, infelizmente as coisas não funcionam bem assim.

— Eles estão treinando há meses — intrometeu-se Archie. — Você poderia muito bem aparecer lá e vê-los, não? — As táticas de Archie não eram tão gentis quanto as dos demais e soaram um tanto quanto ameaçadoras.

Eva percebeu e se pronunciou:

— Estaremos no Kinsale Pier amanhã, às duas da tarde. Tudo o que você tem de fazer é aparecer e observá-los, testemunhar com os seus próprios olhos e deixe que eles cuidem de todo o resto. O que acha?

— Volto para Londres amanhã. Meu voo sai de manhã...

— Por que não pede a remarcação? — sugeriu Sam.

— Eu cubro as despesas extras. Esses dois aqui realmente merecem que você fique — complementou Kitty.

— Eles estão muito animados — interferiu Regina, de algum lugar do círculo. — Estamos muito confiantes de que vão conseguir.

— Eu pago pelos seus honorários — afirmou Birdie subitamente, e todos, em estado de choque, olharam para ela.

— Não, não — protestaram Achar e Jedrek. — É muito dinheiro. Não podemos deixar que a senhora pague.

— Depois de hoje, posso pagar o que eu quiser — rebateu Birdie, sorrindo de um jeito malicioso, depois olhou para o adjudicador. — Dê o seu preço que eu vou pagar — acrescentou, com o queixo empinado.

— O problema não são meus honorários — explicou o homem, que agora começava a suar frio. — É uma questão de protocolo. A tentativa de quebrar o recorde deve ser notificada com antecedência para que eu possa entregar o certificado para vocês.

— Você pode nos enviar o certificado depois — sugeriu Achar. — Não precisa nos entregar amanhã.

De repente, todos começaram a falar com ele de uma vez, tentando, cada um à sua própria maneira, convencer James, que, como não conseguia compreender o apelo de todos, ergueu a mão espalmada em sua própria defesa.

— Sinto muito, mas não posso — desculpou-se ele, com sinceridade. — Mas desejo toda a sorte do mundo para vocês amanhã.

Houve um momento de silêncio, o que causou muita estranheza e, aparentemente, o fez se sentir horrível.

— Kinsale Pier, às duas da tarde, amanhã. Por favor, vá. Estaremos lá — concluiu Kitty.

Por fim, o homem saiu arrastado para um palco pequeno onde se preparou para entregar o certificado para o maior número de pessoas vestidas de ovo, todas amontoadas na mesma área. Enquanto todos se juntaram para olhar o pódio, Kitty e seu grupo foram na direção oposta, voltando para o ônibus, desanimados.

KITTY E STEVE CHEGARAM AO OUTRO LADO DA CIDADE, ofegantes, suando e tontos, a tempo de ouvir o nome de Ambrose ser anunciado num anfiteatro para falar sobre o seu estudo muito aguardado. Quinhentas pessoas a aplaudiram, mas não havia o menor sinal dela. Todos olharam ao redor, menos o orador, que olhou para trás, confuso.

Kitty viu Eugene se levantar da primeira fileira e caminhar até os bastidores. Em seguida, ele voltou, subiu ao palco e sussurrou alguma coisa no ouvido do orador.

Ela sentiu o coração apertado.

— Ah, não — lamentou, e, para sua própria surpresa, sentiu as lágrimas aflorarem nos olhos.

Steve, o cara que mais detestava contato pessoal, colocou o braço ao redor do ombro dela e a abraçou, de lado.

— Senhoras e senhores, creio que precisaremos de mais dois minutos, se não se importarem de aguardar.

As pessoas relaxaram e começaram a conversar entre si. Cinco minutos se passaram e o orador pareceu incomodado.

— Será que devo ir lá? — perguntou Kitty a Steve, preocupada. No exato momento em que ela se levantou e seguiu em direção aos bastidores, o orador olhou para trás e assentiu.

— Creio que possamos continuar agora. Bem, novamente, falando sobre uma das borboletas mais belas, a Pavão, conhecida pela maioria de vocês como *Inachis io,* com vocês, nossa estimada integrante do Instituto de Conversação de Borboletas, Ambrose Nolan.

Todos a aplaudiram.

Ambrose, com o cabelo cobrindo o rosto e a cabeça baixa, caminhou até o púlpito.

Ela endireitou o corpo e pigarreou, o que repercutiu alto por todo o anfiteatro por meio do microfone.

— Me desculpem pelo atraso. Meu parceiro me pediu para dizer a vocês que sou muito parecida com a *Aglais urticae*, mais conhecida como concha-de-tartaruga-pequena, que é rápida, vigilante, alerta, mas extremamente ressabiada. Além disso, é muito difícil se aproximar dela.

Todos caíram na risada e, depois da piada, o clima ficou ainda mais leve. Ambrose ergueu a cabeça, olhou para Kitty e respirou fundo. Só depois ela começou a falar.

Capítulo Vinte e Sete

Ambrose e Eugene estavam eufóricos, e, apesar do "sequestro" de o adjudicador ter falhado, o clima estava bastante animado no ônibus enquanto ouviam Eugene contar e recontar orgulhosamente como Ambrose os tinha hipnotizado com as suas descobertas, e Steve pôde mostrar as fotos que havia tirado do evento, mas Ambrose logo cortou o barato dele e pediu que parasse. Quando Eugene já tinha contado a história várias vezes, todos se voltaram para a vitória iminente de Birdie.

Birdie não tinha exagerado quando dissera ser de um vilarejo muito pequeno. Nadd estava situado no contraforte das montanhas Boggeragh e tinha uma população pequena, pouco mais de 170 habitantes. No vilarejo havia apenas dois bares, uma pousada, uma loja e uma casa de apostas, além de uma igreja e uma única escola. Nas imediações, havia construções para incentivar e atrair novas famílias, mas as obras estavam inacabadas, deixando as casas de veraneio em tom pastel abandonadas e com os vidros das janelas quebrados.

— Oh, aí está, Birdie! — cantarolou Mary-Rose, enquanto passavam pela casa de apostas e ela aplicava ainda mais spray no penteado perfeito de Birdie, para desgosto de Edward, que acabou inalando mais uma borrifada do produto e começou a tossir de novo.

Molly ficou satisfeita ao ver isso.

Ficou decidido que todos esperariam no jardim da pousada para dar privacidade a Birdie enquanto ela ia até a casa de apostas, mas Kitty se sentiu honrada ao ser convidada para acompanhá-la junto de Edward. Birdie segurou no braço do neto, enquanto Kitty e Steve esperavam na retaguarda. Steve tirava fotos sutilmente.

A casa de apostas, que ficava bem ao lado do bar, era um cômodo pequeno e lembrava uma sala de estar. Do lado direito do bar O'Hara havia uma banca de jornal, e a casa de apostas ficava à esquerda. Lá dentro, dois homens estavam sentados em banquinhos e assistindo algo em uma televisão pequena, no canto. Os dois usavam boina e paletó e tinham cheiro de quem não tomava banho fazia algumas semanas. Atrás do vidro espesso havia um homem com uns trinta e poucos anos. Ele ergueu a cabeça e, quando Birdie o olhou, inspirou o ar profundamente. Kitty deduziu que ela deveria conhecê-lo e esperou que o homem demonstrasse isso também, mas a expressão dele continuou a mesma e Birdie se recompôs.

— Sou Bridget Murphy — anunciou, a voz um pouco trêmula, o que deixou o seu sotaque de Cork ainda mais evidente. Os dois homens tiraram os olhos da televisão para olhar para ela. Edward envolveu a cintura da avó num gesto de apoio. — Sessenta e sete anos atrás, fiz uma aposta com Josie O'Hara e vim aqui buscar o meu prêmio.

Kitty quase chorou ao ouvir essas palavras. Quantas vezes Birdie as dissera para si mesma, quando era uma adolescente desesperada para deixar o vilarejo mas igualmente desesperada para provar que poderia voltar. E quantas vezes ela devia ter imaginado aquele momento já como mãe, ainda jovem, e depois na meia-idade e em sua velhice? Quantas vezes ela devia ter pensado nesse momento? E, agora, estava bem aqui.

O homem jovem se levantou do banquinho atrás do balcão.

— Você tem o comprovante?

Ela retirou um saquinho plástico da bolsa e com os dedos trêmulos o passou pela fresta entre o vidro e o balcão. Kitty não sabia se o tremor era pelo nervosismo ou pela idade mesmo, mas não o havia notado antes. O homem analisou o comprovante, voltou a olhar para ela, depois para Molly e Edward, que estava ao lado dela, e, em seguida, voltou a olhar para o comprovante. Ele sorriu, depois caiu na gargalhada.

— Não consigo acreditar! Sessenta e sete anos atrás!

Molly e Kitty sorriram, mas Edward, pela voz, demonstrou preocupação.

— E então, vai entregar o dinheiro a ela? — indagou.

A possibilidade de Birdie não receber o dinheiro nunca havia passado pela cabeça de Kitty. Algo no qual ela sempre pensara era no quanto eles pagariam de juros por todos esses anos. A aposta original de Birdie certamente não seguia as regras comuns.

— Aposta é aposta — afirmou o homem, com um sorriso largo no rosto. — Sabia que o Josie era meu bisavô? — perguntou, empolgado. — Ele morreu quando eu era criança, mas nunca vou me esquecer do... Espere. — O sorriso se desmanchou rapidamente quando ele aproximou o comprovante do rosto. — Cem contra um? — Ele leu os números, chocado.

Birdie confirmou com a cabeça.

— Foi isso que o Josie me ofereceu.

— Vou ter que... Não sei se posso... Não tenho autoridade para... Espere um minuto, por favor.

O homem pegou o comprovante e saiu pela porta, deixando-os lá, aguardando. Um dos homens mais velhos ficou encarando-os.

— Você é a filha do Thomas? — perguntou.

Birdie virou-se e o observou.

— Sim.

— Deus do céu! Sean, olha pra isso, é a filha do Thomas.

— Hã?! — exclamou o outro homem.

— Ela é a filha do Thomas — repetiu.

O velho fitou Molly com desconfiança ao observar especialmente o cabelo azul dela.

— É ela?!

— Não, ela, não. A outra. — O homem apontou com o dedo torto. — Você é a menina doente.

Birdie ficou com as bochechas coradas e Kitty se deu conta de que o estigma perdurara.

— E quem é você? — questionou Molly, em tom de defesa.

— Paddy Healy. Filho da Una e do Paddy.

Birdie semicerrou os olhos ao pensar no que o homem havia dito, sua mente divagando para todos aqueles anos de uma época perdida ou esquecida. De repente, seus olhos pararam de se movimentar de um lado para o outro e se iluminaram.

— Lá debaixo? Nessa mesma rua?

— Sim.

— Irmão mais novo da Rachel.

— Eu mesmo.

A julgar pela aparência do homem, Kitty pensou que era difícil imaginá-lo como o irmão mais novo de alguém.

— A Rachel e eu estudamos juntas, na época em que eu ainda ia à escola — contou Birdie.

O homem ficou com a expressão triste.

— Faz dez anos que ela faleceu.

O sorriso de Birdie se desfez.

— Sinto muito por saber disso.

A porta atrás deles se abriu e eles escutaram uma voz do outro lado do vidro.

— Não vamos te entregar o dinheiro — declarou a voz. Tratava-se de uma senhora com seus oitenta e poucos anos, mas o tempo não tinha sido tão generoso com ela quanto fora com Birdie. Ela caminhava com a ajuda de uma bengala e seu cabelo parecia um novelo de lã de tão espesso e seco. Havia pelos de cachorro espalhados pelo avental e as pernas e os tornozelos inchados estavam enfiados num par de botinas.

— Como disse? — retrucou Molly, com um tom áspero, enquanto se impunha à senhora, que tinha metade de sua estatura.

Birdie mediu a mulher dos pés à cabeça.

— Mary O'Hara.

A mulher fungou.

— Fitzgerald. Então, você continua viva. — Ela também olhou Birdie de cima a baixo.

— Vivinha da Silva. Presumo que a decisão de não me entregar o dinheiro seja sua.

O bisneto de Josie olhou como se quisesse se desculpar.

— Sou eu quem tem autoridade aqui, e digo que não. Não vou te entregar o dinheiro.

— A aposta é válida. Pelo menos o seu pai era um homem de palavra — afirmou Birdie.

— Ao contrário de você, como podemos constatar. — A mulher bufou de novo, e ficou claro que havia outras coisas em jogo além de uma aposta feita havia mais de setenta anos.

— Espero que isso não seja pessoal, Mary. Aquilo aconteceu muito tempo atrás.

— Você partiu o coração do meu irmão. Uma vez magoado, para sempre magoado. Não me importa que tenha sido no passado. O tempo não faz a menor diferença.

Birdie pareceu empalidecer depois disso.

— Ele está... como...?

— Ele morreu — declarou Mary, e até mesmo o homem que estava atrás dela soltou um assovio e se irritou com a maneira ríspida como que Mary contou a notícia. Kitty notou que Edward segurou o corpo da avó com mais firmeza, como se ela tivesse, de repente, perdido a força das pernas. — Por quê? Achou que ele estaria aqui? — questionou Mary, depois soltou um riso, uma coisa arquejante que se transformou em tosse. — Achou que ele estaria aqui esperando por você? Bom, não está. Ele seguiu a vida adiante, se casou, teve filhos e netos.

Birdie esboçou um sorriso discreto e tristonho ao saber disso.

— E quando ele faleceu?

Desta vez, Mary respondeu com um tom menos ríspido, mas ainda repleto do ressentimento que ela sentia por Birdie.

— Ano passado.

A dor e a tristeza do semblante de Birdie se agravaram. Sem dizer mais nenhuma palavra, ela se virou e se retirou da casa de apostas.

— E aí? — indagou Mary-Rose, interceptando-os logo que saíram do estabelecimento.

Kitty balançou a cabeça, fazendo um gesto a todos para que não perguntassem mais nada.

Birdie pareceu desorientada. Tanto Edward quanto ela olharam para Molly, implorando por alguma orientação.

— Que tal respirarmos um pouco de ar puro? — sugeriu a enfermeira, segurando no braço de Birdie e conduzindo-a para outra direção, longe da casa de apostas.

Os outros decidiram atravessar a rua e ir para a pousada pedir o jantar. Era uma noite fria, mas eles decidiram se sentar na área externa, enquanto Edward e Steve contavam sobre o que tinha acontecido e todos discutiram sobre o que seria o certo a fazer, de acordo com a lei. Edward, com seu conhecimento das leis, e Steve, por conhecer muito bem a política das apostas, concordaram que aquele tinha sido um mero acordo boca a boca, e, embora pudesse ser cumprido, não haveria nenhum respaldo legal para a aposta. O grupo ficou ainda mais desanimado depois dessa conclusão. Sentindo-se frustrada, chateada por Birdie e envergonhada por ter arrastado todo mundo para essa busca inútil, Kitty tentou descobrir uma forma de pedir licença e sair da mesa. O bisneto dos O'Hara, da casa de apostas, lhe deu a desculpa perfeita quando apareceu no lugar e ficou olhando ao redor.

Kitty saiu da mesa e foi falar com ele.

NÃO FOI DIFÍCIL ENCONTRAR BIRDIE. Ela estava sentada num banco da rua principal, olhando para o outro lado da rua, concentrada, fitando a escola pequena da qual seu pai fora o diretor e único professor, e a casa que havia ao lado, provavelmente o lugar onde ela havia crescido.

Kitty ficou pensando em todos os dias que Birdie devia ter passado olhando pela janela, observando as crianças brincarem no jardim sem poder se juntar a elas porque estava doente, ou por pensar que era frágil demais para brincadeiras.

Kitty foi se sentar ao lado dela.

— Me desculpe, Birdie. Não pensei que...

— Por que está pedindo desculpas? — retrucou Birdie, saindo do transe em que se encontrava.

— Por ter trazido todo mundo aqui para a sua viagem. Eu deveria ter imaginado que não seria uma boa ideia. Era algo muito pessoal, íntimo. Eu não deveria ter me intrometido.

— Pare de falar bobagem, Kitty. Tive um dos dias mais maravilhosos da minha vida. Quando é que vou ter outra oportunidade de contar que passei o dia com quatrocentas pessoas fantasiadas de ovo? — Ela riu. — É muito raro receber o convite para participar de tantas aventuras emocionantes de uma vez só. Você fez algo muito especial para todos nós, Kitty, não se esqueça disso. Nos reuniu. Ninguém está te culpando pelo fato de as coisas não funcionarem do nosso jeito.

Kitty apreciou as palavras amáveis, mas elas não surtiram nenhum efeito. Ela sentia como se tivesse decepcionado todos eles: não conseguira o adjudicador para Achar e Jedrek, nem resgatara o dinheiro da aposta de Birdie, apesar de o dia ter sido muito produtivo para Ambrose, pelo menos.

— Lembre-se, o motivo principal não era o dinheiro — acrescentou Birdie, com um sorriso discreto, embora o argumento não tenha soado tão convincente quanto da primeira vez que Kitty o ouvira. Ela acreditava que o motivo não era o dinheiro, e sim o fato de vir encarar velhos fantasmas, mas esses mesmos fantasmas tinham ganhado de novo num dia do qual Birdie tinha imaginado sair vitoriosa. — O que você tem aí? — questionou Birdie, olhando para um punhado de flores silvestres que Kitty colhera antes de vir ao encontro dela.

— Ah. Sim. O bisneto do O'Hara veio falar comigo. Ele me pediu para te dizer uma coisa.

Ao pé das montanhas Boggeragh, sob uma ligeira névoa, Birdie finalmente parou de vasculhar as lápides e ficou parada ao lado de uma em específico, pondo fim à busca. Próximo à igreja, à escola pequena e à casa onde crescera, ela colocou flores no túmulo do seu primeiro amor verdadeiro, Jamie O'Hara, a quem ela havia amado, mas não da maneira como gostaria porque fora impedida, e a quem tinha deixado para trás ao se mudar para Londres e escapar das garras do pai e dos preconceitos do vilarejo. Birdie fizera uma promessa e uma aposta e finalmente tinha voltado para casa. Pena que, para ambas as coisas, fosse tarde demais.

KITTY SE UNIU AO GRUPO NA ÁREA EXTERNA e pegou seu peixe à milanesa, as batatas fritas, o purê de ervilha e o molho tártaro e ficou se perguntando o que teria de fazer para reanimar o grupo. E como conseguiria ela mesma se reanimar? A conversa entre eles se mantinha leve e tranquila, mas faltava aquela alegria contagiante que se manifestara no ônibus, durante a viagem.

— A culpa não é sua — afirmou Steve, quebrando o silêncio.

Ela o encarou, sem conseguir acreditar muito.

— Estou envergonhada.

— Por quê?

— Por ter trazido todo mundo aqui, para...

— Não é culpa sua, Kitty — repetiu, oferecendo-lhe uma taça de vinho. — Agora, tome isso aí pra ficar um pouco mais animada. E é melhor você não roncar esta noite, senão vou te sufocar com o meu travesseiro.

— Eu não ronco.

— Ah, ronca, sim. Depois que bebe, então, ronca tão alto quanto o meu pai.

— Não ronco, não. Você não tem como saber disso.

Ele ficou encarando-a daquele mesmo jeito de antes, um olhar que a deixou paralisada por fora e numa verdadeira turbulência por dentro.

— Sei de pelo menos uma ocasião em que você roncou.

Ela engoliu em seco.

— Ninguém nunca me disse isso — desabafou, com a voz baixinha.

— Talvez porque ninguém nunca tenha acordado enquanto você continuava dormindo.

Foi um comentário simples, mas que acertou em cheio o coração dela mais uma vez, e tudo em que Kitty conseguiu pensar foi no dia em que, ainda na república da faculdade, ela se deitou ao lado dele e dormiu com a cabeça apoiada sobre o seu peito enquanto Steve, com aqueles cílios longos, pretos e o cabelo desgrenhado, a observava. De repente, eles ouviram um tilintar quando Sam se levantou e tamborilou a colher contra a taça.

— Ah, não, Sam — retrucou Mary-Rose, com a expressão bem séria desta vez, sem o menor sorriso.

— Esmeralda — disse ele, em tom de advertência.

— Esmeralda? — perguntou Jedrek, confuso. — Pensei que o seu nome fosse Mary-Rose — acrescentou, debruçando-se sobre a mesa e falando com ela.

— Ignore-o — pediu Mary-Rose, cobrindo o rosto com as mãos. — Sam, estou falando sério. Pare.

Mas Sam não percebeu que ela estava falando sério mesmo, ou interpretou que poderia mudar o humor de Mary-Rose quando fizesse o pedido de casamento, mas, para Kitty, estava bem claro que a coisa seria diferente desta vez. Ela já tinha testemunhado dois pedidos de casamento dele, portanto, já se considerava uma especialista no assunto.

— Tudo bem. Esmeralda é um apelido carinhoso, não é, querida? — Sam tentou ludibriar os comensais.

— Não. Não é — respondeu ela, enfaticamente.

— Tá legal. Mary-Rose Godfrey. A melhor amiga que eu tenho neste mundo — disse ele, num tom sentimental, sorrindo.

— Para, Sam.

— Não posso. Não consigo evitar o que sinto por você. Não consigo parar de pensar em você. Não consigo fingir que somos apenas amigos. Todos os dias, quando estamos juntos, sinto isso por dentro e não posso te contar.

Repentinamente, Kitty tensionou os músculos do corpo ao lado de Steve, sentindo-se desconfortável com as palavras de Sam. E, se ela estava se sentindo assim, não conseguia se imaginar no lugar de Mary-Rose. Sam continuou:

— Nos conhecemos desde quando tínhamos seis anos, e, quando você entrou na sala, no primeiro dia de aula, com os sapatos trocados, eu tive a certeza de que precisava falar com você.

Para surpresa de todos, Mary-Rose caiu na gargalhada.

— É verdade — disse.

Então, Sam não estava brincando naquela noite? O pedido era para valer?

— E, então, quando começamos a conversar, e depois quando começamos a brigar para saber quem ia brincar com o Lego amarelo primeiro, e você me beliscou e me colocou numa encrenca com a professora, e eu tive de ficar de castigo no canto da sala, pensei comigo mesmo: essa garota é corajosa. Quero ser amigo dela. Não que eu goste de garotas corajosas nem nada. — Todos sorriram. Todos, menos Mary-Rose. Ela não sorrira não porque estava se sentindo envergonhada, mas porque estava triste, isso ficou evidente. As palavras de Sam foram emocionantes, tão contundentes que Kitty duvidou da veracidade delas. Por um momento, ela percebeu que Mary-Rose deveria estar se fazendo a mesma pergunta quando ela empinou o queixo e o observou minuciosamente. Sam prosseguiu: — E permanecemos amigos durante toda a época da escola, até no ensino fundamental, embora sua mãe tivesse enviado você para um convento, onde você teve de usar aquela saia marrom ridícula nos joelhos e aquelas meias que vinham até o joelho também, por seis anos. Eu tenho aceitado ser o seu amigo, mas, nos últimos meses, quando eu... — Sam olhou para ela.

— Isso é pra valer? — sussurrou Steve no ouvido de Kitty, fazendo-a sentir um arrepio pelo corpo todo, de novo.

— Para ser bem sincera, não sei — sussurrou de volta, os lábios tão próximos à orelha que chegaram a tocar o lóbulo, e Kitty sentiu como se tivesse levado uma descarga elétrica.

Embora estivesse distraída com os próprios sentimentos, ela tentou se concentrar no drama que estava bem ali à sua frente.

Sam caminhou até Mary-Rose; algumas pessoas se levantaram para assistir, ansiosas. Todas acreditaram que a declaração fosse para valer.

— Mary-Rose Godfrey, você é minha melhor amiga desde quando éramos crianças, mas não consigo mais esconder. Estou perdidamente apaixonado por você. Sei que pode parecer exagerado e dramático, mas nascemos um para o outro. Você aceita… aceita se casar comigo?

Os olhos de Mary-Rose se iluminaram e se encheram de lágrimas. Ela parecia absolutamente encantada, apaixonada e feliz, muito feliz, de um jeito que Kitty jamais a vira. Até mesmo Kitty acreditou que era tudo verdade, que desta vez era para valer mesmo.

Todos na área externa aplaudiram, mas, enquanto batiam palmas e olhavam um para o outro, não notaram a piscadinha de Sam, que causou em Kitty a mesma reação que em Mary-Rose. O gesto rompeu a ilusão, mostrou que nada daquilo era real. E, em seguida, veio o já esperado momento de silêncio.

O sorriso de Mary-Rose se desfez no mesmo instante.

— Não — respondeu ela.

A plateia arquejou em uníssono.

— Não? — indagou ele, tentando depreender algo da expressão dela.

— Não — repetiu Mary-Rose com firmeza, e, ao negar novamente, uma lágrima lhe escorreu pela bochecha.

— Isso é pra valer? — perguntou Steve de novo. Sua cabeça estava tão próxima da de Kitty que o calor do corpo dele a esquentou naquela noite gelada.

Ambrose estava completamente chocada. Ela agarrou a mão de Eugene de repente, para surpresa dele, e ele retribuiu colocando-lhe o braço ao redor dos ombros, como se quisesse protegê-la do que ela estava vendo.

— Por favor, pare com isso, Sam — reclamou Mary-Rose, com a voz embargada, tropeçando nas próprias palavras, enquanto mais lágrimas escorriam pelo seu rosto.

— O quê? — perguntou Sam, dando-se conta agora de que ela não estava brincando.

Mary-Rose se levantou e saiu da mesa.

Houve um momento de silêncio perturbador.

— Que falta de sorte, companheiro — disse Archie, repousando a mão sobre o ombro de Sam, dando-lhe uns tapas meio fortes, embora a intenção tivesse sido consolá-lo.

Sam olhou para Kitty com os olhos arregalados.

— O quê...?

— Vou falar com ela — avisou Kitty, sem querer sair de perto de Steve, mas ciente de que era a coisa certa a fazer.

Ela encontrou Mary-Rose amuada, com as mãos sobre o rosto.

— Ah, meu Deus, o que eu fiz? — soluçou. — Não consigo mais, Kitty. Não aguento mais ouvir aquelas coisas, esperando que seja verdade, mas sabendo que não é.

Kitty a abraçou forte e se manteve em silêncio.

— Agora ficou óbvio. Agora ele sabe, e como é que eu vou olhar para a cara dele? — perguntou, em meio a soluços, contra a blusa de Kitty.

— Ei, Mary-Rose, aquela foi a melhor de todas! — Ambas escutaram a voz de Sam, e ele se aproximou para se sentar ao lado delas. — Ei! O que foi? Pode parar de fingir agora; já convenceu todo mundo lá. Agora tem duas canecas de chope esperando pela gente na mesa. Gostei do chope, viu? Nunca tinha tomado um desses. Ah, gostei da encenação! Quase cheguei a acreditar que era tudo verdade. Quando foi que teve essa ideia? — perguntou ele, rindo.

Mary-Rose, devagar, ergueu a cabeça do ombro de Kitty e olhou para ele, confusa.

— Acho que é melhor eu deixar vocês dois sozinhos — disse Kitty, levantando-se.

— Não, não precisa fazer isso, Kitty — afirmou Mary-Rose.

— Sim, preciso, sim — insistiu ela, olhando para Mary-Rose de um jeito que dizia: "Conte para ele".

Enquanto caminhava de volta para as mesas, Kitty ouviu seu telefone tocar.

— Desculpe por te ligar tão tarde, mas sei que ainda estão acordados porque acabei de falar com a Eva — gritou Gaby do outro lado do telefone, tanto que Kitty precisou diminuir o volume do aparelho.

— Oi, Gaby, sem problemas, não se preocupe, está tudo correndo bem por aqui.

— Ótimo, ótimo, mas não estou te ligando por isso. É sobre o livro que você me entregou. Meu chefe leu a história hoje.

— Nossa, que rápido! — exclamou Kitty com um sorriso, sentando-se para ouvir o que Gaby tinha para contar. — Espero que eu não o tenha feito perder o tempo dele. Só quis fazer um favor para um amigo, entende?

— Bom, então o seu amigo vai ficar radiante, porque tenho ótimas notícias. Meu chefe adorou a história. Romances policiais estão em alta no momento e ele quer entrar em contato com o autor.

Capítulo Vinte e Oito

Kitty não conseguiu falar, tamanho seu estado de choque. O plano fora por água abaixo. A intenção era que o romance de Richie fosse descartado, rejeitado, e que Gaby lhe entregasse uma carta de recusa destinada a ele, assim Kitty a entregaria pessoalmente para poder apunhalá-lo pelas costas da mesma forma que ele havia feito com ela. Mas dera tudo errado. O chefe de Gaby tinha gostado da história, como pode?! Richie teria sua obra publicada, e era essa a vingança dela contra ele?

Kitty precisava de um tempo consigo mesma para lidar com aquele sentimento de vingança, então se enfiou no quarto da pousada para ficar sozinha. Também precisava pensar sobre o que fariam no dia seguinte e no significado de tudo o que tinha acontecido neste dia para a sua matéria. Havia uma bicama no quarto pequeno da pousada, um lavatório no canto e um banheiro no corredor do andar, dividido entre todos os hóspedes. Em vez de pensar numa solução para os seus problemas, ela não conseguia parar de pensar em Steve; em como seria se os dois estivessem dividindo o mesmo quarto, no quanto ela ficou empolgada com a ideia, não que estivesse esperando que algo fosse acontecer entre eles, embora tivesse de admitir que nos últimos dias, com certeza, algo havia mudado entre os dois. Ou será que era coisa da cabeça dela? Será que estava alimentando um sentimento por ele quando, na verdade, nada havia mudado entre eles? O histórico de Kitty com homens não andava nada bom. Ela até havia namorado alguns caras legais no passado, mas nas últimas semanas, entre Richie e Pete, a necessidade e o desejo de Kitty de se sentir aceita a levaram para os braços do homem errado. Ela não considerava que seria errado sentir algo por Steve. Ele era firme, estava sempre lá quando ela precisava, não era um cara sobre o qual ela não sabia nada, alguém que poderia, numa bela manhã, surpreendê-la com uma esposa e quatro filhos, nem era o tipo que tem queda por prostitutas. Kitty sabia tudo sobre Steve, *tudo*.

Alguém bateu à porta e ela escutou Steve chamá-la. O coração de Kitty disparou, ela mal conseguiu pensar; mal conseguia se concentrar em alguma coisa.

Ela abriu a porta.

— Você está bem? — perguntou ele, olhando-a com estranheza.

— Sim, por quê? — A voz dela saiu feito um guincho.

— Porque a sua voz está parecendo a do Piu-Piu. — Ele logo percebeu a mudança na voz dela. Empurrou a porta, abrindo-a totalmente, e entrou. — O que está achando do lugar? — Ele inspecionou o quarto e se sentou na cama do lado esquerdo, depois, quicou um pouco sobre o colchão e a cama rangeu alto.

Os dois riram, olhando um para o outro, mas Kitty logo desviou o olhar, sentindo-se feito uma garotinha de escola apaixonada por algum colega da sala.

— O que foi? — perguntou ele em tom mais gentil, enquanto ela se sentava na cama de baixo, ficando de frente para ele.

— Acabei de receber uma ligação com más notícias.

Steve pareceu preocupado.

— Mandei um romance de um autor que ainda não foi publicado para um editor e, bem, as coisas não funcionaram bem da maneira que eu esperava.

— Rejeição faz parte do jogo. Vai ter que dizer para o seu amigo que ele precisa se acostumar com isso.

— Não foi recusado. E não era de um amigo — ela explicou, com mau humor.

— De quem era o romance?

— Do Richie Daly. Vai, pode dizer "bem que eu te falei" e que eu sou uma pessoa horrível e que eu não deveria ter feito isso. Eu sei que não deveria, tá bom? Só que encontrei o pendrive dele, sabia que era uma história ridícula da qual ele se sentia muito orgulhoso e achei que fosse uma porcaria, igual a tudo o que ele escreve, e pensei que conseguiria uma bela carta de recusa para enviar para ele. Sou uma pessoa terrível, eu sei!

Steve contraiu os cantos dos lábios.

— Nem... pense... em...

Ele sorriu.

— Não tem graça! — resmungou ela.

— É meio engraçado, sim.

— Steve, isso não tem graça nenhuma — retrucou, mas, diante da cara que ele fez, Kitty riu da própria desgraça. — Ah, meu Deus! Não consigo nem me vingar direito mais. Perdi, perdi a minha capacidade de ser má, e é tudo culpa sua.

— Sério?

Ela engoliu em seco, sem querer olhá-lo nos olhos.

— Bom, não, quer dizer, sim. Você foi bem enfático quando me disse com todas as letras a pessoa na qual me transformei e eu me dei conta de que não gostei muito disso, então, sim... As coisas que você diz têm importância para mim. — Ela engoliu em seco de novo e decidiu seguir em frente. Contraindo o corpo, concluiu, com a mesma determinação: — *Você* é importante para mim.

Ele a olhou daquele jeito. Ah-meu-Deus, daquele jeito de novo! Kitty sentiu as vísceras se revirarem novamente.

Alguém bateu à porta.

— Não atenda — pediu Steve, com firmeza, e Kitty teve toda a intenção de fazer o que ele quisesse. O que quer que fosse. O que quer que ele dissesse.

Mas a pessoa persistiu e bateu de novo.

Steve balançou a cabeça.

Kitty continuou sentada e abriu um sorriso largo.

— Ei, Kitty, Steve. Estão aí? — perguntou Sam.

Ela tinha de se levantar, mas Steve pulou em cima dela e a segurou com o próprio corpo, pedindo para ela continuar lá, sentada.

— Falei para você não sair daí — sussurrou, o cabelo resvalando e fazendo cócegas no rosto dela, e os dois ficaram praticamente com os narizes quase encostados um no outro.

— Se estiverem aí, queria muito que me ajudassem. — Sam parecia ansioso. Kitty olhou para a porta, depois para Steve.

— Acho que preferia quando você era uma repórter de merda — sussurrou Steve, saindo de cima dela.

Kitty deu risada e se ajeitou antes de abrir a porta.

— Oi, Sam. Me desculpe pela demora.

Ele olhou para Kitty e depois para Steve, mas estava tão preso ao próprio dilema que não notou nada de estranho. Entrou no quarto.

— Acho que você conversou com a Mary-Rose.

— Você sabia?

— Bom, ela nunca disse nada, mas eu percebi.

— Percebeu o quê? — perguntou Steve de onde estava, deitado na cama.

— Que ela sente algo por ele — respondeu Kitty.

— Ah, sim, eu percebi isso.

— Percebeu?

— Claro. Tá na cara.

— Merda — retrucou Sam, sentando-se na cama, chocado. — Sou um trouxa. Não posso acreditar que falei tudo aquilo e... Eu não fazia ideia de que...

— O que foi que disse para ela? — perguntou Kitty, sentindo-se preocupada agora.

— Bom, e o que eu poderia dizer? Eu nem desconfiava de que ela gostava de mim. Fiquei surpreso. Só falei que precisava digerir e pensar um pouco.

Steve soltou um assovio.

— Pensar um pouco? — indagou Kitty.

— Bom, e o que eu deveria ter dito? — Ele olhou para um, depois para o outro.

— Que você sente o mesmo — respondeu Steve, sem olhar para Sam e sim para Kitty.

— Mas não sei se sinto. Sabe, adoro a Mary-Rose, ela é minha melhor amiga, eu faria qualquer coisa por ela, só que nunca pensei nela como namorada.

— Sim, bom. Pois comece a pensar, cara — aconselhou Steve.

— Mas é possível? Nós dois, sendo amigos...

— Sim — disseram Kitty e Steve em uníssono. Os dois olharam um para o outro e sorriram.

Sam olhou para os dois uma vez mais, observou-os, primeiro um, depois o outro, e Kitty imaginou que ele finalmente havia entendido, que a ficha tinha caído e que os deixaria sozinhos, por fim.

— Vocês se importam se eu dormir aqui e você dormir com a Mary-Rose? Ela não vai me deixar entrar no quarto e não tem nenhum quarto vago na pousada — pediu.

Essas não eram as palavras que Kitty esperava ouvir. Ela teve vontade de responder que não, que ele não poderia dormir lá, e se sentiu decepcionada, frustrada, pensando em tudo que poderia ter acontecido naquela noite, naquela cama horrorosamente estridente. Ela olhou para Steve, que se manteve em silêncio, sufocando a boca com um travesseiro. Kitty deu risada.

— Claro, Sam. Pode dormir na minha cama. Mas não ronque, ou então o seu companheiro de quarto vai te jogar pela janela.

MAIS TARDE, QUANDO OS ACONTECIMENTOS DO DIA começaram a se aquietar na mente de Kitty, ela já estava pegando no sono quando ouviu uma música tocar do lado de fora, deixando-a desperta de novo.

Ela olhou para Mary-Rose, que finalmente tinha pegado no sono depois de se debulhar em lágrimas, levantou-se da cama e caminhou sobre o chão rangente até a janela para ver de onde vinha a música.

— Mary-Rose! — chamou Kitty. — Acorda! Você tem que ver isso! — Mary-Rose, sonolenta, apoiou-se sobre os cotovelos e olhou ao seu redor, sem saber ao certo [illegible]ue estava. — Olhe! — exclamou Kitty, mais alto agora, entusiasmada.

Mary-Rose por fim escutou a música, levantou-se da cama e foi para a janela. Ela demorou um pouco para perceber o que estava acontecendo, assim como Kitty. Aos poucos, começou a abrir um sorriso e olhou para Kitty, encantada.

— Vamos descer lá.

Rapidamente, Kitty vestiu as roupas que tinha tirado para dormir e desceu as escadas correndo, saiu da pousada e chegou à rua. A noite estava serena, o vilarejo, em completo silêncio, todos recolhidos em suas casas, já dormindo. Acima delas, o céu brilhava com um milhão de estrelas.

O ônibus do St. Margaret havia sido retirado do estacionamento e estava estacionado no meio da rua, bloqueando a passagem (como se houvesse circulação de carros). Os faróis estavam totalmente acesos, o motor ligado e as janelas abertas. Os faróis apontavam para o antigo salão de baile, cujas portas estavam abertas, e o cheiro de mofo e de umidade exalava do celeiro abandonado que fora o palco de tantas noites que Birdie passara ali, dançando.

Dançando no escuro, estava Birdie, com os olhos fechados, o queixo erguido, apontando para o céu enquanto girava e rodopiava, os braços elevados como se estivesse dançando com algum parceiro invisível ao som de "Dream a Little Dream of Me", cantada por Ella Fitzgerald e Louis Armstrong.

Eva estava sentada no banco do motorista do ônibus, segurando o microfone e apontando-o para o tocador de CD, e, ao lado das luzes do farol, parados, estavam Edward e Molly.

Kitty ficou extasiada com o que viu. Deixando Mary-Rose, que estava igualmente encantada, ela subiu no ônibus.

— Foi você quem fez isso? — perguntou a Eva.

— Birdie me contou que ela e Jamie tinham o hábito vir aqui à noite para dançar. Essa era a música favorita deles. É o presente de aniversário dela, atrasado — explicou Eva, com os olhos marejados, enquanto observava Birdie dançando sozinha no antigo salão de baile.

Kitty percebeu que Molly e Edward estavam abraçados, dançando lentamente, ao passo da música. Então, ela acreditou que tinha acabado de testemunhar a mágica de Eva.

Capítulo Vinte e Nove

No dia seguinte, o clima estava visivelmente melhor. Apesar de Mary-Rose e Sam não terem se sentado lado a lado para o café da manhã, Ambrose e Eugene pareciam confortáveis, e Ambrose chegou até a trocar algumas palavras com Regina, embora mal olhasse para os outros. Archie e Regina tinham dividido o mesmo quarto, e todos perceberam a proximidade e intimidade dos dois no dia seguinte. Kitty se sentiu mais estranha que de costume perto de Steve e ficou sem saber como agir na presença dele depois que a conversa entre os dois fora interrompida na noite anterior, mas não foi difícil esconder isso diante do entusiasmo e da ansiedade pelo grande momento de Achar e Jedrek.

Os dois fizeram questão de comer algo saudável e receberam um grande incentivo de Archie, que, sem dúvida, continuava decidido a seguir adiante com o seu plano de ajudar aqueles cujas preces ele podia ouvir. Kitty não tinha esse "dom", mas poderia deduzir quais eram as preces de Achar e Jedrek naquela manhã. Steve e Sam tiveram uma conversa séria ao longo do café, e continuaram conversando logo que se sentaram um ao lado do outro no ônibus, e Kitty daria tudo para poder escutar o que estavam falando. Ela teria se intrometido no meio deles se não estivesse se sentindo completamente perdida, sem saber como se comportar perto de Steve. Birdie, apesar de não ter recebido o dinheiro que lhe era devido, estava animada depois da viagem que fizera no tempo e do aniversário inesquecível que tivera graças a Eva, e continuava divagando com os próprios pensamentos, ora entrando, ora saindo da conversa à medida que a sua mente passeava pelas lembranças.

Enquanto todos embarcavam no ônibus, o jovem O'Hara saiu correndo da casa de apostas com um envelope grande nas mãos.

— Bridget! Bridget Murphy! — chamou.

Birdie ficou parada num dos degraus e se virou para ele. Edward rapidamente se posicionou ao lado dela, e Kitty não pensou em fazer outra coisa que não o mesmo.

— Que bom que cheguei a tempo. Tive de passar a manhã convencendo uma pessoa — explicou, ofegante e com o rosto vermelho. — Sinto muito por ontem, peço desculpas. Minha avó, às vezes ela é... Bem, às vezes ela fica presa a algumas coisas. A lealdade que ela tem para com a família é o que mais admiramos nela, mas, muitas vezes, isso acaba se virando contra ela. Sou muito leal à memória do meu avô também. Sei que ele era muito pão-duro, não era o homem mais generoso do mundo, mas tinha um profundo respeito pelos negócios e era um homem de palavra. Se ele fez essa aposta com você, então gostaria de cumpri-la. Espero, com todo o respeito, que você aceite este dinheiro, o seu prêmio pela aposta.

Birdie ficou olhando para o rapaz, em estado de choque. Ele continuou:

— Eu era muito próximo do meu avô Jamie. Ele falava muito de você.

Emocionada, Birdie levou as mãos à boca, depois às bochechas do rapaz, que ficou ainda mais vermelho.

— Você é muito parecido com ele. Desde ontem, quando te vi, percebi isso. Por um momento pensei que...

— Dizem que eu pareço muito com ele mesmo — comentou o jovem, as bochechas ainda coradas.

— Obrigada. Deus te abençoe — sussurrou Birdie.

— Obrigado — endossou Edward.

Kitty ajudou Birdie a subir os degraus que faltavam para entrar no ônibus. Quando os outros a viram com o envelope na mão, aplaudiram-na e o clima de comemoração voltou a reinar.

— Vamos, universitário — chamou Molly, mas com um tom mais suave agora, e, enquanto Edward olhava para ela, Kitty pôde sentir que havia mesmo algo entre eles; ficou tão contente que teve vontade de dar pulos de alegria.

Regina foi se sentar ao lado de Kitty.

— Olá. Ainda não tivemos a oportunidade de conversar — disse ela, de um modo tímido.

— Sim, me desculpe.

— Ah, você tem gente mais importante com quem conversar aqui. Para a sua matéria. E não quero tomar o seu tempo, só queria agradecer.

— Não precisa me agradecer; foi um prazer poder contar com a sua companhia.

— Eu não me refiro à viagem, embora me sinta muito grata por ela também, mas o Archie me contou que você pagou a nossa hospedagem, e isso foi muito gentil da sua parte. — Regina olhou para os próprios dedos, que de tão finos e delicados se pareciam com os de uma boneca. — Mas quero agradecer por ter ajudado o Archie. Ele disse que você tem feito muitas coisas por ele. E que foi você quem pediu para ele vir falar comigo.

— Não acho que tenha sido difícil convencê-lo. Ele não tirava os olhos de você um só minuto — afirmou Kitty, com um sorriso.

Regina enrubesceu.

— Bom, só porque você o ajudou, é ele quem me ajuda agora, e por isso quero te agradecer de todo o coração.

— Ele te contou sobre a... habilidade que tem? — Kitty não conseguiu pensar em outra palavra para definir essa peculiaridade de Archie porque, na verdade, ela não tinha muita certeza se se tratava de um dom ou de uma maldição. Se a habilidade o ajudara a conhecer Regina e o levara a ser feliz, então Kitty tinha certeza de que era um dom, embora não o invejasse por isso.

— Sim. Ele me contou toda a história. É um homem muito especial, disso não tenho dúvida — afirmou sem titubear, insinuando que não tinha muita certeza do resto.

— Ele passou por um bocado. Posso te fazer uma pergunta pessoal? Não precisa me contar nada, mas estou curiosa para saber. Ele acertou?

— Sobre as minhas orações?

— Sim. Ele disse que você ficava sentada lá, pedindo "por favor".

— Não era consciente. — Regina voltou a olhar para os seus dedos. — Mas imagino que era isso que estava passando pela minha cabeça.

Kitty assentiu, morrendo de curiosidade, ávida por fazer outras perguntas, mas sem querer pressioná-la, afinal era Archie quem faria parte da matéria dela, não Regina. Muito embora o interesse pelas pessoas estivesse em seu sangue, ou pelo menos era isso que Constance dizia, Kitty se conteve.

E foi então que Regina, do nada, quando Kitty não esperava nenhuma explicação adicional, começou a contar:

— Eu estava num relacionamento longo. — De repente, Regina fez aquela cara de assustada que Kitty reconhecia muito bem das vezes em que a encontrara na cafeteria. — Mas ele quis terminar comigo, do nada, do dia para a noite. Não me deu muitas explicações. Disse que não era nada de importante, mas... — Ela deu de ombros. — Superar o fim da relação foi algo muito difícil para mim. Ele mudou de casa, mudou o número do telefone, trocou de emprego. Foi como se tivesse desaparecido da face da Terra. Mas um dia, quando eu estava passando em frente àquela cafeteria, eu o vi naquela mesma hora, de manhã, e levei um susto tão grande que não consegui entrar e me aproximar dele. Não me sentia pronta para falar o que eu queria. Continuei andando, virei a esquina, mas mudei de ideia e voltei. Quando cheguei à cafeteria, ele não estava mais lá. Foi o único lugar em que voltei a vê-lo. Nossos amigos e conhecidos em comum também não tiveram mais notícias dele. Acho que ele simplesmente rompeu com tudo da sua vida antiga para construir uma nova. Ele queria desaparecer, mas eu o vi lá, naquela cafeteria. Só não tive coragem de entrar. Pensei que talvez ele voltasse, que ali seria um lugar que ele costumava frequentar, então foi aí que comecei a ir até lá todos os dias. Ele nunca mais apareceu, mas eu sentia como se não pudesse perder um só dia. Ficava pensando: "E se ele voltar lá hoje?". E por isso não consegui parar de frequentar o lugar. Passaram-se meses e mais meses sem que eu mudasse o hábito. Mesmo quando eu tentava ir a outro lugar naquele mesmo horário, era como se ele estivesse me puxando, e eu sempre acabava indo para lá. Sei que é um tipo de comportamento muito estranho. — Ela olhou para Kitty com nervosismo. — Minha família começou a ficar preocupada comigo. Tenho ciência de que não era uma coisa normal, mas eu não conseguia parar. Era o único vínculo com ele que ainda me restava. Por isso, continuei indo à cafeteria, alimentando as minhas esperanças. Sempre acreditei no destino. E em todas as coisas em que a maioria das pessoas não acredita. Pensei que fosse algum tipo de sinal, que, se eu o vi lá, aquela vez, então voltaria a encontrá-lo. Mas agora não entendo o motivo disso tudo. Nunca voltei a vê-lo. Já faz um ano — concluiu Regina, quase com vergonha de si mesma por manter esse tipo de comportamento.

— E foi lá que você encontrou o Archie — disse Kitty, fascinada com aquela mulher e com a história dela. — Era esse o motivo. O seu antigo amor te fazia voltar lá, mas talvez não fosse para encontrá-lo, e sim para encontrar Archie. Se existe destino, com certeza esse é um sinal dele — acrescentou Kitty, acreditando nas próprias palavras ali naquele momento, apesar de não acreditar em nenhuma daquelas coisas.

Foi como se, pela primeira vez, aquele pensamento tivesse passado pela cabeça de Regina. Seus olhos brilharam.

— Você acha?

— Bem, eu não tenho certeza disso, mas é o que parece, pelo menos para mim. Se você não voltasse lá pelo seu ex, então nunca teria conhecido o Archie, teria?

Regina sorriu ao ouvir isso e seus ombros relaxaram à medida que ela aceitou a ideia.

— Sabe, hoje foi o primeiro dia depois de um ano que eu não fui à cafeteria.

— E como está se sentindo? — Regina refletiu um pouco, fez que ia dizer alguma coisa, mas desistiu. — Seja sincera — pediu Kitty, e ela sorriu.

— Bom, para ser sincera, acho que hoje é justamente o dia em que ele deve estar lá. Na cafeteria.

A resposta deixou Kitty perplexa.

— O que acha? — perguntou Regina.

Kitty pensou antes de responder; pensou na Lei de Murphy e nos meandros da vida. Não poderia mentir:

— Acho que é provável que você esteja certa.

Regina meneou a cabeça uma vez, depois de novo, como se tivesse aceitado a ideia. Ela olhou para a fileira onde Archie estava dando dicas de respiração para Achar e Jedrek.

— Estou feliz por estar aqui.

Kitty sorriu.

— Também estou muito feliz por você estar aqui, Regina.

— Chegamos! — anunciou Molly, e todos começaram a bater os pés no chão para incentivar Achar e Jedrek, que começavam a demonstrar certo nervosismo.

— Não se preocupem, moças e rapazes, ainda temos uma hora — ponderou Archie, percebendo o estado de pânico deles e falando como se fizesse parte da equipe. — Mesmo que o adjudicador não venha, vamos conseguir.

O plano era que todos pudessem dar uma volta pelo Kinsale Harbour naquele dia ensolarado de maio, enquanto Jedrek e Achar se preparavam para tentar quebrar o recorde, mas os noivos arranjaram uma alternativa quando avistaram Eva.

— Pode pedir para os seus convidados entrarem — pediu a irmã de George, a noiva, enquanto cumprimentava Eva e Kitty na porta da recepção do casamento. Os noivos já tinham terminado a refeição e feito o discurso, para alívio de Kitty, e estavam se aprontando para comer o bolo. Isso, porém, não impediria que Eva e Kitty precisassem se apressar para voltar para Dublin. Todos precisavam cair na estrada às três da tarde.

— Ah, não. Não posso fazer isso. Há muitas pessoas lá fora, e elas nem sequer estão esperando ser convidadas — lamentou Eva.

— Quantas?

— Quatorze no total, então não espere...

— Yoohoo! — A noiva chamou um dos funcionários do bufê. O homem estava suado, segurando três câmeras nas mãos e tirando a foto de um grupo com doze pessoas da família. — Pode arranjar uma mesa extra, por favor? — pediu com a maior tranquilidade, como se não houvesse o menor problema em ter quatorze intrusos em sua festa.

A casa de George Webb em Kinsale era uma construção deslumbrante, à beira d'água, sobre o estuário do rio Bandon, em Kinsale Harbour. A residência tinha um gramado enorme cuja paisagem, ao fundo, era o rio onde um iate de tamanho considerável estava ancorado.

Kitty e sua trupe desceram do ônibus e se uniram aos convidados da recepção, todos se sentindo muito malvestidos para um evento daquele porte. Todos menos Eva, que estava lindíssima com o seu vestido, tanto que todos assoviaram quando ela entrou no ônibus. Logo que a avistou, George Webb interrompeu a conversa que estava tendo com alguém e veio falar com ela. Kitty olhou ao redor procurando pela possível namorada dele, mas não encontrou ninguém que pudesse se encaixar no perfil.

Enquanto devoravam o delicioso bolo de chocolate, Kitty percebeu por que Eva tinha vindo com poucas sacolas: os presentes que ela oferecia às pessoas não eram do tipo que se pode guardar em sacolas. No exato momento em que Kitty refletia sobre isso, uma música começou a tocar ao fundo. Levou um tempo para que todo o falatório cessasse, até que, por fim, o silêncio se instaurou de tal modo que, caso um alfinete caísse no chão, seria possível ouvi-lo. A música era "My Wild Irish Rose", e os cantores eram dois homens, um deles vestindo um colete vermelho com uma camisa listrada nas cores vermelha e branca por baixo e o outro com traje igual, mas nas cores branca e amarela. Os dois usavam calça branca e chapéu de palha cuja fita ao redor tinha a mesma cor da aba. Os convidados, deduzindo que o número fazia parte da música do evento, pararam de comer e se viraram para assistir, mas houve um homem que agiu diferente e, devagar, se levantou da cadeira na ponta da mesa, o corpo trêmulo e os olhos brilhando enquanto observava os únicos membros que restaram de sua banda Sweet Harmony, com quem ele havia viajado por todo o país, cinquenta anos atrás. Kitty deduziu que eles deveriam ter oitenta e poucos anos, como o avô de George, Seamus, e presumiu que o quarto membro da banda não tivera a mesma sorte que os três para chegar àquele estágio da vida. Assim que conseguiram prender a atenção de todos, eles começaram a caminhar ao redor das mesas, com brilho nos olhos e um sorriso no rosto, alegres e cativantes, as vozes, agora, sem dúvida mais cansadas do que antes e carecendo de outras duas, essenciais para a harmonia daquela canção; a coluna curvada e as mãos artríticas, mas, por fim, conseguiram chegar à mesa principal em que se esperava que eles fossem abordar os noivos. Em vez de fazerem isso, porém, foram até Seamus, o homem que estava de pé e com a mão sobre o peito, os olhos marejados. Os três cantaram as últimas estrofes da música juntos e, logo que terminaram, os dois homens começaram a cantar "Parabéns a você".

Quando os aplausos terminaram, todos se concentraram em Seamus, esperando por uma explicação, esperando por algo mais. Ele ficou abraçado com os dois homens por um longo tempo, os três juntos numa cena repleta de emoção, mostrando um laço entre eles que faria mesmo a pessoa mais gentil do mundo sentir inveja.

Seamus olhou para os convidados.

— Senhoras e senhores, estimados noivos. — A neta e noiva enxugou uma lágrima que escorreu pelo rosto. — Sei que já terminamos a parte dos discursos, mas eu não poderia deixar que este momento passasse sem dizer algumas palavras, se assim me permitirem.

Os noivos assentiram, encorajando-o a prosseguir.

— Há cinquenta anos não vejo estes dois homens — declarou, abraçando-os de novo, e os três ficaram de pé, juntos, lado a lado, braços dados. — Éramos de uma banda que se chamava Sweet Harmony. Viajamos o país de cabo a rabo, leste, norte, sul e oeste, não foi, rapazes?

Os dois homens, longe de serem rapazes, assentiram.

— Estes dois aqui são os Bobbys: este é o Bobby Owens e este aqui, o Robert Malone. Infelizmente está faltando o Frankie. — Seamus olhou para os outros dois homens para obter a confirmação do que supunha e os dois assentiram com tristeza, confirmando a suspeita. Ele fez uma pausa, lamentando a perda de um homem que não via fazia cinquenta anos porque a amizade entre os integrantes da banda parecia agora mais revigorada do que nunca, sobretudo porque o encontro trouxera à tona toda a emoção e entusiasmo da época, as lembranças e as coisas positivas e negativas esquecidas e que não poderiam ser modificadas. — Só há uma pessoa aqui que poderia ter feito isso — declarou, brandindo o dedo no ar. — Só há uma pessoa que se importa tanto comigo a ponto de ter feito isso, e essa pessoa é o meu neto George. Estou errado, George? — Seamus olhou para a mesa principal, e George olhou para Eva, que balançou a cabeça, confirmando.

— Venha aqui, do meu lado, George — chamou Seamus, a voz repleta de emoção. O neto, constrangido tanto por virar o centro das atenções quanto provavelmente pelo fato de ter pouquíssima participação na escolha do presente, levantou-se devagar e foi aplaudido por todos. — Venha cá — chamou o avô mais uma vez.

— Contanto que não me peça para cantar... — disse George, e todos riram. Ele era bonito, talvez até mais sem o traje formal do escritório, charmoso e elegante, e se parecia com um astro clássico de Hollywood.

— Este homem é um anjo — afirmou Seamus, a voz embargada, e, olhando para os convidados, acrescentou: — Amo todos os meus netos, vocês sabem disso, mas este homem aqui é um anjo. Não o vemos com muita frequência porque ele trabalha demais, mas eu o amo e aprecio tudo o que ele faz por nós. — Seamus agarrou o neto num abraço apertado e a multidão agitou-se, comovida.

— Feliz aniversário, vô — desejou George.

— Obrigado, filho — agradeceu Seamus, tentando conter as lágrimas de novo.

Kitty avistou Nigel, que estava entre uma mesa de pessoas mais velhas e outra de crianças, ao fundo. Ele parecia emocionado. Antes que Kitty tivesse tempo de fazer todas as perguntas que queria fazer para Eva, os noivos, que estavam circulando pelas mesas, finalmente chegaram à mesa deles.

— Eva, muito obrigada — agradeceu a irmã de George, Gemma, também visivelmente emocionada. — Foi o presente mais atencioso que já ganhamos.

Eva pareceu envergonhada.

— Fico muito feliz que tenham gostado, mas não fui eu quem presenteou vocês. Foi o George.

— Ah, não precisa esconder da gente. Amamos o George de todo o coração, mas sabemos que ele, sozinho, não conseguiria pensar numa ideia dessas.

— Sério, Eva, se alguma vez estiver na Carolina do Norte, por favor, venha nos visitar. Será sempre bem-vinda em nossa casa. Este foi o presente mais gentil e mais delicado que já recebemos. Sem menosprezar o presente de vocês, viu, pessoal?

Ninguém se sentiu ofendido, mesmo porque ninguém naquela mesa havia trazido presente para os noivos porque nem sequer sabiam que viriam para um casamento. Alguns murmuraram respostas incoerentes, mas não fez a menor diferença, pois o noivo não havia escutado, já que estava com os olhos marejados, emocionado.

— E estamos tão contentes que a Philipa foi embora — acrescentou Gemma, falando bem baixinho.

Eva enrubesceu.

— Se meu pai e meu avô estivessem vivos, ficariam muito orgulhosos — comentou o noivo, com um sotaque carregado, típico da Carolina do Norte, as narinas dilatadas e os lábios trêmulos, tentando conter as lágrimas.

— Ah, querido. — A noiva o consolou com um selinho.

— Meu Deus, que presente foi esse que você deu para eles? — perguntou Mary-Rose logo que os noivos se retiraram da mesa, o noivo enxugando os olhos com um lenço.

— Criei um brasão novo para a família deles. Peguei algumas coisas tanto da família do noivo quanto da noiva e coisas que representavam a vida deles, tudo saindo de uma videira, porque a família vem de uma região vinícola e mora num vinhedo. O George estava desesperado para saber mais sobre o sobrenome da família, mas, como não consegui nada, criei um brasão para a família e o gravei em algumas coisas: roupas de cama, artigos de papelaria, esse tipo de coisa — explicou Eva, quase que envergonhada. — Tentei encontrar alguns membros da família, mas não consegui ninguém.

— Deve ser porque não existe ninguém no mundo que se chame O'Logan — sussurrou Molly, e, pela primeira vez, Kitty viu Eva dar risada, embora demonstrando certo sentimento de culpa por isso.

— Molly, pare.

— O que foi? Acho que não passou pela cabeça dele que o bisavô era um vigarista que mudou o nome assim que conseguiu pôr os pés na América, provavelmente tentando escapar da polícia, e inventou algum nome ridículo para começar uma nova vida.

Edward começou a rir alto.

Kitty pensou que aquela era a primeira vez que via Edward rir daquele jeito, desfazendo a cara de sério.

George veio direto para a mesa de Eva, segurou a mão dela e a levou para fora do salão. As bochechas de Eva ficaram vermelhas como pimenta. Kitty pensou em segui-los, mas o seu telefone vibrou e, embora estivesse no modo silencioso, foi como se o aparelho estivesse berrando: "Atenda!". Era Richie Daly, aquele cretino a quem ela ajudara a conseguir um contrato de publicação. Ela precisava atender. Saiu de fininho da mesa e chegou ao jardim que tinha vista para o rio.

Ela sentiu o coração na boca ao atender.

— Kitty.

— Sim.

— Achei que não atenderia.

— Não ia atender mesmo.

Silêncio.

— Bom, te liguei para dizer... — Ele suspirou. — Não sei por onde começar.

— Vá direto ao ponto, Richie.

— Quero agradecer pelo que você fez. Depois do que te fiz... Bem, eu não merecia a sua ajuda e, se você não tivesse feito isso, talvez eu nunca conseguisse. Fazia muito tempo que eu tinha acabado de escrever, mas eu não tinha a confiança... segurança... necessária para mandar para alguém. E, bem, só tenho a agradecer a você. Não sei por que fez isso, mas agradeço muito.

Se ele soubesse qual tinha sido a verdadeira intenção daquilo... Kitty estava fervendo de raiva. Richie continuou:

— Mas eu te liguei mesmo para pedir desculpas pelo que fiz com você. Foi desprezível. Por mais que eu tente disfarçar e justificar o que fiz, não posso. Foi um golpe muito baixo, você foi minha colega de faculdade, e eu não deveria ter feito isso. Do fundo do meu coração, estou muito, muito, muito arrependido por todo o mal que te causei, por todo o aborrecimento ou...

— Você me humilhou, Richie — interrompeu.

— Eu sei. Bem, eu não sabia disso, mas consigo entender como se sente.

— Você me humilhou, me usou e me fez sentir pior do que eu já havia me sentido durante toda a minha vida. — Kitty sentiu a emoção presa na garganta e parou antes que começasse a chorar. Richie não ouviria nada do que ela tinha a dizer se ela chorasse.

— Eu sei. Peço desculpas. Quero consertar as coisas, quero muito. Conversei com o meu editor e quero escrever uma matéria muito positiva a seu respeito. Ele concordou, concordou com tudo, e eu vou poder escrever o que eu quiser. Desta vez, vai ser o que você quiser que eu diga.

— O que te faz pensar que eu voltaria a falar com você? — questionou, chocada com a proposta dele. — Não estou nem aí para o que você vai escrever sobre mim de agora em diante, nem nunca estive. O problema é que você mentiu para mim, dormiu comigo e traiu algo muito precioso. — Kitty estava muito longe de bancar a virginal, mas realmente considerava certas coisas preciosas, e dormir com alguém para lhe arrancar uma informação era a coisa mais sórdida que alguém poderia fazer. Ela esperou que ele fosse rebater e defender-se como fizera da última vez, um covarde incapaz de assumir a própria responsabilidade, mas aconteceu exatamente o contrário.

— Você está certa. Me desculpe. Nunca mais vou te aborrecer de novo. Só queria que soubesse que você fez a coisa mais legal que alguém já fez por mim, e não consigo entender o motivo, porque o que fiz com você foi a pior coisa que alguém poderia fazer, e terei de conviver com isso pro resto da minha vida. Não vou mais tomar o seu tempo, só queria que soubesse, do fundo do meu coração, que estou muito arrependido pelo que fiz.

— Bom... tudo bem — retrucou, sem saber o que mais poderia dizer, desejando vomitar mais algumas palavras de ódio sobre ele, mas sentindo que não seria mais necessário. — Talvez você possa me repassar uma porcentagem dos direitos autorais quando o livro for publicado — brincou.

— Ah, mas não vai ser publicado.

— Como assim? Pensei que tinham gostado.

— Gostaram, mas tive um encontro com o editor hoje de manhã e, quando ele descobriu quem eu era, decidiu não publicar mais.

Alguns anos atrás escrevi uma matéria detonando um colega dele e, bom... ele não se esqueceu disso.

Kitty ficou de queixo caído, cerrou o punho e deu soquinhos no ar para comemorar sem se preocupar com qualquer convidado da recepção que pudesse vê-la. Por mais que o pequeno patife estivesse arrependido, seu feitiço tinha se virado contra ele. Depois que desligou, Kitty ainda executou uns passinhos de dança.

— O que é isso? A dança da chuva? — perguntou uma voz gentil atrás dela. — Não estava escutando a sua conversa, não, só te vi saindo da mesa e queria ter a certeza de que estava tudo bem.

Ela se virou e viu Steve a alguns passos de distância.

— Acho que hoje é o dia mais feliz da minha vida — contou, sorrindo.

— O que foi que você aprontou agora? Vai contando — brincou, e o modo como fez a pergunta fez Kitty sorrir ainda mais. — Desembucha.

— Do jeito que você fala, parece que estou sempre me metendo em encrenca.

— É porque é verdade. E eu estou sempre tentando te tirar dela. — Ele se aproximou mais dela e a olhou daquele jeito que a fazia estremecer.

— Humm... Steve.

— Sim.

— Katja.

— Ah. A Katja já era.

— O que você fez com ela? Enterrou-a no sítio do seu pai?

Ele deu um cutucão nas costas dela.

— Ai! — gritou Kitty, e se contorceu, mas ele a abraçou forte pela cintura e apertou as costas dela ainda mais.

— Não. Nós terminamos.

— Por quê?

— Por que será? O que você acha? — Ele a olhou daquele jeito sério de novo.

Kitty engoliu em seco.

— Ela achava que eu passava mais tempo com você do que com ela.

— Que ridículo. Você e eu mal nos vemos.

— Verdade. Tudo bem, ela disse que eu estava sempre disponível para você, muito mais do que para ela.

— Ah, bom... E você acha que é verdade?

— Kitty, eu te ajudei a limpar a merda e a tinta da porta da sua quitinete, te emprestei a minha cama para dormir e agora estou aqui com você, em Cork, bancando o fotógrafo. O que você acha?

— Acho que se eu fosse a sua namorada te dava um pé na bunda.

— E então, você aceita?

— Aceito o quê?

— Ser a minha namorada? — Steve perguntou de um jeito muito tímido, mas igualmente sério, e Kitty sentiu como se os dois tivessem dez anos de idade. Ela esboçou um sorriso discreto e olhou para os próprios pés.

Steve segurou o queixo dela e ergueu a sua cabeça para olhá-la fundo nos olhos.

— Estou atordoado desde o nosso último encontro.

Kitty sorriu.

— Humm... Imagino que esteja. Eu também estou.

— Não foi nada ruim, não é?

— Não. — Ela sorriu. — Não foi nem um pouco ruim.

No momento em que ele fechou os olhos, a ponta dos dedos sob o queixo dela, a água se agitando ao lado deles, Steve e Kitty ouviram uma salva de palmas para o noivo e a noiva. Enquanto erguia a cabeça para beijar o belo, maravilhoso, engraçado e confiável Steve, por cima do ombro dele ela avistou alguém no píer, olhando para o relógio de pulso, parecendo um pouco incomodado e apressado, prestes a ir embora a qualquer momento.

— Steve! — exclamou Kitty no momento em que seus lábios tocaram os deles.

— O que foi? — Ele abriu os olhos.

— O adjudicador! — Ela se desvencilhou dele rapidamente. — Temos que falar com o Jedrek. O adjudicador está aqui! — Ela soltou a mão de Steve e correu pelo gramado de volta para a festa. — Segure ele aí, vou chamar os meninos!

Capítulo Trinta

— Sim, minha querida, eu também te amo muito. Queria que você estivesse aqui, mas esta é a minha oportunidade de provar a todos, inclusive a você, que posso ser alguma coisa. — A voz de Jedrek vacilou e ele parou de falar por um momento para recompor-se. Kitty queria se aproximar para apressá-lo, mas não podia. Ela ficou escutando a conversa carinhosa e emocionante dele com a esposa ao telefone, mas havia um juiz impaciente esperando e uma multidão de convidados do casamento alinhados às margens do rio para assistir quando Kitty entrou correndo no meio da festa, de um jeito nada discreto, para avisar que o adjudicador estava lá. Muitas pessoas que ainda estavam às mesas logo se levantaram ao avistar dois homens num pedalinho passando por elas às margens do rio. Todos saíram da festa para se juntar a eles, no gramado, onde estavam esperando Jedrek desligar o telefone.

Por fim, ele desligou o telefone, enxugou suas lágrimas e se virou para a multidão, os olhos cheios de orgulho e confiança.

— Vamos conseguir, meu amigo Achar. — Ele apertou a mão do compadre e os dois caminharam de braços dados até a água. Enquanto andavam, todos os aplaudiram.

— Pode fazer as honras da casa, por favor? — pediu Jedrek a Kitty.

— Tudo bem. — Kitty pigarreou e Steve se posicionou próximo a ela para tirar as fotos. — Senhoras e senhores, noivos, pedimos desculpas por tê-los tirado da festa. — Os noivos pareciam mais entusiasmados do que qualquer um ali. — Mas os nossos amigos, Jedrek e Achar, que estão treinando há quase um ano, estão prestes a tentar quebrar um recorde do *Guinness* na categoria de dois homens no pedalinho. O recorde atual é de 1 minuto e 58,62 segundos e eles vão tentar quebrar essa marca cumprindo a prova em 1 minuto e 50 segundos.

A multidão reagiu com euforia. Kitty continuou:

— Eu mesma os testemunhei executando a prova, mas hoje contamos com um adjudicador do *Guinness Book* que será a testemunha oficial dos nossos amigos. Então, por favor, pedimos a torcida de todos vocês para ajudarmos os nossos amigos Jedrek e Achar.

A plateia vibrou mais uma vez, e James, o adjudicador, se animou diante da reação de duzentas e poucas pessoas.

— Vocês vão conseguir, Jedrek e Achar. — Birdie beijou a bochecha de cada um deles, marcando-os com o seu batom rosa. Archie deu um tapinha nas costas deles e assumiu a posição de treinador e incentivador. Steve continuou tirando fotos, Eva, Mary-Rose, Ambrose e Eugene se amontoaram ao redor deles e, de repente, Kitty se sentiu orgulhosa daquele grupinho eclético de pessoas que ela — *Constance* — reunira.

Todo mundo se aproximou ainda mais da margem do rio para enxergar melhor a tentativa de quebra do recorde.

Jedrek e Achar subiram no pedalinho, percorreram lentamente uma distância de cem metros e cinquenta e se prepararam. Eles seguraram a mão um do outro com força, fizeram uma oração, olharam-se, conversaram baixinho entre si, tentando transmitir mensagens de apoio um ao outro, até que finalmente estavam prontos.

O adjudicador fez a convocação oficial para o início da prova, segurando o cronômetro nas mãos, e eles imediatamente começaram.

A multidão os aplaudiu mais uma vez, os noivos em posição de destaque, eufóricos e gritando, satisfeitos por esse episódio repentino e divertido em meio à festa de casamento deles. Achar e Jedrek pedalaram com toda a força, como nunca tinham feito antes, os dois com a expressão concentrada, cheia de necessidade, desejo, ânsia de serem aceitos, de recuperar a dignidade, de esquecer os anos de vazio e de desespero que tiveram de atravessar, ávidos por este momento que os resgataria e os faria se sentirem como verdadeiros homens de novo. À beira do rio, podiam-se ouvir as palavras de motivação que eles trocavam entre si. E, por fim, chegaram à marca de cem metros e foram ovacionados entusiasticamente pela plateia. Jedrek e Achar olharam para todos, ansiosos para saber se tinham conseguido.

— Vocês conseguiram! — gritou Kitty, e os dois se levantaram e comemoraram, abraçando-se, pulando tanto no pedalinho que acabaram caindo na água.

Os convidados gargalharam, Eugene e Archie ajudaram a dupla a sair da água.

O adjudicador puxou um pedaço de papel enrolado da bolsa e ficou entre Achar e Jedrek, os dois respingando.

— Infelizmente eu não sabia que estaria aqui hoje, fui abordado por acaso por esses dois homens ontem. Mas pedi ao escritório que me enviasse por fax uma documentação para que eles não saíssem da prova de mãos vazias. Este documento declara, oficialmente, que vocês são os atuais recordistas da categoria de dois homens no pedalinho, cem metros de distância.

James entregou um papel enrolado a Jedrek e Achar, que, com as mãos molhadas, receberam o documento como se fosse o Santo Graal. Embora essa vitória fosse de Jedrek e Achar, Kitty sentiu que todas as pessoas daquele grupo também se sentiram vitoriosas; afinal, tinham convencido o juiz a comparecer ao evento, e uma pequena parte daquele feito pertencia a elas. O grupo se abraçou, comemorando e se parabenizando ao mesmo tempo. E finalmente Kitty abraçou Steve.

Os dois ficaram se olhando por um bom tempo.

— Sim — disse ela.

— Sim, o quê?

— Sim, aceito ser a sua namorada.

— Ah! — exclamou ele, fazendo uma careta. — Não quero mais. Fiz a pergunta vinte minutos atrás.

Ela deu um tapa nele, brincando, e Steve a puxou para perto. Até que, por fim, os dois se beijaram.

Os gritos e aplausos aumentaram e, enquanto Kitty imaginava que eram para ela e Steve, atrás deles Achar e Jedrek eram içados por Archie e Sam, que agora estavam com os ombros molhados enquanto desfilavam com os dois apoiados nas costas.

— É melhor a gente começar a se aprontar para ir embora — advertiu Molly, olhando para o relógio, preocupada. — Tenho que devolver o ônibus hoje à noite.

— Não se preocupe, temos bastante tempo ainda. Vamos conseguir — ponderou Edward, repousando a mão sobre o ombro dela, num gesto de proteção. Molly sorriu e sua expressão relaxou.

— Obrigada.

— É melhor nos apressarmos mesmo. — Kitty olhou para Steve, preocupada. — Tenho uma apresentação no escritório às seis.

— Não pode atrasar um pouquinho?

— Já está atrasada uma semana. Estão esperando que eu fale um pouco sobre a matéria da Constance nessa reunião — contou Kitty, sentindo um frio lhe percorrer a espinha ao pensar nisso.

Eles estavam aguardando Eva e George terminarem a conversa, e todos no ônibus estavam animados, comemorando a vitória de Jedrek e Achar, mas Kitty e Molly começavam a ficar nervosas.

— Você é expert em deixar as coisas para o último minuto, não é? — brincou Steve. — Mas e aí, já sabe do que se trata a matéria? Qual é a relação entre todos eles? Porque eu passei um bom tempo quebrando a cabeça tentando encaixar as peças. — Ele olhou para todas aquelas pessoas tão diferentes ao seu redor.

Kitty assentiu, orgulhosa.

— Mas é claro que eu sei.

— Bom, então não tem com que se preocupar — disse ele, tentando motivá-la.

— A não ser com a nossa motorista — ela respondeu baixinho.

Quando Eva finalmente entrou no ônibus, seu rosto estava pálido como se ela tivesse visto um fantasma, o que não passou despercebido pelos demais, mas todos a respeitaram e deram um tempo para que ela pudesse ficar sozinha. Eva se sentou numa fileira vazia, na poltrona ao lado da janela.

Certo tempo depois que partiram, Kitty deixou Steve sozinho e foi falar com Eva.

— Se importa se eu me sentar com você?

— Claro que não. — Ela esboçou um sorriso amarelo que não convenceu Kitty nem um pouco.

— Parabéns, você deve estar orgulhosa de tudo o que aconteceu hoje. O presente para o Seamus foi belíssimo, você conseguiu emocionar até uma pessoa cética como eu.

— Humm? Ah, sim, sim, foi ótimo. Um sucesso.

— Você está bem?

— Eu? Sim, claro. Por quê? — Eva sorriu de um jeito mais convincente agora, mas, ainda assim, não conseguiu enganar Kitty.

— Porque parece que você viu um fantasma ou alguma coisa do tipo. E você está triste. Aconteceu alguma coisa com o George?

— Você, como sempre, bancando o cupido, não? — brincou Eva. — Archie e Regina, Ambrose e Eugene, Mary-Rose e Sam, Molly e Edward... Essa viagem foi um truque para formar casais, não foi?

Kitty sorriu.

— Não, em hipótese alguma. Posso assegurar que eles se uniram por si, embora o Sam e a Mary-Rose ainda estejam caminhando para isso, acho. — Elas olharam para os dois, que pareciam imbuídos numa conversa séria. — Acho que você poderia preparar um presente para dar uma forcinha pra eles.

Eva sorriu e tocou o embrulho que estava em sua outra mão. Ela olhou para Kitty e suspirou.

— Deus do céu, você é impossível, hein?

Kitty deu risada.

— Vamos lá.

— O George me deu um presente.

— Hã? Um presente para a presenteadora? Eu não teria coragem de me arriscar nessa.

— Essa viagem tem sido uma das melhores que já fiz — confessou Eva, e Kitty acreditou no que ouviu.

— Obrigada. E o que foi que ele te deu?

— Uma caixa. — Ela abriu a sacola e retirou dela uma caixinha chinesa de madeira laqueada. Ao olhá-la, seus olhos se encheram de lágrimas.

— Acho que essa caixa significa alguma coisa para você.

— Sim. — Eva enxugou as lágrimas antes que elas rolassem. — Ele se lembrou que contei de um presente que eu tinha ganhado, um que significou muito para mim. E ele encontrou uma réplica bem similar.

— Alguma vez você já ganhou um presente que te deixou tão emocionada assim?

— Para ser sincera, não — respondeu Eva, e agora as lágrimas começaram a escorrer pelo rosto. — Pelo menos não desde que ganhei uma caixinha muito semelhante a essa.

A-há! Kitty estava conseguindo chegar a algum lugar.

— Então, você não contou a verdade quando falou daquele Meu Querido Pônei, não é? Você tinha dito que ele foi o presente mais especial que já havia ganhado — perguntou Kitty, num tom gentil.

Eva sorriu e balançou a cabeça.

— Desculpe. Acho que nós duas sabíamos disso, não é? — Ela fungou e olhou atentamente para Kitty. — Você não pode escrever sobre isso, Kitty. Há muitas pessoas envolvidas nessa história.

Kitty concordou com a cabeça.

— Te dou a minha palavra.

— Pode escrever o que achar que deve escrever para que a história signifique algo, pode ser?

Kitty compreendeu e concordou totalmente.

— Era dia de Natal, e minha mãe e eu estávamos esperando. A comida já estava na mesa; posso me lembrar do cheiro... era apetitoso. Minha mãe fazia questão de manter a tradição das refeições natalinas. As refeições tradicionais *dela*. Meu pai é de Shanghai. Ele é dono de um estabelecimento que vende comida para viagem, em Galway. Chama-se Delivery Chinês Wu. Ele estava duas horas atrasado e, bem, nós estávamos famintas, e eu me lembro da minha mãe olhando para mim sem dizer nada, mas como se quisesse me perguntar o que deveríamos fazer. Mas, com a minha mãe, nem sempre se podia dizer o que queria, porque ela tinha uma personalidade diferente. Eu não poderia dizer a ela o que eu achava que deveríamos fazer porque aí ela faria exatamente o contrário. Era como o método da psicologia reversa: você tinha de fazê-la acreditar que seria a decisão dela e, portanto, a escolha certa a fazer. Então, ela começou a cortar o peru e o cheiro estava muito bom, embora tivesse passado do ponto e ficado ali depois de assado, esperando por muito tempo. Com uma concha, me servi de uma porção de legumes e não via a hora de começar a comer. Na primeira garfada, escutei a chave girando na porta e tive vontade de morrer. Eu não podia nem engolir nem cuspir. Minha mãe ainda estava pondo o peru no prato. Meu pai entrou. Pude sentir o cheiro dele antes mesmo de vê-lo. Ele viu que começamos a jantar sem ele, o que o deixou enfurecido. "Chegou na hora certa", me lembro de ter ouvido a minha mãe dizer, num tom de alegria. Demasiada alegria. Ele sabia que não tínhamos esperarado por ele. Então, meu pai saiu da sala de jantar. Ele pisoteou todos os presentes, quebrou uma boneca de porcelana que seria o meu presente, derrubou a árvore de Natal, arrancou o pisca-pisca do teto, que caiu em cima da mesa de jantar, arranhando o belo tampo de madeira. Não poupou uma superfície sequer, quebrou tudo, inclusive a porcelana fina que estava na prateleira dos armários, tudo ficou em pedaços.

Eva engoliu em seco e continuou:

— Em seguida, ele caminhou na direção da minha mãe. E não era a primeira vez que fazia isso. Ela ainda estava com a faca não mão. A faca acabou indo parar no braço dela.

— Eva. — Kitty soltou a respiração. — Sinto muito.

— Não estou te contando isso para sentir pena de mim. Quero que entenda, só isso. Estou tentando te ajudar a entender.

Kitty meneou a cabeça e continuou ouvindo a história:

— Acabei indo para a casa de uma vizinha, uma senhora que morava do outro lado da rua. Ficamos sentadas de frente para a TV por umas quatro horas antes de a minha tia vir me buscar e me levar para a casa dela. A vizinha só tinha uma TV preto e branco, e tudo o que consigo me lembrar é de ter assistido a *I Love Lucy* várias vezes. Juro que não suporto ver a cara daquela mulher da série, tão ridícula e idiota, fazendo todo mundo rir toda vez que tropeçava e caía, ou quando fazia alguma coisa muito patética, e minha cabeça não parava de reproduzir tudo o que havia acontecido. A vizinha, não consigo nem lembrar o nome dela, não disse uma palavra sequer durante todas aquelas horas. Ela me deu um pouco de leite e uns biscoitos, sentou-se numa poltrona ao meu lado e ficamos ali, vendo tevê, mudas. Ela nem ria, o que tornou a situação ainda mais ridícula. Mas, antes de eu ir embora, ela me deu um presente. Era uma caixa pequena, uma caixinha chinesa de madeira laqueada, com um cadeado e uma chave. A senhora disse que era para eu guardar os meus segredos e que toda garotinha precisava de uma caixa para guardar segredos. Não sei por quê, foi a coisa mais perfeita que alguém já havia me dado. Foi muito apropriado. Ela não disse uma palavra sequer sobre o que tinha acontecido, mas conseguiu condensar tudo naquele presente.

— Então, foi com esse presente que você começou a pensar assim... Foi esse presente que despertou o desejo de ajudar as outras pessoas, presenteando-as com perfeição.

— Sim. — Eva passou os dedos pela caixa que George havia lhe dado.

— Você contou essa história pro George?

— Não, só contei sobre a caixa. Nunca havia contado para ninguém sobre o que aconteceu. Mas perdi a caixinha, alguns anos atrás, quando me mudei de casa.

— Ele deve ter percebido que era importante para você.

— Sim.

— Eva, você se importa se eu perguntar... quantos anos você tinha quando... quando ganhou a primeira caixinha?

— Cinco — respondeu, com os olhos cheios de lágrimas novamente.

Kitty fez uma observação mental.

Nome Número Três*: Eva Wu*

Título da matéria: A Caixa de Pandora

— Mas, enfim... — Eva pigarreou, toda a emoção trazida pelas lembranças desapareceu quase que instantaneamente do seu semblante como se ela tivesse posto a máscara da felicidade de volta. — Tenho um presente para você.

— Para mim? Eva, você não precisava ter feito isso. Não me diga que são aqueles senhores do casamento — brincou Kitty, olhando ao redor.

Eva deu risada.

— É bem pequenininho. Eu não fui procurar propositadamente, apenas me deparei com ele e, sabendo de tudo o que passou nos últimos tempos, me lembrei de você na mesma hora. — Ela pegou uma sacola pequena e retirou dela um vasinho de planta. O presente não fez o menor sentido para Kitty, até ela ler a etiqueta que havia ao lado.

— Semeie a sua própria sorte. — Kitty leu em voz alta e começou a rir. O vasinho estava cheio de terra e havia um saquinho com sementes de trevo-de-quatro-folhas grudado nele.

Eva sorriu.

— Espero que funcione.

— Eu também — concordou Kitty, engolindo em seco, pensando na estrada que tinha à sua frente. — Obrigada, Eva.

— Sei de alguém que pode te ajudar a plantá-la — acrescentou Eva, erguendo as sobrancelhas, e as duas deram risada.

VOZES EXALTADAS NA FRENTE DO ÔNIBUS chamaram a atenção dos passageiros. Molly e Edward estavam discutindo de novo sobre uma via na qual Molly deveria ter virado ou não.

— Ah, merda! — retrucou Molly em voz alta, olhando para o retrovisor.

Todos olharam para trás e entenderam o motivo da queixa dela. No acostamento, um carro da polícia rodoviária se aproximava.

— Talvez não seja comigo — disse Molly.

— Claro que é com você — afirmou Edward. — Você viu o que acabou de fazer?

— Ah, cala a boca! — rebateu.

— Bom, é melhor você diminuir a velocidade, não? Vão pedir para você parar.

— Droga, droga, droga! — praguejou Molly, diminuindo a velocidade do ônibus para poder parar.

O carro da polícia rodoviária se aproximou e ficou emparelhado com o ônibus.

— Está querendo matar alguém? — perguntou o policial.

— Não, claro que não — respondeu ela, com voz doce. — Só me confundi. Fiquei perdida, sem saber se deveria virar ou não.

— Carteira de motorista, por favor — pediu o homem, e Molly começou a vasculhar a carteira.

Céus, por favor, ajude-a a encontrar a carteira de motorista, pensou Kitty consigo mesma, olhando para o relógio. Ela tinha de voltar para Dublin para a reunião que teria com Pete. Já havia adiado demais, a revista seguiria para a gráfica na segunda-feira, o que significava que ela teria apenas o fim de semana para escrever a matéria, e isso não aconteceria se não recebesse a aprovação naquele mesmo dia. Pete a mataria se ela não entregasse a pauta para ele naquela noite. E Kitty não poderia mais usar contra o editor a culpa que ele sentia por ter feito algo de errado.

O policial saiu para checar as informações da carteira de motorista de Molly. Edward voltou a ser o cara legal e permaneceu ao lado da motorista, que parecia muito ansiosa.

Ele voltou cinco minutos depois.

— De onde é esse veículo?

— De uma casa de repouso chamada St. Margaret, que fica em Oldtown, Dublin — respondeu, com a voz igual à de uma criança. — Trabalho lá. Estamos voltando agora.

— Pode abrir a porta?

Molly puxou a alavanca contra a própria vontade, o homem subiu no ônibus e olhou para os passageiros. Todos permaneceram em silêncio.

— Não se parece nem um pouco com a clientela de uma casa de repouso.

— Ah, sim... er... A Birdie aqui é minha paciente. Essa viagem foi uma comemoração do aniversário dela, e esses são os amigos dela. Estávamos voltando agora. Temos de chegar a tempo de devolver o ônibus para o jogo de *bridge* hoje à noite.

O policial ficou olhando para Molly por um bom tempo.

— Recebemos uma queixa de roubo deste ônibus ontem.

Molly empalideceu.

— Como?

— É o que você ouviu. Não está sabendo?

— Não, quer dizer, sim, sim... quer dizer, não... Pegamos o ônibus emprestado para fazer esta viagem com a minha paciente. Não o roubamos. Vamos devolvê-lo agora mesmo.

O policial a encarou por mais um momento, que pareceu uma eternidade, em silêncio.

— Pode sair do veículo, por favor, srta. McGrath?

Molly deixou escapar um grunhido antes de Edward se levantar para ajudá-la a descer, e ele sussurrou alguma coisa no ouvido dela que Kitty não conseguiu ouvir.

— Ah, meu Deus, — Com os olhos arregalados, Kitty olhou para Steve.

— Qual é o problema? — perguntou ele, nem um pouco impressionado com a situação toda. — Tá na cara que ele só está tentando assustá-la. É óbvio que ela não roubou o ônibus. Kitty, por que está me olhando desse jeito? Ela não roubou, não é? Hein?

Tudo o que Kitty conseguiu fazer foi abrir um sorriso amarelo. Tudo estava correndo tão bem para os dois...

Capítulo Trinta e Um

Kitty e o resto da gangue, com exceção de Molly, esperaram numa cafeteria no bairro de Mallow, ainda em Cork, enquanto a motorista era interrogada no posto policial.

— Não estou inventando nada, Pete — explicou Kitty ao telefone. — É claro que eu quero chegar a tempo da reunião, mas ainda estou em Cork e não vou chegar aí às seis. Que tal remarcarmos para amanhã?

— Não, Kitty. Não vou arrastar ninguém para o escritório em pleno sábado. Já perdermos tempo demais esperando pela sua matéria e ainda nem sabemos do que se trata! É ridículo. Tudo está girando em torno dessa matéria, todo mundo está se matando para cumprir os prazos e você está aí passeando e enrolando.

— Ei, espere aí. Tenho dedicado cada segundo da minha vida a essa matéria, e você sabe muito bem disso. Mas tudo bem! Sem problemas. Vou encontrar um jeito de chegar aí a tempo.

Ela desligou o telefone e praguejou, enfurecida.

Steve, com as sobrancelhas erguidas, olhou para ela.

— O Pete é um canalha! Se eu não chegar lá até as seis horas, ele vai deixar a minha matéria de fora. — Kitty não queria que os outros ouvissem, mas, infelizmente, foi o que aconteceu.

— Não, Kitty. — Jedrek levantou-se. — Não podemos deixar que isso aconteça. Essa matéria tem que ser publicada. O que podemos fazer para te ajudar?

— Ah, Jedrek... Muito obrigada! — agradeceu, emocionada pela oferta dele. — Fico muito satisfeita pela preocupação comigo, mas simplesmente não sei como chegar a tempo dessa reunião. Se a Molly não voltar dentro de cinco minutos, não vejo outra maneira de chegar ao escritório.

— Sem querer ofender, Kitty... É claro que respeitamos você e o compromisso que tem com o seu editor e com a sua falecida amiga, e todos nós sabemos que o seu trabalho é muito importante para você, mas colocamos a nossa vida nas suas mãos. Contamos nossas histórias pessoais para você e te demos a caneta para escrevê-la. Então, a questão não envolve apenas você. Envolve todos nós. Não é você quem precisa dessa matéria escrita, somos nós. Essa é a nossa matéria — falou Jedrek, em tom sério.

Ela olhou para Steve, que retribuiu o olhar como se quisesse dizer que aquilo era a coisa mais óbvia do mundo. A ficha dela finalmente caiu: aquilo não era sobre ela, não se tratava apenas de fazer jus à matéria de Constance e salvar a própria pele, profissionalmente falando. Era a vida deles, suas histórias, que estavam em jogo, e Kitty devia isso àquelas pessoas. Sentindo-se vulnerável, ela começou a entrar em ação.

TRINTA MINUTOS DEPOIS, MOLLY FOI LIBERADA e eles voltaram a pegar a estrada de volta para Dublin.

— Não entendo, Kitty. O que foi que disse para eles?

— Simplesmente liguei para a Bernadette na casa de repouso.

— Não! Bernadette, não! Ela vai me demitir. Certeza! — gemeu Molly.

— Ela não vai te demitir — afirmou Kitty, com propriedade. — Mas provavelmente ela vai fazer da sua vida um inferno nos próximos meses. Eu só expliquei a história inteira a ela, o que tínhamos feito e por quê, e pedi para ela retirar a queixa e falar com os policiais para nos liberarem. Eles vão usar o ônibus da escola para levar o pessoal para o jogo de *bridge* hoje, portanto temos tempo, então será que pode pisar no acelerador e seguir as minhas orientações?

— Por quê? Para onde vamos? — perguntou, assustada.

— Vamos fazer um pequeno desvio — explicou Kitty, ansiosa e olhando para o relógio, cujos ponteiros se aproximavam perigosamente das seis horas.

Às seis e meia, eles estacionaram em frente ao escritório da *Etcetera*. Pete estava prestes a cancelar a reunião, mas Kitty telefonara para ele diversas vezes durante o trajeto, insistindo que conseguiria chegar o mais breve possível.

— Tá legal, pessoal, prometo que vai ser rápido. Me sigam, por favor.

— Boa sorte. — Steve piscou para ela.

Pronta para uma nova aventura, a tripulação desceu do ônibus e foi atrás dela.

Rebecca, a diretora de arte, estava de pé, com a porta da sala aberta, esperando ansiosamente.

— Kitty, graças a Deus! — desabafou ela, enquanto Kitty subia as escadas correndo. — Ele está surtando lá dentro. Eu não queria estar na sua pele agora. — Pelos ombros, Rebecca retirou o casaco de Kitty e depois, em choque, olhou para o punhado de gente que seguiu atrás dela. — Quem são essas pessoas, Kitty? Kitty? — Rebecca saiu correndo atrás deles, com os olhos arregalados.

— Podem me esperar aqui por um momento, por favor? — pediu Kitty a eles, depois respirou fundo e entrou na sala de reuniões, que estava cheirando a café, suor e raiva. Havia também muita irritabilidade e decepção emanando pelos poros da pele de cada um dos presentes, e todo esse sentimento recaiu sobre ela.

— Oi, gente — disse, ofegante. — Me desculpem pelo atraso. Se eu contar tudo o que passei para chegar até aqui, vocês não vão acreditar.

Eles resmungaram e murmuraram alguma coisa sobre o que tiveram de passar para chegar ali também, mas Kitty continuou, contente por ver que Bob estava presente, o que significava que Cheryl não estava mais na posição de editora assistente. Kitty olhou de Pete para Cheryl e sorriu.

— Oi, pessoal, que bom rever vocês.

Cheryl enrubesceu e desviou o olhar.

— Duas semanas atrás eu recebi a missão de redigir a última matéria da Constance. Algo que me senti muito honrada por fazer, e sobre o qual pensei muito, já que todos nós sabemos que a Constance era uma verdadeira profissional, uma perfeccionista, que não aceitava nada menos do que o melhor, mas não acreditei muito na minha própria capacidade de conseguir cumprir essa tarefa. Sei que muitos de vocês nesta sala sentem o mesmo, e entendo o porquê. — Kitty engoliu em seco e muitos dos presentes trocaram olhares, concordando com o que ela havia dito. Ninguém acreditou que ela conseguiria. — Mas muita coisa mudou nas últimas duas semanas. Tudo o que eu tinha para redigir a matéria da Constance era uma lista com cem nomes. Só isso. Nenhuma sinopse, nem explicação, nem esboço, nada além de uma lista com o nome de cem pessoas sobre as quais ninguém nunca tinha ouvido falar. Eu não tinha como entrar em contato com elas, nem como saber de que se tratava a matéria, absolutamente nada. E foi por isso que levei tanto tempo para chegar aqui a esta reunião — explicou. Pôde perceber que poucas pessoas sabiam desses detalhes. — Ficou sob a minha responsabilidade encontrar uma conexão, um vínculo em comum entre essas cem pessoas, e acreditava-se, *eu* acreditava, que era nesse vínculo que a pauta da matéria estaria. Até o momento, eu encontrei e conheci seis dessas pessoas.

Pete soltou um suspiro exasperado.

Kitty virou-se para ele.

— Pete, não havia a menor possibilidade de eu conseguir encontrar e conversar com cem pessoas num prazo de duas semanas. Pessoas que não faziam a menor ideia de que havia a intenção de escrever a respeito da vida delas.

— A Constance não tinha entrado em contato com elas?

— Não! — Kitty sorriu. — A Constance nem sequer sabia quem eram essas pessoas!

Os demais se entreolharam, confusos.

— Tudo está muito claro para mim, agora. Na última vez em que estive com a Constance, ela me ensinou, como sempre fez, sobre a arte de escrever uma boa matéria. Ela me disse que a busca pela verdade não deve ser necessariamente um trabalho desenfreado onde vale tudo para revelar uma mentira, nem significa encontrar algo precisamente inovador, nada disso. A grande questão é encontrar o cerne do que é real. Meu trabalho não foi revelar um segredo ou uma mentira, nem encontrar algo mirabolante que essas cem pessoas estariam escondendo de mim. Meu trabalho era simplesmente ouvir as histórias de vida delas. A ideia da Constance era essa. Muito simples. Se você selecionar, aleatoriamente, cem pessoas de uma lista telefônica, vai encontrar não apenas uma história, mas *cem histórias,* porque *todo mundo, cada um* tem uma história para contar. *Todo indivíduo em qualquer parte do mundo tem uma história extraordinária para contar.* Talvez pensemos que somos pessoas comuns, que nossa vida é entediante porque não estamos fazendo nada de extraordinário nem estampando as capas dos jornais, tampouco suas manchetes, nem ganhando prêmios memoráveis. Mas a verdade é que todos nós fazemos coisas fascinantes, admiráveis e das quais deveríamos sentir orgulho. Todos os dias as pessoas fazem coisas que não são comemoradas. Coisas que deveriam ser estampadas nos jornais. Os heróis anônimos, as pessoas que não se consideram heroínas porque estão fazendo simplesmente o que acreditam que têm de ser feito em sua vida.

A sala se manteve em completo silêncio. Kitty concluiu:

— Cada um de nós tem uma história para contar. É *isso* que nos une, é *esse* vínculo que temos em comum, e é esse o vínculo que existe entre todas as pessoas daquela lista. A Constance só queria reverberar algo básico e nos remeter a ele.

Kitty olhou ao redor da sala e viu Bob com os olhos marejados, o queixo trêmulo, enquanto ele tentava manter a compostura agora que a pauta da matéria de Constance finalmente vinha à tona, e a editora, amiga e esposa silenciada finalmente encontrara a sua voz. Kitty prosseguiu:

— O título da matéria da Constance será *A Lista,* e, sinto muito, Pete, mas não tenho uma matéria para te entregar. Neste momento, tenho seis.

Kitty caminhou até o retroprojetor, colocou a lista original de Constance sobre a superfície e ligou o aparelho. Os nomes apareceram na parede atrás dela.

— Estes são os cem nomes. E essas são as pessoas.

Ela abriu a porta e os participantes da reunião se surpreenderam ao verem Ambrose Nolan, Eva Wu, Archie Hamilton, Jedrek Vysotski, Bridget Murphy e Mary-Rose Godfrey entrarem na sala, todos tímidos, orgulhos e confusos ao mesmo tempo.

— Todos, por favor, observem o segundo nome da lista, também conhecido como Ambrose Nolan. Uma mulher encantadora que dedica sua vida a capturar a essência da beleza.

Ambrose abaixou a cabeça e seu cabelo ruivo e rebelde cobriu o rosto mais do que nunca.

— A Ambrose dedica a vida à exaltação das borboletas; no seu instituto de conservação, ela auxilia a reprodução das espécies, mas em seu museu ela exalta a vida das borboletas que já se foram. Ouvi Ambrose descrevendo a si mesma como a borboleta concha-de-tartaruga-pequena, mas acho que ela se parece mais com a *Thecla betulae.* — Ambrose olhou surpresa para Kitty. Esta sorriu. — Poucas pessoas já viram essa borboleta elegantíssima, mas, quando veem a fêmea com suas magníficas manchas laranja, nunca mais se esquecem dela, tamanha a sua beleza.

A expressão perplexa de Ambrose se transformou vagarosamente num sorriso discreto, um gesto de agradecimento, mas, logo depois, ela voltou a desaparecer por detrás do seu cabelo.

— Por favor, observem o terceiro nome agora. Eva Wu, uma mulher que, certa vez, ganhou de presente uma Caixa de Pandora cheia de esperança num momento de sua vida em que parecia não haver absolutamente nenhuma e, por causa disso, recebeu o dom de devolver a esperança à vida de outras pessoas. — Os olhos de Eva se encheram de lágrimas e ela abaixou a cabeça. — Por meio de sua empresa, a "Dedicated", a Eva Wu é muito mais do que uma *personal shopper*. Eu a comparo a um anjo que passa um tempo na vida das pessoas, observando-as com olhos apurados de causar inveja a qualquer jornalista, inclusive a mim, e as presenteia com o melhor presente de todos. Não com o que cada pessoa *acha* que gostaria de ganhar, mas com um presente do qual nem sequer essa pessoa imaginava que precisava até recebê-lo e se dar conta de que sem ele sua vida era incompleta.

Birdie, sabendo mais do que ninguém naquela sala que aquilo era verdade, segurou a mão de Eva e a esfregou com a outra mão, num gesto carinhoso.

— Agora, vamos para o quarto nome, Jedrek Vygotski, marido, pai e um homem corajoso que queria provar para o mundo que é uma pessoa capaz de conquistar algo, que tem o seu valor e que poderia se destacar mesmo quando sentia que o mundo lhe dizia o contrário.

Jedrek empinou o queixo orgulhosamente e se concentrou na plateia que o observava.

— O Jedrek e seu amigo Achar executaram com êxito uma prova que garantirá a eles o título de recordistas no *Guinness World Records Book*, no qual permanecerá para sempre impresso que os dois são homens de dedicação e talento inigualáveis. E, para o Jedrek, essa será a prova de que é um homem de *valor*.

"Agora, passemos para o sexto nome, Bridget Murphy, carinhosamente chamada de Birdie, uma mulher que tinha negócios incompletos, que fez oitenta e cinco anos e recebeu um prêmio em dinheiro de uma aposta que ela fizera mais de sessenta anos atrás com um homem e com uma cidade inteira, que acreditavam que ela não viveria para testemunhar esse dia. — Birdie sorriu discretamente. — A Birdie é uma das mulheres mais gentis, doces e inspiradoras que já conheci e compartilhou comigo uma verdadeira história de sobrevivência, sobrevivência essa que lhe foi recompensada não apenas financeiramente, mas, o mais importante, ao fazer dela uma mulher produtiva, cercada de pessoas que a amam e cujo amor é correspondido. Não há nada de trivial nem de entediante a respeito da história dela. — Ao dizer esta última frase, Kitty lembrou-se do constrangimento de Birdie ao contar sobre sua história de vida. — Aos dezoito anos ela fez uma aposta, recebeu a recompensa por ela e todos nós podemos aprender com essa lição.

"Seguindo para o sétimo nome, Mary-Rose Godfrey, cuidadora muito dedicada e mulher que já recebeu inúmeros pedidos de casamento, pelo menos um por semana. — Mary-Rose sorriu e uma lágrima escorreu pela sua bochecha. — Infelizmente, a mãe de Mary-Rose sofreu um derrame cerebral e, em decorrência disso, Mary-Rose foi apresentada ao mundo da enfermidade. Ela vai a hospitais para cuidar do cabelo dos pacientes, faz maquiagem e, às vezes, até as unhas. — Kitty escutou Mary-Rose rindo com nervosismo. — E, por meio dessas atitudes simples, ela é como uma luz no fim do túnel para essas pessoas que precisam dela. Mas o que Mary-Rose não sabe é que é ela em si, não seu trabalho, que ilumina a vida dessas pessoas. É a conversa dela, sua mera presença, que tem a capacidade de, ainda que momentaneamente, curar as pessoas.

"E, finamente, passemos agora para o sexagésimo sétimo nome, Archie Hamilton. A estimada filha de Archie, Rebecca, foi assassinada às vésperas do seu aniversário de dezessete anos. O Archie, provavelmente fazendo o que a maioria dos pais faria, buscou uma forma de proteger a memória da filha, saiu à procura do homem que tirou a vida dela e fez justiça com as próprias mãos. Por isso, ele passou alguns anos preso, mas saiu da cadeia com uma perspectiva completamente nova a respeito da vida. Uma perspectiva que é... — Kitty olhou para Archie e sorriu. — ... muito mais do que encantadora e esclarecedora. O Archie acreditava que Deus não o ouvia quando ele mais precisava, ele se sentia esquecido, deixado de lado, e sua salvação foi acordar um belo dia e começar a ouvir a voz daqueles que tinham algum tipo de súplica, assim como acontecera com ele certa vez, e ter a capacidade de ajudá-los em suas preces."

Kitty percebeu que Archie cerrou os dentes para esconder a emoção.

Ela se afastou do seu grupo de amigos comovidos e voltou a olhar para os colegas de trabalho, alguns deles profundamente emocionados pelas suas palavras e pelas histórias que ela havia contado.

— O que acabei de contar a vocês é uma mera introdução de quem são essas pessoas. Há muitas coisas a dizer a respeito delas ainda e muito que vocês precisam saber. Pete, existem muitas pessoas incríveis por aí, com histórias interessantíssimas para contar, e nem elas mesmas se dão conta disso. As histórias são infinitas; temos uma lista telefônica inteirinha que pode nos servir de inspiração. Vocês acabaram de ver uma lista com cem nomes, viram algumas dessas pessoas, agora, proponho que publiquemos a história delas na obra final da Constance: uma matéria dedicada a cada um dos nomes da lista, uma matéria por mês, sob uma coluna que podemos intitular *A Lista*. E, quando essa lista terminar, selecionaremos aleatoriamente mais outros cem nomes.

Kitty concluiu a sua fala e prendeu a respiração, esperando por alguma reação. A sala ficou em completo silêncio. Sem saber mais o que dizer, ela olhou para os amigos da lista, que continuavam de pé, ao lado dela. Mary-Rose estava com os olhos arregalados. Eva, com as bochechas coradas. E Birdie apoiou o braço no encosto de uma cadeira para manter-se firme.

De repente, Bob levantou-se e começou a bater palmas, devagar no começo, depois mais forte, e Kitty viu que ele continuava com os olhos cheios de lágrimas. Aos poucos, todos da sala começaram a aplaudi-la também, Rebecca demasiadamente entusiasmada, e os demais com apreço e até mesmo admiração. Kitty olhou para Pete e viu que ele estava sorrindo, um riso discreto que aos poucos se transformou num sorriso de orelha a orelha. Ele olhou para a fileira de pessoas que Kitty havia trazido e, depois, para ela, fitando-a por um longo tempo. Sorriu mais uma vez, assentindo num gesto tranquilizador, confirmando que ela havia conseguido, que seu trabalho tinha dado certo. Então, Pete se uniu aos demais e começou a aplaudi-la também.

Nunca, jamais em toda a sua vida, Kitty se sentira tão orgulhosa de si mesma. Ela colocou o braço ao redor de Mary-Rose, que estava ao seu lado, e, instintivamente, todos se agruparam em círculo, a pequena equipe que tinham formado, os amigos que ela havia feito e com os quais sabia que manteria contato. Então, eles se abraçaram coletivamente enquanto eram ovacionados.

O ÔNIBUS DO ST. MARGARET PARTIU para o famoso ponto de encontro apelidado de "no relógio da Clerys", onde todos tinham se conhecido no início antes de começarem a viagem. Sem se sentirem preparados para a despedida, eles se mantiveram em seus assentos num silêncio profundo. Cada um teve um momento consigo mesmo para reunir os próprios pensamentos, para comemorar a experiência que tinham acabado de vivenciar, muito provavelmente a última que vivenciariam juntos. Archie foi o primeiro a se levantar. Ele olhou para os demais, o silêncio ainda imperando dentro do ônibus. Assentiu para cada tripulante e caminhou até a frente do ônibus. Então, todos se levantaram e foram logo atrás dele.

Apesar da promessa de voltarem a se encontrar — alguns tinham até trocado números de telefone, outros já haviam até combinado a data do encontro —, Kitty sabia, sendo realista, que reuni-los novamente, conseguir trazer cada uma daquelas pessoas e agrupá-las no mesmo lugar ou no mesmo ônibus seria uma tarefa difícil. Enquanto os observava pela janela do ônibus, cada um seguindo o seu próprio destino, ela sabia, do fundo do coração, que faria tudo o que fosse necessário para tentar. Ela tinha mais 94 pessoas para encontrar e mais 94 amizades por fazer, mas sabia que aquele grupo sempre seria especial para ela. Eles a ajudaram a mudar a sua vida e, de certa maneira, a salvaram. Ela os reuniria novamente. Um dia.

Capítulo Trinta e Dois

— É melhor que seja por um bom motivo, Archie. Tenho uma matéria para escrever, está lembrado? — disse Kitty quando o encontrou do lado de fora do Brick Alley Café numa manhã de domingo. Ele havia ligado para ela bem tarde na noite anterior, depois que todos finalmente tinham chegado em casa e tido um dia para pensar em tudo que tinham visto, feito e conquistado. Steve tinha ido embora depois de um tempo e deixado Kitty sozinha em sua quitinete para escrever, e fora nesse mesmo momento que Archie ligara para ela e dissera que precisava encontrá-la urgentemente. Kitty não tinha a menor ideia do que esperar, mas se sentia pronta para qualquer coisa agora.

— É bom, sim, confie em mim — disse ele, sorrindo.

— Onde está a Regina?

— É domingo de manhã. O que você acha?

— Na igreja — adivinhou. — E você não quer acompanhá-la?

Ele negou com a cabeça.

— Mudou de ideia? Não quer mais ajudar as pessoas?

— Não é bem isso. Decidi ajudar algumas pessoas. Foi por isso que te chamei aqui — respondeu.

— Eu? Mas eu não rezo. — Ela riu nervosamente.

— Não tenho tanta certeza disso, Kitty. Tinha uma coisa aí gritando dentro de você que estava muito clara para mim — afirmou, em tom gentil.

Kitty engoliu em seco, sem fazer a menor ideia do que se tratava.

— Tem uma pessoa aqui que quer falar com você — anunciou Archie, virando-se para o interior da cafeteria.

— Quem? — Kitty sentiu o coração acelerado feito a bateria de uma escola de samba.

— Veja com os seus próprios olhos.

Ela olhou pelo vidro e lá, sentado num banquinho, olhando para a lousa onde estava escrito "Cada mesa tem uma história para contar", havia um homem, de costas. Instintivamente, como se soubesse que Kitty e Archie estavam observando-o, o homem se virou e Kitty arquejou.

Colin Maguire.

— Archie — sussurrou ela, sentindo-se aterrorizada. — O que foi que você fez?

— Tudo o que você deseja é que ele te perdoe, não é? — perguntou. Kitty engoliu em seco e meneou a cabeça, confirmando. — Liguei para ele ontem. Ele ficou feliz ao saber do que se tratava e disse que também queria se encontrar com você.

— Claro que quer, pra poder me matar! — exclamou ela, a voz trêmula.

— Não. Acho que ele quer pôr um ponto-final nisso também, Kitty. Vá em frente, entre. Você não tem nada a perder.

Kitty olhou para Archie, sem saber se deveria agradecer-lhe ou esmurrá-lo, mas ciente do que ele havia feito e da sua boa intenção.

Ela empurrou a porta da cafeteria, abrindo-a, e entrou. Colin Maguire virou-se e se levantou do banquinho.

Kitty caminhou na direção dele, desejando e, acima de tudo, rezando para que ele a perdoasse.

Agradecimentos

Agradeço...

À minha preciosa família: David, Robin e Sonny.

A Bertie, Mimmie, Terry, Georgina, Nicky, Rocco e Jay, Neil e Breda.

À minha agente, Marianne Gunn O'Connor.

A Lynne Drew, Thalia Suzuma, Kate Elton, Belinda Budge, Victoria Barnsley, Lucy Upton, Louise Swannell, Liz Dawson, Moira Reilly, Tony Purdue e a toda a equipe maravilhosa da HarperCollins espalhada pelo mundo.

A Vicki Satlow e Pat Lynch.

Agradeço a todos os livreiros que têm apoiado os meus livros e aos leitores que me receberam de braços abertos em sua vida. Serei eternamente grata por essa honra e espero ter conseguido entregar a vocês algo que vai emocioná-los e entretê-los.

Conheça outros sucessos de

CECELIA AHERN

P. S. Eu te Amo

Holly e Gerry eram amigos de infância e sempre sabiam o que o outro estava pensando. Até mesmo quando brigavam eles se divertiam. Ninguém conseguia imaginá-los separados. Até que o inesperado acontece: Gerry morre, deixando Holly devastada. À medida que seu aniversário de trinta anos se aproxima, Holly descobre que Gerry havia escrito uma carta para cada mês da nova vida dela sem ele. Com a ajuda de seus amigos e de sua família, Holly consegue rir, chorar, cantar, dançar e ser mais corajosa do que nunca. Ela percebe que a vida deve ser vivida, mas que é sempre bom ter alguém para nos guiar.

Disponível em livro e e-book

A Vez da Minha Vida

Certo dia, quando Lucy Silchester volta do trabalho, encontra um envelope sobre o tapete. Dentro dele, um convite para se encontrar com a sua vida. Ela não pode comparecer ao encontro, pois está muito ocupada desprezando seu emprego, fugindo de seus amigos e evitando sua família. Mas a vida de Lucy não é o que parece, e algumas das escolhas que fez – e das histórias que contou – também não são. Desde o momento em que ela conhece o homem que se apresenta como sua vida, as meias-verdades serão reveladas, a não ser que ela aprenda a ser honesta sobre o que realmente importa.

Disponível em livro e e-book

O Livro do Amanhã

Nascida em meio ao luxo, Tamara Goodwin, de 16 anos, nunca precisou pensar no amanhã até o momento em que a morte abrupta de seu pai deixa para ela e para sua mãe uma montanha de dívidas, obrigando-as a se mudar para a casa dos tios de Tamara, em um vilarejo no interior. Solitária e entediada, a única diversão da garota é uma biblioteca itinerante. Ali, ela encontra um livro misterioso. Tamara vê nesse livro anotações feitas com sua própria letra, datadas do dia seguinte. Quando tudo começa a acontecer exatamente como o livro previa, ela percebe que pode ter encontrado a solução para seus problemas. No entanto, Tamara descobre que, apesar de muito tentar, não pode mudar o destino.

Disponível em livro e e-book

O Presente

Executivo bem-sucedido e obcecado pelo trabalho, Lou Suffern é perito na arte da dissimulação. Está sempre cumprindo algum compromisso profissional e, de uma forma ou de outra, enganando sua esposa. Desde que começou a competir por uma importante promoção, mal é visto pela família. Um dia, em uma rara explosão de generosidade, ele arranja um emprego para Gabe, o sem-teto que vive próximo ao seu escritório. A partir desse momento, apesar de sua vida milimetricamente organizada, Lou passará a ver o mundo de outra forma: Gabe lhe mostrará, de maneira surpreendente, que o tempo é um bem precioso e que não deve ser desperdiçado.

Disponível em livro e e-book

Simplesmente Acontece

Desde crianças, Rosie e Alex viviam juntos. De repente foram separados, porque a família de Alex deixou Dublin para morar nos Estados Unidos. A mágica conexão entre os dois amigos permanece, mas será que a amizade conseguirá sobreviver a uma distância tão grande? Os desencontros, as circunstâncias e uma absurda falta de sorte os mantiveram longe um do outro – até agora. Resta saber se eles vão ter coragem de apostar tudo, inclusive a própria amizade que os une, num amor para a vida inteira. Que tipo de surpresa o destino reserva para eles desta vez? *Simplesmente Acontece* é uma história comovente e divertida contada inteiramente na forma de e-mails, SMS, mensagens instantâneas, cartas, cartões-postais...

Disponível em livro e e-book